HANNA FROST

AN OCEAN FULL OF SECRETS

IMPRESS

© privat

Hanna Frost wurde 2001 geboren und kann sich rückblickend an keine Nacht erinnern, in der sie nicht heimlich gelesen oder geschrieben hat. Mit 14 Jahren gründete sie ihren eigenen Literaturblog, fünf Jahre später schrieb sie ihr Debüt. Wenn sie nicht gerade an neuen Geschichten tüftelt oder in Tagträumen versinkt, verbringt sie gern Zeit mit ihrem Hund, plant ihre Reise ins All oder widmet sich ihrem Studium – übrigens in genau dieser Reihenfolge.

Wenn kein Wind in die Segel bläst, müssen wir eben rudern.

Altes Seemannssprichwort

Prolog

Das Tosen der Wellen war ohrenbetäubend. Erbarmungslos schlugen die Wassermassen gegen die Felsen der Brandung und zerschellten an ihnen in unzählige Tröpfchen, die das Licht des Mondes brachen und wie glitzernde Kristalle zurück auf die Schwärze der See hinabrieselten. Narius stand einige Meter vom Ufer entfernt hüfttief im Wasser und beobachtete das Spiel der Naturgewalten. Die zwei flossenartigen Auswüchse an den Seiten seines Kopfes zitterten im Wind, während er seine pupillenlosen Augen starr auf das Meer richtete. Ihr Ausdruck zeigte die gleiche Form von Desinteresse, die sich auch in seiner Miene widerspiegelte. Lediglich die mit Schwimmhäuten überzogenen Finger, die unruhig auf seinen verschränkten Unterarmen herumwanderten, gaben Aufschluss über seine wahre Stimmung – über den Orkan, der in seinem Inneren wütete.

Als der Wind die Richtung änderte, vernahm Narius mit einem Mal laute Schreie hinter sich. Seine bläulichen Lippen formten ein breites Grinsen, welches seine spitzen Zähne offenbarte, die in zwei Reihen hintereinanderstanden. Er drehte den Kopf über seine Schulter und richtete den Blick auf einen blonden Mann, der rücklings am Strand lag. Seine Arme und Beine waren weit von seinem Körper abgespreizt und an den Gelenken mit wuchtigen Metallhaken im feinen Sand verankert. Zufrieden beobachtete Narius, wie das schmerzverzerrte Gesicht des Gefangenen kurzzeitig unter einer Welle begraben wurde, die bis auf den Strand spülte. Für einen Moment verstummte das Wehklagen, doch kaum zog sich das Wasser zurück und gab das Gesicht des Blonden wieder frei, drangen erneut Schreie aus dessen Kehle hervor. Es war lang her, dass Narius Laute aus dem Mund eines Menschen gehört hatte, die den Rufen eines sterbenden Tieres ähnelten. Sein Grinsen wurde noch breiter – wie sehr hatte er dieses Geräusch doch vermisst!

Beschwingt watete er durch die hohen Wellen, die ihm keinerlei Probleme bereiteten. Kaum hatte Narius den Gefangenen erreicht, beugte er sich langsam zu ihm hinab und beäugte ihn wie ein Raubvogel eine Maus. Als er seine Lippen öffnete und sprach, wohnte seiner Stimme die gleiche Kraft inne, mit der die Wellen an den Klippen zerschlugen. »Wo ist es?«

»I … ich weiß ni –« Erneut verschluckte die See das Gesicht des Blonden und zwang ihn kurzzeitig zum Schweigen.

»Du weißt es nicht, obwohl ich dir in meiner grenzenlosen Gutherzigkeit mehrere Stunden zum Nachdenken schenkte, anstatt dich auf der Stelle zu ertränken?«

Narius genoss den Anblick der vor Panik geweiteten Augen, als das Gesicht wieder zum Vorschein kam. Er saugte die Angst seines Opfers so gierig auf, als wäre er eine Mücke auf der Suche nach Blut. »Welch ein Jammer!«, höhnte er, wohlwissend, dass seine Worte näher an der Realität lagen, als ihm lieb war. Dieses Verhör dauerte zu lang – *viel zu lang*. Die Zeit rann ihm wie feiner Sand durch die schuppigen Finger. Wenn er seinem Feind zuvorkommen wollte, musste er sich beeilen. »Ich frage dich ein allerletztes Mal, Sterblicher: Wo liegt es versteckt?«

Hustend schüttelte der Blonde den Kopf. Algen und Haarsträhnen klebten auf seiner nassen Stirn und seine Haut war mittlerweile so schrumpelig, dass sein Gesicht aussah wie ein aufgeweichter Pilz.

Wütend biss Narius seine spitzen Zähne aufeinander. Langsam dämmerte ihm, dass sein Gefangener vielleicht wirklich so ahnungslos war, wie er vorgab zu sein. Erfahrungsgemäß ertrugen die wenigsten Menschen diese Art Folter länger als eine Stunde, der blonde Kerl hingegen lag bereits die halbe Nacht lang in der Kälte des Ozeans.

Resigniert seufzend richtete sich Narius wieder zu seiner vollständigen Größe auf und gestikulierte mit einer Hand in der Luft herum, wobei die feinen Schwimmflossen zwischen seinen Fingern leicht im Wind erzitterten.

Sofort lösten sich zwei dürre Gestalten aus dem Schatten der Nacht und folgten dem Wink ihres Meisters.

»Gebt ihm Brot«, wies Narius sie schroff an und wandte sich von seinem Gefangenen ab, »die Kreaturen des Meeres werden beleidigt sein, wenn wir ihnen nur diesen Hungerhaken zum Fraß vorwerfen. Vielleicht zeigen sie etwas Nachsicht, wenn der Kerl wenigstens mit gefülltem Magen untergeht.«

Für einen quälend langen Moment war nur das Rauschen der stürmischen See zu hören. Erst als sich Narius bereits mehrere Schritte entfernt hatte, vernahm er das Klirren der Fesseln seines Gefangenen, als dieser sich ein letztes Mal aufbäumte.

»Nein, das könnt Ihr nicht tun!«

»O doch, Menschlein – und wie ich das kann.« Während er tiefer ins Meer watete, kehrte das abscheuliche Grinsen auf Narius' Lippen zurück. »Grüß die Haie von mir, Sterblicher.«

Kapitel 1

»Was, glaubst du, verbirgt sich hinter dem Horizont?«, fragte mich Leah, während sie mit zusammengekniffenen Augen auf das schier unendlich wirkende Meer hinausstarrte.

Ich versuchte es ihr gleichzutun, doch das grelle Licht der Mittagssonne brach sich so heftig auf dem himmelblauen Wasser, dass meine Augen sofort anfingen zu brennen. Obwohl ich sie mit einer Hand abschirmte, wurde der Tränenschleier immer dichter. Seufzend ließ ich sie wieder sinken und griff nach dem dunklen Flechtkorb, der neben mir im Sand stand.

»Keine Ahnung«, antwortete ich schulterzuckend, während ich über den warmen Strand stapfte, »aber ehrlich gesagt will ich das auch gar nicht wissen. Hier auf unserer Insel haben wir doch alles, was wir zum Glücklichsein brauchen. Warum sehnst du dich dennoch nach dem Unbekannten?«

»Weil ich mich nicht damit abfinden kann, dass mein Leben scheinbar nur diese verschlafene Insel zu bieten hat.«

Leahs Stimme klang gleichgültig, doch ich wusste um die tiefere Bedeutung, die sich hinter ihren Worten versteckte. In all den Jahren hatte sie nie verstanden, weshalb sie die Ruhe und Gemächlichkeit unserer Insel schätzen sollte. Stattdessen hing sie ständig ihren absurden Tagträumen nach, in denen sie entweder auf einem Piratenschiff anheuerte oder mit einem zufällig vorbeikommenden Seefahrer durchbrannte.

Als ich mich nach ihr umdrehte, blies mir der Wind mein langes Haar ins Gesicht. Zwar versuchte ich die feinen weißblonden Strähnen wieder hinter meine Ohren zu kämmen, doch schon bei der nächsten Meeresbrise wehten sie mir erneut vor die Augen. Lachend griff Leah in mein Haar und wickelte es um ihr Handgelenk. »Vielleicht solltest du darüber nachdenken, dir diesen Teppich endlich abzuschneiden.«

»*Teppich?*«, wiederholte ich gekränkt und verschränkte die Arme vor der Brust. »Also, erstens ist mein Haar sehr gepflegt, zweitens stört es mich normalerweise nicht und –«

»Und drittens würde dir deine Mutter niemals erlauben deine schöne Haarpracht abzuschneiden«, beendete Leah meine Erklärung, die ich ihr gegenüber erstaunlich oft ausführen musste. »Versteh mich nicht falsch, Bell, ich mag deine Haare auch sehr gern, aber sie sind einfach unpraktisch. Mittlerweile reichen sie dir ja schon fast bis zur Hüfte!«

Ich spürte, wie Leah meine aufgerollten Haare mit einem Band in meinem Nacken zusammenknotete und dann von mir abließ. Zwar zog das Gewicht des Dutts so schwer an meiner Kopfhaut, dass ich meinen Kopf am liebsten in den Nacken gelegt hätte, aber immerhin konnte ich nun wieder uneingeschränkt sehen. »Danke, Leah.«

»Keine Ursache. Komm, wir sehen nach, ob Flynn auch schon so viele Muscheln gesammelt hat wie wir.«

Ehe ich etwas erwidern konnte, griff Leah nach meiner freien Hand und zog mich hinter sich her. Cremeweiße Sandkörner flogen uns wild um die Knöchel und ich spürte bereits jetzt den Anflug eines leichten Ziehens in meinen Unterschenkeln. Obwohl ich einen Großteil meines siebzehnjährigen Lebens auf dieser Insel verbracht hatte, würden sich meine Muskeln wohl nie an den anstrengenden Gang durch den Sand gewöhnen, der so weich war, dass ich andauernd wegsackte und Mühe hatte, mein Gleichgewicht zu halten. Als Leah nach einer Weile langsamer wurde, entwich mir ein erleichtertes Seufzen. Wir gingen noch einige Schritte, ehe wir vor einer meterhohen Steinwand haltmachten. Sie gehörte zum Fuß des einzigen Berges unserer Insel und teilte diesen Strandabschnitt in zwei Teile.

Wie von selbst fiel mein Blick auf das geräumige Loch, das im Stein klaffte und die Sicht auf die versteckte Bucht freigab, die man sonst nur vom Meer aus erreichen konnte.

Gemeinsam gingen Leah und ich darauf zu. Wir wollten gerade hindurchklettern, als mich ein dumpfes Geräusch aufschrecken ließ. Ich fuhr so ruckartig auf, dass ich mir prompt den Hals verrenkte. Und Leahs Kichern trug nicht gerade dazu bei, dass ich mich besser fühlte.

»Ach, Bell, das war doch nur ein kleiner Stein, der von der Klippe abgebrochen ist. Sei doch nicht immer so schreckhaft! Was soll uns hier schon zustoßen?«

Noch während ich mich zu ihr umdrehte, hoben sich bereits meine Augenbrauen. Diesen besserwisserischen Gesichtsausdruck hatte ich mir wohl über die Jahre hinweg von meiner Mutter abgeschaut. Kurz runzelte Leah die Stirn, doch dann hellte sich ihr Gesicht schlagartig auf. »Jetzt sag bloß nicht, dass du dich immer noch vor Gestaltwandlern fürchtest!«

»*Immer noch?*«, wiederholte ich stutzig und kletterte durch das Loch im Stein. »Wieso sollte ich jemals aufhören mich vor ihnen zu fürchten?«

»Hm, lass mich kurz überlegen ... vielleicht, weil sie nur Geschöpfe aus den Schauermärchen deiner Großmutter sind?« Leahs Stimme klang, als läge diese Antwort auf der Hand, doch mich konnten ihre Worte trotzdem nicht überzeugen.

»Das sind keine Fantasiewesen, Gestaltwandler gibt es wirklich – und sie sind verdammt gefährlich!« Schon allein bei dem Gedanken an Großmutters Geschichten breitete sich eine Gänsehaut auf meinen Armen aus. Im Gegensatz zu Leah und den anderen Inselbewohnern schien ich jedoch die Einzige zu sein, die den Worten meiner Großmutter Glauben schenkte. Ich hatte mich größtenteils damit abgefunden, doch manchmal wünschte ich, Leah würde die Sache wenigstens *etwas* ernster nehmen. Sollten wir eines Tages von den blutrünstigen Kreaturen des Meeres überfallen werden, würde ich uns wohl kaum allein verteidigen können.

Doch wie immer, wenn dieses Thema zwischen uns zur Sprache kam, machte sie nur eine abwertende Handbewegung und kletterte hinter mir her. Anstatt vergeblich zu versuchen ihr die Gefahr deutlich zu machen, schob ich den Zwischenfall widerwillig beiseite und lief stattdessen weiter in die kleine Bucht hinein. Schon bald spürte ich das kühle Wasser unter meinen nackten

Füßen. Als eine seichte Welle bis über meine Knie schwappte, formten sich meine Lippen wie von selbst zu einem zufriedenen Lächeln. Obwohl ich nicht viele Orte abseits unserer Insel kannte, war ich mir in Momenten wie diesem hier sicher, dass es dort draußen unmöglich etwas Schöneres geben konnte als unsere Heimat. Nichts auf der Welt könnte mich mit mehr Glücksgefühlen überhäufen als eine kühle Meeresbrise, die meine Nasenspitze umspielte, während der weiche Sand zwischen meinen Zehen hindurchgespült wurde und sich das Kreischen der Möwen mit dem Rauschen der Wellen vermischte. Ich liebte dieses Gefühl, das so unbeschreiblich war, dass ich es niemals in Worte fassen könnte. Es überschwemmte meinen Körper mit Ruhe und ließ mein Herz vor Zufriedenheit überquellen. Ich hätte nicht dankbarer dafür sein können, ausgerechnet auf diesem Fleckchen Erde leben zu dürfen. Und die Freude darüber verschlang mich an manchen Tagen wie das Meer die Sonnenstrahlen.

»Da sind ja meine beiden Herzensdamen!«, riss mich eine wohlbekannte Stimme plötzlich aus meinen Gedanken.

Leah und ich drehten uns gleichzeitig zu Flynn um, der nur wenige Schritte neben uns knietief im Wasser stand. Seine nussbraunen Augen, die exakt die gleiche Form hatten wie die von Leah, funkelten fast so hell wie die Meeresoberfläche. In seiner Hand hielt er einen Flechtkorb, der meinem zum Verwechseln ähnlich sah.

»Und, wie viele Muscheln hast du gefunden?«, fragte Leah herausfordernd und verschränkte ihre Arme provokativ vor der Brust.

»Auf jeden Fall mehr als ihr, würde ich behaupten«, erwiderte ihr Bruder lachend und fuhr sich durch das sonnengeküsste dunkelblonde Haar.

Ich konnte förmlich dabei zusehen, wie Leahs Lächeln verblasste.

»Pff, du hast bestimmt geschummelt!«, murmelte sie pikiert.

»Wie denn?«, flötete Flynn und streckte uns grinsend seinen Korb entgegen, der bis zum Rand mit schimmernden Muscheln gefüllt war.

»Keine Ahnung. Vielleicht hast du deinen Korb bis zur Hälfte mit Sand beladen und nur ein paar Muscheln oben draufgetan, um deinen Betrug zu verbergen.«

Kichernd beugte ich mich näher an ihr Ohr heran. »Vielleicht hat er aber auch einfach gewonnen, Leah.«

»Kann gar nicht sein«, brummte sie so beleidigt, dass es mir schwerfiel, mein aufsteigendes Lachen zu unterdrücken. Amüsiert wechselten Flynn und ich einen kurzen Blick. Wir beide wussten, dass es in dieser Welt kaum etwas gab, das seine Zwillingsschwester mehr erzürnte, als gegen ihn zu verlieren. Der ständige Wettbewerb zwischen den beiden ließ mich jedes Mal aufs Neue schätzen, wie gut ich mich mit meinen eigenen Geschwistern verstand. Ich wusste nicht, ob es daran lag, dass meine zwei Brüder und ich jeweils mehrere Jahre auseinander waren, aber in unserer Familie hielten wir zusammen und halfen einander, anstatt wie Leah und Flynn nur nach der nächsten Gelegenheit Ausschau zu halten, um zu streiten.

Mit einem zufriedenen Grinsen auf den Lippen überbrückte Flynn den Abstand zwischen uns. Da er einen Kopf größer war als seine Schwester, die mich ihrerseits bereits ein wenig überragte, musste ich meinen Kopf in den Nacken legen, um ihm weiterhin in die Augen sehen zu können.

»Ich glaube dir«, versuchte ich die Situation zu schlichten, erntete jedoch nur ein abwertendes Schnaufen von Leah.

»Du bist viel zu gutgläubig, Bell. Kein Wunder, dass die Leute ihre Probleme ständig auf dich abwälzen.«

»Das stimmt doch gar nicht!«, widersprach ich heftig, doch ausgerechnet Flynn fiel mir eiskalt in den Rücken.

»Und ob das stimmt! Wieso würden wir sonst Muscheln sammeln, anstatt uns einen gemütlichen Nachmittag am Strand zu machen? Du hast Bea nur versprochen dich morgen um die Knirpse zu kümmern und mit ihnen Muschelketten zu basteln, weil du keinen Gefallen ausschlagen kannst.«

»Das ist nicht wahr«, verteidigte ich mich, »Bea hat morgen viel zu tun, darum nehme ich ihr die Kinder gern ab!«

»Viel zu tun?«, wiederholte Leah kichernd. »Sie hat für morgen Nachmittag einen großen Tisch bei unserem Vater gebucht und unserer Mutter aufgetragen Wein und Küchlein für sie und ihre Freundinnen vorzubereiten. Klingt nicht so, als hätte sie sonderlich harte Arbeit zu verrichten, findest du nicht?«

Irritiert riss ich die Augen auf. Bea war doch eine erwachsene Frau, welchen Grund hätte sie meine Gutmütigkeit so schamlos auszunutzen?

»Bea missbraucht deine Hilfsbereitschaft genauso wie Björn, um dessen Schafe du dich mehr kümmerst als er selbst«, stach Leah erneut in die Wunde. »Ich habe ihn letzte Woche nur ein einziges Mal auf der Weide gesehen. Wie oft warst *du* bei den Tieren?«

»Zwei- bis dreimal am Tag«, nuschelte ich und senkte verlegen meinen Kopf. »Ich gehe anderen Menschen eben gern zur Hand, das ist doch nichts Schlechtes ...«

»Grundsätzlich nicht. Aber du bist nicht nur hilfsbereit, sondern auch viel zu gutgläubig. Egoistische Menschen wie Bea sind Gift für so naive Wesen wie dich.«

»Nun tust du Bea und mir aber wirklich Unrecht, Leah!«, empörte ich mich und stemmte meine Hände in die Hüften, um meinen Worten mehr Ausdruck zu verleihen. »Wir sind als kleine Inselgemeinschaft nun mal darauf angewiesen, dass wir aufeinander achtgeben und einander helfen.«

Leahs Lippen formten sich zu einem verständnisvollen Lächeln. »Da hast du natürlich recht, Bell. Und sollte jemand versuchen dich böswillig übers Ohr zu hauen, werden Flynn und ich dich schon vor deiner Gutgläubigkeit beschützen.«

»Das stimmt«, pflichtete Flynn ihr bei und hob den Korb mit seinen gesammelten Muscheln an. »Deswegen helfen wir dir auch gern mit deinen Vorbereitungen für morgen. Also, Bell, was meinst du – reichen die Muscheln aus oder wollen wir noch ein paar Meter den Strand entlangspazieren?«

Nachdenklich betrachtete ich unsere Ausbeute und neigte den Kopf. »Ich denke, wir sollten sicherheitshalber noch ein paar Muscheln sammeln. Es wäre ja nicht das erste Mal, dass die Kinder unsere Materialien zerstören. Weißt du noch, wie Lori das Perlenglas ausgekippt hat und wir stundenlang über den Fußboden gerobbt sind, um alles wieder aufzusammeln?«

»Oh, erinnere mich bitte nicht daran!«, stöhnte Leah und schlug die Hände über dem Kopf zusammen. »Meine Knie tun immer noch weh!«

»Gut, dann lasst uns noch ein paar Schritte gehen«, entschied Flynn und drehte sich um, um wieder zum Land zurückzukehren. »Diese Bucht ist so schön, hier kann man gar nicht lang genug verweilen.«

Leah und ich nickten zustimmend und folgten ihm durch die sanften Wellen. Der Sand unter meinen Füßen fühlte sich dabei genauso warm an wie das Wasser an meinen Unterschenkeln.

Als wir den Strand erreicht hatten und gemächlich daran entlangschlenderten, nahmen mich Flynn und Leah zwischen sich, als wäre ich ihre kleine Schwester, auf die sie achtgeben müssten. Unwillkürlich dachte ich daran zurück, wie Bea einst gesagt hatte, dass wir drei durchaus als Geschwister durchgehen könnten. Zwar unterschied ich mich äußerlich durch meine grünen Augen und mein weißblondes Haar von den Zwillingen, aber dass wir uns in Sprache und Mimik ähnelten, ließ sich nicht leugnen. Dies war jedoch wenig verwunderlich, schließlich waren wir gemeinsam auf diesem verschlafenen Stück Land mitten im Nirgendwo aufgewachsen. Mein älterer Bruder Phil und ich hatten uns nach unserer Ankunft auf der Insel schnell mit den Geschwistern angefreundet, was wohl auch daran gelegen hatte, dass Leah und Flynn die einzigen Bewohner in unserem Alter waren. Auch heute noch war ich der festen Überzeugung, dass diese Freundschaft das Beste war, was mir passieren konnte.

»Autsch!«, fluchte Leah plötzlich neben mir und riss mich aus meinen Erinnerungen.

Überrascht blieb ich stehen und schaute zu ihr hinüber. »Alles in Ordnung?«

»Nein, irgendetwas hat sich in meinen Fuß gebohrt«, beschwerte sie sich und deutete auf den Sand vor unseren Füßen. Rasch bückte ich mich und tastete behutsam den Boden ab. Wir mussten diesen Gegenstand unbedingt finden, ehe sich jemand ernsthaft daran verletzen konnte. Ich erinnerte mich noch lebhaft daran, wie ich vor ein paar Jahren auf eine Glasscherbe getreten war und Flynn mich zu meinem Elternhaus hatte tragen müssen, weil ich vor Schmerzen nicht einmal mehr einen einzigen Schritt hatte gehen können.

Plötzlich fühlte ich eine kühle, glatte Oberfläche unter meinem Zeigefinger. Behutsam umfasste ich den Gegenstand und zog ihn aus dem weichen Sand. Als ich erkannte, was ich da in meiner Hand hielt, wäre mir vor Erstaunen beinahe die Luft weggeblieben.

»Ist da etwas drin?«, fragte Flynn aufgeregt und beugte sich zu meinem Fundstück hinab, das ich wie ein rohes Ei in den Händen hielt. Behutsam drehte ich die kleine Glasflasche, die erstaunlich schwer auf meiner Handfläche lag, und betrachtete ihr Inneres. Wenn ich zwischen den ausgetrockneten Algenresten hindurchsah, konnte ich tatsächlich etwas erkennen.

»Das sieht aus wie eine Papierrolle«, mutmaßte Leah. »Sie scheint sogar trocken zu sein … Ob das eine Schatzkarte ist?«

Kopfschüttelnd machte ich mich an dem Korken zu schaffen, der felsenfest im Flaschenhals steckte. »Hast *du* mir nicht gerade noch unterstellt, dass *ich* diejenige mit der blühenden Fantasie sei?«, fragte ich spöttisch, worauf Leah nur schmunzelnd mit den Augen rollte.

»Im Gegensatz zu deinen Gestaltwandlern und Seeungeheuern gibt es Schatzkarten wirklich.«

»Da dieser Schatz aber garantiert nicht auf unserer Insel liegt, hilft sie dir trotzdem nicht weiter.«

»Wieso nicht?«, mischte sich Flynn ein und klopfte mir leicht auf die Schulter. »Wenn der Schatz woanders vergraben wurde, machen wir uns eben auf die Suche! Das ist bestimmt ein Wink der Götter, damit du endlich mal aus deinem Kokon ausbrechen und die Welt entdecken kannst, Bell!«

»Pff, na sicherlich«, presste ich zwischen zusammengebissenen Zähnen hervor, doch das abenteuerliche Leuchten in Flynns Augen erinnerte mich daran, wie dickköpfig die Zwillinge sein konnten. Ihnen würde ich sogar zutrauen, dass sie alle Palmen unserer Insel fällten, um daraus ein Floß zu bauen und das Meer zu bereisen. Allerdings konnte ich mir genauso gut vorstellen, wie das Konstrukt bereits beim ersten Wellengang wieder in seine Einzelteile zerfallen würde, weil handwerkliches Geschick noch nie zu den Stärken der beiden gehört hatte …

»Hey, Träumerchen, jetzt mach doch endlich mal die Flasche auf!«, wies Flynn mich ungeduldig an.

Erschrocken blinzelte ich zu ihm auf, während das Floß vor meinem inneren Auge im Meer versank. Flynn stieß ein belustigtes Schnauben aus, ehe er nach der Flasche griff und sie mir aus der Hand nahm. Meine Tagträume waren für ihn nichts Neues. Schon als Kind hatte er mich oft davor bewahrt, gedankenverloren gegen eine Palme zu laufen.

Ein leises »Plopp« lenkte meine Aufmerksamkeit wieder auf unser Fundstück. Mit angehaltenem Atem beobachtete ich, wie Flynn ein dünnes Papier aus dem Gefäß zog und es behutsam auseinanderrollte. Die Flasche warf er währenddessen achtlos in den Sand. Schnaufend bückte ich mich danach und legte sie zu den Muscheln in seinem Korb. Dachte Flynn denn gar nicht an die spielenden Kinder oder die Tiere, die sich vielleicht an dieser Flasche verletzen würden, wenn er sie einfach hier liegen ließ?

»Was steht denn nun da?«, fragte Leah ungeduldig, während sie versuchte einen Blick auf das Papier zu erhaschen. »Keine Ahnung, die Schrift ist noch krakeliger als deine«, erwiderte Fynn feixend.

Als ich die Angriffslust in Leahs Augen bemerkte, griff ich rasch selbst nach dem Papier, ehe die Situation in einem Streit enden könnte. Gedanklich bedankte ich mich einmal mehr bei meiner Mutter, dass sie mich und meine Geschwister zu einer so harmonischen Familie erzogen hatte – den ständigen Kleinkrieg im Haus von Leahs und Flynns Familie würde ich nicht aushalten.

Während meine Fingerspitzen behutsam über das raue Papier strichen, wurde mir flau im Magen. Flynn hatte recht, die Worte waren furchtbar unsauber auf das Pergament gekritzelt worden. An einigen Stellen hatte der Verfasser sogar so fest mit der Tintenfeder aufgedrückt, dass das Papier eingerissen war. Während ich die verschmierten Buchstaben in meinem Kopf zu Wörtern zusammensetzte, wurde mein Mund mit jeder Sekunde trockener. Dann begann ich zu lesen: *»Ich glaube, dass ich nun weiß, wo Nummer eins versteckt liegt. N ahnt nichts. Die nötigen Informationen habe ich dem Boten übergeben, sie werden dich bald erreichen. Die Bezahlung bitte wie immer am vereinbarten Ort hinterlegen. Melde mich wieder, wenn es Neuigkeiten gibt. Bis dann –«* Ich geriet ins Stocken. »Das letzte Wort kann ich leider nicht lesen.«

»Also doch ein Schatz!«, quiekte Leah und klatschte begeistert in die Hände. »Komm, Flynn, wir fragen Vater, ob wir uns seinen Spaten ausleihen dürfen.«

»Die genannte Bezahlung könnte überall liegen«, wandte ich in der Hoffnung ein, Leahs Tatendrang auszubremsen. »Die Flasche wurde sicherlich angespült, wer weiß, von wo aus sie ursprünglich abgeschickt wurde. Außerdem wissen wir nicht, wie alt diese Nachricht ist. Bestimmt wurde der Schatz schon längst ausgegraben.«

»Jetzt sei doch nicht so eine Spielverderberin!«, forderte Leah genauso quengelig wie mein jüngerer Bruder Mino, wenn Mutter ihn abends ins Bett schickte.

»Deine Logik geht ausnahmsweise nicht auf, Bell«, pflichtete Flynn seiner Schwester überraschend bei. »Wieso sollte irgendwer eine Nachricht, die eindeutig an jemand Bestimmten adressiert ist, einfach ins Meer werfen und darauf hoffen, dass sie ankommt? Das macht doch keinen Sinn! Die Wahrscheinlichkeit, dass die Flasche im Meer verloren geht und ihren Adressaten niemals erreicht, liegt doch praktisch bei hundert Prozent! Ich vermute eher, dass der Empfänger die Nachricht bereits bekommen hatte und bei sich trug, weil er oder sie hier nach dem Schatz gesucht hat.«

Erneut versuchte ich die Worte des Briefes zu entziffern, doch meine Hände zitterten so stark, dass ich die Buchstaben nur verschwommen erkannte. »Du hast recht«, murmelte ich mit bebender Stimme. »Aber das würde ja bedeuten, dass ... dass ein Fremder auf unserer Insel herumspaziert ist!«

»Mag sein. Aber wie du selbst gesagt hast, wissen wir nicht, wie lange diese Flaschenpost schon hier herumliegt. Gut möglich, dass dieser Fremde *vor* unserer Zeit hier war. Wir könnten doch deine Großmutter fragen, schließlich kennt sie alle Geschichten und Mythen, die sich um unsere Insel ranken. Wenn jemand weiß, ob es hier einen Schatz gibt, dann sie.«

»Gute Idee«, murmelte ich, obwohl ich alles andere als überzeugt war.

Plötzlich tätschelte Leah meine Schulter. »Und wie erklärt ihr zwei Superschlauen euch dann diese Spuren dort hinten?«

Erschrocken fuhr ich hoch und sah auf die Stelle, auf die Leahs Zeigefinger deutete. Mein Herz geriet ins Stolpern. »Verdammt, das sind Fußabdrücke, oder?«

»Ich glaube, ich habe dich gerade zum ersten Mal fluchen hören, Bell«, murmelte Leah, was überhaupt nichts zur Sache tat.

Während ich Flynn beobachtete, der zu den Spuren hinüberging und sich daneben in den Sand hockte, wurden meine Handflächen ganz schwitzig. »Manchmal spielen uns die Verwehungen des Sandes einen Streich«, sagte er an niemand Bestimmten gerichtet, »aber hier sind eindeutig die Absätze von Stiefeln zu erkennen. Es sind zweifellos echte Fußspuren ...«

Das Pochen meines Herzens wurde so laut, dass es sogar das Rauschen des Meeres übertönte. »Vielleicht haben die Kinder hier gespielt? Diese Bucht gehört ja nicht allein uns«, mutmaßte ich, doch Flynns ernstes Kopfschütteln ließ meine Hoffnung sofort wieder zerspringen.

»Die Kinder wissen, dass sie hier nicht allein hindürfen. Die Strömung ist zu gefährlich. Außerdem sind diese Stiefelabdrücke viel zu groß für Kinderschuhe und die Knirpse gehen normalerweise barfuß, Bell.«

»Dann von einem der anderen Erwachsenen?«, mischte sich Leah ein, doch auch für seine Schwester hatte Flynn nur ein knappes Kopfschütteln übrig.

»Die halten sich hier nicht auf. Überlegt doch mal, seit wie vielen Jahren wir beinahe täglich hierherkommen. Sind wir in dieser Zeit jemals jemandem begegnet?«

»Nein«, antwortete ich leise. »Also stammen sie wirklich von ... von einem Fremden?«

»Das ist unmöglich«, erwiderte Leah und schüttelte energisch den Kopf. »Abgesehen von Limea kommt niemand unsere Insel besuchen. Die meisten Leute vom Festland wissen doch nicht einmal, dass wir überhaupt existieren, weil wir so weit vom restlichen Königreich entfernt sind. Und selbst, wenn sie es wüssten: Was sollte jemand auf einem so kleinen, verschlafenen Stück Land suchen?«

»Na, vermutlich die Belohnung, die in der Flaschenpost erwähnt wurde«, mutmaßte ich. »Der Besitzer *muss* die Flasche auf seinem Weg durch den Sand verloren haben.« Kaum hatte ich es ausgesprochen, beschlich mich ein böser Verdacht. Blitzschnell packte ich Leahs Handgelenk und winkte Flynn zu uns heran.

Zwar runzelte er die Stirn, doch zu meiner Erleichterung schloss er rasch zu uns auf. »Was ist lo –?«

»Die Spuren müssen frisch sein, ansonsten wären sie bereits vom Wind oder vom Meer verwischt worden. Das bedeutet, dass der Fremde vermutlich ganz in der Nähe ist!«, unterbrach ich ihn mit heiserer Stimme. »Wir müssen sofort die anderen warnen und eine Gruppe zusammenstellen, um die Insel abzusuchen!«

»Beruhige dich, Bell, nicht jeder Fremde muss böse Absichten hegen. Vielleicht ist er in Seenot geraten und benötigt Hilfe. Wir können der restlichen Weltbevölkerung schlecht verbieten einen Fuß auf unsere Insel zu setzen, oder?«

»Wer sagt denn, dass er ein *normaler* Mensch ist?«, zischte ich zurück, woraufhin Leah und Flynn gleichzeitig die Augenbrauen hoben. »Wie meinst du das?«

»Na wie wohl – *Gestaltwandler!*«

Leah und Flynn wechselten einen Blick. Dann brachen sie beide in schallendes Gelächter aus.

»Was ist daran so komisch?«, zischte ich und bedeutete ihnen leiser zu sein.

»Du und deine Schauermärchen«, antwortete Leah kichernd. »Gestaltwandler gibt es nicht, Bell. Mach die Situation bitte nicht unheimlicher, als sie ist.«

»Pff, natürlich gibt es die«, grummelte ich und verschränkte meine Arme vor der Brust. »Aber selbst, wenn es keiner ist – einem Piraten will ich genauso wenig begegnen!«

»Im Gegensatz zu Gestaltwandlern gibt es die zwar wirklich«, sinnierte Flynn und fuhr sich durch das dunkelblonde Haar, »aber müssten wir dann nicht ein großes Schiff sehen?«

»Können wir bitte erst darüber nachdenken, nachdem wir *wen auch immer* gefunden und sichergestellt haben, dass er oder sie ungefährlich ist? Kommt schon, lasst uns zu den anderen gehen!« Nervös verlagerte ich mein Gewicht von einem Bein aufs andere, während mein Blick hektisch über den Strand glitt. Mit einem Mal fühlte ich mich beobachtet. Hinter jedem Felsen, ja, sogar unter der Wasseroberfläche könnte jemand verborgen sein. Und auch wenn Flynn und Leah mir nicht zustimmten, war ich davon überzeugt, dass dieser Fremde nichts Gutes im Schilde führte. »Worauf warten wir?« Der schrille Klang meiner Stimme unterschied sich kaum noch vom Kreischen der Möwen.

Die Zwillinge warfen sich einen verschwörerischen Blick zu und nickten langsam, als wären sie zu einer stummen Vereinbarung gekommen. Mit Entsetzen beobachtete ich, wie sich Flynn kurz darauf umdrehte und erneut zu den Fußspuren hinüberlief.

»Nein, nein, nein, nein, nein!«, fluchte ich so hastig, dass es fast wie ein zusammenhängendes Wort klang. Ich rüttelte an Leahs Arm und suchte ihren Blick. »Bei den Göttern, wieso geht er wieder dorthin? Wir müssen so schnell wie möglich weg von hier!«

»Flynn will nur schauen, ob wir etwas übersehen haben.«

»Was sollten wir denn *übersehen* haben?«, fragte ich und warf fassungslos die Arme in die Luft. »Den Gestaltwandler? Den gezückten Säbel eines Piraten? Den Lauf eines Gewehres?«

»Also wirklich, Bell, nun übertreibst du aber maßlos!«, rügte mich Leah und verdrehte genervt die Augen. »Was, wenn es einen Schiffbrüchigen gibt und die Flaschenpost gar nichts mit ihm zu tun hat? Könntest du es mit deinem Gewissen vereinbaren, einen hilflosen Menschen am Strand zurückzulassen? Sein Schicksal in die Hände der Götter zu legen? Ich denke nicht!«

»Aber –«

»Hey, ihr zwei, kommt mal her!«, unterbrach Flynns Ruf unsere Diskussion.

Wie von einer Wespe gestochen fuhr ich zu ihm herum und wedelte panisch mit den Armen in der Luft umher. »Sei still! Du lockst das Monster an!«

»Hier ist kein Monster«, erwiderte er genauso laut wie zuvor, »aber ich sehe dort hinten einen großen Haufen angespülter Algen, in denen sich wunderschöne Muscheln verfangen haben. Wenn wir die mitnehmen, hätten wir genügend für die Kinder gesammelt und müssten nachher nicht noch einmal aufbrechen. Kommt her, zusammen sind wir schneller!«

Leah und ich tauschten einen kurzen Blick.

»Klingt nach einem guten Plan, oder?«, fragte sie schulterzuckend und setzte sich in Bewegung. Mit heruntergeklappter Kinnlade sah ich ihr nach.

Meinten die beiden das etwa ernst? Wie oft musste ich ihnen denn noch sagen, dass wir so schnell wie möglich von diesem Ort fliehen sollten?

Fassungslos beobachtete ich, wie Leah zu ihrem Bruder aufschloss, der neben einem großen Felsbrocken auf sie wartete. Als sie ihn erreicht hatte, liefen sie gemeinsam um den Steinkoloss herum und verschwanden aus meinem Sichtfeld. Nun stand ich ganz allein da. »Bei den Göttern«, murmelte ich vor mich hin, unsicher, was ich nun tun sollte. »Von wegen, Gestaltwandler gibt es nur in Kindermärchen ... Wenn ihnen eines dieser Monster einen Arm abbeißt, sollen sie ja nicht auf die Idee kommen, bei mir um Mitleid zu buhlen! Ich werde –«

Ein großer Schatten schoss so dicht an meinem Kopf vorbei, dass mir ein Schrei entwich und ich instinktiv auf meine Knie sank. Als ich aufsah, entdeckte ich eine Möwe, die sich mit kräftigen Flügelschlägen in die Höhe schraubte. In meinen Ohren klangen ihre Rufe wie hämisches Gelächter. Rasch rappelte ich mich wieder auf. Obwohl die Möwe wohl die einzige Zuschauerin meines ungraziösen Falles gewesen war, spürte ich ein heißes Brennen auf meinen Wangen. Plötzlich keimte erneut das Gefühl in mir auf, dass ich von jemandem beobachtet wurde ...

Angespannt versuchte ich meinen nicht vorhandenen Speichel hinunterzuwürgen. Flynn und Leah mochten sich selbst verschuldet in Schwierigkeiten bringen, aber immerhin waren sie zu zweit. Ich hingegen, die weder kämpfen noch besonders schnell laufen konnte, wäre bei einem Angriff hoffnungslos verloren. Ich zögerte einen kurzen Augenblick, dann drehte ich mich auf der Stelle um und rannte, so schnell ich konnte, zu dem Felsen, hinter dem Leah und Flynn verschwunden waren. Als ich bei ihnen ankam, blickten mir zwei identische Augenpaare entgegen.

»Alles in Ordnung?«, fragte Flynn hörbar besorgt.

»Wieso siehst du aus, als hättest du ein Gespenst gesehen und wärst mit ihm um die Wette gerannt?«, fügte Leah deutlich weniger mitfühlend hinzu.

Seufzend strich ich mir die vielen Haarsträhnen aus dem Gesicht, die sich während meiner Flucht aus dem Dutt gelöst hatten, und versuchte wieder zu Atem zu kommen. Es gab nicht viel, wofür ich Hass empfand, doch Lügerei zählte definitiv dazu. Dennoch konnte ich mir nicht die Blöße geben, den beiden zu erzählen, dass mein Herz beinahe stehen geblieben wäre, weil ich mich am Strand vor einer *Möwe* erschrocken hatte.

»Alles bestens«, antwortete ich daher atemlos und zuckte die Schultern. »Ich habe nur sichergestellt, dass wir nichts übersehen haben oder sich jemand von hinten anschleicht. Man könnte sagen, dass ich euch den Rücken freigehalten habe.«

»Soso«, erwiderte Leah lang gezogen, ehe sie sich wieder über den Algenhaufen zu ihren Füßen beugte. »Ich wüsste zwar nicht, vor wem wir uns fürchten sollten, aber danke für deine tatkräftige Unterstützung. Wenn du uns jetzt noch dabei helfen würdest, die restlichen Muscheln aufzusammeln, könnten wir endlich wieder zur Siedlung zurückkehren.«

Eilig nickte ich und lief zu dem großen Algenhaufen hinüber, kniete mich in den feinen Sand und begann damit, eine Muschel nach der anderen aus dem Algengewirr hervorzuziehen. Dabei merkte ich, wie sich mein Atem langsam wieder beruhigte – zumindest, bis Flynn plötzlich neben mir hochfuhr und nach Luft japste.

»Was ist los?«, fragte ich erschrocken und hielt in meiner Bewegung inne.

»Weiß nicht«, antwortete er knapp. »Diese Algen hier sind so ungewöhnlich dunkel, dass ich sie einen Moment lang für nasses Haar gehalten habe. Das Meer ist sauber und klar, wieso ist diese Stelle so dreckig, als hätte man sie durch Matsch gezo –«

Leah schrie auf. Sofort schoss mein Kopf zu ihr hinüber. Als ich verstand, was sich vor meinen Augen abspielte, wollte ich ebenfalls schreien, doch kein Laut drang aus meiner Kehle hervor. Ich wollte wegrennen, doch mein Körper gehorchte nicht. Nicht einmal ein besserwisserisches *»Ich hab's euch ja gesagt«* glitt über meine Lippen, während ich aus aufgerissenen Augen auf Leahs Handgelenk starrte, um das sich blasse Finger krallten – vier Finger, um genau zu sein. Den Stummel an der Stelle, an der einst ein Daumen gesessen haben musste, konnte man beim besten Willen nicht dazuzählen.

Als wäre ich Zuschauerin in meinem eigenen Albtraum, beobachtete ich, wie Flynn aufsprang und zu seiner Schwester eilte. Leah versuchte sich derweil loszureißen, doch wer auch immer sie festhielt, ließ nicht locker. Durch die ruckartigen Bewegungen rutschten die Algen beiseite und offenbarten einen leichenblassen Mann, der sich langsam unter dem Matschgrün hervorschälte. Die Schreie von Flynn, Leah und dem Fremden, dessen blasse Augen so weit aufgerissen waren, dass sie den Anschein erweckten, sie würden ihm gleich aus dem Kopf fallen, hallten in meinen Ohren. Er schien im gleichen Alter zu sein wie mein großer Bruder, doch seine Haut war so käsig und aufgequollen, dass er genauso gut auch zwanzig Jahre älter sein könnte.

»Lass sie los!«, kristallisierte sich Flynns Forderung aus dem Stimmengewirr, während er versuchte seine Schwester aus dem Griff des Fremden zu befreien. Er gab dem Mann einen kräftigen Stoß gegen die Brust, woraufhin dieser hustend in sich zusammensackte und von Leah abließ. Sein Gesicht drehte sich in meine Richtung und sein starrer Blick kreuzte meinen. Wie ein Speer bohrte er sich durch sie hindurch. Ein eisiger Schauer ließ meinen Körper erzittern; dieser Anblick würde mich wohl mein ganzes Leben lang bis in meine tiefsten Albträume verfolgen ...

Plötzlich schoss die Hand des Mannes mit solch einer unerwarteten Schnelligkeit auf mich zu, dass ich mich nicht rechtzeitig in Sicherheit bringen konnte. Keinen Wimpernschlag später umklammerten seine knochigen Finger mein Handgelenk auf dieselbe Weise, wie sie zuvor Leah festgehalten hatten. Sie fühlten sich so kalt an wie das Meer in einer frostigen Winternacht.

Vor Angst stiegen mir Tränen in die Augen, mein Körper erstarrte. Ich blickte zitternd in die Augen des Fremden, in denen sich der Wahnsinn widerspiegelte. Wieso hatte ich nicht auf mein Bauchgefühl gehört und Hilfe geholt, als es mir noch möglich gewesen war? Ich hätte einfach wegrennen sollen ... stattdessen war ich meinem Verderben direkt in die Arme gelaufen.

»Er war hier!«, krächzte der Mann mit so rauer Stimme, als hätte er den ganzen Tag lang geschrien. »Ihr seid alle dem Untergang geweiht, die Götter werden kein Erbarmen zeigen. Sie werden die Erde vernichten und Rache für die List nehmen, mit der unsere Vorfahren sie an der Nase herumgeführt haben. Du ... du musst ...«

Er begann so stark zu husten, dass ich befürchtete, er würde mir entweder auf den Schoß brechen oder ersticken. Das Geräusch des Röchelns, das aus seinem Hals drang, brannte sich in meinen Kopf.

»Lauf, Leah, lauf und hol Hilfe!« Wie in Trance blickte ich zu Flynn hinüber, der eindringlich an den Schultern seiner Schwester rüttelte. Leahs Gesicht hatte die Farbe meines Haares angenommen und ihr Blick wirkte so panisch, wie ich mich innerlich fühlte. So blass und verängstigt hatte ich sie noch nie gesehen. Schwankend stand sie auf und stolperte durch den Sand davon.

Kaum war sie aus meinem Sichtfeld verschwunden, richtete ich meine Augen wieder auf das entstellte Gesicht des Mannes, der sich noch immer an mir festkrallte. »Wer ... wer bist du? Und vor welchen Göttern sollen wir uns fürchten? Ich dachte, sie sind –«

»Er ist hier!«

Sein Krächzen ließ mich erschrocken zusammenzucken und nach Luft japsen. So mussten die Stimmen im Totenreich klingen – ich war mir ganz sicher. »Wen meinst du?«

»Sprich nicht mit ihm, Bell!«, wies mich Flynn an, während er nach den Fingern des Fremden griff und mich zu befreien versuchte, doch ich brachte es nicht über mich, dem offensichtlich leidenden Mann meine Aufmerksamkeit zu verwehren. Stattdessen fiel mein Blick auf eine klaffende Wunde an seinem Hals, aus der merkwürdige Geschwüre hervorquollen. Sie erinnerten mich an die zartrosa Seepocken, die an den Unterseiten unserer Stege wuchsen. Gesund sah das definitiv nicht aus.

»Was ist passiert?«, fragte ich so leise, dass ich meine eigene Stimme kaum hörte.

»Sie haben gemerkt, dass ich ihnen auf die Schliche gekommen bin«, erklärte der Fremde, »aber ich habe ihnen nichts verraten! Du musst ... ihn warnen!«

»*Ihn?* Wenn denn?«

»Wir sind verloren«, wich der Mann meiner Frage aus, während er seine Finger so tief in meine Haut bohrte, dass es mich nicht wundern würde, wenn sein Griff einen lebenslangen Abdruck auf meinem Handgelenk hinterließe.

»Gleich kommt jemand, der dir helfen wird«, versuchte ich ihn und mich gleichermaßen zu beruhigen, doch der Mann lachte nur trocken.

»Nein, Mädchen, mich kann niemand mehr retten. Und dich auch nicht.«

Seine Worte erwischten mich so heftig, als hätte ich einen Schlag gegen die Brust kassiert, der allen Sauerstoff aus meiner Lunge gepresst hatte. Kalter Schweiß lief mir über die Stirn. Trotzdem gelang es mir noch immer nicht, meinen Blick von dem Wahnsinnigen abzuwenden. Er wanderte über das blasse Gesicht hinab zu den Handgelenken, an denen merkwürdige Ringe angebracht waren. Auf mich wirkten sie wie die Eisenringe, mit denen wir kleine Boote am Steg befestigten. An einem Menschen hatte ich sie jedoch noch nie gesehen.

Das laute Pochen meines Herzens wurde unerträglich, Tränen brannten mir wie Säure in den Augen. »Flynn«, presste ich wimmernd hervor, »bitte reiß mich los, ich kann das nicht mehr!«

»Ich bin ja dabei«, erwiderte er dicht an meinem Ohr, »aber der Kerl hat einen verdammt festen Griff!«

Wie aufs Stichwort krampften sich die Finger noch fester um mein Handgelenk. Der Blick des Fremden schien währenddessen immer milchiger zu werden.

»Er stirbt«, sprach Flynn das Offensichtliche aus. »Du musst nur noch kurz durchhalten, Bell.«

Seine Worte ließen mich schlucken. Ich wusste, dass er es in diesem Moment nicht böse meinte, aber die Grausamkeit hinter seiner Aussage setzte mir beinahe genauso sehr zu wie der starre Blick des Fremden. Ich wollte nicht, dass er starb – er sollte mich nur loslassen.

Mit einem kraftvollen Ruck riss Flynn die knochigen Finger von meinem Handgelenk. Er wollte mich auf die Füße ziehen und losrennen, doch die Angst ließ meine Muskeln erschlaffen, sodass ich wieder in den Sand sackte. Wie von selbst glitt mein Blick über die nasse Kleidung des Mannes, über das zerrissene Hemd und die tiefen Wunden, die unter dem Stoff hervorblitzten. Was auch immer ihm zugestoßen war, er musste fürchterlich gelitten haben. Und nun würde er sterben. Ganz allein auf einer fremden Insel. Mit niemandem an seiner Seite, der ihm die Hand hielt, während er in die Augen der

Todesgöttin blickte. Mein Herz zog sich schmerzhaft zusammen. *Nein*. So einen Tod hatte niemand verdient. Was wäre ich nur für ein Mensch, wenn ich ihn so hilflos und allein seinem Schicksal überließe?

Ich konnte es selbst nicht ganz glauben, doch ehe ich mich umentscheiden konnte, streckte ich dem Fremden bereits meine Hand entgegen, die er seinerseits sofort ergriff. Während ich behutsam mit meinem Daumen über seine schrumpelige, vom Meerwasser aufgeweichte Haut strich, verschoben sich seine Mundwinkel zu einem schiefen Lächeln.

Ich erwiderte es, obwohl mir innerlich nach Heulen zumute war. »Du musst keine Angst haben«, versuchte ich uns beide zu trösten. »Ich werde hierbleiben, bis ... bis ...«

»Bis ich gestorben bin.«

»Nein, bis Hilfe kommt«, widersprach ich mit bebender Stimme. »Leah ist eine schnelle Läuferin, sie und unser Mediziner werden gleich zurück sein.«

Der Fremde schüttelte den Kopf, doch auf seinen spröden Lippen trug er noch immer ein mattes Lächeln. »Die Prophezeiung muss abgewendet werden, sonst wird unsere Welt im wahrsten Sinne des Wortes untergehen. Du musst ihn warnen, Mädchen.«

»Das ... werde ich tun«, versprach ich, obwohl ich mich dabei hundeelend fühlte. Wie sollte ich dieses Versprechen jemals einhalten? Ich wusste ja nicht einmal, von wem der Fremde überhaupt sprach!

Aus der Ferne vernahm ich mit aufgebrachte Rufe, doch mein Blick galt nur dem jungen Mann, dessen Atem mit jedem Wimpernschlag leiser wurde.

»Danke«, presste er mit rasselnder Stimme hervor. »Und sag ihm bitte auch, dass ... dass die Ereignisse von damals nicht seine Schuld waren. Es war alles eine einzige Lüge, es war –« Erneut brach die Stimme mitten im Satz ab.

Tränen verschleierten meine Sicht, doch ich wagte es nicht, die Hand des Fremden loszulassen, um die Nässe aus meinen Augenwinkeln zu wischen.

»Was war nicht seine Schuld?«, fragte ich heiser, obwohl ich genau wusste, dass diese Unterhaltung zu nichts führen würde. Es war offensichtlich, dass der Mann zu meinen Füßen nicht bei Sinnen war. Was auch immer ihm auf hoher See zugestoßen war, es hatte ein verheerendes Chaos in seinem Kopf hinterlassen. Dennoch wollte ich ihn nicht spüren lassen, wie wenig ich seine Worte verstand. Stattdessen sollte er etwas zur Ruhe kommen und sich keinesfalls noch mehr aufregen.

»Er weiß, was ich damit meine«, hauchte der Fremde und schloss seine Finger fester um meine zitternde Hand. »Ich muss jetzt gehen. Danke, dass ... dass du mir Gehör geschenkt hast.«

Verwundert runzelte ich die Stirn. »Gehen? Wohin denn? Ich denke, du solltest lieber liegen bleiben und –«

Ein röchelndes Geräusch, das unter anderen Umständen vielleicht ein Lachen gewesen wäre, drang aus seiner Kehle hervor. »Meine letzte Reise geht ins Niemandsland. Um diese Schwelle zu überschreiten, brauche ich keine Kraft. Bitte behalte meine Worte in Erinnerung und pass auf, dass ... dass dich die Untoten ... nicht ...«

Die Augenlider des Mannes vibrierten wie ein Zitteraal. Als ich hilfesuchend aufsah, entdeckte ich Leah und einige der Inselbewohner neben dem Felsen stehen. Als sich unsere Blicke trafen, wollte Leah sofort zu mir eilen, doch Bea packte sie unverzüglich am Arm und zog sie zurück.

»Nicht anfassen! Bell, verschwinde von dem Kerl!«, rief sie mir aufgebracht zu, doch ich schüttelte verzweifelt den Kopf.

»Er braucht Hilfe!«, erwiderte ich, wobei meine Stimme so heiser klang, dass ich sie zunächst gar nicht als meine eigene identifizierte.

»Für diesen Mann kommt jede Hilfe zu spät.« Alarik, das Oberhaupt unserer Inselgemeinde, kam langsam auf mich zugelaufen. Der Ausdruck um seine schmalen Lippen wirkte noch strenger als sonst. »Flynn, du bringst die Mädchen nach Hause. Bea, du und ...«

Der Rest seines Satzes wurde von einem lauten Piepen in meinen Ohren übertönt. Meine Unterlippe zitterte so stark, dass ich kein Wort herausbekam.

Ein letztes Mal wanderte mein Blick auf den Fremden hinunter. Sein Gesicht hatte einen friedlicheren Ausdruck angenommen, doch seine offenen Augen wirkten seltsam stumpf. Irgendwie ... milchig. Während seine

Pupillen gen Himmel wanderten, öffnete er die Lippen, doch statt Worten glitt nur ein leiser Seufzer über sie hinweg.

Dann erschlaffte sein Handgriff – und mit ihm zerbrach meine bittersüße Illusion, dass es Tod und Elend nur abseits unserer verschlafenen Insel gab.

Kapitel 2

Schweigend starrte ich auf das Feuer in unserem Kamin. An einem normalen Abend hätte ich das leise Knistern des brennenden Holzes genossen. Hätte die prickelnde Wärme auf meiner Haut gespürt und an den fröhlichen Unterhaltungen meiner Familie teilgenommen, die neben mir am Esstisch Platz genommen hatte. Doch seit dem Vorfall am Strand war nichts mehr normal – *gar nichts*.

Das Knacken des Holzes ging in meinen schreienden Gedanken unter wie ein Stein im Meer. Ich konnte die Wärme des Feuers nicht spüren, weil sich eine eisige Kälte in meine Knochen gefressen hatte, und dem Gespräch meiner Familie lauschte ich schon lang nicht mehr. Stattdessen rührte ich nur stumpf in der Kartoffelsuppe, die mir meine Mutter vor einigen Minuten vor die Nase gestellt hatte. Nein, dieser Abend war ganz sicher nicht normal. Ehrlich gesagt fuhlte er sich an wie der Anfang vom Ende.

»Bell, es ist vorbei.«

Mein Herzschlag setzte für einen Moment aus. Zeitgleich erstarrte meine Hand, mit der ich den Löffel führte. Langsam wanderte mein Blick über den gedeckten Tisch zu meiner Mutter, die am Kopfende neben meinem jüngeren Bruder saß und mich besorgt musterte.

»Nein, Mutter.« Meine Stimme klang ganz anders als noch vor wenigen Stunden, als ich mich in meinem Zimmer verschanzt und mir die Augen aus dem Kopf geheult hatte. Der heisere Unterton war zwar immer noch da, aber das weinerliche Beben war verschwunden. Stattdessen klang meine Stimme so kalt und fest wie die Felsen unserer Brandung. »Es ist nicht vorbei. Es hat gerade erst angefangen.«

Meine Mutter stieß einen frustrierten Seufzer aus und nahm Mino den Rest der Brotscheibe aus der Hand, die er zuvor in unzählige Krümel verarbeitet und auf dem Tisch verteilt hatte. »Bell, so geht das nicht«, rügte sie hörbar gereizt. »Du musst versuchen diese schreckliche Erinnerung gehen zu lassen!«

»Ach, so einfach ist das?«, erwiderte ich zynisch. »Denkst du, ich lasse das Erlebte freiwillig in Dauerschleife vor meinem inneren Auge abspielen? Dass ich es schön finde, ständig dem letzten Röcheln des Mannes zu lauschen? Dass ich es mag, seine starren Augen hinter jeder Ecke zu sehen?«

»Nicht so laut, Bell«, flüsterte Mary neben mir und griff unter der Tischplatte nach meiner Hand. Ich erwiderte den Händedruck, doch ihre dünnen Finger fühlten sich genauso kalt an wie meine eigenen. Sofort machte sich ein schlechtes Gewissen in mir breit. Ich wusste, dass sie und mein älterer Bruder Phil es im Moment nicht leicht hatten. Mary trug ein Kind unter ihrem Herzen, doch leider schien sie die Schwangerschaft mehr zu belasten, als es für eine junge Frau ihres Alters normal war. Sie sollte sich nicht auch noch meinetwegen sorgen.

»Wie geht es dir heute, Mary?«, fragte ich leise zurück. Verwundert zog sie ihre schmalen Brauen zusammen und blickte kurz zu meinem älteren Bruder Phil hinüber, ehe sie sich wieder mir zuwandte. »Nun … den Umständen entsprechend.« Ihre Pupillen huschten nervös umher. Ich spürte, wie unser Händedruck feucht wurde. »Gibt es denn schon neue Nachrichten von Limea?«, fragte ich hoffnungsvoll, doch Mary schüttelte nur traurig den Kopf.

»Leider nein«, antwortete mein Bruder an ihrer Stelle und legte seufzend sein Besteck beiseite. »Seit sie unsere Insel vor drei Monaten das letzte Mal besucht hat, ist sie wie vom Meer verschluckt. Niemand hat sie oder ihr Schiff gesehen, niemand weiß, wo sie sich aufhält.«

»Hoffentlich geht es ihr gut«, murmelte ich mehr zu mir selbst als zu den anderen. Ich kannte Limea, die fröhliche Händlerin mit den lockigen grauen Haaren, schon beinahe mein ganzes Leben lang. Seit jeher versorgten sie und ihre Familie uns Inselbewohner mit Nahrung und Baumaterialien vom weit entfernten Festland. Im Gegenzug verkauften wir ihr selbst gemachten Schmuck aus Muscheln, den es so nirgendwo sonst zu kaufen gab. Die Menschen vom Festland waren gierig nach solchen Dingen und gewillt stattliche Preise dafür zu zahlen. Limea und ihr Schiff waren als einziger Handelsweg zum Festland unentbehrlich für uns. Zwar gab es auf unserer Insel ausreichend Palmenholz, Fisch in Überfluss und verschiedene Früchte wie Ananas, Kokosnüsse, Drachenfrüchte und Bananen, aber unser kleines Fleckchen Erde allein könnte niemals unseren gesamten Bedarf an Rohstoffen und Nahrungsmitteln decken, den wir zum Überleben brauchten.

»Das hoffe ich auch«, stimmte mir Mary leise zu.

»Solange sie nicht auftaucht und neue Baumaterialien liefert, kann ich unser Haus nicht fertigstellen«, fuhr Phil zerknirscht fort. »Heute Mittag habe ich die letzten Holzbretter und Nägel verarbeitet, die wir noch übrig hatten, aber sie haben nicht einmal ausgereicht, um ein einziges Zimmer bewohnbar zu machen. So langsam zweifle ich daran, dass es rechtzeitig fertig wird, ehe unser Nachwuchs das Licht der Welt erblickt.«

»Aber das ist doch nicht schlimm«, versuchte ihn meine Großmutter zu beruhigen. Der Klang ihrer einfühlsamen Stimme ließ den Gedankensturm in meinem Kopf gleich etwas leiser werden. Lächelnd tätschelte sie Phils Schulter und blickte zu ihm auf. »Ich freue mich, wenn ich dich und die liebe Mary noch eine Weile bei mir habe. Und wenn mein Urenkelchen endlich zur Welt gekommen ist, erkläre ich mich natürlich gern dazu bereit, auf es aufzupassen und ihm Geschichten vorzulesen, damit du und Mary eine Mütze Schlaf abbekommt.«

»Ich glaube nicht, dass das eine gute Idee ist«, erwiderte meine Mutter trocken und rümpfte die Nase. »Man sieht ja, was du mit deinen Schauermärchen bei Bell angerichtet hast.«

Mein Löffel rutschte mir aus der Hand und landete klirrend in meiner Suppenschüssel. Mit offenem Mund starrte ich meine Mutter an, die abwehrend die Hände hob. »Nimm es nicht persönlich Bell, aber es ist nicht zu übersehen, wie sehr dir ihre Geschichten zugesetzt haben. Du bist zu schreckhaft geworden, Kind.«

»Zu schreckhaft?«, kam mir Phil zu vor. »Dir ist aber schon bewusst, weshalb sie so aufgewühlt ist, oder? Jemand ist vor ihren Augen gestorben, Mutter!«

»Das weiß ich doch! Ich sage ja nicht, dass Bell gar nicht trauern darf, aber während Leah und Flynn nur den Anblick einer Leiche zu verarbeiten haben, fürchtet sich Bell zusätzlich vor irgendwelchen Hirngespinsten eurer Großmutter!«

»Gestaltwandler sind keine Hirngespinste, meine Liebe«, entgegnete diese streng und hob mahnend einen Zeigefinger. »Die Tatsache, dass du sie leugnest, macht sie nicht weniger real. Das weißt du genauso gut wie ich.«

Aus dem Augenwinkel sah ich, wie Mino seinen Teller beiseiteschob und ängstlich zwischen uns Erwachsenen hin und her sah. »Gibt es nun Monster oder nicht?«

»Ja!«, antworteten Großmutter und ich wie aus einem Mund.

»Nein!«, erwiderten Mary, Phil und Mutter zur selben Zeit. Verwirrt runzelte Mino seine kleine Stirn.

»Die Verletzungen des Mannes können nicht menschlichen Ursprungs gewesen sein«, erklärte ich und verschränkte trotzig die Arme vor der Brust. »Der Wahnsinn stand ihm ins Gesicht geschrieben und die Wunde an seinem Hals sah aus, als würden Seepocken daraus hervorwuchern!«

»Du standest unter Schock, Bell«, widersprach Phil.

Seine Stimme klang sanft, doch in meinem Herzen glichen seine Worte einer Kriegserklärung. Es fühlte sich an, als würde jemand einen Glassplitter hineinbohren. Dass meine Mutter nicht auf meiner Seite war, überraschte mich nicht. Doch dass mir mein geliebter Bruder ebenfalls misstraute, schnürte mir den Atem ab. Wie konnte er mir nur so in den Rücken fallen? Ausgerechnet er, mein Fels in der Brandung … Obwohl ich es nicht wollte, stiegen mir Tränen in die Augen. »Du glaubst mir also nicht, Phil?«

Er schwieg, doch die Art, wie er meinen Blick mied, reichte mir als Antwort. Hitze stieg in meinem Körper auf und ließ ihn glühen wie das Feuer im Kamin. Ehe ich der plötzlichen Wut Herr werden konnte, schlug ich bereits mit der flachen Hand auf den Tisch und sprang so schnell auf, dass mein Stuhl krachend zu Boden fiel.

»Bell!«, rief meine Mutter erstaunt und starrte mich mit offenem Mund an.

Ich war genauso überrascht wie sie, schließlich schaffte ich es normalerweise nicht einmal, meine Stimme zu erheben. Die widersprüchlichen Gefühle in mir bereiteten mir Sorgen. Ehe ich wieder etwas tat, das ich später bereuen könnte, lief ich ohne eine weitere Erklärung auf unsere schmale Wendeltreppe zu und eilte ins Dachgeschoss. Oben angekommen huschte ich sofort in das kleine Zimmer, das ich mir mit Mino teilte, und knallte schwungvoll die Tür hinter mir zu.

Meine Verzweiflung ließ mein Herz rasen, doch ich wusste nicht, wie ich diese überschüssige Energie am schnellsten loswerden könnte. Nachdem ich einige Runden rastlos durch mein Zimmer gelaufen war, ließ ich mich schluchzend in der kleinen Nische zwischen meinem Bettgestell und der Zimmerwand nieder und zog meine Knie fest an meine bebende Brust. Bereits im Kindesalter hatte ich mich dieser Methode bedient, wenn mir das Leben über den Kopf gewachsen war. In solchen Momenten hatte ich mich gern in diese Ecke zurückgezogen, die Augen geschlossen und mir vorgestellt, dass alles wieder gut werden würde.

Doch als ich jetzt die Lider senkte, tauchte nur ein blasses Augenpaar in der Dunkelheit vor mir auf und jagte mir einen eisigen Schauer über den Rücken. Trotz meiner Schluchzer hörte ich den rasselnden Atem des Fremden, lauschte seiner bebenden Stimme. Der Geruch nach feuchten Algen und etwas Fauligem, das mich an einen verwesenden Fisch erinnerte, kroch meine Nase empor.

Ich erwischte mich bei dem niederträchtigen Wunsch, den Fremden einfach zurückgelassen zu haben. Ich hätte mich zweifelsohne hundeelend gefühlt, aber immerhin wäre ich so dem Anblick entkommen, der mich nun mein ganzes Leben lang verfolgen würde.

Während mir meine Tränen wie Wasserfälle über die Wangen strömten, zitterte mein Körper wie Espenlaub. Mir war so kalt, als hätte ich die ganze Nacht im Meer verbracht. In dem Versuch, meine Schluchzer zu unterdrücken, presste ich mir eine Hand auf den Mund, doch gedämpft konnte ich sie immer noch hören. Wimmernd drückte ich meine Augen so fest zusammen, dass es wehtat. Ich trauerte nicht mehr nur um das Leben des Mannes, sondern auch um mein eigenes. Denn als er seines verloren hatte, war mir meines ebenso genommen worden. Zumindest fühlte es sich so an.

Die Trauer breitete sich über mir aus wie eine Decke aus Blei. Sie drückte fest auf meine Schultern und erschwerte mir das Atmen, aber gleichzeitig rief sie eine Erschöpfung in mir hervor, die meine Gefühle stumpf werden ließ. Meine schreienden Gedanken drangen nur noch dumpf zu mir durch, so, als wären sie nun hinter einer dicken Felsmauer eingeschlossen. Ich verlor das Gefühl für Zeit und Raum und starrte einfach nur in die Dunkelheit, während eine Taubheit Besitz von mir ergriff, von der ich nicht wusste, ob sie mir helfen oder schaden würde.

Als ich meine Augen nach einiger Zeit wieder aufschlug, spürte ich die kühle Zimmerwand unter meiner Wange. Ich musste mehrmals blinzeln, ehe sich meine tränenverklebten Lider voneinander lösten. Mein Kopf schmerzte, als hätte jemand mit einem Zaunpfahl dagegen geschlagen. Seufzend legte ich eine Hand auf meinen pulsierenden Nacken. Ich hatte wohl zu lang in dieser zusammengepferchten Position verharrt ... War ich etwa eingeschlafen?

Während ich meine müden Glieder streckte, verzogen sich meine Lippen zu einem ausführlichen Gähnen. Mit einem Mal hörte ich leise Stimmen vor meiner Tür. Mühsam schälte ich mich aus meinem Versteck hervor und ging darauf zu. Als ich die Zimmertür einen kleinen Spalt öffnete und hinaus auf den Flur blickte, entdeckte ich Mary, die eine Hand auf Phils Tür gelegt hatte und mit der anderen Mino festhielt. Aus meinem Versteck heraus beobachtete ich, wie sie die Tür öffnete und einen Schritt in das Zimmer setzte, doch Mino zog fest an ihrem Ärmel und weigerte sich ihr zu folgen. »Das ist doch gar nicht mein Zimmer«, flüsterte er aufgebracht und deutete mit seiner kleinen Hand in meine Richtung. »Ich wohne doch bei Bell!«

»Ja, aber heute übernachtest du bei Phil und mir«, erwiderte Mary leise und versuchte erneut das Zimmer zu betreten, doch Mino blieb stur. Seufzend verdrehte sie die Augen. »Bell geht es nicht gut, sie braucht ein wenig Ruhe.«

»Aber ich störe sie doch gar nicht ...« Mino klang so traurig, dass ich ihn am liebsten in den Arm genommen und in unser Zimmer gezogen hätte, doch etwas hielt mich davon ab. Mary hatte nicht Unrecht damit, dass Ruhe im Moment das Vernünftigste für mich wäre. Wenn mich etwas belastete, neigte ich außerdem zu lebhaften Träumen. Ich wollte Mino nicht noch mehr beunruhigen, indem ich ihn weckte, weil ich im Schlaf schluchzte oder schrie. Bei Phil und Mary würde er es heute definitiv besser haben als bei mir.

Schließlich sah ich, wie Mino nickte und langsam hinter Mary ins Zimmer schlich.

Auch nach ihrem Verschwinden starrte ich eine ganze Weile vor mich hin und traute mich nicht meine schützenden vier Wände zu verlassen. Ich wusste, dass ich mich ausruhen sollte, doch in Anbetracht meiner Nervosität erschien mir Schlafen nahezu unmöglich. Ich brauchte etwas, um Energie abzubauen und meinen Körper zu ermüden. Plötzlich kam mir eine Idee. Draußen mochte es dunkel und etwas windig sein, aber ein Nachtspaziergang hatte mir schon oft dabei geholfen, meine Gedanken wieder in die richtige Richtung zu lenken.

So geräuschlos wie möglich schlich ich über den Holzboden unseres kurzen Flures und hielt auf die Wendeltreppe zu. Aus dem unteren Stockwerk drang das helle Licht des Kamins zu mir herauf und erleuchtete die Treppenstufen. Ich konnte das Knacken des Kaminholzes hören, gemischt mit den Stimmen von Mutter und Phil. Normalerweise würde ich sofort umdrehen und wieder auf mein Zimmer gehen, weil es sich nicht gehörte, die Gespräche anderer Leute zu belauschen – doch heute war nichts normal. Also gab ich meiner Neugierde nach und setzte mich auf die oberste Stufe.

»Wie geht es euch beiden, Phil?«, drang die Stimme meiner Mutter in meine Ohren.

Sie klang aufrichtig besorgt; eine Emotion, die sie schon lang nicht mehr gezeigt hatte. Ich konnte mich nicht daran erinnern, sie seit dem Verschwinden unseres Vaters noch einmal erlebt zu haben.

»Mary geht es miserabel«, seufzte mein Bruder. Die Abgeschlagenheit seiner Stimme brach mir das Herz. »Die Schwangerschaft ist belastend für sie, ständig hat sie mit Übelkeit und Kopfschmerzen zu kämpfen. Ich habe das Gefühl, dass sie in den letzten Wochen empfindlicher geworden ist. Manchmal beginnt sie wie aus dem Nichts heraus zu weinen, an anderen Tagen schafft sie es kaum aus dem Bett. Sie hat mir gestern erzählt, dass sie ihre Familie auf dem Festland vermisst. Außerdem macht es sie traurig, wenn ich den ganzen Tag lang unterwegs bin, um an unserem Haus zu bauen. Letzteres liegt ja nun vorerst auf Eis, aber das macht unsere Lage natürlich auch nicht besser.«

»Verständlich«, pflichtete ihm nun auch meine Großmutter bei. »Dieses Haus ist schlicht zu klein für uns alle. Das war es schon bei eurer Ankunft, aber seitdem sind ja auch noch Mino und Mary dazugekommen.«

»Das Problem sind nicht nur die Räumlichkeiten«, hörte ich erneut die Stimme meiner Mutter. »Ich werde Mino sagen, dass er ab sofort nicht mehr der Jüngste im Haus ist und aufpassen muss, dass er Mary und das Baby nicht stört, aber er ist eben ein Kind. Es wird garantiert vorkommen, dass er durchs Haus tobt und euer Baby weckt. Umgekehrt werden alle mitbekommen, wenn es nachts schreit.«

»Ich weiß«, antwortete mein Bruder kühl, »aber heute werden wir keine Lösung mehr für das Problem finden.«

Ich hörte, wie plötzlich Stuhlbeine über den Boden schrammten, und duckte mich tiefer in die Dunkelheit des Flures.

»Ich werde jetzt schlafen gehen und noch einmal nach Bell schauen«, verkündete Phil.

Keinen Augenblick später erkannte ich seinen Schatten am Fuß der Treppe. Wie von der Tarantel gestochen sprang ich auf und hastete zurück in mein Zimmer. In einer Bewegung zog ich mir meine Bluse über den Kopf und riss mit der anderen Hand meinen Kleiderschrank auf. Hastig zog ich mein Nachthemd hervor. Ich streifte das dünne Leinenkleid über, zog meine Hose aus und schlüpfte anschließend unter die Bettdecke. Mir blieb nicht einmal Zeit um mein langes Haar aus dem Kragen hervorzuholen, denn vor der Tür hörte ich bereits die schweren Schritte meines Bruders. Als ich das leise Quietschen meiner Türklinke vernahm, drehte ich mich hastig auf die Seite und kniff meine Augen so weit zu, dass sie nur noch einen winzigen Spalt geöffnet waren. Durch meine Wimpern hindurch blickte ich auf den dunklen Holzfußboden, auf dem sich langsam ein schmaler Lichtstreifen ausbreitete. Phil hatte wohl eine unserer Öllampen mit nach oben gebracht.

»Bell?«, fragte er vorsichtig, doch ich war klug genug, um ihm nicht zu antworten. Ich kannte meinen älteren Bruder; wenn ich jetzt zu erkennen gab, dass ich nicht schlief, würde er die ganze Nacht an meinem Bett wachen. Bereits im Kindesalter war er nicht von meiner Seite gewichen, wenn ich von Albträumen geplagt worden war. Noch heute war ich mir sicher, dass ich mehr von *ihm* aufgezogen worden war als von meiner eigenen Mutter. Sie hatte genauso darin versagt, ein festes Band zwischen uns aufzubauen wie mein Vater. Doch seit jenen Nächten, in denen Phil auf mich achtgegeben hatte, hatte sich einiges verändert: Ich war kein Kind mehr, und an meine Stelle war eine andere Frau getreten, die vor Albträumen beschützt werden musste.

»Mach dir keine Sorgen, kleine Bell«, flüsterte Phil sein übliches Mantra, »ich werde das schon irgendwie hinbiegen.«

Als er mein Zimmer verließ, hatte ich tatsächlich das Gefühl, er würde einen Teil meiner Sorgen mit sich nehmen. Das Atmen fiel mir wieder etwas leichter, doch der Großteil meiner Angst umkreiste mich leider nach wie vor wie eine lästige Fliege.

Angestrengt lauschte ich in die Dunkelheit. Erst nachdem ich im Kopf stumm bis fünfzig gezählt hatte und es vor meiner Tür mucksmäuschenstill geworden war, wagte ich einen erneuten Versuch, das Haus zu verlassen. Auf nackten Sohlen schlich ich auf den Flur hinaus und stieg die ersten Treppenstufen hinab. Bis auf das leise Knarzen der Stufen war nichts zu hören. Das Knistern des Kaminfeuers war verstummt, genauso wie die Stimmen meiner Mutter und Großmutter. Als ich das Erdgeschoss erreicht hatte, zog mir ein herber Geruch nach verbranntem Holz in die Nase. Das Feuer unseres Kamins war bereits gelöscht worden. Ich tastete mich weiter an der Zimmerwand entlang. Kaum hatte ich die Haustür erreicht, sah ich mich ein letztes Mal um, öffnete sie und schlüpfte eilig hinaus ins Freie.

Ich bereute meine Entscheidung schon in dem Augenblick, in dem ich meinen nackten Fuß auf das nasse Holz unserer Veranda setzte. Verärgert verzog ich meine Lippen und umschlang meinen zitternden Oberkörper, während ich blinzelnd in den schwarzen Himmel hinaufsah, aus dem mir eimerweise Wasser entgegenkam. *Großartig!* So viel also zum Nachtspaziergang, der mir dabei helfen sollte, endlich zur Ruhe zu kommen. Momentan trugen weder das kalte Wasser auf meinen unbekleideten Armen noch das laute Plätschern des Regens zu diesem Vorhaben bei. Frustriert stieß ich den Atem aus und verlagerte mein Gewicht von einem Bein aufs andere. Ich sollte wohl besser wieder ins Bett zurückkehren, ehe ich mir hier draußen den Tod holte ... Doch bei dem Gedanken an die quälende Stille in meinem Zimmer geriet mein Vorhaben ins Straucheln.

Hier draußen gab es wenigstens genug Luft zum Atmen und das sanfte Leuchten der Sterne und des Mondes nahmen mir die Angst, dass etwas in der Dunkelheit auf mich lauerte. Außerdem war ich mittlerweile sowieso komplett durchnässt – warum also nicht noch ein paar Schritte gehen? Blinzelnd blickte ich über unsere Veranda hinweg auf das dunkle Meer. Der Weg dorthin war nicht weit, ich müsste nur die Düne hinablaufen und schon wäre ich am Ufer.

Das monotone Rauschen der Wellen hatte meine Gedanken schon oft verstummen lassen, wenn ich nachts keine Ruhe finden konnte. Es beruhigte mich gleichermaßen wie die kühle Seeluft, die über meine unbekleideten Arme strich und in meine Nase zog. Erneut blickte ich zu den Sternen auf. Sie würden über mich wachen, wie sie es bereits unzählige Male zuvor getan hatten. Solange ich in der Nähe der Häuser blieb und nicht zu tief ins Meer ging, konnte mir nichts zustoßen. Ehe ich es mir noch anders überlegen konnte, rannte ich los.

Der Vollmond strahlte in dieser Nacht so hell über unserer Insel, dass ich keine Mühe beim Überqueren der Düne hatte und wohlbehalten am Fuße des Sandhügels zum Stehen kam. Zufrieden sah ich auf das pechschwarze Meer hinaus, auf die hohen Wellen, die wild an den Strand peitschten. Das laute Rauschen der Flut dröhnte in meinen Ohren und übertönte meine Sorgen.

Da mein Nachtkleid durch den Regen sowieso durchnässt war, ging ich noch etwas näher auf die Wellen zu. Vorsichtig setzte ich einen Fuß in das dunkle Wasser. Als es meine Haut berührte, stellte ich fest, dass es wärmer war als der Regen. Die Sonne musste das Meer in den letzten Tagen ganz schön aufgeheizt haben. Das Gefühl war so angenehm und vertraut, dass ich tiefer in die Wellen hineinlief.

Beim Anblick der stürmischen See musste ich mit einem Mal unvermittelt an Limea denken. Ob sie gekentert war? Der Wellengang der vergangenen Tage war beachtlich gewesen, ihr kleines Boot musste dabei einer Nussschale geglichen haben. Es hatte mich schon immer gewundert, dass das kleine Ding überhaupt seetauglich war ... Hastig schüttelte ich den Gedanken ab. Nein, an so etwas Schreckliches durfte ich gar nicht denken. Limea war eine begabte Steuerfrau und seit vielen Jahrzehnten auf der Route zwischen unserer Insel und dem Festland unterwegs. Sie kannte das Meer wie ihre Westentasche und war sich sicherlich im Klaren darüber, welche Wetterlage sie sich und ihrem Boot zutrauen konnte. Sie war nicht gekentert, ganz bestimmt nicht. Vielleicht hatte es einfach nur Probleme auf dem Festland gegeben oder ihr Schiff musste gewartet werden. Ich war mir sicher, dass sie innerhalb der nächsten Wochen wieder zu uns stoßen und die Rohstoffe mitbringen würde, die wir hier auf der Insel so dringend benötigten. Zum Beispiel das Baumaterial für Phils und Marys neues Heim. Oder warme Decken. Oder –

Plötzlich riss etwas an meinen Fußgelenken. Erschrocken quiekte ich auf, doch mein halbherziger Schrei wurde augenblicklich vom Tosen der Wellen verschluckt. Er jetzt wurde mir bewusst, dass mir das Wasser bereits bis zu Brust stand. Ich musste so tief in Gedanken versunken gewesen sein, dass ich achtlos immer weiter ins Meer hineingelaufen war. Das hätte unter keinen Umständen passieren dürfen! Schließlich wusste ich doch um die heimtückischen Strömungen, die sich auf dieser Inselseite unter der Meeresoberfläche verbargen ...

Nur durch große Anstrengung gelang es mir, mein Gleichgewicht wiederherzustellen. Zaghaft wagte ich einen Blick über meine Schulter hinweg zu unserem Haus. Mein Herz begann so kräftig zu schlagen, dass ich das Pochen trotz der Wellen laut und deutlich in meinen Ohren vernahm. Zwar konnte ich die Umrisse des Bauwerks erkennen, doch Details wie Fenster und Türen waren nicht mehr wahrnehmbar. Ich hatte mich viel zu weit vom Strand entfernt. Japsend schnappte ich nach Luft.

Jetzt bloß nicht in Panik verfallen!

Ob mich jemand hören würde, wenn ich aus Leibeskräften nach Hilfe schrie? Ein kurzer Blick zum Ufer genügte, um meine Hoffnung zerplatzen zu lassen. Nein, vermutlich nicht.

Ohne die Aussicht auf Rettung blieben mir nur zwei Optionen: Entweder ich hielt mein Nervenkostüm beisammen und rettete mich selbst oder ich ertrank still und heimlich im Meer. Wäre die Situation nicht so ernst, hätte ich mich am liebsten selbst geohrfeigt. Wie oft hatte ich die Kinder dazu ermahnt, dieses Gebiet zu meiden? Ich hatte um die Gefahr der Strömung gewusst und war dennoch in ihre Falle getappt …

Ich versuchte mit meinen Zehenspitzen im Meeresboden Halt zu finden, doch die Wellen schubsten mich immer wieder umher. Ich wusste, dass ich trotz meiner brenzlichen Lage Ruhe bewahren musste, um keine unüberlegten Entscheidungen zu treffen. Doch je mehr ich mich auf mich und meine Gedanken konzentrierte, desto lauter wurden die Zweifel. Erneut richtete ich meinen Blick auf unser Wohnhaus und stieß seufzend die Luft aus, wobei kleine Nebelwölkchen über meine Lippen traten. Auf ein Wunder zu warten würde mich auf Dauer auch nicht retten. Noch war ich nicht am Ende meiner Kräfte. Ich sollte zumindest *versuchen* meinem Schicksal zu entkommen, ehe sich die langen Finger der Todesgöttin um meinen Hals legen würden.

Durch meine plötzliche Entschlossenheit beflügelt wagte ich einen Schritt in Richtung Strand, doch kaum hob ich meinen Fuß aus dem weichen Sand empor, spürte ich erneut einen heftigen Ruck an meinen Knöcheln. Die Erschütterung war so stark, dass ich den Sturz nicht mehr abwenden konnte. Ich japste nach Luft und schon im nächsten Moment schlugen Wellen über meinem Kopf zusammen. Ich schmeckte das Meersalz auf den Lippen und versuchte trotzdem meine Lider zu öffnen. Kaum schlug ich sie auf, begannen meine Augen so stark zu jucken, als wären sie von einer Brennnessel berührt worden. Unkoordiniert strampelte ich mit Armen und Beinen, doch gegen die heimtückische Strömung hatte ich keine Chance. Ich wusste, dass sie mich aufs offene Meer ziehen würde, doch es gab absolut nichts, was ich dagegen tun konnte.

Die Panik in mir stieß wie ein Rammbock gegen die Innenseite meiner Lippen, die ich mit all meiner Willenskraft verschlossen hielt. Ich wollte schreien. Wollte weinen und nach Hilfe rufen. Doch als wäre es nicht schlimm genug, dass ich den Pfad der Todesgöttin eingeschlagen hatte, musste ich ihn auch noch schweigend gehen.

Genau in dem Moment, in dem ich meine Beherrschung verlor und meinen Mund öffnen wollte, spürte ich plötzlich wieder Boden unter meinen Füßen. Ohne darüber nachzudenken, stieß ich mich ab. Kurze Zeit später durchbrach mein Kopf die Meeresoberfläche. Ich japste nach Luft, sog sie so gierig ein, als wäre es mein letzter Atemzug. Meine Lunge brannte genauso stark wie meine Augen und Lippen, doch ich hatte keine Zeit, um mich dafür zu bemitleiden. Stattdessen versuchte ich mich zu orientieren, doch der starke Wellengang hatte sich mittlerweile in eine waschechte Sturmflut verwandelt, deren hohe Wellen es mir unmöglich machten, das Ufer auch nur zu erkennen. Im Augenwinkel sah ich, wie sich eine riesige pechschwarze Wand auf mich zuschob. Erst als mein Körper mit voller Wucht getroffen wurde, begriff ich, dass es sich um eine meterhohe Welle gehandelt hatte. Wie ein Spielball wurde ich hin und her geschleudert, drehte mich mehrere Male um meine eigene Achse und verlor völlig die Orientierung. Als mich das Meer erneut verschluckte, wusste ich nicht einmal, wo oben und unten war.

Ich spürte einen Krampf in meinen Beinen aufsteigen. Meine Arme ruderten noch immer verzweifelt umher, doch mein Kopf begann langsam zu realisieren, dass der Kampf verloren war. Es fühlte sich an wie eine Ewigkeit, seitdem mich die Strömung verschluckt hatte. Mittlerweile hatte sie mich sicherlich weit aufs offene Meer gezogen. Wenn ich meine Position richtig einschätzte, war ich bereits so weit vom Land entfernt, dass der Ozean um mich herum so tief war, dass sogar große Handelsschiffe darin schwimmen konnten. Sollte dies der Fall sein, wäre ich verloren. Der Sauerstoff würde niemals ausreichen, um wieder an die Oberfläche zu gelangen.

Fieberhaft suchte ich nach einem Ausweg, doch das beklemmende Gefühl in meinem Brustkorb nahm rasant zu. Mir blieb vermutlich nur noch eine knappe Minute, ehe meine Lungenflügel so sehnlichst nach Luft lechzen würden, dass ich meine Lippen öffnen musste. Ich hatte zwar schon oft davon gehört, wie grausam der Tod durch Ertrinken sei, doch nun, wo ich es am eigenen Leib erfuhr, musste ich bitterlich feststellen, dass es in Wahrheit noch viel schlimmer war. Der Tod kam quälend langsam, als würde die Göttin meinen Anblick bis zum letzten Moment auskosten wollen.

Ich wünschte, ich hätte bereits mein Bewusstsein verloren, um dieser Folter zu entgehen, doch leider waren meine Sinne so wach wie eh und je. Meine Glieder hingegen waren so erschöpft, dass meine Arme und Beine allmählich zum Stillstand kamen.

Unweigerlich musste ich an Phil und Mary denken, an Mino, meine Großmutter, Leah und Flynn ... an die Kinder, die morgen vergeblich darauf warten würden, dass ich mit ihnen bastelte. Obwohl ich unter Wasser war, spürte ich, wie mir Tränen in die Augen stiegen. Ich ließ sie im Stich ... alle. Auch das ungeborene Kind meines Bruders, dessen Gesicht ich niemals erblicken würde. Der Schmerz in meinem Inneren verwandelte sich in rasende Wut. Das hier war ganz allein meine Schuld. *Ich* war diejenige, die sich nachts heimlich aus dem Haus gestohlen und die Gefahr des Meeres missachtet hatte. Wäre ich nicht so kopflos gewesen, läge ich jetzt friedlich in meinem warmen Bett und würde vor mich hindösen. Stattdessen war ich gerade dabei, dem fremden Mann ins Reich der Toten zu folgen.

Ich nahm all meine verbliebene Kraft zusammen und wagte einen letzten Versuch, mich aus dem Griff des Meeres zu befreien. Doch während ich ziellos umhertastete und mit meinen Beinen strampelte, spürte ich nichts. Absolut gar nichts.

Beinahe hätte ich über die Tatsache gelacht, dass ich vor die Tür getreten war, um frische Luft zu schnappen, und nun ausgerechnet an Sauerstoffmangel sterben würde. Es war einer meiner letzten Gedanken, ehe die Erschöpfung endlich Besitz von meinem Bewusstsein ergriff. Stumm akzeptierte ich mein unabwendbares Schicksal und schloss die Augen. Meine Lippen erschlafften und öffneten sich ein wenig. Ich schmeckte das Salz des Meeres auf meiner Zunge, doch ehe mich die Panik erfassen konnte, wurde die Welt um mich herum schlagartig stumm.

Kapitel 3

Japsend fuhr ich hoch. Meine Lungenflügel brannten, als stünden sie in Flammen, und bei jedem Atemzug hatte ich das Gefühl, jemand würde mir einen Dolch zwischen die Rippen stoßen. Auf meiner Zunge vermischte sich der Geschmack nach salzigem Meerwasser und Gallenflüssigkeit. Mir war so speiübel, dass ich mich am liebsten übergeben hätte, doch mir fehlte schlichtweg die Kraft dazu. Wie ein abgestürzter Vogel lag ich auf dem Rücken, die Arme und Beine weit vom Rest meines Körpers abgespreizt, und starrte gen Himmel.

Seltsam. Der Nachthimmel im Reich der Todesgöttin sah dem aus der Welt der Sterblichen zum Verwechseln ähnlich. Ich hatte nie darüber nachgedacht, wie das Totenreich wohl aussehen mochte, doch einen so friedlichen Anblick hatte ich definitiv nicht erwartet. Als ein kühler Wind über mein Gesicht strich, fühlte es sich so an, als würde er meinen Verstand wach kitzeln. Mit einem Mal brachen meine Erinnerungen wie eine Flutwelle über mir zusammen und raubten mir den Atem. *Verdammt*. Ich war tatsächlich vor meiner eigenen Haustür ertrunken – wie jämmerlich!

Zeit für Selbstmitleid blieb mir jedoch nicht, denn plötzlich zog ein Schatten über meinem Gesicht auf und versperrte mir die Sicht auf den Vollmond. Vor Schreck verschluckte ich mich an meiner eigenen Spucke. Hustend versuchte ich mich auf die Seite zu drehen, doch zwei kräftige Hände packten meine Schultern und drückten mich zurück in den weichen Sand. Selbst durch den klammen Stoff meines Nachthemdes hindurch spürte ich die Wärme, die von ihnen ausging.

»Es ist zwar nicht das erste Mal, dass einem Mädchen bei meinem Anblick die Luft wegbleibt«, vernahm ich eine gelangweilte Männerstimme, die ich noch nie zuvor gehört hatte, »aber es wäre schön, wenn du trotzdem weiteratmen würdest. Ansonsten hätte ich mir meine Schwimmeinlage und die Mund-zu-Mund Beatmung auch sparen können.«

»*Mund-zu-Mund-Beatmung?*«, krächzte ich und brach erneut in Husten aus. Ursprünglich hatte ich den Fremden zwar etwas anderes fragen wollen, doch seine letzten Worte hatten die Gedanken in meinem Kopf zu Brei werden lassen. Angewidert erinnerte ich mich daran zurück, wie Alarik und seine Frau uns einst vorgeführt hatten, wie man diese Mund-zu-Mund-Beatmung durchführte, um jemandem das Leben zu retten. Allein der Gedanke daran, dass der fremde Kerl, der sich immer noch über mich beugte, als würde er mich fressen wollen, meine Lippen berührt hatte ... Hustend riss ich meinen Kopf zur Seite und versuchte meinen Mageninhalt bei mir zu behalten.

»Oh, glaub mir, ich hätte mir auch Schöneres vorstellen können«, antwortete er genauso desinteressiert wie zuvor. »Wie dem auch sei, jetzt geht es dir ja wieder besser ... Oder brauchst du etwa noch einmal meine Hilfe?«

»Nein!«, fiel ich ihm schrill ins Wort und schüttelte so heftig den Kopf, dass mir schwindelig wurde.

»Na, den Göttern sei Dank!« Der Fremde zog sich aus meinem Sichtfeld zurück und kniete sich neben mich in den Sand. Ich versuchte es ihm gleichzutun und schaffte es immerhin, meinen Oberkörper aufzurichten. Augenblicklich verschwand das Stechen zwischen meinen Rippen. Während ich meinem Atem lauschte, stellte ich erleichtert fest, dass dieser nicht länger wie ein Glas Perlen klang, das man ordentlich durchschüttelte.

Zurückhaltend blinzelte ich zu meinem Retter hinüber. Nun, da sein Gesicht nicht länger im Schatten des Mondes verborgen lag, fielen mir sofort seine hellen Augen auf, die mich mit einer Mischung aus Neugier und Misstrauen musterten. Die Augenbrauen des Fremden waren genauso dunkel wie sein Haar, dessen obere Partie er in einem winzigen Zopf am Hinterkopf trug. Die Spitzen der unteren Sektion reichten ihm bis zur Mitte des Halses. Es war genauso durchnässt wie seine Kleidung, doch ich war mir sicher, dass sich sein Haar ebenso weich anfühlte wie die Seidenbezüge meines Bettes. Während ich sein Gesicht erkundete, bemerkte ich, dass mich sein Anblick auf die gleiche Weise in den Bann zog, wie es die Strömung des Meeres getan hatte. Noch nie war ich einer Person begegnet, dessen Züge so perfekt schienen. Je länger ich seine langen Wimpern und die kantigen Kieferknochen musterte, desto überzeugter war ich, dass mein Retter kein Mensch, sondern das Werk eines begabten Bildhauers war. Das Einzige, was den wunderschönen Anblick für mich ruinierte, war der überhebliche Ausdruck auf dem Gesicht des Fremden.

»Bist du fertig damit, mich anzuglotzen? Kommt wohl nicht oft vor, dass du jemanden, der so gut aussieht wie ich, zu Gesicht bekommst, hm?« Während sich seine Lippen zu einem spöttischen Grinsen verzogen, begannen meine Wangen zu glühen. Der Fremde zwinkerte mir neckisch zu. »Lass mich raten, du hast dich bereits Hals über Kopf in mich verliebt.«

»Nein«, entgegnete ich barsch und verzog das Gesicht. »Dein Charakter hat mich zum Glück noch rechtzeitig davon abgehalten.«

Kaum hatte ich das ausgesprochen, weiteten sich seine Augen. Als er anfing zu lachen, musste ich zähneknirschend zugeben, dass der tiefe Ton seiner Stimme wie eine sanfte Melodie in meinen Ohren widerhallte. Schade, dass seine Worte nicht einmal halb so charmant waren wie sein restliches Auftreten. Ob die Männer im Reich der Toten alle so anstrengend waren?

»Mein erster Eindruck scheint mich getäuscht zu haben«, gluckste er, während er mich mit seinen Augen fixierte, die im Mondlicht wie Lapislazuli funkelten. »Du scheinst sympathischer zu sein, als ich dachte.«

Mein erster Eindruck von dir hat mich auch getäuscht, dachte ich zerknirscht. *Aber leider nicht im guten Sinne.* »Wie heißt du? Und was ist überhaupt passiert?«

»Neo«, beantwortete er meine erste Frage knapp.

Überrascht hob ich meine Augenbrauen. *Neo.* Diesen Namen hatte ich noch nie zuvor gehört, aber irgendwie gefiel er mir. Wir sahen uns eine Sekunde lang stumm in die Augen. Wäre das nicht der Moment, in dem er nach meinem Namen fragen sollte? Innerlich konnte ich über sein Verhalten nur den Kopf schütteln. Dieser Typ musste der ungehobeltste Mann sein, den ich jemals kennengelernt hatte. »Ich heiße Be –«

»Habe ich danach gefragt?«, schnitt er mir kühl das Wort ab. Ungläubig starrte ich ihn an, woraufhin er seufzend die Augen verdrehte und seine Worte noch einmal konkretisierte. »Dein Name interessiert mich nicht, Inselmädchen.«

Meine Kinnlade klappte auf. *Inselmädchen?!* Was fiel diesem Flegel ein? Ich hatte höflich sein wollen, doch seine Worte zerrten an meinem Geduldsfaden. Nein, mehr noch: Sie setzten ihn in Brand und verbreiteten sich wie ein Lauffeuer! Doch selbst die glühende Empörung vermochte nicht den leichten Stich zu verschleiern, den ich in meiner Brust verspürte. Es sollte mir egal sein, wie dieser aufgeblasene Kugelfisch über mich dachte. Das sollte es wirklich. Doch irgendwie konnte ich nicht verhindern, dass mich seine Art kalt erwischte. Ich war es einfach nicht gewohnt, mit anderen Menschen aneinanderzugeraten – schon gar nicht beim ersten Gespräch. Ob ich auf alle Fremden so streitsüchtig wirkte? Was hatte ich meinem Gegenüber getan, dass er mir so wenig Respekt zollte?

Als würde Neo meinen Gedanken lauschen, neigte er nachdenklich den Kopf. »Schau nicht so verdrossen. Je weniger wir voneinander wissen, desto besser für dich.«

Ich bildete mir ein, dass seine Stimme etwas freundlicher klang als zuvor, doch der Ton war nach wie vor dominant.

»Und wieso hast du mir dann *deinen* Namen verraten?«, erwiderte ich spitz und reckte das Kinn.

Als sich unsere Blicke trafen, besaß der Kerl doch tatsächlich die Frechheit, mir neckisch zuzuzwinkern. »Damit du deinen Freundinnen erzählen kannst, wer der heldenhafte, gutaussehende Mann war, der dich aus den Fluten gerettet hat.«

Erneut spürte ich, wie mir der Mund aufklappte. Doch dieses Mal war ich schnell genug, um ihn sofort wieder zu schließen. So oft, wie mich Neo in den letzten Minuten sprachlos gemacht hatte, musste er denken, ich beherrschte nur einen winzigen Wortschatz. Kopfschüttelnd versuchte ich mich aufzurappeln. Auch auf die Gefahr hin, dass ich meine restliche Zeit im Totenreich allein verbringen musste, wollte ich Neo unbedingt hinter mir lassen. Es hatte einfach keinen Zweck, sich mit ihm auseinanderzusetzen. Unsere Konversation – wenn man es denn überhaupt so nennen konnte – war die reinste Luftverschwendung.

Entschlossen stampfte ich zwei Schritte durch den feinen Sand. Weiter kam ich nicht, denn plötzlich wurde ich von einem so heftigen Schwindel erfasst, dass ich mein Gleichgewicht verlor und zur Seite stolperte, als hätte mich jemand geschubst.

»Hey, wo willst du denn so eilig hin?«, hörte ich Neos Stimme dicht hinter meinem Ohr. Im nächsten Moment spürte ich bereits seine warmen Hände an meiner Taille. Am liebsten hätte ich ihn weggestoßen, doch ich wusste, dass ich dann wie ein nasser Sack in mich zusammenfallen würde. Also biss ich die Zähne zusammen und versuchte meine Gedanken auf etwas anderes zu lenken als seinen warmen Atem, der sanft über mein Ohr strich ... Leider nur mit mäßigem Erfolg.

»Keine Ahnung, Hauptsache weg von dir«, grummelte ich, doch zu meiner Überraschung begann Neo leise zu lachen.

»Sieh an, du scheinst ja doch einen natürlichen Überlebensinstinkt zu besitzen. Nachdem ich gesehen hatte, wie du kopflos in die Wellen hineingeschwommen bist, habe ich ehrlich gesagt daran gezweifelt.«

Ich schnaubte spöttisch und drehte mich zu ihm um. Das Mondlicht erhellte sein Gesicht und warf dunkle Schatten unter seine Konturen, wodurch diese noch mehr hervorgehoben wurde. Hätte er nicht die Persönlichkeit einer lästigen Seepocke gehabt, hätte mich sein Anblick sicherlich in den Bann gezogen.

»Ich meine es ernst, Inselmädchen. Von Männern wie mir solltest du dich besser fernhalten.«

»Von Männern wie dir?«, wiederholte ich spöttisch. »Du willst mir weismachen, dass es da draußen mehrere Kerle gibt, die so selbstverliebt und unhöflich sind wie du?«

Neo Grinsen wurde so breit, dass es beinahe ansteckend war. Glücklicherweise konnte ich mich beherrschen und rollte stattdessen seufzend mit den Augen. »Na, wunderbar. Mögen die Götter uns beistehen!«

»Pff, auf deren Unterstützung solltest du nun wirklich nicht setzen«, erwiderte er nun wieder genauso kalt und herablassend wie zuvor. »Dieses Pack hat uns den ganzen Mist doch erst eingebrockt.«

»Wie meinst du das?«, fragte ich, erhielt jedoch keine Antwort. Stirnrunzelnd betrachtete ich Neos verschlossene Miene. In meinem bisherigen Leben war mir erst eine einzige Person begegnet, die kein gutes Haar an den Göttern ließ – alle anderen verehrten sie. Kein Wunder, schließlich wachten sie über uns und unsere Kinder, hielten Naturkatastrophen von unseren Ländereien fern und bereicherten unsere Böden, damit wir stattliche Ernten einfahren konnten. Obwohl unsere Insel nicht viel Platz bot, verfügten selbst wir über einen kleinen Tempel, der hoch oben auf der Spitze des Berges thronte und die Umgebung überblickte. Regelmäßig gingen wir das ehrwürdige Gebäude besuchen und dankten den Göttern für ihren großzügigen Schutz. An Festtagen legten wir sogar edle Speisen und Geschenke auf den Altar, um die Gottheiten weiterhin gnädig zu stimmen. Die einzige Person, die sich vehement weigerte auch nur einen Fuß in den Tempel zu setzen, war meine Großmutter. Welche Gründe wohl Neo umtrieben …?

Je länger ich darüber nachdachte, desto beklemmender wurde das Gefühl in meiner Brust. Ich wusste nichts über den Mann, mit dem ich mich tief in der Nacht an einem fremden Strand befand. Was, wenn er doch gefährlich war? Vielleicht war er ein Dieb. Ein Pirat. Ein Mörder. Oder schlimmer noch: ein Gestaltwandler!

Panik durchflutete meinen Körper und ich atmete so schnell, als wäre ich um meine gesamte Heimatinsel herum gerannt. Ehe ich mein Vorhaben hinterfragen konnte, fuhr ich zu Neo herum und schubste ihn von mir weg. Während ich einige Schritte rückwärts durch den Sand taumelte, ließ er mich keinen Moment aus den Augen.

»Was ist denn nun schon wieder los?«, fragte er gefährlich ruhig und neigte den Kopf zur Seite.

Ich antwortete ihm nicht, stattdessen ließ ich meinen Blick langsam über seinen Körper schweifen. Er blieb an seinen Augen haften, die im Licht des Mondes genauso blau schimmerten wie das Meer, während sich das schwache Licht der Sterne darauf brach. Solch eine intensive Farbe hatte ich noch nie in den Iriden eines Menschen gesehen ... Mir stockte der Atem – was, wenn Neo gar kein Mensch war? Zwar hatte ich – den Göttern sei Dank! – bisher noch keine Bekanntschaft mit einem Gestaltwandler schließen müssen, doch die Erzählungen meiner Großmutter und die Zeichnungen in ihren Büchern kreisten mir lebhaft vor Augen. Ich erinnerte mich daran, dass Gestaltwandler auf den ersten Blick menschlich wirkten, doch der Betrachter bei genauerem Hinsehen Merkmale erkennen konnte, die nicht zu den äußerlichen Eigenschaften eines Menschen passten. An Neo fielen mir zwar die ungewöhnlichen Augen, die beinahe perfekte Symmetrie seines Gesichtes und die übernatürliche Aura auf, die ihn umgab, aber ich war mir nicht sicher, ob diese Aspekte gemeint waren. Bisher hatte ich angenommen, dass Gestaltwandler in Sachen Aussehen eher das Gegenteil von Neo waren – aber was wusste ich schon darüber?

»Was ist los?«, fragte er mich ein weiteres Mal, diesmal hörbar genervt. Als er einen Schritt auf mich zumachte, streckte ich schützend die Arme vor meinen Körper. »Komm ja nicht näher!«

Neo stieß ein frustriertes Schnaufen aus und fuhr sich mit den schlanken Fingern durchs Haar. »Bisher hielt ich Sirenen für die anstrengendsten weiblichen Geschöpfe unserer Welt, aber du machst ihnen ernsthaft Konkurrenz. Würdest du mir verraten, wieso du mich plötzlich so angewidert ansiehst, als hätte ich jemanden vor deinen Augen umgebracht?«

»Ich kenne dich nicht«, antwortete ich so fest wie möglich, während mein Blick über den Strandabschnitt huschte. Nachdenklich verengte ich meine Augen. Die Umgebung kam mir seltsam bekannt vor ... Ich könnte schwören, dass ich die hohen Klippen und die krummen Palmen schon einmal gesehen hatte. »Ich bin doch gestorben, oder?«, fragte ich misstrauisch, obwohl ich mir keine ernsthafte Antwort seitens Neo erhoffte. Er schnaufte ungläubig und schüttelte heftig den Kopf. »Ah, dann ist das hier wohl einer meiner fiesen Albträume!« Erleichtert stieß ich den Atem aus. Welch ein Glück! Jetzt musste ich nur noch abwarten, bis mich Phil oder Mino aufweckten, und dann –

»Du bist weder tot noch schläfst du«, sprengte Neos überhebliche Stimme meinen tröstenden Gedanken. Erneut zwinkerte er mir zu und brachte damit mein Blut zum Kochen. »Aber ich kann natürlich verstehen, dass du annimmst, dass ein so gutaussehender und charmanter Held wie ich nur deinen kühnsten Träumen entsprungen sein kann. Tatsächlich bin ich aber aus Fleisch und Blut und quicklebendig, genauso wie du. Obwohl, deiner merkwürdigen Art nach zu urteilen bist du vielleicht nicht *ganz* so gesund wie ich. Vermutlich hast du dir deinen Kopf an einem Stück Treibholz angeschlagen.« Er verstummte für einen Augenblick und runzelte nachdenklich die Stirn. »Oder bist du etwa immer ... *so*?«

Empört funkelte ich ihn an. Was bildete sich dieser Flegel eigentlich ein? »Wie bin ich denn deiner Meinung nach?«

Grinsend ließ Neo seinen Blick über meinen Körper wandern. »Ach, weißt du, ich denke nicht, dass es ein passendes Wort gibt, um dieses sonderbare Verhalten zu beschreiben.«

Da mir nichts einfiel, was ich auf seine gemeine Behauptung erwidern konnte, schürzte ich nur beleidigt die Lippen.

Was sollte ich als Nächstes tun? Mich weiterhin mit Neo zu beschäftigen erschien mir wie die reinste Zeitverschwendung. Wenn er die Wahrheit sprach und wir uns tatsächlich nicht im Totenreich befanden, sondern auf meiner Insel, mussten wir uns meiner Orientierung nach auf der Nordseite befinden. Vielleicht hatte mich die Strömung wieder an Land gespült. Oder Neo hatte mir tatsächlich das Leben gerettet – was bedeuten würde, dass die Sache mit der Mund-zu-Mund-Beatmung ebenfalls wahr sein könnte. »Was hast du hier eigentlich zu suchen?«, fragte ich ihn direkt, während meine Augen über seinen Körper huschten. Ich konnte jedoch nichts Verdächtiges entdecken. Könnte er dennoch ein Gestaltwandler sein? Wieso hatte er mich in diesem Fall noch nicht umgebracht?

»Wie gesagt: Je weniger du über mich weißt, desto besser für dich. Mir scheint, als seist du schon genug damit beschäftigt, am Leben zu bleiben und dich nicht in gefährliche Situationen zu manövrieren. Schließlich bin ich noch nie jemandem begegnet, der mit einem Leinenhemd bekleidet nachts ins Meer gewartet ist. Glaub mir, du brauchst keine zusätzlichen Feinde, die dir nach dem Leben trachten.«

Erschrocken horchte ich auf. »Welche Feinde?«

»*Meine* Feinde.«

»Das macht dich nicht gerade vertrauenswürdiger …«

Lachend legte Neo seinen Kopf in den Nacken und fuhr sich durchs Haar. »Nein, das hast du goldrichtig erkannt! Es beruhigt mich, dass du scheinbar doch ein Gefühl für Gefahren besitzt – nach deinem halsbrecherischen Ausflug in die Fluten war ich mir da nicht mehr so sicher.«

»Wie hast du mich eigentlich gerettet?«, fragte ich geradeaus, bereit alles auf eine Karte zu setzen, auch wenn ich mir dabei etwas lächerlich vorkam. »Wärst du ein normaler Mensch, hätte dich die Strömung ebenfalls verschluckt. Du hättest keine Chance gegen die Kraft des Meeres gehabt, aber du … du bist kein normaler Mensch, habe ich recht?«

Ich bildete mir ein, einen zufriedenen Ausdruck auf seinem Gesicht zu erkennen. Neo senkte sein Kinn und durchbohrte mich mit seinen meerblauen Augen. In diesem Winkel wirkten seine scharfen Gesichtskonturen noch unmenschlicher, als sie es zuvor getan hatten. Wenn er kein Gestaltwandler war, dann eine lebendig gewordene Statue – da war ich mir sicher.

»Langsam fängst du an die richtigen Fragen zu stellen«, erwiderte er, wobei seine Stimme fast schon etwas stolz klang. »Allerdings werde ich dir nicht verraten, wer oder *was* ich bin. Wenn es dich wirklich interessiert, wirst du es selbst herausfinden müssen.«

Ich schluckte trocken. Das war nicht die Antwort, die ich mir erhofft hatte. Erst als ich das Beben meines Körpers bemerkte, fiel mir auf, wie sehr ich fror. Meine Zähne klapperten und der durchnässte Stoff meines Nachtkleides, der wie eine zweite Haut an mir klebte, ließ mich erschaudern. »Will ich es denn herausfinden?«, fragte ich zaghaft, woraufhin das Grinsen auf Neos Lippen noch selbstgefälliger wurde.

»Ich denke schon«, antwortete er verschwörerisch. »Du fürchtest dich zwar vor mir und der Wahrheit, aber in deinen Augen kann ich die Neugierde sehen, die in dir brennt. Deine Körpersprache verrät mir mehr, als dir lieb ist.«

Ich wollte etwas erwidern, doch meine Worte wurden von lauten Rufen verschluckt. Sofort riss ich meinen Kopf herum und schaute mich nach dem Ursprung der Stimmen um. Hinter einem Felsen, der ein ganzes Stück entfernt einsam aus dem Sand emporragte, entdeckte ich plötzlich ein rötliches Leuchten. Es kroch am Stein entlang und flackerte, als wäre es ein Tuch im Wind. Hoffnung keimte in mir auf. Das Licht musste von einer Fackel stammen – jemand suchte nach mir!

Ich wollte sofort loslaufen, doch ein warmer Lufthauch, der sanft über meine Wange hinwegstrich, ließ mich augenblicklich versteinern. Langsam wandte ich mein Gesicht nach hinten und blickte in ein Paar ozeanblauer Augen, die mich aufmerksam beobachteten. Neos Nasenspitze war höchstens eine Daumenbreite von meiner eigenen entfernt und mein Blick landete wie von selbst für einen Moment auf seinen vollen Lippen, ehe er wieder zu seinen Augen huschte. Mir war noch immer eisig kalt, doch Neos Körperwärme schien langsam auf mich überzugehen, obwohl wir einander nur leicht an den Armen berührten. Während ich ihn ansah, wurde mein Mund zunehmend trockener. War dies der Moment, in dem er sich als Gestaltwandler enttarnen würde?

»Du musst vorsichtiger sein«, warnte er leise, wobei sein Atem über meine Lippen kitzelte. »Wäre ich wirklich eines der Ungeheuer, für das du mich hältst, hätte ich dich längst umgebracht.«

Meine Stimme versagte, während mich mein Verstand anschrie endlich das Weite zu suchen. Neos Worte klangen eindeutig nach einer Drohung, oder? Auf jeden Fall klangen sie gefährlich, Grund genug, um die Beine in die Hand zu nehmen, doch die schienen in der Zwischenzeit Wurzeln geschlagen zu haben. Kein Ton drang aus meiner Kehle hervor, während ich die gelben Sprenkel in Neos Augen betrachtete, die mir zuvor gar nicht aufgefallen waren. Die Zeit schien stillzustehen. Und auf meinen Armen spürte ich ein elektrisierendes Kribbeln, das die Luft um uns herum erfüllte. Ob Neo –

»Hey, lass sie sofort in Ruhe!« Flynns Stimme hauchte meinem Körper neues Leben ein und riss mich aus Neos Bann. Ich torkelte einige Schritte zurück und spürte, wie mich eine Hand von hinten an der linken Schulter packte. Ohne den Blickkontakt mit Neo zu unterbrechen, tastete ich nach Flynn. Als ich seine Finger auf meiner Schulter spürte, krallte ich mich daran fest, als würde ich drohen über eine Klippe zu stürzen. Neo zwinkerte mir ein letztes Mal zu, ehe er abwehrend seine Hände hob und ebenfalls ein paar Schritte zurückwich. Das Grinsen auf seinen Lippen und sein gelassener Gang ließen mich jedoch daran zweifeln, dass er die Geste ernst meinte. Eher wirkte es so, als würde er sich über Flynns Drohung lustig machen. Wie aus dem Nichts tauchte plötzlich auch Alarik neben uns auf, schob sich zwischen mich und Neo und hielt seine Fackel hoch. »Verschwinde von hier und kehre auf dein verdammtes Schiff zurück!«, herrschte er ihn so aggressiv an, wie ich unser Oberhaupt noch nie erlebt hatte. »Sie ist ein Mädchen, du hast in ihrer Nähe nichts zu suchen!«

Neo lachte amüsiert auf. »Dass sie ein Mädchen ist, habe ich auch ohne deine Hilfe erkannt, aber danke für den Hinweis«.

Kaum hatte er ausgesprochen, schoss Alarik so schnell auf ihn zu, dass ich fürchtete, er würde Neo in Brand stecken wollen. »Hör zu, du Mistkerl, ich lasse mich von dir nicht zum Narren halten! Du und deine Schergen sind über unsere Insel hergefallen und ich *weiß*, wie ihr Piraten mit euren Frauen umgeht! Allein die Tatsache, dass du ein Mädchen an diesen dunklen, abgeschiedenen Ort gelockt hast, macht dich äußerst verdächtig. Also verschwinde lieber, bevor ich –«

»Rede keinen Schwachsinn, alter Mann!«, knurrte Neo genauso wütend und überbrückte den Abstand zwischen sich und unserem Oberhaupt. »Du weißt ganz genau, wer wir sind und dass wir diese Insel rechtmäßig betreten haben, um den Willen des Königs auszuführen, dem ihr Inselbewohner genauso untersteht wie wir – auch wenn ihr diese Tatsache gern verdrängt. Außerdem habe ich ein großes Problem mit deiner Unterstellung bezüglich des Mädchens, Alarik!«

Ich kam mir lächerlich dabei vor, doch in mir entstand der Drang, Neo in

Schutz zu nehmen. Er mochte vielleicht etwas unheimlich sein – und hatte definitiv ein Egoproblem –, aber ihm zu unterstellen, er hätte mir Böses antun wollen, erschien mir ungerecht. Weder hatte er mir wehgetan noch war er verbal oder gar körperlich übergriffig geworden. Im Gegenteil, er hatte mir vermutlich das Leben gerettet – wie auch immer er das angestellt hatte.

Ich wollte gerade ein gutes Wort für ihn einlegen, als eine aufgebrachte Stimme die bedrückende Stille zerriss. »Da bist du ja, Kindchen! Ist alles in Ordnung?« Bevor ich mich für den peinlichen Kosenamen schämen konnte, fand ich mich bereits in den dünnen Armen meiner Großmutter wieder. Sofort stiegen mir Tränen in die Augen. Ich wollte ihr unbedingt erzählen, was sich im Meer zugetragen hatte, doch meine Zähne schlotterten so sehr, dass ich kein verständliches Wort über die Lippen brachte. Als mich Großmutter nach einiger Zeit losließ und vor sich schob, um mich eingehend von Kopf bis Fuß zu mustern, wischte ich mir hastig über die Augen. Ich war am Leben – kein Grund also, sie unnötig zu beunruhigen, indem ich ihr meine verräterischen Tränen offenbarte.

»Was hast du dir nur dabei gedacht, dich aus dem Haus zu schleichen?«, rügte sie mich. »In diesem dünnen Nachthemd wirst du dir noch den Tod holen!«

»Das wäre wirklich ein Jammer, nicht wahr?«

Neos sarkastischer Tonfall ließ meine Körpertemperatur um mehrere Grad ansteigen. Musste er ausgerechnet jetzt so zynisch sein? Als ich mich zu ihm umdrehte, fing er meinen Blick spielerisch auf und schmunzelte selbstgefällig.

»Ihren Mut in Ehren, aber Ihre Enkelin sollte den Tod lieber nicht allzu oft herausfordern – in dieser Nacht ist sie ihm bereits einmal knapp von der Schippe gesprungen.«

Während sich sein Blick tiefer in meine Augen bohrte, hatte ich plötzlich das Gefühl, wir wären wieder allein am Strand. Seine Aura war so einnehmend, dass ich mich auf nichts anderes konzentrieren konnte als auf den schelmischen Ausdruck seiner Lippen.

»Du solltest wirklich vorsichtiger sein, Inselmädchen. Meiner Erfahrung nach ist der Tod ein ausgesprochen schlechter Verlierer.«

Ehe ich etwas erwidern konnte, deutete er eine kurze Verbeugung an, machte auf dem Absatz kehrt und lief ohne eine Erklärung aufs Meer zu. Es fiel mir schwer, meinen Augen zu trauen, als Neo die stürmische See betrat, als wäre sie lediglich eine Blumenwiese. Während mir das Tosen der Wellen in den Ohren hallte, spazierte er gelassen durch sie hindurch. Sie schienen ihm nicht das Geringste anhaben zu können. Fassungslos beobachtete ich, wie er mich über seine Schulter hinweg ein letztes Mal angrinste und dann in einer meterhohen Welle verschwand.

Ich japste nach Luft. »Wir müssen ihn retten!«, stieß ich hervor und deutete auf die See, während ich versuchte etwas in den schwarzen Wassermassen zu erkennen. Doch Neo blieb verschwunden ... »Er wird ertrinken! Alarik, bitte, wir müssen etwas tun!«

Ohne auf eine Reaktion der anderen zu warten, rannte ich auf das Ufer zu. Ich hatte es beinahe erreicht, als sich Alarik plötzlich vor mich schob und nach meinen Schultern griff. »Bleib hier, Bell. Neo ist nicht auf unsere Hilfe angewiesen, das verspreche ich dir.«

»Natürlich ist er das, das Meer hat ihn verschluckt!«, widersprach ich aufgekratzt, während ich mit aller Kraft versuchte seinem Griff zu entkommen. Dann erstarrte mein Körper zu Stein. »Warte ... woher kennst du seinen Namen? Er hat ihn in deiner Anwesenheit gar nicht gesagt.«

Ein merkwürdiger Ausdruck, den ich beim besten Willen nicht deuten konnte, trat in Alariks Gesicht. War es Sorge? Oder Wut? Genervt riss ich mich los und stampfte mit dem Fuß auf, obwohl ich mir dabei vorkam wie ein bockiges Kind. »Bei den Göttern, was ist hier los?«

Die Augen meines Gegenübers verdüsterten sich wie die See bei einem aufziehenden Unwetter. »Du sagst es, Bell – *Götter.*«

Kapitel 4

In unserem Wohnzimmer war es beinahe vollkommen still. Nur das leise, gleichmäßige Klappern von Großmutters Stricknadeln erfüllte den Raum. Ich saß auf einem Kissen vor dem Kamin, eingewickelt in zwei schwere Bettdecken und mit einem dicken Schal um den Hals, da mir die Kälte auch am Morgen nach meinem nächtlichen Ausflug noch immer tief in den Knochen steckte. Ich war zwischen Leah und Flynn eingekeilt, die neben mir auf dem Boden saßen und sich an meine Schultern drückten. Allerdings war ich mir nicht sicher, ob sie mich dadurch wärmen oder bloß sicherstellen wollten, dass ich nicht wieder auf dumme Ideen kam.

Als ich gestern Nacht mit Flynn und meiner Großmutter heimgekehrt war, waren wir von Leah und dem Rest meiner Familie empfangen worden. Seitdem war mir zwar keiner von ihnen von der Seite gewichen, aber auf meine Nachfragen, was hier eigentlich vor sich ging, hatte trotzdem niemand geantwortet. Für kurze Zeit war ich sogar der festen Überzeugung gewesen, dass meine Erinnerung an die letzte Nacht lediglich das Resultat eines grässlichen Fiebertraumes sein musste. Erst als die Wirkung von Mutters Beruhigungskräutern gegen Mittag nachgelassen und mich die Realität wie eine Flutwelle von den Füßen gerissen hatte, war mir klargeworden, dass ich das Geschehene wirklich erlebt hatte. Seitdem blickte ich jedes Mal, wenn ich meine Lider schloss, in ein Paar ozeanblauer Augen. *Neo.* Sein Name erschien mir wie ein Buch mit sieben Siegeln, genauso geheimnisvoll und abenteuerlich wie sein Besitzer. Obwohl die Mittagssonne bereits durch unser Fenster fiel und meine Hände wärmte, wusste ich noch immer nicht, was aus dem sonderbaren Fremden geworden war. Vielleicht war Neo ja doch ein Gestaltwandler und wieder in den Tiefen des Ozeanes verschwunden. Sollte dies nicht der Fall sein, wäre er mittlerweile sicherlich ertrunken ... Ehrlich gesagt gefiel mir keine dieser Varianten.

Neben Neos Verschwinden gab es allerdings noch eine weitere Sache, die mir schwer auf den Magen schlug: Alariks letztes Wort, ehe er mich nach Hause geschickt hatte: *Götter.* Was zum Seetang hatten die denn damit zu tun?

»Hier, Bell, für dich!«, riss mich die kindliche Stimme meines kleinen Bruders aus den Gedanken. Überrascht blickte ich auf die rote Tasse, die er in seinen kleinen Händen hielt und mir lächelnd entgegenstreckte. Behutsam nahm ich ihm das Getränk aus der Hand und schnupperte möglichst unauffällig an dem dunklen Kräuterwasser.

»Hast du das zubereitet?«, fragte ich so beiläufig wie möglich, wobei sich meine Stimme seltsam rau und belegt anhörte.

Hastig schüttelte Mino den Kopf. »Nein, Mama.«

»Ah, danke«, erwiderte ich etwas steif. Mein Bruder schenkte mir ein breites Lächeln, ehe er wieder zu Mutter in die Küche eilte. Kaum war er aus meinem Sichtfeld verschwunden, verzog ich angeekelt das Gesicht und stellte die Tasse so weit von mir entfernt wie nur möglich auf den Holzboden.

»Wieso trinkst du es nicht?«, raunte Leah mir zu. »Tee hilft bestimmt gegen deine Halsschmerzen.«

»Vielleicht. Vielleicht sorgt er aber auch dafür, dass ich einen weiteren Tag verschlafe.« Ich warf ihr einen strafenden Blick zu und Leah verstand sofort, worauf ich hinauswollte.

»Tut mir leid, Bell«, nuschelte sie verlegen und senkte den Kopf, »aber du warst gestern Nacht so durch den Wind, dass ich den Vorschlag deiner Mutter für eine gute Idee hielt. Sonst hätte ich dir die Beruhigungskräuter niemals untergemischt!«

»Pff, Verräter«, murmelte ich und strafte auch Flynn mit einem tadelnden Blick, obwohl ich es den beiden gar nicht mehr so übel nahm, dass sie mich niceht vor dem Schlaftrank meiner Mutter gewarnt hatten. So hatte ich wenigstens eine ordentliche Portion Schlaf nachholen können, ehe ich mich nun der bitteren Wahrheit stellen musste – wie auch immer diese aussah … »Erzählt ihr mir endlich, was hier vor sich geht?«, fragte ich geradeheraus, doch niemand im Raum schien sich angesprochen zu fühlen. Großmutter fixierte ihre Strickarbeit, Phil wandte den Kopf in Richtung Küche und Mary blickte auf ihre Fingerspitzen, als wären diese das Interessanteste, das sie je gesehen hatte. Auch Leah und Flynn verfielen wieder in Schweigen. Ich spürte, wie meine Ungeduld langsam hochkochte und meinen Körper in Flammen setzte. »Meint ihr das ernst?«

»Was erwartest du denn, Bell?«, schallte die Stimme meiner Mutter aus der Küche ins Wohnzimmer. »Du hast dich gestern Nacht aus dem Haus geschlichen und wärst beinahe ertrunken. Am besten, du verbringst die nächsten Tage daheim und kommst erst mal wieder zu Sinnen.«

Entrüstet ließ ich meine Schultern sinken und reckte den Kopf, um einen Blick in die Küche zu erhaschen. »Die Sache mit dem Meer war ein Unfall! Und denkst du wirklich, dass ich in unserem Haus sicher wäre? Ich weiß nicht, was das alles zu bedeuten hat, aber ich bin nicht blöd! Dort draußen geht etwas Schreckliches vor sich und ich will gefälligst wissen, womit wir es zu tun haben! Es kann doch kein Zufall sein, dass wir einen sterbenden Mann am Strand finden und sich anschließend ein Kerl auf unsere Insel verirrt, dem die Worte *Gefahr* und *Ärger* praktisch auf die Stirn geschrieben stehen!«

Stille. Niemand sagte auch nur einen Ton, selbst Großmutters Stricknadeln verstummten. Plötzlich verspürte ich so viel Wut, so viel Verzweiflung in mir, dass ich gar nicht wusste, wie ich diese Energie wieder loswerden sollte. Ehe Flynn oder Leah mich aufhalten konnten, sprang ich auf meine Füße und rannte zur Haustür. Ich hätte sie beinahe erreicht, hätte sich nicht im letzten Moment meine Mutter davorgestellt und mich an den Schultern gepackt. Sie sah mich so überrascht an, als hätte ich ihr verkündet, dass ich bis zum Festland schwimmen würde.

»Ich bin manchmal dünnhäutig, aber mich so zu bevormunden ist einfach nicht fair!«, verkündete ich mit bebender Stimme. »Ich fühle mich wie eine Aussätzige!«

Der Ausdruck auf Mutters Zügen wurde sanfter. Ich war überrascht, als sie mich plötzlich umarmte und mir über den Rücken strich. »Du hast ja recht, Bell«, murmelte sie in mein Haar, »aber da draußen lauern Gefahren, denen wir nicht gewachsen sind. Ich hatte meine Gründe, weshalb ich damals mit euch Kindern vom Festland hierher gezogen bin.«

Stirnrunzelnd löste ich mich von ihr und blickte in ihre grünen Augen, die meinen so ähnlich waren. Als sie lächelte, blieb der Ausdruck in ihnen jedoch stumpf.

»Komm, Bell, setzt dich an den Esstisch.« Sie nahm mich an die Hand, als wäre ich Mino und nicht ihre fast erwachsene Tochter, und führte mich zu Großmutter an den Tisch. Als ich mich neben sie setzte, nahmen Leah und Flynn auf der gegenüberliegenden Tischseite Platz. Auch Mary und Phil rückten näher an uns heran. Meine Mutter hob Mino auf ihren Schoß und setzte sich neben Großmutter an das Kopfende.

Nervös huschte mein Blick über ihre Gesichter. »Wieso kommt es mir so vor, als wäre ich aus Versehen in die Sitzung eines Geheimbundes geplatzt?«, fragte ich scherzhaft, doch niemand lachte. Mein Magen wurde so schwer, als hätte Limea die bestellten Ziegelsteine für Phils Haus direkt in meinem Bauch abgeladen.

»Wie du weißt, habe ich nie etwas von den Göttern gehalten«, ergriff meine Großmutter schließlich das Wort.

Mein Mund wurde so trocken wie der Sand vor unserer Haustür. Vielleicht wäre es doch besser gewesen, wenn ich nicht gefragt hätte, was hier vor sich ging.

»Die Menschen haben sich eingeredet, dass die Götter nach unseren Bedürfnissen handeln, dass sie die Meere von unseren Inseln fernhalten, unsere Felder bewässern, unseren Frauen gesunde Kinder schenken … Doch dieses Bild der Götter war nicht immer so besonnen, wie es in unserer Zeit dargestellt wird. Erinnerst du dich an die dunkelroten Bücher, die ich unter meinem Bett aufbewahre? Deine Mutter hat nicht grundlos verboten, dass du sie liest.«

Langsam nickte ich.

»Ich wollte nicht, dass ihr in solche Schauergeschichten eintaucht«, rechtfertigte sich meine Mutter. »Diese Erzählungen zeichnen das Bild einer Welt, von der ich nicht wahrhaben wollte, dass sie womöglich existiert. Ihre Zeilen schreiben eine ganz andere Geschichte von den Göttern als die, die wir gelehrt bekommen haben. Ich hatte Angst, dass du sie zu ernst nehmen und deinen Freunden davon erzählen würdest. Es hätte dich zu einer Außenseiterin gemacht. Niemand hätte diesen Geschichten geglaubt; vielmehr hätte man sie verpönt oder gar verbrannt. Doch die Dinge haben sich verändert, Bell. Neo hat es ausgerechnet auf unsere Insel verschlagen – und er ist die personalisierte Form all der Grausamkeiten, die in diesen Büchern beschrieben werden.«

Blinzelnd rieb ich mir über die Augen. Wovon sprach meine Mutter da? Ich musste noch immer unter dem Einfluss ihrer sonderbaren Kräuter stehen, denn ich verstand keine einzige Silbe.

»Die Bücher sind Relikte längst vergangener Zeiten«, ergriff Großmutter wieder das Wort. »Den Schriften zufolge begann alles mit der Entstehung der Gottheiten. Wie du weißt, gibt es einen Gott des Meeres, einen des Feuers, einen des Windes und einen des Lebens, sowie eine Göttin der Erde, eine der Flora, eine der Fauna und eine des Todes. Der allgemeinen Auffassung nach lebten sie zunächst allein auf der Erde, doch irgendwann wurde ihnen langweilig und so erschuf der Gott des Lebens die Menschen und die Göttin der Fauna die Tiere. In den Tempeln wird uns gelehrt, dass sich die Gottheiten anschließend freiwillig zurückgezogen und uns die Ländereien überlassen haben, doch die verbotenen Bücher unter meinem Bett erzählen eine andere Geschichte. Sie –«

»Das ist doch jetzt nicht wichtig, Mutter. Bell muss von all dem nichts erfahren.«

Großmutter warf ihr einen finsteren Blick zu, doch keine der beiden Frauen sagte noch ein einziges Wort.

»Ich begreife nicht, worauf ihr hinauswollt«, murmelte ich gereizt. »Es gibt Bücher, die schlecht über die Götter sprechen, die vom Großteil der Menschheit verehrt werden – und weiter? Was hat das mit uns zu tun? Oder mit Neo?«

»Fall bitte nicht vom Stuhl, ja?«, sprach mich plötzlich Leah an und beugte sich über die Tischplatte zu mir herüber, um meinen Blick aufzufangen und festzuhalten. »Was wir dir jetzt erzählen, wird dir nicht gefallen.«

Verwirrt blinzelte ich in ihre Richtung. »*Du* schenkst den Geschichten meiner Großmutter Gehör? Ausgerechnet diejenige, die sich immer darüber lustig gemacht hat, wenn ich –«

»Das spielt keine Rolle mehr, Bell. Deine Großmutter hat uns von den Dingen erzählt, die in ihren alten Schriften stehen, und selbst ich kann nicht mehr leugnen, dass sie wahr sein *müssen*. Die Zeichen sind leider eindeutig. Sie verkünden den Beginn einer Prophezeiung, die über unser aller Schicksal bestimmen wird: Sollte sie sich erfüllen, wird unsere ganze Welt in Flammen stehen. So, wie es aussieht, gehört Neo zu den Auserwählten eines uralten Geheimbundes vom Festland, dem sogenannten Zirkel, die ihr Leben lang dazu ausgebildet wurden, um ebendiese Prophezeiung zu verhindern. Und deshalb trägt er eine Vollmacht des Königs bei sich, die es ihm erlaubt –«

»Leah! Das reicht jetzt!«, fiel meine Mutter ihr streng ins Wort, doch ich hatte genug von dieser elenden Geheimniskrämerei.

Genervt sprang ich auf und schlug mit der flachen Hand auf die Tischplatte. »Ihr erzählt mir jetzt sofort die ganze Wahrheit! Was ist hier los?«

»Ich werde gehen. *Das* ist los.«

Ich riss meinen Kopf zu Phil herum, der mir aus leeren Augen entgegensah. Mein Blick zuckte zu Mary, die neben ihm saß und ganz offensichtlich mit den Tränen zu kämpfen hatte. Nun verstand ich gar nichts mehr. »Was? Aber wohin? Und wieso?«

Phil wich meinem Blick aus. »Weil Neo eine königliche Vollmacht bei sich trägt, die es ihm erlaubt, einen Sohn jeder Familie einzufordern, die mindestens zwei ihr Eigen nennt. Flynns Familie ist die einzige hier, auf die diese Regel nicht zutrifft, weshalb er glücklicherweise auch nicht eingezogen werden kann. Aber Tarim und Dorian werden gehen müssen – und ich ebenso.«

Mit geöffnetem Mund starrte ich meinen Bruder an, unfähig auch nur ein einziges Wort über die Lippen zu bringen. Meine Gedanken glichen einem Meeresstrudel, der mich tiefer und tiefer in die Dunkelheit sog und mir den

Atem raubte. Die Wörter *Geheimbund, Neo* und *Vollmacht* kreisten durch meinen Kopf, doch der Zusammenhang blieb mir schleierhaft. Genauso wenig verstand ich, weshalb die Götter nicht so sein sollten, wie es mir mein Leben lang beigebracht worden war; wieso Großmutter sie verabscheute und selbst Leah plötzlich an ihnen zweifelte. Die einzige Erkenntnis, die sich durch die neblige Wolke meines Verstandes brach, war die, dass mein Bruder uns verlassen sollte. Doch sie reichte aus, um mein Herz in tausend Teile zerspringen zu lassen.

Als mir Phil endlich in die Augen blickte, erkannte ich, dass es in seinem Inneren nicht anders aussah als in meinem. »Neo ist also hergekommen, um Männer einzufordern?«, versuchte ich das Chaos meiner Gedanken zu ordnen. »Aber wieso?«

Mary schniefte auf und hielt sich bestürzt eine Hand vors Gesicht. Ihre Schultern bebten, als würde sie von jemandem geschüttelt werden. »Ganz genau, Bell. Er wird uns Phil wegnehmen und verschleppen, wer weiß, ob –«

»Kann Alarik ihn nicht aufhalten?«, fiel ich ihr ins Wort, doch Phil schüttelte sofort den Kopf.

»Zwar hat uns der König zugestanden, dass wir uns aufgrund der Bedeutungslosigkeit unserer Insel selbst verwalten, aber formal gehören wie dennoch zu seinem Herrschaftsgebiet und unterstehen seinem Befehl. Alarik hat nur so lange das Wort, bis der König eingreift. Wir müssen uns seinem Willen beugen, Bell. Wir alle müssen das.«

Energisch schüttelte ich den Kopf. Die Worte meines Bruders klangen so schlicht, als hätte er sich bereits mit seinem Schicksal abgefunden. Doch im Gegensatz zu ihm würde ich ihn nicht so einfach aufgeben. »Wozu das Ganze? Und was hat das mit dieser Prophezeiung und Großmutters Schauermärchen zu tun?«

Erneut blickte ich in schweigende Gesichter, doch dieses Mal würde ich mich nicht abspeisen lassen. Wenn sie mir nicht verraten wollten, was hier vor sich ging, musste ich eben jemand anderen fragen.

»Ich will sofort wissen, wo Neo ist. Und wenn ihr es mir nicht verratet, werde ich jedes verdammte Sandkorn dieser Insel umdrehen, bis ich ihn gefunden habe!«

Kapitel 5

Scheppernd flog die Flügeltür auf. Alle Köpfe im Raum drehten sich ruckartig zu mir um. Auf jedem ihrer Gesichter zeichnete sich eine andere Empfindung ab, von Neugier bis pure Abscheu war alles dabei. Hinter mir hörte ich, wie die Schritte von Flynn und Leah lauter wurden. Doch ehe sie mich von meinem Vorhaben abhalten konnten, stürmte ich bereits in den Speisesaal des einzigen Wirtshauses, das unsere kleine Insel bot. Ich blendete dabei alles um mich herum aus; die fremden Gesichter, den strengen Geruch des Alkohols, die Rufe in meinem Rücken. Es war mir egal. *Alles*. Bis auf die ozeanblauen Augen, die sofort meinen Blick fanden und festhielten. Mit zusammengebissenen Zähnen rauschte ich auf ihren Besitzer zu.

»Na, meine kleine Wasserratte, wie geht es –?«

Noch ehe Neo seinen Satz beenden konnte, griff ich nach einem der Bierkrüge, die auf der Tafel verteilt standen, und schüttete den Inhalt über den Streifen Haut, der zwischen seiner geöffneten Hemdleiste aufblitzte. Kaum färbte das Getränk den weißen Stoff seines Hemdes, brach lauter Tumult am Tisch aus. Jemand packte mich am Oberarm und zerrte mich grob nach hinten, während eine andere Hand in mein Haar griff und so fest daran zog, dass meine Kopfhaut schmerzte.

»Das reicht!«, polterte die tiefe Stimme des Wirtes durch den Speisesaal, doch die fremden Männer um mich herum ließen sich davon nicht beeindrucken. Dabei hatte Rowan, der Hausherr und Vater meiner besten Freunde, die Statur eines Wandschranks und überragte die meisten Besucher um einen Kopf. Erst als Neo gönnerhaft die Hand hob und der überraschte Ausdruck auf seinem Gesicht durch ein überhebliches Lächeln abgelöst wurde, ließen die Hände von mir ab. Ich wurde unsanft gegen die Tischkante geschubst, doch meine Wut überdeckte den Schmerz an meiner Hüfte.

Neos Blick klebte förmlich an mir, während er sich gelassen in seinem Stuhl zurücklehnte und mich süffisant angrinste. Seine Bewegungen waren ebenso entspannt wie seine Mimik und die Art, wie er vor mir saß und mich ansah, wirkte fast schon lasziv – ein Begriff, den ich von Limea gelernt hatte, als sie mir einst beschrieb, wie unkultiviert es nachts in den Gaststätten des Festlandes zuging. Während ich an ihre Beschreibung der schmutzigen, zwielichtigen Kneipen dachte, fiel es mir erstaunlich leicht, mir Neo darin vorzustellen.

»Ich glaube mich ein zweites Mal nach deinem Wohlbefinden zu erkunden kann ich mir sparen«, sagte er spöttisch und fuhr sich durch das pechschwarze Haar, das er heute im Gegensatz zu unserer letzten Begegnung offen trug. Zwei Strähnen rahmten sein Gesicht so perfekt ein, dass mich sein Aussehen erneut an die Statuen der Götter erinnerte, die vor unserem Tempel wachten. Sympathischer machte ihn das trotzdem nicht.

Ich dachte gerade darüber nach, ob meine Fingernägel spitz genug wären, um ihm das Grinsen aus dem Gesicht zu kratzen, als sich plötzlich Rowan vor mich schob und mir die Sicht auf Neo versperrte. »Geh nach Hause«, zischte er mir warnend zu. »Glaub mir, ich würde diesem aufgeblasenen Wichtigtuer ebenfalls nur zu gern –«

»Verzeihung, aber wir würden jetzt gern allein gelassen werden«, hallte Neos schelmische Stimme durch den Raum. »Das kleine Inselmädchen ist mein Gast und es gibt viel zu besprechen.«

»Wenn du mich noch einmal so nennst, steche ich dir die Augen aus«, stieß ich knurrend hervor.

Die Männer um uns herum begannen schallend zu lachen und prosteten sich gegenseitig mit ihren Bierkrügen zu.

»Bring uns noch mehr!«, grölte einer von ihnen und drückte dem Wirt einen großen Krug gegen die Brust. Als dieser zögerte, verdunkelte sich der Blick des hageren Mannes, dessen Haar so schmierig glänzte, als wäre es seit

Wochen nicht mehr mit Wasser in Berührung gekommen. Der penetrante Geruch des Kerls untermauerte meine Vermutung.

»Mach, dass du hier wegkommst«, raunte mir Rowan ein letztes Mal zu. Dann griff er widerwillig nach dem Krug und schob sich durch die Menge zur Theke.

Erst als ich ihm nachsah, fiel mir auf, dass mich die fremden Männer eingekreist hatten. Ich drehte meinen Kopf über die Schulter nach hinten und entdeckte Leah und Flynn an der großen Eingangstür. Während Flynn aufgebracht gestikulierte und mit seinem Vater sprach, schaute mich Leah nur aus geweiteten Augen an und schüttelte ungläubig den Kopf. Mein Selbstbewusstsein verschwand genauso plötzlich, wie es nach der Verkündung meines Bruders aufgetaucht war.

Als ich mich wieder Neo zuwandte, streckte er seine langen Beine unter dem Tisch aus und schob mir so einen Stuhl entgegen. Langsam und darauf bedacht, ihn so wütend wie möglich anzufunkeln, ließ ich mich auf dem Möbelstück nieder. »Also, meine kleine unfreiwillige Freundin, was führt dich zu mir?«, fuhr er in exakt dem gleichen Tonfall fort, den er zuvor bereits angestimmt hatte. »Hast du mich vermisst? Das könnte ich dir nicht einmal verübeln!«

»Du willst mir meinen Bruder wegnehmen«, kam ich direkt zum Punkt, obwohl sich mein Hals anfühlte, als würde mich jemand würgen. Die Veränderungen in Neos Gesicht war minimal, doch ich bemerkte das zuckende Augenlid sofort. »Wie viele Söhne zählt deine Familie?«

»Zwei. Mein älterer Bruder und ein Kleinkind.«

Neo schüttelte leicht den Kopf, wodurch ihm feine Haarsträhnen in die Stirn fielen. »Dann tut es mir leid für dich und deine Familie, aber einer deiner Brüder wird auf meinem Schiff anheuern und diese Insel zusammen mit mir verlassen.«

»Und wieso? Was willst du überhaupt mit ihm?«, erwiderte ich gereizt und deutete auf die Kerle, die sich neugierig um uns herum versammelt hatten. »Reichen dir diese Gestalten nicht? Mein Bruder passt gar nicht zum Rest deiner Freunde, er hat nichts auf deinem verdammten Schiff verloren!«

»Was soll denn das heißen?«, fragte der Mann mit den schmierigen Haaren und beugte sich so dicht an mich heran, dass mir von seinem Geruch ganz schwindelig wurde.

»Sie versucht uns höflich durch die Blume zu sagen, dass ihr Bruder zu fein und zu wohlerzogen ist, um sich freiwillig mit ranzigen Kerlen wie dir abzugeben«, antwortete Neo trocken. Der Mann rümpfte verwundert die Nase und legte den Kopf schief. Es war offensichtlich, dass er die Anspielung nicht verstanden hatte. Seufzend verdrehte Neo die Augen und richtete seinen Blick wieder auf mein Gesicht. »Auch wenn deine Aussage eingebildet klingt, muss ich dir teilweise zustimmen. Allerdings kann ich dir versprechen, dass dein Bruder nach wenigen Wochen auf See genauso aussehen wird wie diese Kerle, die dir dein Mittagessen hochkommen lassen. Denn möge dein Bruder noch so kultiviert und anständig sein – das Meer hat bisher jeden Seemann gebrochen.«

Ein Stich durchfuhr mein Herz und ließ mich kurzzeitig um Fassung ringen, doch so leicht würde ich meinen Bruder nicht aufgeben. Entschlossen straffte ich meine Schultern. »Egal was du mit ihm vorhast – Phil wird dir nichts nützen.«

Neo runzelte die Stirn und setzte sich etwas aufrechter hin, ehe er seine Unterarme auf der Tischplatte abstützte und sich langsam zu mir nach vorn beugte. Ich versuchte seinem Blick standzuhalten, scheiterte jedoch kläglich. Als ich meinen Kopf nach unten neigte, legte Neo sofort einen Zeigefinger unter mein Kinn und hob es sanft an, um mich dazu zu zwingen, ihm weiterhin in die Augen zu sehen.

»Was haben dir die Leute hier über mich erzählt, hm? Sag mir, Inselmädchen: Was ist *deiner Meinung* nach der Grund dafür, weshalb all diese seltsamen Dinge um dich herum geschehen?«

»Ich kenne deine Beweggründe nicht«, gab ich kleinlaut zu. »Ich weiß nur, dass du mir meinen Bruder wegnehmen willst – und das ist ja wohl Grund genug, um wütend auf dich zu sein, oder?«

»Weil ich ein selbstverliebter Idiot bin, dem es Spaß macht, Familien auseinanderzureißen?«, fragte Neo spitz. Sein Blick bohrte sich so eindringlich in meine Augen, dass ich das Gefühl bekam, die Luft im Raum würde immer dünner werden. Obwohl er mein Kinn nur ganz sanft festhielt, wurden mir schlagartig die Kraft und Stärke bewusst, die Neo ausstrahlte. Er mochte arrogant sein, doch in seinen Augen konnte ich eine Klugheit erkennen, die nicht viele Menschen besaßen. Außerdem strahlte er genügend Autorität aus, um den Haufen fremder Kerle um uns herum davon abzuhalten, mich aus dem Wirtshaus zu schmeißen.

»Hör mal zu, diesen Mist hier hat sich niemand von uns ausgesucht«, murmelte er, wobei sein Atem sanft über meine Lippen strich und einen kalten Schauer über meine Wirbelsäule jagte. »Wenn du auf jemanden wütend sein willst, dann auf die Götter oder unsere Vorfahren, die zu blöd waren, um *ihnen* endgültig das Handwerk zu legen. Einer deiner Brüder wird mit mir gehen, ganz egal, wie lange du dich noch lächerlich machen möchtest, indem du versuchst mich herauszufordern – oder indem du mir Bier über die Brust schüttest. Dein Schicksal und das deiner Familie interessieren mich nicht. Dafür habe ich schon zu viele auf dem Gewissen.«

Langsam ließ er mich los und zog sich wieder auf seinen Platz zurück. Der gereizte Ausdruck in seinem Gesicht verschwand, stattdessen kehrte die übliche Arroganz auf seine Züge zurück. Er lümmelte auf seinem Stuhl, als würde ihn die ganze Situation nichts angehen. Mehr noch – als würde sie ihn *langweilen*. Seine schlanken Finger zogen einen goldenen Gegenstand aus seiner Hosentasche hervor, der auf den ersten Blick wie eine große Taschenuhr aussah. Als er jedoch einen Mechanismus betätigte, sprang eine Hälfte auf und offenbarte einen Kompass. Langsam ließ Neo den Gegenstand unter der Spitze seines Zeigefingers auf der Tischplatte kreisen und beobachtete, wie die rote Kompassnadel bei jeder Umdrehung wild umhersprang. Während ich ihm dabei zusah, spürte ich, wie mir erneut Hitze in die Wangen stieg – und das nicht nur wegen der stickigen Luft im Gasthaus.

Da saß er also – der Kerl, der mir meinen Bruder nehmen wollte – und spielte mit einem bescheuerten Goldkompass, als wäre dieser das Interessanteste, das ihm sein Leben zu bieten hatte. Als wäre er nicht wie ein Tornado über unsere Insel, durch *mein Leben* hinweggefegt und hätte alles eingerissen, was mir lieb und teuer war. Als wäre nichts dabei, einen Menschen aus seiner Familie zu reißen. Mit Phil würde jegliche Farbe aus meinem Leben verschwinden, alles Glück, das ich je empfunden hatte. Neo hatte innerhalb eines Tages unser ganzes Leben auf den Kopf gestellt und saß nun vor mir, als würde ihn das alles gar nichts angehen. Wie ein eingeschnapptes Kind, das nicht in der Lage war, seine eigenen Taten zu reflektieren und Empathie zu empfinden. Mit welchem Recht forderte er all diesen Kummer überhaupt ein?

»Ist noch was?«, fragte er, als hätte ich mich plötzlich in eine lästige Fliege verwandelt, die ihn nicht in Ruhe lassen wollte.

Wütend ballte ich meine Hände unter der Tischplatte zu Fäusten. »Du bist ein widerlicher Mistkerl, Neo.«

Ohne den Blick von seinem Kompass zu lösen, schnaubte er amüsiert und hob grinsend die Augenbrauen. »Von mir aus. Tu dir keinen Zwang an – wenn es dir hilft, bockig zu sein, kannst du deinen Frust gern an mir auslassen und all diese *bösen, bösen* Wörter in den Mund nehmen, die dir deine Eltern stets verboten haben. So jemand bist du doch, oder? Ein verzogenes Mädchen, dessen Leben bisher auf einer rosaroten Wolke stattfand; dessen einziges Problem darin besteht, sich beim Ankleiden zwischen einem grünen und einem gelben Kleid zu entscheiden. Ein Mädchen, das behütet und fernab von der Realität im Kreise seiner Familie aufwuchs und sich niemals ernsthaft vor etwas fürchten musste. So ist es doch, oder?«

Ich schluckte. Seine Worte waren wie Gift in meinen Adern. Vor Wut stiegen mir Tränen in die Augen, die meine Sicht verschleierten. Doch da Neo mich eh keines Blickes würdigte, war mir das in diesem Augenblick relativ egal. Was fiel ihm ein so über mich und mein Leben so urteilen?

»Du kennst mich nicht im Geringsten«, presste ich zwischen zusammengebissenen Zähnen hervor. »Du weißt gar nichts über mein Leben und erlaubst dir trotzdem so abwertend darüber zu urteilen?«

»Ach, darf *ich* das etwa nicht?«, versuchte er zu spotten, doch es gelang ihm dabei nicht, seinen genervten Unterton zu verdecken. »*Du* hast doch genauso leichtfertig über mich geurteilt, obwohl du nicht den leisesten Hauch einer

Ahnung von dem hast, was hier vor sich geht. Wer im Glashaus sitzt, sollte nicht mit Steinen werfen.«

Wütend biss ich meine Zähne so fest aufeinander, dass es beinahe wehtat. Diese Diskussion führte zu nichts. Am besten wäre es wohl, wenn ich mich und meine Familie zu Hause einschloss und einfach dafür sorgte, dass Neo Phil nicht in seine schmutzigen Klauen bekäme.

Ich wollte gerade aufstehen, doch Neos Schnaufen hielt mich von meinem Vorhaben ab. »Komisch. Normalerweise sind die Frauen netter zu mir ... vor allem diejenigen, denen ich das Leben gerettet habe.«

Spöttisch hob ich eine Augenbraue. »Tja, dann müssen diese Frauen wohl taub sein, denn wenn sie dein dummes Geschwätz hören könnten, würden sie sicherlich schnell das Weite suchen.«

Zu meinem Erstaunen brachen die Männer um uns herum erneut in Gelächter aus. Auch Neo schmunzelte, obwohl sein Blick noch immer auf seinem Kompass klebte. »Du bist nicht mal halb so anständig und artig, wie du vorgibst zu sein, hm?«

Seine Frage irritierte mich. Hatte ich so eine seltsame Ausstrahlung auf Fremde oder lag es nur an ihm? Mein Benehmen war nicht gespielt, schließlich war ich gut erzogen worden und allen Menschen gegenüber freundlich und aufgeschlossen – nur eben dann nicht, wenn man mir meinen Bruder stehlen wollten. Obwohl ich mir schon eingestehen musste, dass ich in den letzten Stunden so oft geflucht und schnippische Antworten gegeben hatte wie in den letzten siebzehn Jahren nicht ...

»Also, mir gefällt deine neue Freundin«, ertönte plötzlich eine Frauenstimme. Die fremde Brünette schob sich zwischen den umstehenden Männern hindurch und trat hinter Neo, der augenblicklich zu ihr aufschaute. Sein Blick wirkte viel weicher als zuvor und auch der freundliche Ausdruck auf seinen Lippen erschien mit einem Mal aufrichtig. Verwundert runzelte ich die Stirn. Es war nicht zu übersehen, dass die beiden eine Verbindung zueinander hatten – aber welche Frau war verzweifelt genug, um sich ausgerechnet auf Neo einzulassen? Oder war sie vielleicht noch viel schlimmer als er?

Neugierig musterte ich ihre sportliche Figur, die durch das enge Korsett, das sie über ihrem luftigen Kleid trug, vorteilhaft betont wurde. Des Weiteren trug sie schwere Stiefel, die auf den ersten Blick so gar nicht zu dem mädchenhaften Kleid passen wollten, dessen Saum ihr bis zu den Knien reichte. Lächelnd beugte sie sich von hinten über Neos Schulter und legte ihre Arme um seinen Oberkörper. Als mich ihre grünen Augen fixierten, musste ich sofort an die von Leahs Katze denken.

»Überrascht, dass entgegen deiner Behauptung nicht alle Frauen in meiner Anwesenheit das Weite suchen?«, fragte Neo herausfordernd und blickte mir nun ebenfalls wieder in die Augen.

Spöttisch verzog ich die Lippen. »Ich weiß ehrlich gesagt nicht, was mich mehr verwundert: die Tatsache, dass es tatsächlich Frauen gibt, die es mit dir aushalten, oder die Erkenntnis, dass du doch nicht nur Augen und Gefühle für dich selbst hast.«

Und wieder brach das Gasthaus in schallendes Gelächter aus. Selbst Neo und seine Begleitung konnten sich ein leises Lachen nicht verkneifen.

»Du gefällst mir«, verkündete die Frau und lächelte mich freundlich an. »Vielleicht sollten wir dich auch mit aufs Schiff nehmen. Dann hätte ich wenigstens endlich eine Verbündete gegen diesen Kindskopf hier.« Sie gab Neo einen leichten Klaps gegen die Schulter, doch sein Lächeln war bereits mit ihren Worten spurlos verschwunden. »Kommt gar nicht infrage«, antwortete er streng. »Schließlich haben wir schon ihren Bruder an Bord und wenn der auch nur halb so anstrengend ist wie sie, gehe ich freiwillig über die Planke.«

Die Beine meines Stuhls schabten laut über den Holzboden, während ich energisch aufstand. »Keine Sorge, Neo. Denn du wirst weder mich noch meinen Bruder jemals wiedersehen.«

»Dein Bruder muss aber mitkommen, weil wir neues Kanonenfutter für die Untoten brauchen«, hörte ich jemanden aus der Menge heraus sagen. Sein Tonfall war hämisch und es sollte mich vermutlich ärgern, dass einige der anderen Männer in sein dämliches Gelächter einstiegen, doch die Bedeutung seiner Worte hatte meine siedende Wut längst in eiskalte Angst verwandelt.

»*Untote?*«, fragte ich an Neo gewandt, der seine Lippen daraufhin zu einer schmalen Linie verzog.

»Hattest du bisher noch nicht mit ihnen zu tun?«, fragte seine Begleitung überrascht.

Ich schüttelte knapp den Kopf. »Von Untoten habe ich noch nie etwas gehört, nur von ... Gestaltwandlern.«

Lächelnd strich sich die Frau ihre braune Lockenmähne über die Schultern und zwinkerte mir zu. »Dann reden wir von den gleichen Kreaturen. In Erzählungen werden sie häufig Gestaltwandler genannt, aber in Wahrheit sind es Untote. Narius, der Gott des Meeres, war damals eifersüchtig auf seine göttlichen Geschwister, weil diese die Menschen erschufen, um mit ihnen zu spielen. Er selbst besaß nicht die Fähigkeit, eine eigene Schöpfung zu kreieren, aber seine Geschwister erlaubten ihm, dass er Menschen, die ihren Tod im Wasser fanden, für seine Zwecke nutzen durfte. So entstanden die Untoten. In ihrer echten Form sehen sie aus wie eine Mischung aus Fisch, Meeresungeheuer und Mensch, aber sie können auch bedingt in ihre Erscheinung zu Lebzeiten zurückwechseln. Diese Eigenschaft brachte ihnen im Volksmund die Bezeichnung *Gestaltwandler* ein.«

Ehrfürchtig schluckte ich. Mein Mund war während ihrer Erzählung ganz trocken geworden. Konnte ich den Worten einer Fremden vertrauen? Und was mir noch viel mehr Sorgen bereitete: Wenn es Untote wirklich gab, existierten dann auch die anderen schaurigen Kreaturen aus Großmutters Geschichten?

»Sag mal, kann es sein, dass du nicht den geringsten Plan davon hast, wer wir sind?«, riss mich Neos Begleitung aus meinen Gedanken. »Weißt du von der Prophezeiung und unserem Vorhaben?«

Langsam schüttelte ich den Kopf. Die Fremde seufzte daraufhin theatralisch und verpasste Neo eine leichte Kopfnuss. »Du willst ihr ihren Bruder wegnehmen und erzählst ihr nicht einmal wieso?«

»Nein, wozu auch?«, erwiderte Neo gereizt und fuhr sich fahrig durchs Haar. »Meinst du etwa ihn gehen zu lassen würde ihr leichter fallen, wenn sie wüsste, was dort draußen *wirklich* vor sich geht? Wenn sie wüsste, was ihren Bruder auf hoher See erwartet?«

»Nein«, antwortete die Frau trocken. »Aber sie hat die Wahrheit verdient, denkst du nicht? Dir wäre es doch auch lieber gewesen, wenn du früher erfahren hättest, was –«

»Lassen wir das, Nala«, schnitt ihr Neo kühl das Wort ab. Seufzend ließ er sich gegen die Lehne seines Stuhls sinken und betrachtete mich einen Moment lang. Die Gelassenheit, mit der er mich noch vor wenigen Minuten zur Weißglut gebracht hatte, war verschwunden. Schließlich begann er den Kompass erneut unter seinem Finger kreisen zu lassen, doch dieses Mal hielt er seinen Blick fest auf mich gerichtet.

»Willst du das denn überhaupt wissen? Denn wenn es einmal gesagt wurde, wenn ich dir verraten habe, worum es hierbei wirklich geht, wirst du dieses Wissen nie wieder aus deinem Kopf verschwinden lassen können. Es wird ein bisschen so sein wie eine Klinge, die dir jemand in den Körper rammt – du kannst sie zwar wieder entfernen, doch die Narbe wird unwiderruflich und für alle Ewigkeit auf deiner zarten Haut zurückbleiben.« Neos Blick bohrte sich bis in meine Seele.

Gänsehaut überzog meine Arme, während ich versuchte ihm standzuhalten.

»Also, wie lautet deine Entscheidung?«, fragte er leise. »Bist du nicht nur mutig genug diesen Dolchstoß zu hinzunehmen, sondern auch stark genug, um mit seinen Folgen zu leben?«

Kapitel 6

Schweigend starrte ich Neo an. Seine Augen wirkten nicht länger wie die ruhige Meeresoberfläche an einem warmen Sommertag, sondern mehr wie der sturmgepeitschte Ozean. Die Art, wie er seinen Kiefer zusammenbiss, gab mir das Gefühl, dass es ihm selbst nicht gefiel, mir von seinen Beweggründen erzählen zu müssen. Ich schuldete ihm noch immer eine Antwort, aber ich wusste ehrlich gesagt nicht, ob ich nicken oder doch lieber den Kopf schütteln sollte. Neo hatte recht. Wenn er mir erzählte, worum es hierbei wirklich ging, gäbe es kein Zurück mehr für mich. Ich müsste mit der Wahrheit leben, wie auch immer diese aussehen mochte. Aber wollte ich das? *Konnte* ich das?

»Vielleicht wäre es am klügsten, diese Sache hier einfach zu vergessen«, schlug Neo vor, als hätte er meine Gedanken erraten. »Noch könntest du so tun, als wäre das alles nicht passiert, als wäre deine Welt in Ordnung. Denn eins verspreche ich dir: Ein Sensibelchen wie du würde nach unserer Offenbarung kein Auge mehr zukriegen.«

Sein Angebot klang verlockend, doch so sehr ich es auch leugnen wollte, hatte sich mein Herz längst für eine Antwort entschieden. Ich nahm einen tiefen Atemzug der stickigen Luft. Dann streckte ich seufzend den Rücken durch. »Ich möchte die Wahrheit erfahren«, brachte ich leise über meine bebenden Lippen. »Ich *muss*.«

Neos Mundwinkel zuckten kurz, ehe er sie wieder zu einer ausdruckslosen Linie zusammenpresste. Nala, die noch immer hinter ihm stand, nickte mir bestärkend zu. »Gute Entscheidung. Einen Wettlauf gegen die Realität hat bisher noch niemand gewonnen, meist holt sie einen im ungünstigsten Moment wieder ein.«

»Wie viel weißt du über die Götter und die Prophezeiungen, die mit ihnen einhergehen?«, fragte Neo mich geradeheraus. Ich runzelte die Stirn und versuchte mich an Großmutters Worte zu erinnern. Doch je länger ich darüber nachdachte, desto bewusster wurde mir, dass ich eigentlich gar nichts wusste. Es gab Götter, die einst die Erde erschaffen hatten und denen wir Opfergaben brachten, um sie gnädig zu stimmen. Wie das alles im Detail funktionierte, war mir völlig unklar.

»Lassen wir das, ich fange einfach von vorn an«, unterbrach Neo meine Gedanken. Er schien es mit einem Mal ziemlich eilig zu haben. »Also, die Götter haben einst unsere Welt erschaffen, sich zu Tode gelangweilt und schließlich das Leben auf ihre Länder gebracht. Während die meisten Menschen denken, dass sie sich irgendwann aus freiem Willen aus unserem Leben zurückgezogen haben und seitdem aus der Ferne über uns wachen, sieht die Realität etwas anders aus. Die Gottheiten erschufen uns nämlich nicht aus Nächstenliebe, sondern weil sie sich nach Untertanen sehnten, an denen sie ihre Macht auslassen konnten. Es reizte sie, uns die Welt zu erklären, die sie einst selbst erschaffen hatten, denn die Menschen belohnten sie mit großer Anerkennung. Die Götter waren entgegen der allgemeinen Wahrnehmung jedoch keinesfalls großherzig oder gar gönnerhaft. Sie taten all dies nur, weil unsere Verehrung ihr Lebenselixier war, das einzige Gut auf dieser Welt, was ihnen wirklich Freude bereitete. In Wahrheit sind sie eingebildete, selbstbezogene Kreaturen, die nur ihre eigenen Interessen im Sinne haben. Ständig versuchten sie einander zu überbieten. Sie machten den Menschen immer größere Geschenke, doch trotzdem war es ihnen nie gänzlich möglich, ihre grausamen Persönlichkeiten zu verbergen. Wenn ihnen langweilig wurde, schickten sie zum Beispiel Krankheiten über die Dörfer und ergötzten sich an dem Anblick der Sterbenden. Wenn sich zwei Götter stritten, ließ der eine die Wälder abbrennen, während der andere aus Rache Sturmfluten über die Ländereien der Bauern ziehen ließ. Die Menschen mochten viele Geschenke erhalten haben, doch im Großen und Ganzen lebten sie in einer grausamen

Welt. Sie wussten, dass die Götter mächtig genug waren, um alles Leben aus einer Laune heraus auszulöschen; dass sie nicht gleichgesetzt waren, sondern nur Marionetten in den Klauen selbstherrlicher Puppenspieler. Also schmiedeten sie einen gewagten Plan, um die Gottheiten endlich loszuwerden. Sie nutzten deren Übermut aus und überredeten sie zu einem Wettkampf, den die Götter verloren und mit einem hohen Preis bezahlen mussten. Seitdem leben sie zwar noch in der gleichen Welt wie wir, allerdings wurden sie an einen Ort verbannt, dessen Lage heutzutage niemand mehr kennt. Von dort aus müssen sie im Sinne der Menschen agieren und können nicht mehr direkt in unser Weltgeschehen eingreifen. Der einzige Haken an der Sache ist, dass es ihnen zusteht, diesen Wettkampf alle fünfhundert Jahre zu wiederholen. Sollte sich die Prophezeiung, dass sie diesen Wettkampf eines Tages gewinnen werden, erfüllen, werden sie unsere Welt in Flammen aufgehen lassen. Der Großteil der Menschen müsste sterben und die Überlebenden wären gezwungen fortan ein Leben in Sklaverei zu führen.

Darum hat sich vor vielen tausend Jahren ein Geheimbund gebildet, der es sich zur Aufgabe gemacht hat, diese Prophezeiung abzuwenden. So weit verstanden?«

Ich nickte, obwohl ich von Neos Thesen Kopfschmerzen bekam. Es kam mir so absurd vor, dass die Götter, die angeblich über uns wachten, gleichzeitig unsere schlimmsten Feinde sein sollten. Zu gern hätte ich Neo nach Beweisen für seine Theorie gefragt, aber gerade als ich den Mund öffnete, fiel mir auf, dass ich ja meinerseits auch keine Beweise vorlegen konnte, weshalb die Götter gut sein sollten.

Seufzend stützte ich mein Kinn auf einer Hand ab und beobachtete Neo dabei, wie er seinen Kompass kreisen ließ. »Sagen wir mal, ich glaube dir deine Geschichte«, fand ich nach einiger Zeit meine Sprache wieder, »dann wüsste ich gern, was du und deine Freunde damit zu tun haben.«

»Das ist ... kompliziert«, wich er meiner Frage aus und weckte damit mein Misstrauen. Vielleicht war seine Geschichte doch gelogen.

»Am besten, du erzählst ihr erst einmal, was die Prophezeiung überhaupt besagt und wie es dazu kam«, schlug Nala ihm vor, woraufhin sich

Neo seufzend durchs Haar fuhr. »Also gut, wenn du es unbedingt wissen willst … Den Menschen gelang es damals, eine Art Wettkampf mit den Göttern einzugehen, weil diese sich zu einer sehr gewagten Aussage hatten hinreißen lassen. Sie prahlten damit, dass sich die Menschen niemals allein in der Welt zurechtfinden würden; dass sie den Kräften der Naturgewalten selbst dann unterlegen seien, wenn sie göttliche Fähigkeiten in ihrem Blut hätten. Sie unterstellten uns, dass wir in unseren Herzen genauso habgierig seien wie die Gottheiten selbst. Dies nahmen die Menschen zum Anlass, um die Götter zu einem Wettkampf herauszufordern, den sie nicht ablehnen konnten.«

»Und worum ging es bei diesem Wettkampf?«, fragte ich neugierig, kaum dass Neo ausgesprochen hatte.

Schmunzelnd griff er nach einem der Bierkrüge und nahm einen tiefen Schluck. »Der damalige Wettkampf sollte klären, welche der beiden Gruppen am ehesten dafür geeignet war, über die Welt zu herrschen. Sie vereinbarten einen Vertrag über die Regeln und den Preis, den der Verlierer zu zahlen hatte, und besiegelten in mit einem magischen Pakt. Dieser mit Magie geschlossene Vertrag ist der einzige Grund, weshalb die Götter ihre Niederlage angenommen haben und auch heute noch dazu *gezwungen* sind, ihre selbst auferlegte Verbannung einzuhalten und im Sinne der Menschen zu handeln. Würde es diese Bedingung nicht geben, hätten sie uns vermutlich trotz ihrer Niederlage versklavt oder getötet. Das Ziel des Wettbewerbs lag darin, drei verborgene Artefakte zu finden: den Spiegel des Gewissens, das Schwert der Schande und den Kompass des Mutes. All diese Artefakte stellten ihre Entdecker vor zermürbende Prüfungen, die nur von jemandem bestanden werden konnten, der nach den damaligen Weltanschauungen der ideale Anführer war. Allerdings durfte nicht jeder antreten: Während die Götter nur einen einzigen Favoriten unter sich ausmachen durften, wurden unter den Menschen fünfzig Halbgötter mit magischen Fähigkeiten ernannt, die am Wettkampf teilnahmen. Glücklicherweise gelang es ihnen, alle Artefakte *vor* dem ausgewählten Gott zu finden. Diese verliehen den Halbgöttern, deren Fähigkeiten ursprünglich nur ein blasses Abbild von denen der Götter waren, enorme Kräfte. So gelang es ihnen, die Götter in die Verbannung zu zwingen und die Menschheit ein für alle Mal zu befreien – zumindest dachten sie das. Denn leider hatten die Götter heimlich eine versteckte Klausel in die Vereinbarung geschrieben, die Grundlage der heutigen Prophezeiung, die es ihnen erlaubt, diesen Wettkampf alle fünfhundert Jahre zu wiederholen. Seitdem … Hey, geht es dir gut?«

Ich bemühte mich um ein Lächeln, doch Neos Blick landete sofort auf meinen zitternden Fingern, die sich mit aller Kraft an der Tischkante festhielten. Ich konnte den Schweiß nicht nur auf meinen Handflächen spüren, sondern auch an meinem Haaransatz und meinen Schläfen. Mein Gesicht glühte, als würde ich es vor ein Kaminfeuer halten.

»Alles gut«, stammelte ich dennoch, »mir ist nur etwas … warm. Vielleicht habe ich von meinem nächtlichen Ausflug im Meer eine Erkältung eingeschleppt.« Eilig räusperte ich mich, doch der Kloß in meinem Hals blieb fest an Ort und Stelle sitzen, ähnlich wie ein Korken im Flaschenhals. »Habe ich das richtig verstanden, dass –?«

»Ich glaube, das waren erst mal genug Neuigkeiten für dich«, schnitt mir Neo das Wort ab. »Ich kann selbst von meinem Platz aus erkennen, dass du dich so stark am Tisch festkrallst, dass deine Fingerknöchel weiß hervortreten.«

»Nein!«, widersprach ich eilig und versuchte meine Atmung in den Griff zu bekommen, die viel zu hastig war. »Ich muss wissen, was hier vor sich geht. Du hast mir noch immer nicht gesagt, wieso … wie … so …« Die Welt um mich herum geriet ins Wanken. Vor meinen Augen wuchsen Neo zwei weitere Köpfe, während Nalas Miene so stark verschwamm, dass ich sie gar nicht mehr erkennen konnte. Die Stimmen um mich herum verstummten, stattdessen hörte ich meinen eigenen Herzschlag dumpf in meinen Ohren widerklingen.

Irgendwo schabte ein Stuhl über den Boden. Im nächsten Moment spürte ich zwei kräftige Hände an meiner Seite, die mich gerade noch rechtzeitig daran hinderten, kraftlos von meinem Stuhl zu sinken. Ich wurde auf die Füße gestellt, doch meine Beine knickten sofort wieder ein.

»Es geht gleich wieder«, nuschelte ich, wobei meine Worte von meinem pochenden Herzen überschattet wurden.

»Sicherlich«, hörte ich Neos Stimme leise an meinem Ohr. Obwohl ich nicht ganz bei Sinnen war, war der triefende Sarkasmus in seiner Stimme unüberhörbar. Ehe ich protestieren konnte, hob er mich hoch und durchquerte mit mir auf seinen Armen den Speiseraum. Aus dem Augenwinkel sah ich, wie Flynn einen Schritt auf uns zumachte, doch sein Vater griff ihn am Oberarm und hielt ihn davon ab, uns zu folgen.

Kaum fuhr mir die frische Meeresluft in die Nase, legte sich mein Schwindel wieder. Erleichtert seufzte ich und genoss die angenehme Temperatur. Hier draußen ließ es sich wesentlich leichter atmen als im stickigen Wirtshaus. »Du kannst mich wieder runterlassen«, nuschelte ich etwas verlegen, doch Neo trug mich unbeirrt weiter den schmalen Sandweg entlang.

»Ich habe dich davor gewarnt, dass dir die Sache über den Kopf wachsen wird. Dass du zu sensibel bist«, erklärte er in einem belehrenden Tonfall, der dem meiner Mutter erschreckend ähnlich war. »Am besten wäre es, wenn du einfach vergisst, was ich dir erzählt habe.« Abrupt blieb er stehen und stellte mich behutsam wieder auf die Füße. Seine Hände ließ er an meinen Seiten ruhen, um mir mehr Halt zu geben. Während wir uns so dicht gegenüberstanden, strömte mir sein angenehmer Duft nach Meer in die Nase. Ich fühlte mich in der Zeit zurückversetzt, so als stünden wir wieder gemeinsam am Strand, nachdem er mich aus den Fluten gerettet hatte. Während mich Neo aus seinen ozeanfarbenen Augen betrachtete, begann ich mich zu fragen, woher ich überhaupt die Stärke genommen hatte, ihn allein aufzusuchen und mit meinen Fragen zu konfrontieren. Im Wirtshaus war es mir erstaunlich leichtgefallen, mich von meiner Wut und Sorge beflügeln zu lassen, doch nun, wo wir beide allein zwischen den Häusern unserer Siedlung standen, fühlte ich mich mit einem Mal klein und verwundbar. Nervös verschränkte ich meine schwitzigen Hände hinter meinem Rücken und wich seinem Blick geflissentlich aus. Stattdessen beobachtete ich, wie sich eine dicke Möwe auf einer Palme niederließ und mit ihrem langen Schnabel auf eine Kokosnuss einhackte, bis diese mit einem dumpfen Aufprall im Sand landete.

»Was für ein beeindruckendes Schauspiel der Natur«, hörte ich Neo spotten. »So gebannt, wie du dem Vieh zusiehst, scheint das ja eine richtige Sensation auf dieser verschlafenen Insel zu sein.«

Aus schmalen Augen schielte ich zu ihm hinüber und schürzte beleidigt meine Lippen, doch Neo schnaufte nur amüsiert und neigte den Kopf.

»Also, Inselmädchen, wo wohnst du?«

»Erstens geht dich das gar nichts an und zweitens sollst du aufhören mich so zu nennen!«, erwiderte ich gereizt. Wieso wollte er plötzlich wissen, wo ich wohnte? Ich mochte manchmal etwas naiv sein, aber so blöd, dass ich einen fremden Mann *wie ihn* mit nach Hause nehmen würde, war ich nun auch wieder nicht.

»Charmant, wie ich bin, möchte ich dich nach Hause begleiten, weil ich mir Sorgen mache, du könntest sonst auf dem Weg verloren gehen oder wieder im Meer untertauchen. Und dein Spitzname passt wie die Faust aufs Auge, wie sollte ich dich sonst nennen?«

»Du könntest es ja mal zur Abwechslung mit meinem Namen versuchen.«

»Nein. Behalte ihn für dich, ich will nichts davon wissen.«

»Wieso nicht?«, erwiderte ich halb gekränkt, halb neugierig, doch Neo schüttelte nur knapp den Kopf und nahm seine Hände von meiner Taille.

»Komm jetzt, ich habe nicht ewig Zeit. Leider gibt es für mich wichtigere Dinge zu tun als zerstreute Mädchen nach Hause zu begleiten – obwohl ich wünschte, dass dies die größten Sorgen in meinem Leben wären.«

»Ach ja?«, fragte ich interessiert und folgte ihm den schmalen Sandweg entlang, der sich zwischen unseren Häusern hindurchschlängelte. »Was sind denn deine größten Sorgen, Neo?«

»Ich will nicht zu großspurig klingen, aber … vielleicht die Rettung der Welt?«, erwiderte er schulterzuckend. »Obwohl mich dieses Problem ehrlich gesagt mit jedem Tag weniger interessiert …«

Stutzig runzelte ich die Stirn. »Wieso solltest ausgerechnet du die Welt retten?«

Neo blieb so abrupt stehen, dass ich beinahe in ihn hineingelaufen wäre. Als er sich zu mir umdrehte, wirkte seine Miene angespannt. »Du hast schon den ersten Teil meiner Geschichtsstunde nicht gut verkraftet. Bist du sicher, dass du den Rest auch noch hören willst?«

Ich nickte heftig. »Natürlich. Nur weil ich etwas nicht weiß, macht es diese Sache ja nicht weniger real. Ich möchte wissen, was du und deine *Freunde* hier zu suchen haben und wieso du mir meinen Bruder nehmen willst.«

Seufzend fuhr sich Neo durchs Haar. »Niemand, der sich auf dieser Reise befindet, hatte eine Wahl – mich eingeschlossen ... Ich würde mir diesen ganzen Mist nicht antun, wenn ich es nicht müsste.«

»Aber wieso willst du meinen Bruder mitneh –?«

»Du vergeudest deine Zeit. Nur weil ich dich vor dem Ertrinken gerettet und aus einer stickigen Kneipe getragen habe, bin ich noch lange kein guter Mensch – oder gar ein Held. Es interessiert mich nicht mehr, wie viel Leid und Elend mein Auftauchen mit sich bringt. Dein Bruder wird mit mir kommen und es ist mir völlig egal, solltest du dir deshalb die Augen aus dem Kopf heulen.«

»Aber wieso, Neo?« Meine Stimme war lauter als beabsichtigt, doch seine Worte hatten mich so aufgewühlt, dass ich sie nicht im Griff hatte. Wie konnte jemand nur so gefühlskalt sein? Es ging mir einfach nicht in den Kopf, dass Neo wirklich so abgebrüht war. Ich musste endlich in Erfahrung bringen, welche Rolle dieser Mann spielte.

»Gut, dann erzähle ich dir eben den Rest der Geschichte«, seufzte er hörbar genervt und zuckte mit den Schultern, »aber auch das wird das Unvermeidbare nicht abwenden.«

»Dann ist es so. Beantworte mir nur endlich, wieso du ausgerechnet hier auf unserer Insel bist und was du mit meinem Bruder vorhast.«

Neo stieß einen tiefen Seufzer aus. »Wie ich bereits sagte, haben die Götter damals eine Prophezeiung ausgerufen, die es ihnen erlaubt, die Menschheit alle fünfhundert Jahre zur Wiederholung des damaligen Wettbewerbes aufzufordern, um das Machtgefälle unserer Welt neu zu bestimmen. Wir haben leider das große Pech, dass wir genau zu solch einer Zeit leben. Die Götter haben ihr Recht auf die Wiederholung des Wettbewerbes eingefordert; sie findet genau in diesem Augenblick statt. Auch dieses Mal haben die Götter wieder einen Favoriten gekürt, der während des Wettkampfes die Verbannung verlassen und auf die Erde zurückkehren darf. Sie haben sich für Narius, den Gott des Meeres, entschieden, der selbst unter den Gottheiten als unberechenbar und äußerst kaltblütig gilt. Die genauen Regeln und Gesetze erspare ich dir an dieser Stelle, aber seit der Wettkampf vor ein paar Jahren offiziell begann, lebt er wieder in unserem Ozean und treibt dort sein Unwesen. Allerdings sind seine Kräfte eingeschränkt, solange nicht alle drei Artefakte gefunden wurden. Dies ist der einzige Grund, weshalb er unsere Welt noch nicht dem Meeresboden gleichgemacht hat. Bisher hat er nur seine Handlanger vorgeschickt, die Untoten und Seemonster, um nach den Artefakten zu suchen. Allerdings wird es nicht mehr lange dauern, ehe er sich aktiv in den Wettkampf einmischen wird.«

Ich traute meinen Ohren kaum. »Du willst mir weismachen, dass sich ein rachsüchtiger Gott in unserem Ozean befindet und seine Monster *in diesem Augenblick* nach drei Artefakten suchen, die ihm solch mächtige Kräfte verleihen werden, dass er unsere Welt dem Erdboden gleichmachen könnte?«

Ich konnte absolut nicht nachvollziehen, wieso sich Neos Lippen zu einem breiten Grinsen verzogen.

»Sieh an, du hast es ja doch verstanden!«

»Aber … aber wer hält ihn denn auf?« Panisch blickte ich auf das Meer hinaus, auf dessen glatter Oberfläche sich die Abendsonne spiegelte. Es wirkte so friedlich, aber Neo zufolge könnte sich genau unter der Stelle, die ich gerade anpeilte, der größte Feind der Menschheit verbergen. Mein Herz begann wild in meiner Brust umherzuspringen.

»Nun, im Gegensatz zu damals gibt es keine echten Halbgötter mehr, weil die Götter nach ihrer Niederlage davon abgesehen haben, sich erneut menschliche Partner und Partnerinnen zu suchen. Um die Wette von damals dennoch erfüllen zu können, müssen die Götter fünfzehn bis zwanzig Jahre vor Beginn des jeweiligen Wettkampfs fünfzig menschliche Ungeborene auswählen, die sich zu diesem Zeitpunkt im Leib ihrer Mütter befinden. Bei ihrer Geburt werden diesen Kindern dann göttliche Kräfte übertragen, die sie grundsätzlich auf eine Höhe mit den Halbgöttern von damals stellen.

Deshalb werden sie auch Halbgötter genannt, obwohl es sich bei ihnen genau genommen nur um Auserwählte mit göttlichen Fähigkeiten handelt. Diese fünfzig müssen ihrerseits versuchen die Artefakte rechtzeitig in die Hände zu bekommen, um die Prophezeiung der Götter abzuwenden und den Frieden für die nächsten fünfhundert Jahre zu sichern. Dafür brauchen die Halbgötter natürlich Unterstützung, weshalb ihnen der König die Erlaubnis erteilt hat, gesunde Männer dazu zu zwingen, ihrer Mannschaft beizutreten.«

Neo neigte den Kopf zur Seite, wobei ihm einige Haarsträhnen ins Gesicht fielen. Er zwinkerte mir so gelassen zu, als hätten wir uns gerade über etwas Erfreuliches unterhalten und nicht über den potenziellen Untergang unserer Welt. »Dreimal darfst du raten, was meine Rolle in diesem perfiden Spiel ist.«

Mein Herzschlag geriet ins Stocken. Hatte mir meine Familie nicht erzählt, dass Neo über solch eine Erlaubnis des Königs verfüge? Dieser Verdacht würde auch erklären, wie es ihm möglich gewesen war, mich auch der Strömung zu befreien, in der jeder normale Mensch ertrunken wäre ... »Du ... du bist ein *Halbgott*?« Meine Stimme klang genauso kratzig wie der Schrei einer Möwe.

Neos Lippen verzogen sich zu einem zufriedenen Grinsen. »Hast du etwas anderes erwartet? Natürlich bin ich göttlichen Ursprungs! Oder bist du schon mal jemandem begegnet, der so begabt, gutaussehend, klug und –«

»Stimmt«, unterbrach ich seine Lobeshymne, »jemand, der so eingebildet und selbstverliebt ist wie du, muss diese schlechten Eigenschaften von den Göttern persönlich erhalten haben. Wie sagt man so schön auf dem Festland: Der Apfel fällt nicht weit vom Stamm?«

Neo schnaufte amüsiert. »Gut, dieser Punkt geht an dich. Übrigens nehme ich es dir immer noch übel, dass du bei unserer ersten Begegnung wirklich in Erwägung gezogen hast, ich sei ein Gestaltwandler.«

»Diese Annahme hat dein sensibles Ego hart getroffen, was?«

Neo legte sich ergriffen eine Hand auf die linke Brust und nickte. »Die Narben werden für alle Ewigkeit auf meinem Herzen zurückbleiben.«

Seine überspitzte Darstellung brachte mich kurz zum Lachen, doch dann wurde mir schlagartig bewusst, *wen* ich eigentlich vor mir hatte. Abrupt verstummte meine Stimme und das beklemmende Gefühl kehrte in meinen

Brustkorb zurück. Neo war kein Freund, mit dem ich ausgelassen herumblödeln konnte – er wollte meinen Bruder in den Kampf gegen einen Gott verwickeln.

»Du solltest öfter lachen, es steht dir«, drang seine Stimme sanft an mein Ohr, doch meine gute Laune hatte sich in Luft aufgelöst.

»Dann verschwinde von unserer Insel und lass meinen Bruder in Ruhe.« Ich war mit einem Mal so aufgebracht, dass meine Worte weitaus schärfer klangen, als ich beabsichtigt hatte. Augenblicklich erstarb Neos Lächeln und seine Lippen bildeten eine schmale Linie. Die kleinen Lachfältchen um seine Augen herum verblassten, als hätte es sie nie gegeben. »Keine Sorge, du wirst mich nach dieser Nacht nie wiedersehen.«

Seine eisige Stimme jagte einen Schauer über meine Wirbelsäule. Wüsste ich es nicht besser, hätte ich glatt vermutet, dass ich ihn mit meiner Aussage verletzt hatte.

»Gut«, erwiderte ich schlicht und ignorierte mein schlechtes Gewissen, »aber mein Bruder bleibt hier.«

Neo schnaubte verächtlich. »Das kannst du so oft behaupten, wie du willst, doch dein Bruder wird diese Insel noch heute Abend mit mir verlassen.«

»Nur über meine Leiche!«

»Das lässt sich einrichten.«

Wütend starrten wir einander an. Der Zorn in mir hatte sich von einem lauen Kaminfeuer in einen waschechten Vulkanausbruch gewandelt. Neos Mimik hingegen wirkte leer und emotionslos, doch in seinen Augen konnte ich sehen, wie auch er mit seiner Beherrschung rang. Es überraschte mich, diese Gefühlsregung so deutlich bei ihm erkennen zu können. Bisher hatte er auf mich eher den Eindruck gemacht, als wäre Langeweile die einzige Empfindung, zu der er imstande war.

»Du solltest dich besser nicht mit mir anlegen, Kleine«, versuchte er mir zu drohen, doch ich war so wütend, dass mir seine Worte kaum etwas ausmachten. »Niemand hier ist stark genug, um sich dem Willen eines Halbgottes zu widersetzen.«

»Hochmut kommt vor dem Fall, Neo«, presste ich knapp hervor. »Versuch doch uns herauszufordern – ich fürchte mich nicht! Außerdem glaube ich nicht an deine an den Haaren herbeigezogene Geschichte über die Götter. Du kannst mir nicht beweisen, dass sie sich gegen uns verschworen haben und ausgerechnet du dafür verantwortlich bist, sie aufzuhalten. Wo sind denn die anderen neunundvierzig Halbgötter, hm? Ziehen die auch durchs Land und versuchen Familien zu zerstören?«

Neos linkes Augenlid zuckte kaum merklich, doch mir fiel diese minimale Bewegung in seiner starren Miene sofort auf. Ich hatte sie schon öfter an ihm beobachtet, wenn ihm etwas nicht in den Kram passte. Mein Mund wurde trocken – war ich diesmal zu weit gegangen? Sollte Neo wirklich ein Halbgott sein, wäre ich in großen Schwierigkeiten. Obwohl, eigentlich war das völlig unerheblich, denn auch ohne göttliche Kräfte war ich ihm hoffnungslos ausgeliefert. Seinem muskulösen Körper nach zu urteilen könnte er mir vermutlich sogar einhändig das Genick brechen.

»Du willst also einen Beweis sehen, ja?« Im Widerspruch zu seiner Frage ließ seine bedrohliche Stimme keine Option für mich offen. Meine Knie zitterten leicht, während ich langsam einen Schritt zurückwich. Ich wusste, dass niemand in der Nähe war, der mir helfen konnte. Sollte Neo im nächsten Moment über mich herfallen, bestünde meine einzige Überlebenschance darin, die Beine in die Hand zu nehmen und um mein Leben zu rennen.

»Schau aufs Meer hinaus«, wies er mich an, doch ich schüttelte sofort den Kopf. Um das Wasser zu sehen, müsste ich ihm den Rücken kehren, und das kam gar nicht infra –

»Sofort«, zischte er, doch mein Körper war wie erstarrt. Ruckartig machte Neo einen Satz nach vorn und überbrückte den Abstand zwischen uns. Ich zuckte erschrocken zusammen. Im nächsten Moment hatte er mich bereits herumgewirbelt. Sein Arm legte sich über meinen Oberkörper und zog mich fest an seine Brust, sodass ich wie ein menschliches Schild vor ihm stand und gezwungen war auf das Meer zu schauen. Als sich Neo von hinten über meine Schulter beugte, spürte ich seinen warmen Atem an meinem Ohr. »Sieh hin. Und dann überlege dir *ganz genau*, ob du meine Geduld weiterhin herausfordern willst.«

Kurz spielte ich mit dem Gedanken, einfach meine Augen zu schließen, doch ich traute Neo zu, dass er mir meine Lider auch mit Gewalt aufhalten würde. Ungewollt begann mein Körper zu zittern wie die Palmenblätter im Wind. Ich hatte Angst. Panische Angst. Doch obwohl ich nach Hilfe rufen wollte, drang kein Laut über meine Lippen. Noch nie in meinem Leben hatte ich mich so sehr gefürchtet, selbst damals nicht, als meine Familie und ich durch die sturmgepeitschte See gereist waren, um auf diese Insel zu gelangen.

Das Brennen meiner Augen wurde unerträglich, doch Neos Griff fixierte auch meine Arme, weshalb es mir unmöglich war, die aufsteigenden Tränen wegzuwischen. Mit aller Kraft presste ich meine bebenden Lippen zusammen und versuchte mein Schluchzen zu unterdrücken, um Neo nicht noch mehr aufzuregen. Aus dem Augenwinkel sah ich, wie er in mein Gesicht blickte. Sofort lockerte er den Griff um meinen Körper, wodurch sich die Berührung mehr danach anfühlte, als würde er mich stützen wollen und nicht gefangen halten. Trotzdem ließ die Angst in mir nicht nach. Neo war unberechenbar. Seine Laune könnte jeden Moment wieder umschwingen.

»Tut mir leid«, murmelte er mit belegter Stimme, »ich wollte dir keine Angst machen. Sieh bitte einfach hin, ja?«

Ich nickte, zu mehr war ich nicht in der Lage. Mehrmals musste ich blinzeln, ehe sich der Tränenschleier vor meinen Augen so weit verflüchtigt hatte, dass ich die ruhige Meeresoberfläche erkennen konnte. Sie war von seichten Wellenlinien gezeichnet, doch diese waren nichts im Vergleich zu denen, die mich letzte Nacht in den Ozean gerissen hatten. Warme Sonnenstrahlen ließen das türkisfarbene Wasser funkeln wie Großmutters Schmuckkästchen. Der Anblick war zweifellos wunderschön, aber ich bezweifelte, dass dies der Grund war, weshalb ich das Meer betrachten sollte.

Aus dem Augenwinkel beobachtete ich, wie Neo seinen freien Arm emporhob. Er streckte seine Hand flach vor seinen Körper und drehte die Handfläche in Richtung Himmel. Für einen Wimpernschlag fiel mein Blick auf die weichen Linien, die sich auf seiner Hand abzeichneten, doch auch dort konnte ich nichts Ungewöhnliches erkennen.

»Sieh auf die See hinaus«, forderte er mich leise auf.

Ohne zu zögern, folgte ich seiner Anweisung und hob meinen Blick. Als er auf das Meer traf, japste ich erschrocken nach Luft und tastete blind nach Neos Körper, um mich am Saum seines Hemdes festzukrallen.

»Gefallen sie dir nicht?«, vernahm ich seine Stimme dicht an meinem Ohr, doch ich war viel zu gebannt von dem Anblick, der sich mir vor meinen Augen bot, als dass ich ihm antworten konnte. Wenn ich meiner Familie davon erzählen würde, würden sie mich sicher für verrückt erklären.

Der Großteil des Meeres lag noch immer ruhig vor mir und erstreckte sich bis zum Horizont, doch auf der Oberfläche – nun ja – galoppierten Pferde! Pferde aus Wasser, mit wehenden Mähnen aus Wassertropfen. Ich konnte ihr Wiehern bis zu uns an den Strand hören.

Sprachlos öffnete ich die Lippen. Ich musste mir den Anblick der tobenden Pferde einbilden. Es gab keine Tiere, die aus klarem Wasser bestanden und über das Meer liefen. Nicht einmal Großmutter hatte je ein Wort über solche Geschöpfe verloren und wenn selbst sie mit ihrer blühenden Fantasie von Gestaltwandlern, Drachen und Seeungeheuern nicht darauf gekommen war, konnte es diese Kreaturen schlicht nicht geben. Ich musste durchgedreht sein. Entweder das oder ich war doch in der Strömung umgekommen und befand mich im Reich der Todesgöttin, das sich bisher als Realität getarnt hatte.

Langsam wandte ich mein Gesicht zur Seite, um in Neos Augen zu blicken, die mich amüsiert anfunkelten. Die Wut war vollkommen aus ihnen verschwunden.

»Da«, brachte ich nur ein einziges Wort über die Lippen und deutete mit dem Kinn aufs Meer hinaus.

Glucksend nickte Neo. »Hübsch, oder? Ich habe mir für dich extraviel Mühe mit ihnen gegeben. Normalerweise erschaffe ich nur Delfine oder meinetwegen Möwen, weil diese anatomisch leichter umzusetzen sind, aber heute habe ich mal eine Ausnahme gemacht. Gefallen sie dir?«

Blinzelnd starrte ich ihn an. »Du hast die Pferde *erschaffen*? Einfach so?«

Er nickte freudig. »Du könntest sogar auf ihnen reiten. Möchtest du es versuchen?«

»*Reiten?*« Es war mit etwas unangenehm, dass mir scheinbar die Wörter ausgegangen waren und ich nur noch wiederholen konnte, was Neo sagte, doch zu mehr war ich nicht imstande. Erneut wollte ich auf das Meer blicken, doch als ich meinen Kopf drehte, starrte ich direkt auf einen Pferdekopf, der keinen Meter von mir entfernt war. Als das Tier – oder was auch immer diese Kreatur war – laut schnaufte, landeten kleine Wassertröpfchen auf meinen Schultern.

»Soll ich dir beim Aufsteigen helfen?«, bot Neo ungewohnt hilfsbereit an.

Unschlüssig sah ich zwischen ihm und dem Tier umher. Einerseits wusste ich natürlich, dass ich seinen Vorschlag auf gar keinen Fall annehmen konnte, schließlich war dem Halbgott nicht zu trauen. Aber andererseits war da dieses kleine Flämmchen der Neugierde in mir, dieses zarte Kribbeln, das mich förmlich dazu drängte, sein Angebot anzunehmen. Wir oft bot sich schon die Gelegenheit, auf einem Wasserpferd zu reiten? »Wohin möchtest du denn reiten?«, fragte ich zaghaft, um mir mehr Zeit zum Nachdenken zu verschaffen.

»Solange meine göttlichen Kräfte nicht erschöpft sind, können wir reiten, wo auch immer du hinwillst. Ich würde dennoch vorschlagen, dass wir uns von den Pferden zu deinem Zuhause bringen lassen, damit –«

»Bell?« Leahs schrille Stimme riss mich aus meinen Gedanken.

Es fühlte sich an, als wäre ich aus einem Traum erwacht. Mein Herz begann zu rasen und endlich gelang es mir, mich wieder zu bewegen. Hastig wand ich mich aus Neos Arm, der mich sofort losließ. Als ich zu ihm aufsah, betrachtete er mich nachdenklich. Der Wind wehte ihm leicht durch das schwarze Haar und ließ es wie Rabenfedern erscheinen, die sanft durch die Luft schwebten. »Bell also«, murmelte er rau und obwohl ich mich noch immer ein wenig vor ihm fürchtete, musste ich zugeben, dass mir der Klang meines Namens auf seinen Lippen gefiel.

Mein Blick huschte zwischen seinem Gesicht und dem Pferd, das immer noch neben mir stand und mich mit geneigtem Kopf musterte, hin und her. Doch plötzlich fiel es in sich zusammen und zerfloss zu einer kleinen Pfütze. Ich erschrak so sehr, dass ich einen Satz zur Seite machte. Fragend blickte ich zu Neo hinüber, der mich mit einem unergründlichen Ausdruck beobachtete.

Je länger ich von seinem Blick gefangen gehalten wurde, desto überzeugter war ich, dass seine ozeanblauen Augen genauso tief waren wie das Meer – und dass ich ebenso leicht in ihnen ertrinken könnte.

»Bell!« Diesmal klang Leahs Ruf wesentlich näher als zuvor. Ich blickte mich um und entdeckte sie schließlich neben einem Haus, das gut zwanzig Meter von uns entfernt war. Als sie auf mich zulief, tauchte plötzlich auch Flynn hinter dem Haus auf und folgte seiner Schwester.

»Bell, da bist du ja!«, stieß Leah hervor, während sie mich zeitgleich in eine feste Umarmung zog. »Wir wären vor Sorge um dich beinahe umgekommen! Was ist nur plötzlich in dich gefahren? Du traust dich normalerweise nicht einmal in dein Zimmer, wenn du irgendwo eine klitzekleine Spinne an der Decke entdeckst, aber legst dich in aller Öffentlichkeit mit einem Halbgott an?«

»Das müssen die Folgen des Sauerstoffmangels sein, als sie gestern Nacht beinahe ertrunken wäre«, mischte sich Neo uncharmant ein und erntete dafür prompt einen finsteren Blick von Leah.

»Wie dem auch sei, Bell, ich bin jedenfalls mächtig stolz auf dich! Dieser Kerl hat es verdient, dass ihm mal jemand die Stirn bietet«, raunte sie mir zu.

»Großartig, Leah«, keuchte Flynn, als er uns endlich erreicht hatte und sich mit verschränkten Armen neben uns stellte. »Du kannst Bell doch nicht dafür loben, dass sie sich so kopflos mit einem Halbgott einlässt.«

»Er gibt vor ein Halbgott zu sein«, erwiderte sie schulterzuckend und hakte sich bei mir unter, »aber je länger ich ihm zuhöre, desto stärker bezweifle ich diese Behauptung. Vermutlich ist er einfach ein Wichtigtuer und nur hier, um Unruhe zu stiften. Komm, Bell, wir begleiten dich nach Hause.«

Leah lief los und wollte mich mitziehen, aber ich blieb stehen. Irritiert sah sie mich an, doch mein Blick galt einzig und allein Neo. Seine Augen lagen noch immer auf meinem Gesicht, doch der Ausdruck in ihnen hatte sich verändert. Zwischen seinen zusammengezogenen Augenbrauen entdeckte ich eine leichte Denkfalte. Worüber er wohl nachgrübelte?

»Bell, komm jetzt«, raunte mir Leah wiederholt zu, doch ich schüttelte nur leicht den Kopf. Ungeduldig zerrte sie an meinem Arm. »Komm, es ist wichtig! Wir müssen sofort zu deinem Haus!«

»Wieso?«, fragte ich abwesend.

»Weil ihr ungebetenen Besuch habt«, zischte mir Flynn ins Ohr.

Seine Worte ließen die Blase um mich herum zerspringen wie Porzellan, das auf den Boden fiel. Sofort riss ich meinen Blick von Neo los und sah stattdessen zu Flynn auf. »Was sagst du da?!«

Bekräftigend nickte er. »Leah und ich haben dich gesucht, aber wir konnten dich nicht finden, also sind wir zu dir nach Hause gelaufen. Aber als wir dort ankamen und mit deiner Mutter sprachen, tauchten plötzlich diese fremden Männer auf. Deine Mutter schickte uns daraufhin fort, um weiter nach dir zu suchen. Mit etwas Pech lungern diese Kerle noch immer vor deinem Haus herum. Und so, wie die aussahen, führen sie nichts Gutes im Schilde.«

Kapitel 7

»Was machen wir jetzt?«, fragte Leah, als wir zu Hause angekommen waren.

Doch weder Flynn noch ich antworteten ihr. Stattdessen hob ich mir eine Hand vors Gesicht und versuchte meine Augen vor der tief stehenden Sonne abzuschirmen. Dennoch konnte ich die Gestalten vor unserer Haustür nicht genau erkennen.

»Kannst du sehen, wer das ist?«, fragte ich leise, doch Flynn schüttelte den Kopf.

»Ich schätze, dass es Freunde von diesem Neo sind«, fügte er leise hinzu. »Was hast du eigentlich mit ihm besprochen? Du sahst sehr blass aus, als wir dich gefunden haben.«

»Nicht so wichtig«, wiegelte ich ab und reckte meinen Hals, um mein Zuhause besser ins Visier nehmen zu können. Wir hatten uns hinter einer Reihe Schilf versteckt, die einige Meter von unserem Haus entfernt am Strand wuchs. Durch die dünnen Halme hindurch spähte ich zu den drei menschlichen Schatten, die vor unserer Tür auf- und abliefen und gelegentlich gegen das Holz klopften.

»Bell, wenn er dir wehgetan hat, dann –«

»Mir reicht es jetzt, ich werde diese Eindringlinge von meiner Terrasse vertreiben!«, verkündete ich, während ich zeitgleich auf meine Füße sprang. Flynn streckte seinen Arm nach mir aus, doch ehe er mich erhaschen konnte, war ich bereits losgerannt. Ich durchquerte den feinen Sand und hielt auf unser Haus zu. Kaum setzte ich einen Fuß auf das knarzende Holz der Terrasse, fuhren die drei fremden Männer zu mir herum.

Zwei von ihnen trugen dichte Bärte, während sich auf dem Gesicht des Dritten nur leichte Stoppel abzeichneten. Die zwei bärtigen Kerle schauten mich genauso bedrohlich an wie ihr jüngerer Begleiter, der ungefähr in Phils Alter sein musste. Unschlüssig, ob ich ihnen die Meinung geigen oder doch das Weite suchen sollte, blieb ich erst einmal stehen und musterte die Fremden. Sie trugen alle die gleichen dunkelblauen Hemden und hatten sich die Ärmel bis zu ihren Ellenbogen hochgeschoben. Mein Blick zuckte zwischen ihren Augenpaaren umher und blieb schließlich an den nussbraunen Iriden des Jüngsten hängen, die langsam über mein Gesicht wanderten. Unter dem Blick des Mannes wurde meine Kehle so trocken wie das Holz unter meinen Füßen.

»Und du bist …?«, fragte einer der Alten, doch meine Kehle fühlte sich an wie zugeschnürt. Kein einziger Ton drang über meine Lippen.

»Ich weiß, wer die Kleine ist«, antwortete der Mann mit den nussbraunen Augen und fuhr sich grinsend durch sein welliges blondes Haar, das noch länger war als Neos.

»Ach ja?«, fragte der Dritte und neigte den Kopf. »Woher kennst du sie denn, Kai?«

Gelassen schlenderte der junge Mann auf mich zu, bis sich unsere Fußspitzen beinahe berührten. Der überhebliche Ausdruck auf seinen Lippen erinnerte mich stark an Neo. Ob sich die beiden kannten und so viel Zeit miteinander verbrachten, dass sie sich in ihrer Mimik ähnelten? Oder neigte einfach jeder Seefahrer zu Arroganz?

»Relativ klein, langes weißblondes Haar«, trug Kai spöttisch vor und beugte sich dicht zu meinem Gesicht herab, »dazu noch die großen Augen und der Hang, sich zuerst in gefährliche Situationen zu begeben und *dann* darüber nachzudenken, wie sie vorgehen will … Das kann ja nur Neos kleiner Plagegeist sein, der ihm seit Neuestem auf der Nase herumtanzt.«

Gekränkt verzog ich das Gesicht. Hatte mich Neo seinen Freunden wirklich *so* vorgestellt? Der Spitzname *Plagegeist* missfiel mir sogar noch mehr als *Inselmädchen*. Verärgert presste ich die Lippen zusammen und fixierte die haselnussbraunen Augen vor meinem Gesicht. Sollte mich Neo doch nennen, wie er wollte. Mit etwas Glück würde ich ihn bald sowieso nie wiedersehen und endlich wieder zu meinem gewohnten Alltag zurückkehren.

»Ihr habt hier nichts zu suchen«, knurrte Flynn in meinem Rücken. »Verschwindet von unserer Insel!« Seine Stimme klang für seine Verhältnisse ungewöhnlich autoritär, doch obwohl ich anstelle der Fremden garantiert das Weite gesucht hätte, lachten diese nur und wichen keinen Schritt zurück. Wütend funkelte ich diesen Kai an, der noch immer spöttisch auf mich herabblickte. »Wer seid ihr? Und was habt ihr an meinem Haus zu suchen?«

Mein Gegenüber öffnete den Mund – doch egal, welche Worte über seine Lippen glitten, sie gingen im lauten Donnern unserer Haustür unter, als Holz auf Stein traf. Meine Mutter betrat die Terrasse, in der einen Hand eine Küchenkelle, die andere in der Tasche ihrer Schürze verborgen. Tiefe Falten zeichneten sich zwischen ihren zusammengezogenen Augenbrauen ab, die Lippen waren zu einer dünnen Linie verzogen. Sie sah so zornig aus, dass selbst mir etwas flau im Magen wurde, obwohl ich unmöglich der Grund für ihre schlechte Laune sein konnte. »Wenn einer von euch Bastarden meine Tochter anrührt, mache ich euch einen Kopf kürzer!«

Vor Schreck klappte mir die Kinnlade herunter und hinter mir hörte ich, wie Flynn und Leah scharf die Luft einzogen. Ich wusste, dass man sich besser nicht mit meiner Mutter anlegen sollte, aber dass sie so zu solch einer Drohung fähig wäre, hätte ich nie gedacht.

Auch Kais Gesichtszüge entgleisten, für einen kurzen Moment schien er völlig fassungslos. Als er sich zu meiner Mutter umdrehte und mir den Rücken kehrte, konnte ich unter dem dünnen Stoff seines Hemdes sehen, wie er seine Schultermuskulatur anspannte.

Einer der Bärtigen fand zuerst seine Stimme wieder und brach in lautes Gelächter aus, doch seine Begleiter stimmten nicht mit ein. »Sonst noch was, gute Frau?«, fragte er belustigt, doch als meine Mutter ihre Hand aus der Schürze zog und ihm die scharfe Klinge ihres Küchenmessers entgegenstreckte, verschwand sein Grinsen. Rasch hob er die Arme und wich einen Schritt nach hinten, wobei er fast gegen seinen Kameraden gestoßen wäre.

Auch dieser Kai hob beschwichtigend die Hände. »Wir werden ihrer Tochter kein Haar krümmen«, versprach er in einem schmeichelnden Tonfall, doch ich glaubte ihm kein Wort. Er drehte den Kopf über seine Schulter hinweg zu mir nach hinten und deutete mit seinem Kinn auf den Türeingang. »Geh ruhig an uns vorbei, wir beißen nicht.«

»Du hast aber meine Fragen noch nicht beantwortet«, zischte ich zurück, woraufhin er nachdenklich die Augenbrauen zusammenzog. Dann öffnete er erneut seine Lippen, doch wie schon zuvor wurden wir wieder unterbrochen.

»Ich wäre dann so weit«, verkündete Phil, während er neben Mutter auf die Terrasse trat.

Ich blickte ihn über Kais Schulter hinweg an. Seine Augen waren vollkommen ausdruckslos. »Nein«, stieß ich aufgebracht hervor, »du wirst mit diesen Kerlen nirgendwo hingehen!«

»Und ob er das wird«, erwiderte Kai. »Eure Familie besitzt zwei gesunde Söhne, also muss uns einer von ihnen auf die Miesmuschel begleiten.«

»Männer? Mein zweiter Bruder ist noch ein Kind! Und bei den Göttern, was soll denn jetzt schon wieder diese verdammte Miesmuschel sein?«, fragte ich und warf verzweifelt meine Arme in die Luft. Wie hatte mein Leben innerhalb eines einzigen Tages nur so sehr aus den Fugen geraten können?

Kai gab ein schroffes Schnaufen von sich und stemmte die Hände in seine Hüften, wodurch sein Rücken und seine Arme noch breiter wirkten. »Das ist der inoffizielle Name unseres Schiffes, das eigentlich *Blutrote Lady* heißt.«

»Sie hieße immer noch so, wenn ihr euren Müll nicht immer auf den Decks verstreuen würdet«, erklang plötzlich eine weitere Männerstimme in meinem Rücken.

Ich musste mich gar nicht erst umdrehen, um zu erraten, wer sich zu uns gesellt hatte. Die Holzbalken unserer Terrasse knarzten leise, während Neo an mir vorbeilief und sich neben Kai stellte. Als ich in seine meeresgleichen Augen blickte, wirkte der Ausdruck darin beinahe mitleidig. Herausfordernd hob ich eine Augenbraue und verschränkte meine Arme vor der Brust. Dieses Getue konnte er sich sparen! »Ihr seid umsonst hierhergekommen«, verkündete ich so fest, wie ich nur konnte, »denn Phil wird nirgendwo hingehen.

Sein Platz ist hier auf unserer Insel bei seiner Familie und seinen Freunden. Es ist mir egal, ob eure Geschichte mit den Göttern wahr ist oder nicht. Phil bleibt hier – Ende der Diskussion!«

»Sagtest du nicht, die Kleine wäre … harmlos?«, raunte Kai Neo zu, dem sich langsam ein Grinsen auf die Lippen schlich.

»Hab ich das gesagt? Hm, na, dann habe ich wohl vergessen zu erwähnen, dass sie ganz schön kratzbürstig werden kann, wenn es um ihren Bruder geht.« Mit einem höhnischen Ausdruck auf den Lippen wandte sich Neo an Phil. »Vielleicht hat Nala doch recht und ich sollte lieber deine Schwester mitnehmen, schließlich scheint sie wagemutiger zu sein als du. Was hältst du von dieser Idee?«

Auf der Miene meines Bruders zog ein Gewitter auf. Wortlos schob er sich an meiner Mutter vorbei und ging auf Neo zu. Ehe ich überhaupt begriff, was sich vor meinen Augen abspielte, hatte Phil Neo bereits am Hals gepackt und seinen Körper gegen den Pfeiler gedrückt, an dem wir sonst unsere Fischernetze trockneten.

»Ich warne dich, Neo«, zischte er, während er seinen Griff verstärkte, sodass seine Fingerknöchel weiß hervortraten, »wenn du sie noch ein einziges Mal so schief angrinsen, anstarren oder sie gar berühren solltest, bringe ich dich um!«

Kaum war die Drohung über seine Lippen gekommen, erfüllte ein metallisches Klappern die Luft. Aus geweiteten Augen beobachtete ich, wie Neos Begleiter ihre Säbel zückten und meinen Bruder umkreisten. Flynn packte mich sofort am Oberarm und zog mich und Leah zu meiner Mutter. »Ihr bleibt hier, ich helfe Phil«, presste er knapp hervor, doch als er sich umdrehte, tauchte wie aus dem Nichts Kai vor ihm auf und legte ihm seine Klinge an den Hals.

Leahs Aufschrei hallte unangenehm in meinen Ohren wider. Meine Mutter packte sie und zog sie hinter sich in unseren Hausflur, doch ehe sie mich ebenfalls zu fassen bekam, stürmte ich bereits auf meinen Bruder zu.

»Phil, lass ihn los!«, schrie ich aufgebracht, doch mein Bruder drehte sich nicht einmal nach mir um. Stattdessen fing ich Neos Blick auf. Er stand ganz ruhig da und versuchte nicht einmal sich gegen Phils Griff zu wehren.

»Ihr Inselbewohner scheint allesamt vergessen zu haben, wer ich bin«, murmelte er, doch obwohl seine Stimme kaum mehr als ein Flüstern war, klang sie so schneidend wie ein Schwert. »Wenn dir ein Hai im Meer begegnet und dich gnädigerweise nicht auf der Stelle zerfleischt, würdest du dessen Gütigkeit ausnutzen und still und heimlich an Land zurückkehren«, Neos Blick richtete sich direkt auf das Gesicht meines Bruders, »oder würdest du den Hai dafür verspotten, dass er so dumm ist und dir die Chance gibt zu flüchten, Phil? Bist du so jemand?«

»Nein«, presste mein Bruder zornig hervor und verstärkte den Griff um Neos Hals. »Ich bin derjenige, der das Zögern des Haies ausnutzt, um ihn ohne Umschweife mit einer Harpune zu erstechen. Erst wenn er schmorend über meinem Kaminfeuer brät, nehme ich mir die Zeit, um mich über seine Dummheit lustig zu machen.«

Neo gab ein ersticktes Lachen von sich. »Große Sprüche für jemanden, der sich von seiner kleinen Schwester verteidigen lässt. Dann wollen wir doch mal sehen, ob dein Können deine Worte rechtfertigt.«

Ich wollte gerade in den Streit eingreifen, als ich plötzlich ein lautes Rauschen wahrnahm. Langsam blickte ich an den Männern vorbei aufs Meer hinaus. Als ich den Ursprung des Rauschens entdeckte, fühlte ich mich, als würde mir ebenfalls jemand die Kehle zudrücken.

Eine riesige Wasserwand türmte sich auf der glatten Oberfläche des Meeres auf und schoss in beachtlichem Tempo auf uns zu. Die Möwen, die eben noch friedlich auf dem Wasser geruht hatten, retteten sich krächzend in die Lüfte. Die Wasserwand wuchs immer höher gen Himmel – und sie kam näher und näher.

»Neo, hör sofort auf damit!«, schrie ich aus Leibeskräften, aber im Tosen des Wassers schien mein Ruf unterzugehen. Als Neo mich dennoch ansah, wirkte der Ausdruck in seinen Augen noch immer entspannt, doch irgendetwas an ihm hatte sich verändert. Ich konnte nicht sagen, ob es an seinem dunklen Haar lag, das wild durch die Luft peitschte, aber irgendwie wirkte er um einiges stärker und mächtiger als noch vor wenigen Minuten. Nicht menschlich, sondern eher ... göttlich.

»Muss ich mich auf eine Schwimmeinlage gefasst machen?«, rief Kai durch den tosenden Wind zu uns herüber. »Ach, komm schon, Neo, mein Hemd ist frisch getrocknet!«

»Was sagt denn unser mutiger Haijäger dazu?«, erwiderte dieser gleichgültig und blickte kurz in das Gesicht meines Bruders.

Ohne ihm zu antworten, ließ Phil sofort von ihm ab und taumelte ein paar Schritte zurück. Ich löste meinen Blick von den Männern und sah stattdessen wieder auf das Meer hinaus. Die Riesenwelle brach in sich zusammen, als wäre sie an einer unsichtbaren Klippe zerschellt. Unzählige Wassertropfen fielen wie Starkregen auf uns herab, doch in Anbetracht dessen, was passiert wäre, wenn die Welle auf unsere Insel getroffen wäre, war dieser Regenschauer eindeutig das kleinere Übel. Die verdammte Monsterwelle hätte das Potenzial gehabt, unsere ganze Insel zu überschwemmen.

Obwohl ich gewusst hatte, dass sich Neo an den Kräften des Meeres bereichern konnte, fiel es mir schwer, das Geschehene zu verarbeiten. Auf der Suche nach Antworten drehte ich meinen Kopf wieder in die Richtung des Halbgottes, doch dessen Anblick warf nur noch mehr Fragen auf; denn während alles um uns herum vom Regen durchnässt wurde, war Neo vollkommen trocken geblieben. Der Regen schien ihm förmlich auszuweichen. Nicht ein einziger Wassertropfen wagte es, auf dem Körper des Halbgotts zu landen.

»Bloß kein falscher Neid, Bell!«, rief er mir zu, während er gemächlich an Phil vorbei auf mich zugeschlendert kam. Langsam blickte ich auf meine Arme hinab, die ebenfalls vollkommen trocken geblieben waren. Vorsichtig legte ich meinen Kopf in den Nacken und blinzelte zum grauen Himmel hinauf. Ich konnte es kaum glauben, doch die Regentropfen wichen mir aus, als würde jemand einen Schirm über meinen Kopf halten. Sprachlos sah ich zu Neo auf, der sich grinsend neben mich stellte und tatsächlich die Dreistigkeit besaß, einen Arm um meine Schultern zu legen.

»Und, glaubst du mir jetzt?«, raunte er mir verschwörerisch ins Ohr und jagte einen kalten Schauer über meinen Rücken. Ich brauchte einen Moment, um mich und meine Gedanken zu sammeln. »Du bist wirklich ein Halbgott.«

»Natürlich. Was meinst du, weshalb ich dich so schnell vom Grund des

Meeres retten konnte, als du in die Strömung geraten bist? Unser Schiff befand sich noch viele, viele Meter von deiner Insel entfernt, als ich dich in den Wellen entdeckt habe. Ohne meine göttlichen Kräfte hätte ich es nicht einmal in deine Nähe geschafft, ehe du ertrunken wärst.«

Sprachlos starrte ich ihn an. Und obwohl ich nicht glauben *wollte*, dass unsere Götter mehr Feind als Freund waren, kam ich mir bei dem Versuch, die Prophezeiung weiterhin zu leugnen, unheimlich dumm vor – schließlich stand der lebende Beweis direkt vor meinen Augen. »Also gibt es auch wirklich diesen einen Gott, der versucht die Herrschaft über uns Menschen zu erlangen?«

Neo nickte, presste seine Lippen jedoch fest zusammen. Ich spürte, wie sich sein Arm um meine Schultern verkrampfte.

»Und du bist einer dieser Auserwählten, die die Prophezeiung noch abwenden können?«

Er schnaubte verbittert und schüttelte leicht den Kopf. »Ich bin der *Einzige*, der diese verdammte Prophezeiung noch abwenden kann. Das Schicksal unserer Welt lastet allein auf meinen Schultern und langsam läuft mir die Zeit davon. Darum werden wir noch heute Nacht in See stechen – und dein Bruder wird uns begleiten.«

Kapitel 8

»Das kann unmöglich dein Ernst sein!«

Marys Stimme war so schrill, dass ich mir meine Hände auf meine schmerzenden Ohren presste. Mit leerem Blick beobachtete ich den Teller, den sie gerade im hohen Bogen gegen die Wand warf. Klirrend zersprang das Porzellan in große Stücke, die neben den anderen Tellern und Tassen auf dem Boden landeten, die Marys Tobsuchtsanfall bereits zum Opfer gefallen waren.

»Bitte reg dich nicht so auf, Liebling«, bat Phil sie zum hundertsten Mal. »Diese Aufregung ist nicht gut für unser Baby.«

Wie von der Tarantel gestochen fuhr Mary zu ihm herum. Ihr Gesicht war so rot wie eine Erdbeere und feine Schweißperlen glänzten auf ihrer Stirn. Sie stützte ihre Hände auf ihren Hüften ab, wodurch ihr Bauch noch größer wirkte, als er sowieso schon war. Es war mir ein Rätsel, wie das Ungeborene jemals in einem Stück aus ihrem Körper herauskommen sollte.

»Diese Aufregung tut unserem Kind nicht gut?«, herrschte sie Phil so zornig an, dass sich Mino ängstlich an meinen Arm klammerte. »Ist das dein verdammter Ernst, Phil? Bist du schon mal auf die Idee gekommen, dass *du* der Grund für meinen Stress bist? Und dass dein Fehlen *unserem* Kind bei Weitem mehr schaden wird als meine Aufregung?«

»Genau genommen bin nicht ich der Grund, sondern Neo«, versuchte mein Bruder wenig geschickt einzulenken.

Seufzend verdrehte ich die Augen. Konnte er sich denn nicht denken, dass diese Antwort Mary nur noch mehr in Rage versetzen würde? Wie aufs Stichwort hörte ich, wie ein weiterer Teller an der Wand zersprang.

»Ach so, na, dann bist du ja fein aus dem Schneider! Erwartest du jetzt etwa, dass ich mir Neo in *meinem Zustand* selbst vorknöpfe und verhindere, dass du auf dieses verdammte Schiff steigst? Vielleicht sollte ich Bell fragen, ob sie die Sache für dich klären kann – denn wie mir scheint, ist sie die Einzige hier, die nicht vor diesem dahergelaufenen Wichtigtuer kuscht!«

Ich spürte einen Hauch von Stolz in mir aufkeimen. Zufrieden lehnte ich mich zurück, doch da hörte ich bereits die lauter werdenden Zweifel in meinem Kopf. Hatte ich Neo wirklich die Stirn geboten? Eigentlich nicht. Ich war ihm höchstens auf die Nerven gegangen. Unweigerlich musste ich daran zurückdenken, wie sehr ich mich vor ihm gefürchtet hatte, als wir allein gewesen waren. Neo hatte mir das Leben gerettet und mochte über meine Sticheleien hinwegsehen, aber das bedeutete noch lange nicht, dass ich ihm vertrauen konnte oder irgendeinen Einfluss auf ihn ausübte. Wenn er wollte, könnte er mir einhändig den Hals umdrehen oder unsere gesamte Insel überfluten, ohne auch nur einen Finger zu rühren. Mary hatte unrecht – ich kuschte genauso vor ihm wie alle anderen auch. Eher hatte ich es seinem langen Geduldsfaden zu verdanken, dass er mich noch nicht mithilfe einer Monsterwelle fortgespült hatte.

»Das führt zu nichts!«, mischte sich meine Mutter endlich ein. Ich hatte mich schon gewundert, weshalb sie bisher so still gewesen war, denn Mary hatte in der Zwischenzeit bereits so viele Teller und Tassen zerdeppert, dass wir demnächst wohl aus Muschelschalen speisen mussten.

»Bell, kannst du bitte wiederholen, was Neo nach dem Zwischenfall zu dir gesagt hat?«, fragte sie nun an mich gewandt.

Ich war so überrascht, dass mich nach all den Stunden jemand ansprach, dass ich mich glatt verschluckte. »Er meinte, dass er uns aus Großzügigkeit bis zum Einbruch der Nacht Zeit gibt, um uns zu verabschieden. Wenn Phil sich bis zur Dämmerung nicht auf dem Schiff gemeldet hat, werden Männer vorbeikommen, um ihn abzuholen – zur Not auch mit Gewalt.«

Seufzend ließ sich meine Mutter auf einen Stuhl neben meiner Großmutter fallen, die das Gespräch die ganze Zeit über schweigend verfolgt hatte. Plötzlich spürte ich, wie etwas an meinem Ärmel zog.

»Duuu, Bell«, fragte mich Mino langgezogen. »Muss Phil wirklich weg?«

Mein Mund wurde so trocken wie Sand vor unserer Haustür. Was sollte ich ihm bloß antworten? Weder wollte ich lügen noch konnte ich die Worte aussprechen, die mir wie Säure auf der Zunge brannten. Mino wäre am Boden zerstört, wenn er das ganze Ausmaß unserer Lage begreifen würde.

»Ja, mein Schatz«, nahm mir meine Mutter die Entscheidung glücklicherweise ab. »Phil wird fortgehen.« Kaum hatte sie ausgesprochen, zersplitterte ein weiterer Teller an der gegenüberliegenden Wand. Anstatt wieder jemanden anzuschreien, ließ sich Mary diesmal jedoch schluchzend auf die Knie fallen und vergrub ihr Gesicht in ihren Händen. Ihre Schultern bebten, während sie Geräusche von sich gab, die mich an die Schreie des Walbabys erinnerten, das vor einigen Jahren an unserem Strand gestorben war, weil es sich zu weit von seiner Mutter entfernt und letztlich verirrt hatte. Auch wenn mir dieser Vergleich etwas seltsam vorkam, war es gar nicht so unwahrscheinlich, dass beide das gleiche Maß an Schmerz empfanden.

»Gehst du auf ein Abenteuer?«, fragte Mino in seiner kindlichen Unschuld.

Ein schwaches Lächeln bahnte sich auf Phils Lippen, der gerade damit beschäftigt war, Marys Schultern zu tätscheln. »Ganz genau, Kleiner, ich gehe auf ein großes Abenteuer. Und wenn ich wieder zurückkehre, werde ich dir nächtelang davon erzählen.«

»Du meinst, *wenn* du zurückgekommen *bist* «, korrigierte ich ihn leise, doch der Blick, den mir mein älterer Bruder zuwarf, sprach mehr als tausend Worte. Er würde es niemals laut vor seiner schwangeren Frau, unserer Mutter und seinem kleinen Bruder zugeben, aber Phil hatte Angst. Furchtbare Angst. Tief in seinem Inneren schien er bereits akzeptiert zu haben, dass dieser Abschied womöglich für immer war. Dass er seinem eigenen Kind nicht dabei zusehen würde, wie es die ersten Schritte machte, und dass er niemals den Klang seiner Stimme hören würde.

Meine Augen begannen zu brennen und ich kam mir unendlich heuchlerisch dabei vor. Ja, ich würde meinen geliebten Bruder verlieren, und ja, ich hatte jedes Recht der Welt, um mich die nächsten Monate jede Nacht vor Kummer in den Schlaf zu weinen. Aber jetzt war nicht der Zeitpunkt dafür.

Phil war derjenige, der am meisten litt. Seine Probleme stellten jedes meiner Bedenken in den Schatten. Natürlich würde ich vor Sorge um ihn leiden wie eine Qualle am Strand, die langsam unter den Strahlen der Sonne vertrocknete, aber ich würde niemals denselben Schmerz und die gleiche Angst empfinden müssen wie er. Ich würde seine Panik nicht auf meiner Zunge schmecken, wenn sein Schiff in Seenot geriet. Ich würde nicht wissen, wie es sich anfühlte, in einer Schlacht verwundet zu werden oder hungern zu müssen, weil die Vorräte ausgingen. Phil hingegen würde all diese Strapazen am eigenen Leib erfahren, während wir sicher und behütet weiterhin auf unserer Insel lebten. Wir würden um ihn trauern und an ihn denken, aber wir würden niemals um den Schmerz wissen, der ihn während seiner Reise ereilte. Es stand mir nicht zu, in diesem Moment zu weinen. Ich musste jetzt stark sein: für Mino, für Mary, für meine Mutter und Großmutter – aber vor allem für Phil.

»Darf ich dir beim Packen helfen?«, brachte ich tonlos über die Lippen.

Mary fuhr so schnell hoch, dass ich fürchtete, sie würde das Gleichgewicht verlieren. »Ist das dein Ernst, Bell? Ich dachte, wir stünden auf einer Seite!«, fuhr sie mich schluchzend an.

Die Ranken um mein Herz zogen sich bei ihren vorwurfsvollen Worten fester zusammen und drückten ihre Dornen tief in mein Innerstes. Glaubte sie wirklich, dass ich mit seiner Entscheidung einverstanden war? Dass es mich weniger schmerzte als sie, ihn gehen zu lassen?

»Sehr gern, Bell.« Phil klang aufrichtig erleichtert. Ehe ich mich versah, stand er vor mir und zog mich auf die Beine. »Komm, uns bleibt nicht mehr viel Zeit und ich möchte nichts Wichtiges vergessen.« Ein sarkastisches Schnauben glitt über seine Lippen, während wir gemeinsam die Treppe hinaufliefen. »Sieht ja nicht so aus, als könnte ich noch mal schnell umkehren, falls mir etwas fehlen sollte.«

Mir lagen mehrere Antworten auf der Zunge, doch letztendlich entschied ich sie alle für mich zu behalten. Wir gingen in Phils und Marys Zimmer und ich schloss die Tür hinter uns. Für einen kurzen Moment schauten wir einander einfach nur an und tauschten stumm unsere Gedanken aus. Dann überbrückte Phil die Distanz zwischen uns und schloss mich fest in seine Arme. »Ich weiß gar nicht, wie ich in Zukunft ohne dich zurechtkommen soll«, murmelte er mit bebender Stimme in mein langes Haar. »Du wirst mir schrecklich fehlen, kleine Schwester.«

Erneut stiegen mir Tränen in die Augen. Erneut zwang ich mich dazu, sie zu unterdrücken. Stattdessen tätschelte ich Phils Rücken, als wäre ich die Ältere von uns beiden; so wie er es stets getan hatte, um mich zu trösten.

Er wusste nicht, wie er ohne *mich* zurechtkommen sollte?

War das ein schlechter Scherz oder eine blanke Lüge?

»Noch hätten wir die Zeit, uns einen Schlachtplan zu überlegen, wie wir dich vor Neo und seiner zwielichtigen Mannschaft verstecken könnten«, hörte ich meine ruhige Stimme, obwohl mir das Herz bis zum Hals schlug.

Phil schüttelte leicht den Kopf und bestätigte, was sich mein Verstand schon lange vor meinem Herzen eingestanden hatte: Es gab keine Alternative. Keinen Ausweg. Nichts, das Phils Schicksal noch abwenden könnte.

Als er sich von mir löste, kam es mir vor, als würde ich innerlich erfrieren. Ob dieses Gefühl für immer bleiben würde?

Schweigend beobachtete ich, wie mein Bruder eine große Tasche unter dem Bett hervorzog und damit begann, einige Habseligkeiten aus seinem Schrank zu holen. Es kam mir so vor, als wäre ich in einem meiner eigenen Albträume gefangen.

»Ich weiß, dass es viel verlangt ist. Und eigentlich sollte ein großer Bruder so etwas auch nie von seiner kleinen Schwester verlangen müssen, aber dennoch bitte ich dich um dieses eine Versprechen: Kannst du mir dein Wort darauf geben, dass du ein Auge auf alle haben wirst? Besonders ... besonders auf Mary und unser Kind?«

Seine Worte trieben mir die Tränen in die Augen. Ich nickte und biss mir dabei so fest auf meine bebenden Lippen, dass ich kurz darauf den metallischen Geschmack von Blut wahrnahm. Ich durfte nicht weinen. Nicht jetzt.

»Es tut mir so leid, dass ich dir diese Bürde auferlegen muss, Bell«, entschuldigte sich Phil, wobei seine Stimme ungewohnt brüchig klang. »Da ist nämlich noch etwas. Es mag seltsam klingen, aber ich wünsche mir, dass du meinem Kind von mir erzählst. Von mir und dir, von unserer Kindheit, unserem Leben auf der Insel – einfach von allem. Du musst dabei nichts beschönigen, erzähle ihm auch von meinen negativen Seiten. Davon, dass ich es nicht auf die Reihe bekommen habe, uns ein Haus zu bauen. Oder dass ich meine schwangere Frau zurückgelassen habe, weil ich mich nicht gegen Neos Willen behaupten konnte. Erzähl meinem Kind bitte alles, Bell. Auch wenn ich kein Teil seines Lebens sein kann, möchte ich, dass es weiß, wer sein Vater ist. Und dass ich es liebhabe. Auf gar keinen Fall darf alles so enden wie bei unserem Vater, ja? Ich will meine Familie nicht auf dieselbe Weise im Stich lassen, wie er uns damals verlassen hat. Ich –« Phils Stimme brach. Er drehte mir hastig den Rücken zu, doch seine bebenden Schultern und das unterdrückte Schluchzen verrieten ihn.

Noch nie hatte ich meinen Bruder weinen sehen – *noch nie*. Und ihn nun so zu erleben brach mir das Herz. Phil hatte sich dieses Kind, diese Familie schon immer gewünscht. Es war so schwer gewesen, Marys Eltern dazu zu überreden, ihre Tochter auf unsere Insel ziehen zu lassen, nachdem sie Limea einst zu uns begleitet und sich dann Hals über Kopf in meinen Bruder verliebt hatte. All das war so schwer und mit so viel Herzschmerz verbunden gewesen und jetzt würde Phil nicht da sein, wenn sein größter Wunsch in Erfüllung ging. Meine Tränen brachen aus meinen Augen und strömten wie Wasserfälle über meine Wangen.

»Bin gleich wieder da, in Ordnung?«, presste ich mühsam hervor und hasste mich dafür, meinen Bruder in dieser Situation allein zu lassen. Ohne eine Antwort abzuwarten, stahl ich mich davon und verschwand in meinem eigenen Zimmer. Kurz setzte ich mich auf mein Bett und ließ zu, dass mich meine Ängste und Sorgen verschlangen wie einst die Strömung des Meeres. Ich atmete dreimal tief ein und aus, so, wie es mir meine Großmutter einst beigebracht hatte. Dann stand ich auf, öffnete meinen Schrank und kramte einige Gegenstände hervor, die mir wichtig waren. Zusammen mit diesen Dingen und ein paar Kleidungsstücken kehrte ich schließlich in das Zimmer meines Bruders zurück. Mein Entschluss war gefallen.

Als Phil die Gegenstände auf meinem Arm bemerkte, schenkte er mir ein trauriges Lächeln. Wortlos trat ich neben ihn und räumte die Sachen, die er zuvor sorgfältig in seiner Tasche verstaut hatte, wieder aus.

»Was tust du da?«, fragte er irritiert. »Versteckst du deine Geschenke unten am Boden, damit sie niemand an Bord finden oder stehlen kann? Das ist wirklich klug, kleine Bell. Aber du musst mir diese Sachen nicht mitgeben, ich weiß doch, wie sehr du daran hängst.«

Ohne auf seine Worte einzugehen, drehte ich mich zu ihm um und zog eine kleine Glasphiole hervor, in der eine dunkelblaue Flüssigkeit schwappte.

»Glückstropfen. Du solltest welche nehmen«, erklärte ich knapp, doch Phil machte eine abwehrende Handbewegung.

»Ich weiß nicht, Bell ... Wenn ich das Schiff betrete, sollte ich wohl besser bei Sinnen sein, oder?«

»Bitte, nimm einen Schluck! Ich glaube an die Wirkung des Glückstranks und es würde mir viel bedeuten, wenn du ihn einnehmen würdest. Du willst doch nicht, dass ich vor Sorge um dich krank werde, oder?«

»Und wenn ich diesen Saft da trinke, bist du beruhigt?«

Ich nickte eilig.

Phil zögerte einen Moment, griff dann aber doch nach der Phiole. Er kippte die Flüssigkeit in einem Zug hinunter und lächelte mich aufmunternd an. »Na, bei so viel Glück kann ja ... nichts m ... mehr schiefge ... gehen ...«

Plötzlich geriet er gefährlich ins Wanken.

Ich packte ihn unter den Armen und ließ ihn langsam zu Boden gleiten. Phil schlug schwer mit seinen Augenlidern, die Verwirrung stand ihm förmlich ins Gesicht geschrieben.

»Kannst du mir auch etwas versprechen, Phil?«, fragte ich, ohne eine Antwort zu erwarten. Mutters Schlaftrank – was auch immer sie da für Kräuter zusammenmixte – wirkte ziemlich heftig, ich sprach da aus Erfahrung. Bereits wenige Tropfen reichten aus, um den Betroffenen in einen tiefen Schlaf gleiten zu lassen. Zum Glück bewahrte ich immer einen kleinen Vorrat unter meinem Kopfkissen auf, falls mich meine Albträume so wach hielten, dass ich keinen Schlaf finden konnte.

»Ich möchte, dass du ein Auge auf die anderen hast. Vergesst mich nicht, behaltet mich in euren Herzen – aber weint mir nicht nach, verstanden? Ich muss das jetzt tun, weil es das kleinere Übel für unsere Familie ist. Auf mich könnt ihr leichter verzichten als auf dich. Sollte Neo scheitern, wovon ich bei ihm und seiner Mannschaft ausgehe, bist du der letzte Schutzwall unsere Familie, verstehst du das, Phil? Ich will, dass ihr euer Leben in vollen Zügen genießt. Erzähle deinem Kind von seiner wahnsinnigen Tante, wenn du magst. Und sag Großmutter, dass sie sich nicht allzu sehr sorgen soll. Und bitte grüß Flynn und Leah und sag ihnen, dass ich sie immer in meinem Herzen tragen werde ... Ach ja, und richte Leah aus, dass ich für sie herausfinden werde, was sich hinter dem Horizont verbirgt. Ich ... ich werde mein Bestes geben, um es ihr eines Tages erzählen zu können. Passt auf euch auf, Phil!«

Ich war mir nicht sicher, ob er meine Worte, die zum Ende hin eher zu einem unverständlichen Gestammel mutiert waren, überhaupt verstanden hatte. Zumindest waren seine Lider geschlossen und er sagte keinen Ton. Mein Blick hingegen war so von Tränen verschleiert, dass ich seine Mimik kaum mehr erkennen konnte. Mit zitternden Armen und all meiner Kraft schob ich Phil unter sein Bett. Danach zog ich ein paar seiner Kleider hervor, stopfte die meisten von ihnen in die Tasche und kleidete mich in ein weites dunkles Hemd und eine Leinenhose. Damit auf den ersten Blick nicht direkt auffiel, dass ich definitiv nicht die Besitzerin dieser Kleidungsstücke war, hüllte ich mich zudem in einen schweren Kapuzenmantel. Mein langes Haar band ich rasch unter einem Tuch zusammen und zog mir sicherheitshalber auch noch die Kapuze über den Kopf.

Für einen kurzen Augenblick stand ich unschlüssig da und überlegte, wie ich das Haus am besten verlassen sollte. Mir war bewusst, dass ich unmöglich durch unseren Flur laufen konnte, da die anderen dort sicherlich auf mich – also auf Phil – warteten. Ein Blick auf das Dachfenster ließ mich erschaudern, doch ich hatte keine andere Wahl. Langsam ging ich darauf zu und nestelte mit klammen Fingern am Verschluss herum. Schließlich schob ich den knarrenden Fensterrahmen auf und beugte mich hinaus.

Kühle Abendluft blies mir um die Nasenspitze und ich nutzte den Moment der trügerischen Ruhe, um noch ein letztes Mal tief durchzuatmen.

Kaum zu glauben, dass mein Leben auf dieser Insel, die ich im Gegensatz zu vielen anderen hier nie hatte verlassen wollen, auf diese Weise enden würde. In meiner Kindheit hatten die Erwachsenen oft darüber gescherzt, dass Leah eines Tages mit ihrem stürmischen Temperament auf irgendeinem Piratenschiff anheuern und durchbrennen würde. Über meine Zukunft hingegen hatte kaum jemand gesprochen, schließlich war allen um mich herum von Anfang an klar gewesen, wie mein späteres Leben einmal aussehen würde. Wenn doch einmal über mein Erwachsenenleben sinniert worden war, waren oft Worte wie *ruhig, gesittet, unscheinbar* und *zurückgezogen* gefallen – meist in Kombination mit der Vorstellung einer kleinen Hütte im Wald hoch oben auf der Spitze unseres Berges, dem abgelegensten Ort unserer Insel. Und doch war es ausgerechnet ich, die kleine, artige, unscheinbare Bell, die sich in der Dunkelheit auf das Schiff eines fremden Mannes stehlen würde, der alles ausstrahlte, wovor sie sich immer gefürchtet hatte: ein Abenteuer, das Unbekannte, die Gefahr. Wäre die Lage nicht so verzwickt gewesen, hätte ich mich beinahe selbst ausgelacht. Mein Plan war zum Scheitern verurteilt, noch bevor ich überhaupt einen einzigen Fuß auf dieses verdammte Schiff gesetzt hatte. Und doch blieb mir keine andere Wahl.

Ich schnallte mir die Tasche um, die so klobig und schwer war, dass ich sie fast wieder ausgeräumt hätte, und zog mich mühsam über den Fensterrahmen nach draußen. Ich rutschte zum Rand des Daches, schnallte sie ab und warf sie hinab in den weichen Sandboden. Ich rechnete schon beinahe damit, dass jemand durch den Aufprall alarmiert werden und nachsehen würde, doch unser Haus blieb still in der Dämmerung liegen. Ich holte noch einmal tief Luft und ließ mich dann ebenfalls über die Dachkante gleiten. Ungeschickt landete ich auf allen vieren neben meinem Gepäck im Sand. Sofort presste ich mir meine schmerzende Hand auf den Mund, ehe sich ein Schrei aus meiner Kehle lösen konnte. Meine Knie brannten fürchterlich und eines meiner Handgelenke schmerzte so sehr, dass ich mich kaum traute es überhaupt anzuheben. Ächzend rappelte ich mich auf und versuchte die Tränen zu unterdrücken, die sich schon wieder in meine Augenwinkel stahlen. Das musste endlich aufhören, schließlich würde mich auf dem Schiff auch niemand dafür bemitleiden – eher im Gegenteil. Allein bei dem Gedanken daran, wie sich Neo oder dieser Kai darüber amüsieren würden, wenn ich vor ihren Augen in Tränen ausbräche, verwandelte sich mein Schmerz in kochender Wut.

Energisch packte ich meine Tasche, woraufhin ein so fürchterlicher Schmerz durch mein Handgelenk raste, dass ich mich am liebsten wieder in den Sand gelegt hätte, und stapfte den Strand entlang in Richtung Anlegestelle.

Auf meinem Weg begegnete mir keine Menschenseele. Lediglich ein paar Möwen flogen krächzend über meinen Kopf hinweg, als würden sie sich von mir verabschieden wollen. Vielleicht lachten sie auch über meine Naivität, ich wusste es nicht. Doch mir einzureden, dass sich wenigstens ein paar Lebewesen auf meinem Weg ins Verderben von mir verabschiedeten, tröstete mich. Ich durfte gar nicht daran denken, dass ich meine Familie und Freunde ohne ein einziges Wort des Abschieds zurückließ. Wäre ich an ihrer Stelle, wäre ich furchtbar verletzt.

Als ich endlich die andere Seite der Insel erreichte, hatte sich die Luft um mich herum schlagartig abgekühlt. Es war stockdunkel und ich konnte bereits erste Sterne am klaren Nachthimmel entdecken. Als ich um einen Felsen herumlief und auf die See blickte, erschrak ich so sehr, dass mir kurzzeitig die Luft wegblieb.

Das größte, majestätischste, beeindruckendste und gleichzeitig furchteinflößendste Schiff, das ich jemals gesehen hatte, lag nur ein paar hundert Meter von unserer Küste entfernt vor Anker. Drei gigantische Masten blitzten zwischen den Dutzenden Segeln hindurch und ich erkannte unzählige Seile und Strickleitern, die von den prächtigen, dunkelroten Segeln abgingen und bis auf das Deck des Schiffes reichten. Wenn ich meine Augen zusammenkniff, konnte ich sogar die Reling erkennen und … und … Mein Atem geriet erneut ins Stocken.

»Kanonen«, hauchte ich fassungslos und rieb mir über die Augen. Angestrengt versuchte ich die Rohre zu zählen, die aus einem der Unterdecks hinausragten, doch die Dunkelheit erschwerte mir die Sicht. Wie viele Männer dieses monströse Schiff wohl beherbergte? Zweihundert? Dreihundert?

»Hey du, wie ist dein Name?«, sprach mich plötzlich jemand von der Seite an und riss mich aus meiner Trance. Hastig räusperte ich mich und versuchte meine Stimme so tief klingen zu lassen wie nur möglich. »Ähm ... mein Name ist Phil. Ich soll auf dieses Schiff kommen.«

Der Fremde, dessen Gesicht ich aufgrund meiner tiefhängenden Kapuze leider nicht sehen konnte, lachte freundlich. Anhand seiner Stimme würde ich ihn schon etwas älter schätzen, vielleicht ein Mann in seinen Fünfzigern? »Es wird Neo freuen, dass du freiwillig hergekommen bist, Phil. Er hätte dich sonst mit Gewalt auf dieses Schiff zerren müssen und glaub mir, wenn ich dir sage, dass euch diese Tatsache beiden missfallen hätte. Nun gut, dann kann ich deinen Namen auf meiner schlauen Liste schon mal streichen.«

Ich hörte, wie etwas über Papier schrappte. Im nächsten Moment traf mich ein so heftiger Schlag an meiner Schulter, dass ich beinahe umgefallen wäre, wenn mich der Fremde nicht im letzten Moment zurückgezogen hätte.

»Oh, Verzeihung! Na, du bist mir ja eine halbe Portion«, entschuldigte sich der Mann und stellte mich wieder gerade auf meine Füße, »wenn dir mal der Sinn nach etwas Nahrhaftem steht, kannst du mich jederzeit gern in der Kombüse besuchen, Phil.«

»In ... in deiner *was?*«, fragte ich aufgeregt. Zwar erinnerte ich mich daran, dass ich das Wort Kombüse schon einmal im Zusammenhang mit einem Schiff gehört hatte, doch leider wusste ich nicht mehr, was dieses Wort beschrieb. Hoffentlich würde ich die Begriffe auf hoher See schnell lernen, ehe ich durch mein fehlendes Wissen in Schwierigkeiten geriet.

Der Fremde klopft mir lachend auf die Schuler. Obwohl ich seine freundliche Art zu schätzen wusste, machte ich mir Sorgen, dass dieses Schulterklopfen zur generellen Ausdrucksweise eines Seemannes gehörte. Sollten mich die Männer an Bord alle so begrüßen, hätte ich am nächsten Tag grüne und blaue Flecken.

»Die Kombüse ist unsere Schiffsküche«, erklärte der Mann bereitwillig. »Ich bin übrigens Tarik, der Smutje der *Blutroten Lady* – oder der Koch, wie ihr Landratten mich nennen würdet. Eigentlich sind die Speiserationen und die

Essenszeiten an Bord streng getaktet, schließlich habe ich Dutzende hungrige Mäuler zu stopfen, aber kleine Hungerhaken wie du dürfen jederzeit an meine Tür klopfen. Aye?«

Unsicher, was er von mir hören wollte, nickte ich zaghaft. Sofort brach der Smutje wieder in lautes Gelächter aus und klopfte mir auf meine schmerzende Schulter. Dennoch war ich mir sicher, dass er diese Geste keinesfalls böse meinte. Vielleicht wusste er einfach nicht mit der Kraft umzugehen, die in seinen Oberarmen, die so breit waren wie der Stamm einer Palme, schlummerte.

»Ach, Phil, mit dir haben wir einen Fang gemacht! Na ja, du wirst dich schon noch an uns und das Leben auf hoher See gewöhnen. Wenn ich dir einen Geheimtipp geben darf?«

Zögernd verlagerte ich mein Gewicht von einem Fuß auf den anderen, doch schließlich nickte ich. Zwar konnte ich nicht einschätzen, ob der Fremde wirklich so vertrauenswürdig war, wie er vorgab zu sein, aber wenn sich die Gelegenheit bot, ein paar Informationen über das Leben an Bord zu bekommen, sollte ich nicht allzu zurückhaltend sein. Jeder Hinweis und jedes neu erlernte Fachwort könnten dazu beitragen, meinen Aufenthalt unauffälliger zu gestalten.

»Also gut, Phil, dann spitz mal deine Lauscher: Sobald du dich auf dem Schiff eingerichtet hast, wird dich jemand fragen, ob du lieber Kais oder meinem Befehl unterstehen möchtest. Vermutlich wird derjenige versuchen dir die Arbeit unter Kais Führung schmackhaft zu machen, aber wenn du schlau bist, wählst du dennoch meinen Namen.«

Stirnrunzelnd legte ich meinen Kopf schief. »Und ... und wieso?«

»Weil die Arbeit bei Kai gefährlich ist, Phil – vor allem für Leute mit deinem Körperbau. Seit einer Weile ist er nämlich nicht mehr nur unser Quartiermeister, sondern auch oberster Kanonier. In dessen Aufgabenbereich fallen auch die sogenannten Pulverjungen, also die schmächtigen Männer, die unter anderem in unsere Kanonen klettern müssen, um diese zu reinigen. Es mag schweißtreibendere Arbeiten an Bord geben als das, aber sollte es zu einem unvorhergesehenen Gefecht kommen und die Kanonen beladen werden, ohne dass jemand die Zeit hat zu überprüfen, ob die Rohre frei sind … Sagen wir es so: Pulverjungen kommen öfter abhanden als jeder andere Teil unserer Besatzung.«

Abhanden? Wie meinte er das? Menschen konnten doch nicht einfach verloren gehen – oder etwa doch? »Inwiefern kommen sie denn abhanden?«

»Na ja, du weißt schon. Manchmal zünden sie eben aus Versehen Munition an, während sie diese noch in der Hand halten, oder sie müssen defektes Waffengut transportieren und erleiden dadurch Verletzungen. Oder sie befinden sich eben noch im Rohr einer Kanone, wenn der Kanonier den plötzlichen Befehl zum Feuern erteilt … Glaub mir, Kleiner, Kais Abteilung ist das reinste Himmelfahrtskommando! Komm stattdessen lieber zu mir und fang als Kombüsenjunge an. So musst du dir zwar ständig anhören, dass dein Essen nicht schmeckt oder deine Speisekarte zu wünschen übrig lässt, und manchmal schneidest du dir beim Kochen vielleicht in den Finger, aber immerhin musst du nicht jederzeit mit dem Tod rechnen.«

Hastig rieb ich meine Handflächen zusammen, die während seiner Erzählung ganz schwitzig geworden waren. Bei dem Gedanken daran, in einem der engen Rohre zu liegen und von einer Kanonenkugel zerdrückt zu werden, wurden meine Knie so weich wie der zerkochte Grießbrei meiner Mutter. Hektisch nickte ich, wobei ich meine Lippen fest zusammenpresste, um der aufsteigenden Übelkeit keine Chance zu geben. *Das* würde mir gerade noch fehlen … Die Kombüse schien meine Überlebensgarantie an Bord zu sein, doch der Smutje würde mich wohl kaum in seine Küche lassen, wenn ich ihm auf die Füße spuckte.

»Na dann, Kleiner, ich habe noch ein bisschen was zu erledigen. Dort hinten stehen unsere Beiboote bereit, die dich zur *Lady* bringen werden. Geh am besten gleich dorthin und verabschiede dich vom Anblick deiner Insel – denn jetzt beginnt das größte Abenteuer deines Lebens, Phil!«

Ich rang mir ein Lächeln ab, doch noch nie hatte ein solches so bitter auf meinen Lippen geschmeckt wie in diesem Moment. *Das Abenteuer meines Lebens* – ich wusste ehrlich nicht, ob ich lachen oder weinen sollte.

Während ich durch den Sand stapfte und auf die kleinen Boote zuhielt, die am Ufer lagen, fühlten sich meine Beine steif und taub an. Ehe ich die Beiboote erreichte, bückte ich mich hastig und griff nach einigen bunten Muscheln, die ich zusammen mit etwas Sand in meiner Manteltasche verschwinden ließ. Neo und seine Männer mochten in der Lage sein, mich von meiner geliebten Insel zu entführen, aber sie würden es niemals schaffen, meine Heimat aus meinem Herzen zu vertreiben – oder besser gesagt aus meinen Taschen.

Eilig rappelte ich mich wieder auf und setzte meinen Weg fort. Noch war ich zwar nicht enttarnt worden, aber je länger ich brauchte, um mich auf dem Schiff einzuschleichen, desto größer wurde die Chance, dass mir meine Familie auf die Schliche kam. Schließlich rechneten sie damit, dass sich Phil bald bei ihnen verabschieden würde. Und wenn er nicht auftauchte, weil er ja schlafend unter seinem Bett lag, würden sie schnell darauf kommen, dass mein plötzliches Verschwinden etwas damit zu tun hatte. Zwar war ich mir sicher, dass sie zuerst bei Leah und Flynn oder am Strand nach mir suchen würden, weil ihnen niemals in den Sinn käme, dass ich mich an Bord eines fremden Schiffes schleichen und ein Abenteuer antreten würde, aber ich wollte mein Glück nicht zu sehr herausfordern. Schließlich würde ich während meiner Reise noch eine Menge davon benötigen. Darum eilte ich die letzten Schritte zum Ufer und ging unverzüglich auf die kleinen Beiboote zu, die dort bereitstanden.

Ein fremder Mann nahm mir ungefragt meine Tasche ab und warf sie in eines der Boote, die aus der Nähe betrachtet alles andere als vertrauenswürdig aussahen. Ich kletterte hinterher, doch kaum setzte ich meinen Fuß ab, landete er schmatzend im Wasser. Erst als ich hinabsah, erkannte ich, dass sich eine hohe Pfütze im Inneren des Bootes befand. Noch ehe ich mich auf eine der schmalen Bänke gesetzt hatte, waren meine Schuhe bereits so vollgesogen, dass ich das eisige Wasser an meinen Füßen spürte.

Abgesehen von mir befanden sich vier weitere Personen an Bord der Nussschale, doch da sie ihre Kapuzen genauso tief in ihre Gesichter gezogen hatten wie ich, konnte ich nicht erkennen, wer sich unter ihren dunklen Schatten verbarg. Mir fielen nur zwei Familien von unserer Insel ein, die das gleiche Schicksal teilten wie meine. Allerdings konnte ich nicht sagen, ob sich jemand von ihnen an Bord befand.

Nach einigen Minuten trat ein breit gebauter Mann mit kurz geschnittenem Haar an unser Boot heran und schob uns schnaufend ins Meer. Die Nussschale geriet gefährlich ins Wanken, doch abgesehen von mir schien sich keiner meiner Mitfahrer für diesen Umstand zu interessieren. Ich hingegen klammerte mich mit aller Kraft am Rande des Bootes fest und zog meine Tasche auf meinen Schoß, ehe sie von Bord fallen konnte. Plötzlich tauchte ein hochgewachsener Schatten in meinem Augenwinkel auf und ließ mich zusammenzucken.

»Rutscht mal ein wenig zusammen, der Käpt'n möchte zu unserer gemütlichen Runde dazustoßen«, wies einer meiner Begleiter uns an. Die Männer neben mir rückten sofort enger zusammen. Es kam mir so vor, als würden mich ihre festen Schultern zwischen sich zerdrücken; als hätte mein Brustkorb nicht mehr genügend Platz, um sich beim Atmen angemessen zu entfalten. Hastig verschränkte ich meine bebenden Finger im Ärmel von Phils Mantel und hoffte, dass meine Angst unbemerkt bleiben würde. Doch bei der finsteren Ausstrahlung meiner Begleiter würde es mich nicht wundern, wenn sie meine Angst sogar riechen könnten ...

Erneut geriet das Boot ins Wanken. Schwere Stiefel landeten auf dem Holzboden, kurz drauf ließ sich der Neuankömmling ausgerechnet auf dem Platz gegenüber von mir nieder. Obwohl ich nicht viel von ihm erkennen konnte, beschlich mich eine böse Vorahnung. War nicht Neo der Besitzer des Schiffes und der Anführer der Mannschaft? Unauffällig ließ ich meine zitternden Finger an den Rand meiner Kapuze wandern und zog sie mir noch tiefer ins Gesicht. Wenn meine Tarnung jetzt aufflog, direkt vor seiner Nase, würde mich Neo im hohen Bogen an Land befördern und sich meinen Bruder schnappen. Unabhängig davon, was sich womöglich in den nächsten Minuten vor meinen Augen abspielen würde, durfte ich auf keinen Fall zulassen, dass jemand meine Tarnung durchschaute. Ich musste auf dieses verdammte Schiff gelangen – koste es, was es wolle.

Zu meiner Erleichterung geschah jedoch gar nichts. Neo blickte desinteressiert aufs Meer hinaus und hüllte sich in tiefes Schweigen. Ich wagte es kaum, mich über mein Glück zu freuen. Die Männer neben mir griffen kurze Zeit später nach den Rudern und brachten uns zum Schiffskörper der *Blutroten Lady*. Dort angekommen kletterte ich im Schneckentempo eine dünne Strickleiter hinauf, wobei ich peinlichst darauf achtete, nicht auf das schwarze Meer unter meinen Füßen hinabzusehen. Der eisige Wind, der erbarmungslos an meinem schlotternden Körper und der klapprigen Leiter zerrte, jagte mir bereits genug Angst ein. Die Reling rückte nach einiger Zeit in greifbare Nähe, doch dann wurde ich plötzlich von einem Windstoß erfasst und so heftig zur Seite gerissen, dass eine meiner Hände abrutschte und ich beinahe den Halt verlor. Vor Schreck entwich mir ein leises Wimmern. Hektisch tastete ich nach der Sprosse, doch der Wind war so kräftig, dass es mir durch das ständige Gewackel unmöglich war, erneut Halt zu finden. Mein Herzschlag dröhnte mir in den Ohren und meine Atmung wurde mit jedem Zug hektischer. Mein Unterarm zitterte vor Anstrengung, lange würde ich mich nicht mehr festhalten können. Doch wenn ich losließe, würde ich metertief hinabfallen und vom Ozean verschluckt werden. Vielleicht würde Neo mit etwas Glück denken, dass *mein Bruder* ertrunken sei, weil er den Schwindel noch nicht bemerkt hatte. In diesem Fall wäre mein Tod wenigstens nicht ganz vergebens …

Jemand packte mich am Handgelenk und zog mich hinauf. Im nächsten Moment spürte ich das feuchte Holz der Sprossenleiter unter meiner Handfläche, doch die schlanken Finger ließen nicht von meinem Handgelenk ab. Langsam wandte ich meinen Blick zur Seite – und traf direkt auf ein Paar ozeanblauer Augen.

»Halt dich gefälligst fest, Phil!«, rief mir Neo von der benachbarten Strickleiter zu und funkelte mich zornig an. Trotz seines Blickes wäre ich ihm vor Dankbarkeit am liebsten um den Hals gefallen. Ich öffnete meine Lippen, um etwas zu sagen, aber im letzten Moment fiel mir auf mit welchem Namen er mich angesprochen hatte. *Phil.* Für ihn war ich mein Bruder – und das musste auch unter allen Umständen so bleiben. Ich könnte mich nicht einmal mündlich bei ihm bedanken, denn es bestand eine hohe Chance, dass Neo den Klang meiner Stimme wiedererkennen würde. Und sollte er meinen Schwindel jetzt entlarven, so war ich mir sicher, dass er die Seile meiner Strickleiter vor Zorn mit seinem Säbel durchtrennen und mich ertrinken lassen würde.

»Du musst dich besser festhalten, verdammt!«, rief er mir über den tosenden Wind hinweg zu. »Willst du, dass dich deine Schwester morgen tot am Strand findet, nachdem dich die Strömung wieder angetrieben hat?«

Schnell blickte ich auf meine Finger hinab, die sich zitternd um die dünne Sprosse klammerten, und schüttelte den Kopf. Ich konnte spüren, wie meine Kapuze durch die Bewegung verrutschte, doch zum Glück schien mein Tuch nach wie vor fest an meinem Kopf zu sitzen. Dennoch würde ich mich wohler fühlen, wenn auch die Kapuze hielte. Ich wollte eine Hand danach ausstrecken, doch die Angst steckte noch immer so tief in meinen Knochen, dass ich es bleiben ließ.

»Komm jetzt, Phil, bevor dich die nächste Böe packt und ins Meer reißt. Ich habe zwar auf deine Schwester aufgepasst, aber glaub ja nicht, dass dieser Schutz auch für dich gilt.«

Mir brannten Worte auf der Zunge, die ich nur zu gern ausgesprochen hätte, aber dieses Risiko durfte ich im Moment nicht eingehen. Also biss ich erneut die Zähne zusammen, löste meine zitternde Hand von der Sprosse und zog mir die Kapuze ruckartig wieder über den Kopf.

Ich kämpfte mich voran, Stufe für Stufe, höher und höher. Als ich meine Hand endlich auf die Reling legte, standen meine Muskeln trotz der kühlen Temperatur in Flammen. Mit letzter Kraft zog ich mich aufs Oberdeck des Schiffes und blieb platt wie ein Seestern darauf liegen. Meine Atmung klang ungesund rasselnd und das Deck begann sich vor meinen Augen zu drehen. Dann tauchte ein Paar dunkler Stiefel vor meiner Nasenspitze auf und der Geruch nach feuchtem Leder stieg mir in die Nase.

»Bei den verfluchten Göttern, wir hätten wirklich seine Schwester mitnehmen sollen«, erkannte ich Nalas Stimme. »Die Kleine scheint mir aus einem härteren Holz geschnitzt zu sein als ihr Bruder hier …«

»Mag sein«, brummte Neo, wobei er nicht sonderlich interessiert klang.

»Dennoch kann Bell froh sein, dass sie sich nicht durch diese Strapazen quälen muss. Das Klima hier an Bord wäre nichts für sie, dafür ist sie viel zu zartbesaitet.«

»Bell? So heißt die Kleine also?«, erwiderte Nala hörbar stutzig. »Es wundert mich, dass du ihren Namen kennst. Hast *du* sie danach gefragt?«

Neo antwortete ihr nicht. Schweigend beobachtete ich die Regentropfen, die auf das Deck trafen und das schwarze Holz noch dunkler färbten. Ob die anderen schwiegen, weil sie meinen Schwindel enttarnt hatten? Zunächst wollte ich die Götter stumm darum bitten, meine Tarnung aufrechtzuerhalten, doch dann wurde mir wieder bewusst, dass ich bei ihnen wohl an der falschen Adresse war. Dann setzten sich die Stiefel in Bewegung und verschwanden aus meinem Blickfeld.

»Die Kleine hat es dir angetan, stimmt's?«

»Blödsinn. Sie ist nur eine ungewollte Bekanntschaft, eine von Dutzenden.«

Neos eisige Stimme ließ mich zusammenzucken. Ich wusste, dass mich seine Worte kalt lassen sollten, doch das Ziehen in meiner Brust ließ sich nicht leugnen. »Sie hat es mir nicht *angetan* – das Einzige, das ich an ihr faszinierend finde, ist, dass sie trotz so viel Naivität und Blauäugigkeit überhaupt überlebensfähig ist.«

Mein Bauch zog sich zusammen, als hätte mir jemand einen ordentlichen Tritt in die Magengrube verpasst. Solch harsche Worte im Zusammenhang mit meinem Namen zu hören, war mir vollkommen fremd. Ich wusste, dass Neo und ich keine Freunde waren – das wollte ich auch gar nicht –, aber zu hören, dass er so herablassend über mich dachte, schmerzte mehr, als es sollte.

Frustriert presste ich meine bebenden Lippen zusammen. In diesem Moment hasste ich meine Sensibilität mehr denn je. Ich hasste sie, weil sie mir Tränen in die Augen trieb, nur weil ein fremder Mann abwertend über mich sprach. Und ich hasste sie noch viel mehr dafür, dass sie Neos Worte bestätigten: *zu zartbesaitet für das Klima an Bord*. Er hatte recht. Hatte er wirklich. Aber genau in diesem Augenblick, in dem ich klitschnass, bloßgestellt und völlig erschöpft mit der Wange am rauen Holz des Oberdecks klebte, versprach ich mir, dass ich alles dafür tun würde, damit seine Worte ihren

Wahrheitsgehalt in Zukunft verloren. Flynn und Leah hatten recht: Ich musste endlich lernen für mich selbst einzustehen. Wenn ich nicht an mich und meine Fähigkeiten glaubte, würde es niemand auf diesem verdammten Schiff tun. Es war an der Zeit, meine unsichere und gewohnheitsliebende Seite abzustreifen und auf meiner Heimatinsel zurückzulassen. Neo hatte mir gestern im Wirtshaus versichert, dass das Meer bisher jeden Seemann gebrochen habe – wie gut, dass ich kein Mann war. An mir würde sich das Meer die Zähne ausbeißen.

Mein eigener Zuspruch war wie Balsam für meine Seele. Aus ihm konnte ich neue Kraft schöpfen, die sogar ausreichte, um mich aufzusetzen. Als ich tief durchatmete, fühlte es sich so an, als würde ich neben der verbrauchten Luft auch meine Angst ausstoßen. Mit jedem Atemzug der kühlen Abendluft wurden mein Herzschlag ruhiger und meine Gedanken klarer. Ich würde nicht zulassen, dass ein aufgeblasener Wichtigtuer mein Selbstbewusstsein zerstörte. Neo war fasziniert davon, wie ich bisher überleben konnte? Tja – ich war fasziniert davon, wie jemand so Unsympathisches überhaupt Leute finden konnte, die sich freiwillig mit ihm abgaben. Meine Mundwinkel zuckten amüsiert. Wenn ich so darüber nachdachte, waren diese Menschen ja nicht einmal freiwillig in seiner Nähe! Ganz im Gegenteil: Sie waren nur hier, weil er sie unter Androhung von Gewalt auf sein Schiff beordert hatte. Wahrscheinlich konnten sie ihn genauso wenig leiden wie ich.

Von neuem Mut beflügelt stellte ich mich auf die Füße und richtete Phils Kleidung. Als ich mich anschließend auf dem Oberdeck umsah, entdeckte ich eine kleine Menschengruppe, die sich am vorderen Teil des Schiffes versammelt hatte. Um nicht aufzufallen, ging ich zu ihnen hinüber und stellte mich zwischen zwei breitschultrige Männer. Solange ich in ihrer Nähe stand, würde ich wohl kaum auffallen.

»Willkommen an Bord der *Blutroten Lady*«, verkündete eine Stimme, die mir ziemlich bekannt vorkam.

Als ich mich auf Zehenspitzen stellte, um über die hohen Schultern meines Vordermannes hinwegsehen zu können, blickte ich geradeaus in Kais haselnussbraune Augen. Für einen kurzen Moment zogen sich seine

Augenbrauen zusammen, doch ehe er sich daran erinnern konnte, woher er meine Züge kannte, stellte ich mich wieder auf meine Fußsohlen und neigte den Kopf nach unten. Der Wind pfiff lautstark über das Deck hinweg und zog an meiner Kleidung. Auf der Suche nach Wärme ließ ich meine kalten Finger tief in den Ärmeln von Phils Mantel verschwinden. Mittlerweile hatte meine Familie meinen Bruder sicherlich gefunden. Was ihnen wohl gerade durch den Kopf ging? Ob sie schon am Strand nach mir suchten, weil sie fürchteten, ich wäre wieder in eine Strömung geraten?

»Ich weiß, dass ihr nicht freiwillig hier seid, denn das ist auf diesem verdammten Schiff niemand«, fuhr Kai ruhig fort, »aber manchmal lässt einem das Schicksal eben keine andere Wahl. Seht es als eine Art Möglichkeit an, um an euch selbst zu arbeiten und an den Hürden zu wachsen, die euch in den nächsten Wochen unweigerlich begegnen werden.« Seine Stimme verstummte für einen Augenblick, dann hörte ich, wie er sich leise räusperte. »Wisst ihr denn alle, wieso ihr hier seid?« Als ich langsam aufsah, bemerkte ich, dass die anderen Männer ihre Köpfe schüttelten. Um nicht aufzufallen, tat ich es ihnen gleich. Dabei konnte ich mich noch ziemlich genau an Neos Geschichte über die Götter erinnern, die er mir vorgetragen hatte, als wir zusammen in der Gaststätte von Leahs Vater gewesen waren. Sehnsüchtig zog sich mein Herz zusammen. Was Leah und Flynn wohl gerade trieben? Vermutlich schliefen sie, so wie jeder andere normale Mensch, der nicht wie ich dazu gezwungen war, mitten in dieser regnerischen Nacht auf dem Oberdeck eines fremden Schiffes zu stehen. Ich versuchte mir vorzustellen, wie sich Leah in meiner Situation verhalten würde. Bestimmt würden ihre Augen so hell funkeln wie Edelsteine, während sie das Schiff bis in den entlegensten Winkel erkunden würde. Diese Umgebung war genau das Abenteuer, von dem sie immer geträumt hatte. Ich war mir sicher, dass sie sich Neos blöde Bemerkungen keinesfalls zu Herzen genommen hätte. Im Gegenteil, vermutlich hätte sie sich sofort zu erkennen geben und ihm ordentlich die Meinung gegeigt. Doch Leah war nicht hier – ich hingegen schon. Und im Gegensatz zu ihr konnte ich diesem Schiff bisher nur Furcht abgewinnen.

»Also gut«, riss mich Kais kräftige Stimme wieder aus meinen Gedanken,

»dann wird es wohl höchste Zeit, dass euch jemand einweiht. Schließlich kämpft es sich viel leichter, wenn man weiß, was alles auf dem Spiel steht, habe ich recht?« Die Männer um mich herum starrten ihn nur ausdruckslos an. Kai seufzte reserviert, als würde ihn unser nicht vorhandener Elan Unmengen an Energie kosten. Wie oft er diese Ansprache wohl schon gehalten hatte? »Der erste Name, den ihr euch besser auf die Innenseite eures Schädels graviert, lautet *Narius*. Er ist der verdammte Favorit der Götter. Nachdem diese ihn ausgewählt hatten, wurde seine Verbannung für den Zeitraum des Wettkampfes aufgelöst und er betrat die Welt der Menschen. Gemeinsam mit seinen Handlangern versucht er seitdem in den Besitz der drei Artefakte zu gelangen, die er zum einen braucht, um seine gesamte Stärke entfalten zu können, und zum anderen, um die Prophezeiung zu erfüllen. Solange er keines der Artefakte gefunden und auf sich geprägt hat, ist seine göttliche Kraft stark eingeschränkt. Aber keine Sorge, langweilig wird uns bis dahin trotzdem nicht. Neben den Untoten, seinen treusten Handlangern, gibt es nämlich auch ein paar verlogene Menschen, die verdeckt für ihn arbeiten und uns das Leben schwer machen.«

Kai zwinkerte amüsiert, doch in keinem der Gesichter, die ich um mich herum erkennen konnte, zuckte auch nur ein einziger Mundwinkel. Dachte er wirklich, dass wir es lustig finden würden, von unseren Feinden zu hören?

»Ich sehe schon, da haben wir ja mal wieder richtige Spaßkanonen an Bord geholt, was? Na ja, wie dem auch sei – Narius ist unser Hauptfeind, seine Handlanger der ungewollte Beifang und die drei Artefakte der Goldschatz, den es zu finden gilt. So weit verstanden?«

Ich nickte, doch eine Frage brannte mir so stark auf der Zunge, dass ich meine Lippen nur unter höchster Anstrengung geschlossen halten konnte. Ich war kurz davor, meine Tarnung zu riskieren und die Worte auszusprechen, als mir ein anderer Mann glücklicherweise zuvorkam. »Wie viele Artefakte haben wir denn schon?«

Das Grinsen auf Kais Lippen gefror. »Wie schön, dass du schon von *wir* sprichst, mein Freund. Das ist das Mannschaftsgefühl, das ich hier sehen will! In Ordnung, hat noch jemand eine Frage?«

Die Schwere der Anspannung, die sich über unserer kleinen Gruppe ausbreitete, legte sich auch auf meine Knochen. Ich konnte sie fühlen, förmlich danach greifen. Manchmal sagte ein Schweigen eben mehr als tausend Worte.

»Gut … ähm …«, brummte der Mann, der zuvor meine Frage ausgesprochen hatte, »dann wüsste ich gern, ob wir wenigstens wissen, wo sich diese Gegenstände befinden. Was müssen wir tun, um sie zu bekommen? Liegen die Dinger einfach irgendwo am Strand herum?«

»Es gibt Hinweise und Überlegungen, ja. Aber was geschehen wird, wenn wir eines der Artefakte finden sollten, kann ich dir nicht sagen. Wie du schon aus meiner vorherigen Antwort schließen konntest, war ich selbst noch nicht in der Situation, einen dieser Schätze in meinen Händen zu halten. So, das war es jetzt aber auch mit den Fragen, oder?«

»Nicht ganz«, erwiderte der Mann erneut und ich bewunderte ihn für seine Standfestigkeit. Nicht nur, weil er Kai widersprach, sondern auch, weil er nach den vorangegangenen Antworten auf seine Fragen überhaupt noch den Mut dazu fand, weitere solcher schlechten Nachrichten zu riskieren. Ich blickte kurz zu ihm hinüber und entdeckte ihn neben zwei Gesichtern, die ich überraschenderweise kannte: Dorian und Tarim, zwei ältere Männer unserer Insel, die leider je einen Bruder hatten und somit gezwungen gewesen waren Neos Crew beizutreten. Ob ich den beiden meine wahre Identität anvertrauen konnte? Hastig schob ich diese Idee beiseite. Nein, das Risiko war einfach zu groß. Am besten, ich hielt mich so weit von ihnen fern, wie es der beengte Raum des Schiffes nur zuließ. Nicht, dass sie mich doch noch wiedererkannten und verrieten …

»Ich wüsste gern, wie lang ihr schon auf der Suche nach diesen Artefakten seid«, stellte der Mann seine dritte Frage und obwohl ich es nicht für möglich gehalten hatte, wurde das Grinsen auf Kais Lippen noch künstlicher.

»Ihr solltet jetzt besser ins zweite Unterdeck gehen. Wenn ihr dem langen Flur Richtung Heck bis ganz nach hinten folgt, findet ihr eine Kajüte, in der vor Kurzem genügend Kojen … *freigeworden* sind. Ihr könnt es euch so gemütlich machen, wie es auf diesem modrigen Schiff nur geht. Wer hungrig ist, kann in ein paar Stunden in die Messe gehen und eine Kleinigkeit zu Abend essen. Ansonsten sehen wir uns morgen wieder beim Frühstück, wo ich euch eure Arbeit für die nächsten Wochen zuweisen werde. Ihr könnt euch schon mal Gedanken darüber machen, ob ihr lieber schmutzige Teller waschen oder an die Kanonen wollt. Falls noch Fragen aufkommen sollten, könnt ihr euch *im Notfall* an mich wenden, meine Kammer befindet sich links im Aufbau des Oberdecks. Macht aber nicht den Fehler und klopft aus Versehen beim Käpt'n oder beim Steuermann – Verzeihung, bei der *Steuerfrau* –, also bei Nala, an. Ach ja, und wenn ihr Probleme haben solltet, wendet euch bitte *nicht* an mich, klar? Wir alle hier haben genug eigene Sorgen und niemand will euer Gejammer hören. Am besten wäre es, wenn ihr so schnell wie möglich lernt solche Dinge mit euch selbst auszumachen. Gut, dann bitte hier entlang und runter bis ins zweite Unterdeck.«

Kai bückte sich und griff nach etwas, das ich aus meiner Position heraus nicht erkennen konnte. Etwas knarzte und ruckelte, dann erschien er wieder in meinem Sichtfeld und lehnte sich an eine offene Falltür. Kai machte eine einladende Bewegung in Richtung Boden und ich sah, wie einer der Männer neben ihn trat und im Boden verschwand. Erst als ich so weit aufgerückt war, dass ich beinahe neben Kai stand, entdeckte ich die Luke, die zu den Unterdecks führte. Vorsichtig hielt ich mich an der Falltür fest und tastete mit meinem Fuß nach der ersten Stufe der Strickleiter, die ins Innere des Schiffes führte. Ich wollte gerade hinabsteigen, als mich plötzlich jemand am Handgelenk packte und festhielt. Erschrocken japste ich nach Luft und blickte auf, direkt in zwei braune Augen, die mich misstrauisch musterten. Kais Gesichtszüge wirkten so angespannt, dass ich mir sicher war, meine Tarnung sei aufgeflogen. Mein Herz schlug mir bis zum Hals und das Blut schoss so laut durch meine Adern, dass es beinahe das Tosen der Wellen übertönte. Bestimmt konnte Kai es ebenfalls hören.

»Ähm ... schickst du mich jetzt über die Planke?«, brachte ich kratzig hervor, wodurch sich seine Augenbrauen enger zusammenzogen.

»Das hättest du wohl gern, was?«, erwiderte er kühl. »Vergiss es, du wirst unsere Reise bis zum letzten Atemzug begleiten. Ich wollte mir nur dein Gesicht einprägen, Phil.«

Mein Herz geriet ins Stolpern. Er hielt mich für meinen Bruder, obwohl er mir direkt in die Augen schaute? Meine Verkleidung und die Dunkelheit schienen mich besser zu tarnen, als ich es für möglich gehalten hätte.

»Glaub ja nicht, dass wir dich hier besser behandeln werden als die anderen Neuankömmlinge.«

Erstaunt neigte ich den Kopf. »Wieso sollte ich das denken?

»Weil Neo anscheinend eine Schwäche für deine vorlaute Schwester hat.«

Auf seine Aussage konnte ich nur mit einem sarkastischen Schnaufen antworten. Energisch riss ich mein Handgelenk aus seinen Fingern und setzte meinen Abstieg in das finstere Innere des Schiffes fort. So ein Blödsinn. Wie kam Kai nur darauf, dass ich – *also mein Bruder* – einen Vorteil hätte, weil Neo mich kannte? Der Halbgott konnte mich nicht leiden, also sollte unsere Verwandtschaft doch eher dazu führen, dass er mich – also Phil – erst recht schlecht behandelte. Kopfschüttelnd schob ich den Gedanken beiseite. Vielleicht lag Kais soziale Fehleinschätzung darin begründet, dass er tagtäglich diesen unangenehmen Geruch einatmen musste, der mit jedem Schritt tiefer in meine Nase zog. Ob dies der berüchtigte Duft nach Abenteuer war, von dem Leah stets geschwärmt hatte? Vermutlich nicht, denn während er laut ihr beflügelnd nach Freiheit roch, löste dieser Mief aus abgestandener Luft, Schießpulver, Alkohol und Schweiß lediglich Übelkeit in mir aus. Ich konnte nur hoffen, dass dieser Gestank nicht überall im Korpus des Schiffes vorherrschend war. Ansonsten würde ich den Fischen früher oder später freiwillig als Futter dienen.

Kapitel 9

Ich versuchte mich auf den Anblick der Kartoffel zu konzentrieren, die ich in meiner linken Hand hielt, doch meine Sicht blieb verschwommen. Ich blinzelte ein paar Mal und rieb mir mit dem Handrücken über die Augen, während sich ein herzhaftes Gähnen auf meine Lippen stahl, doch die Umrisse der Kartoffel blieben schwammig. Vorsichtig setzte ich mein Küchenmesser an. Hoffentlich würde ich mir nicht in die Finger schneiden.

»Na, Phil, wieder zu spät in die Koje gekrochen?«, fragte mich Tarik und klopfte mir wie gewohnt so fest auf die Schulter, dass mir beinahe das Messer aus der Hand rutschte.

»Ich habe *wirklich* versucht zeitiger ins Bett zu gehen, aber meine Mitbewohner haben bis früh in die Morgenstunden gefeiert!«, klagte ich ihm mein Leid und erntete dafür einen mitfühlenden Seitenblick meines Vorgesetzten.

»Nun, das ist bitter, Kleiner. Vielleicht solltest du mal mit Kai oder Neo darüber sprechen, ob du deine Kajüte wechseln kannst. Zugegeben, einen so stillen und harmonischen Bewohner wie dich gibt es hier auf diesem Schiff kein zweites Mal, aber versuchen könntest du es ja.«

Als er Neos Namen aussprach, überzogen sich meine Arme mit einer leichten Gänsehaut. Seit meiner Ankunft vor gut einer Woche war ich ihm nicht mehr begegnet und ich wäre bereit dazu, einen Teil meiner Seele zu verkaufen, damit dies auch so bliebe. Nichts lag mir ferner, als mich an den selbstverliebten Halbgott zu wenden und ihn zu fragen, ob ich mein Bettlager wechseln dürfte, weil mir meine Mitbewohner auf den Nerv gingen. Kai kam auch nicht infrage, schließlich hatte er bereits am ersten Tag deutlich gemacht, wie wenig ihn die Belange seiner Mitmenschen interessierten. Mein einziger Verbündeter auf diesem Schiff war Tarik, doch selbst bei ihm musste ich aufpassen, was ich sagte – oder besser, *wie* ich es sagte. Schließlich wusste er nach wie vor nicht, wer sich unter meiner viel zu großen Männerkleidung verbarg. Niemand auf diesem Schiff wusste das und ich würde auch weiterhin alles daransetzen, diesen Umstand beizubehalten. Auch wenn das bedeutete, dass ich weiterhin vor allen anderen aufstehen musste, um mich unbemerkt fertig machen zu können und dann für den Rest des Tages in der Kombüse zu verschwinden.

»Ich kann ein gutes Wort für dich einlegen, Phil«, rief mir der Smutje über das Wetzen seines Fleischmessers hinweg zu, »ich habe eine gute Verbindung zu den Jungs. Wenn ich ihnen sage, dass es um das Wohl meines besten Küchenjungen geht, werden sie alle Hebel in Bewegung setzen, damit du mir weiterhin gesund und munter zur Hand gehen kannst. Sie haben sich schon danach erkundigt, wer seit Neuestem diese phänomenalen Nachtische zaubert. Ich wette, dass sie so einiges dafür tun würden, um weiterhin von dir bekocht zu werden.«

Obwohl meine Wangen bereits gerötet waren, weil ich mich seit einiger Zeit über einen Topf kochenden Wassers beugte und Kartoffeln schälte, wurden sie durch das unverhoffte Lob noch wärmer. In der Kombüse zu arbeiten bereitete mir tatsächlich Freude, auch wenn das ständige Stehen, Schleppen und Umrühren ziemlich auf meine Knochen ging. Für die Schiffsbesatzung zu kochen, die mindestens doppelt so viele Mitglieder zählte, wie unsere Insel Bewohner verzeichnete, war vor allem in den ersten Tagen eine unheimliche Herausforderung für mich gewesen. Doch mittlerweile fand ich mich gut zurecht und schätzte die lockeren Gespräche mit Tarik. Außerdem hatte sich bisher niemand über meine Kochkünste beschwert, was mich besonders am Anfang ziemlich erstaunt hatte, schließlich hatte ich den Kochlöffel in meinem Leben noch nicht wirklich oft geschwungen. Aber wie sagte meine Großmutter immer so schön? *Man wächst mit seinen Aufgaben.*

»Phil, könntest du mir vielleicht –?«

Ehe Tarik seine Bitte aussprechen konnte, flog die Tür zur Kombüse auf.

Das Scheppern des Holzes ließ mich zusammenfahren. Als ich die Person im Türrahmen erkannte, senkte ich rasch den Kopf, ehe sie mein Gesicht erkennen konnte. Mich überkam ein Hustenanfall, den ich nur mühsam unterdrücken konnte.

»Hustet deine Küchenhilfe gerade in unser Mittagessen?« Nala klang so pikiert, dass sie mich irgendwie an Neo erinnerte. Erneut drängte sich mir die Frage auf, was die beiden miteinander verband. Waren sie vielleicht ein Paar?

»Ja, das tut er«, erwiderte Tarik lachend. »Erzähl es nicht den anderen, aber das ist die wahre Geheimzutat, die den Geschmack der Speisen an Bord in den letzten Tagen so köstlich abgerundet hat.«

Angewidert verzog ich das Gesicht. Zum Glück wusste ich als Küchenhilfe, was die anderen Köche in das Essen gaben und unter welchen Umständen sie es zubereiteten. Zwar hatte ich – zum Glück – noch nie gesehen, wie jemand in das Essen gespuckt hatte, aber durch meinen Wissensvorteil war ich schon der ein oder anderen versalzenen Suppe entkommen.

Während Nala durch die Kombüse schlenderte, hallte das Klackern ihrer Stiefelabsätze durch den Raum. Der Geruch des blumigen Duftwassers, mit dem sie sich stets einsprühte, stieg mir in die Nase, noch ehe sie mich überhaupt erreicht hatte.

»Du bist Phil, richtig?«, wollte sie von mir wissen.

Ich bestätigte die Lüge durch ein knappes Nicken und tastete nach dem Stofftuch, das ich mir wie üblich über mein Haar gebunden hatte. Glücklicherweise saß fest es an Ort und Stelle.

»Kannst du auch reden, Junge?«, hakte Nala hörbar genervt nach, doch in meiner Angst bekam ich keinen Ton hervor. »Na, wunderbar! Ich habe den anderen gleich gesagt, dass wir mit deiner Schwester einen besseren Fang gemacht hätten. Du kriegst ja nicht einmal deine Lippen auseinander.«

»Ach was, Phil schlägt sich gut!«, verteidigte mich Tarik und nahm mir damit eine schwere Last von den Schultern. Im Gegensatz zu Neo, Kai und Nala gaben mir seine Worte nie das Gefühl, nicht genug zu sein. Und durch diese Sicherheit half mir der Smutje mehr, als er ahnte.

»Er schlägt sich gut … gegenüber Kartoffeln und Gemüseeintöpfen?«, spottete Nala und schnaufte belustigt. »Na, wenn das so ist, ist er ja bestens für diese Reise gewappnet. Untote und Meeresungeheuer sollten ein Klacks für dich sein, nicht wahr, Phil?«

Nala klopfte mir auf die Schulter, doch im Gegensatz zu Tariks freundlicher Geste packten mich ihre Finger und bohrten sich fest in meine Haut. Plötzlich geriet ihr Griff ins Stocken. Vor Anspannung blieb mir die Luft weg.

»Hör auf, so große Töne zu spucken, Nala. Das macht dich unsympathisch! Du kannst nicht davon ausgehen, dass jeder hier so gut auf diese Reise vorbereitet wurde wie du und Neo. Ihr beide, Kai und ein paar Einzelfälle gehören zur absoluten Minderheit.«

»Mag sein«, murmelte sie abwesend und grub ihre Finger noch tiefer in meine Schulter. »Hast du mal einen Augenblick für mich, *Phil*?«

»Was willst du von meiner fleißigsten, kompetentesten Küchenkraft?«, nahm mir Tarik meine Frage ab. »Falls dich Kai schickt, kannst du ihm gleich ausrichten, dass ich ihm Phil für keine Fassladung Rum der Welt überlassen würde. Der Junge bleibt in der Kombüse und damit basta! In einem Kanonenrohr hat der Kleine nichts verloren.«

»Da bin ich mir noch nicht sicher«, knurrte mir Nala so leise ins Ohr, dass nur ich es hören konnte.

Trocken würgte ich meine Spucke hinunter und zog den Kopf ein. *Sie weiß es.*

»Komm jetzt Phil, es ist nur eine kurze Unterhaltung.« Ohne mir eine Wahl zu lassen, lenkte mich Nala um die Küchenmöbel herum zu Tür und schob mich hinaus auf den schmalen Korridor.

»Wenn die Kartoffeln fertig gekocht sind, steht Phil wieder wohlbehalten neben mir!«, rief uns Tarik hinterher, doch Nalas schmerzhaftem Griff nach zu urteilen bezweifelte ich, dass sie seiner Aufforderung nachkommen würde.

Schweigend bugsierte sie mich durch den schmalen Flur, der nur spärlich von einer Handvoll Öllampen beleuchtet wurde. Wie überall auf dem Schiff roch es nach trockenem Holz, Schießpulver und Rum. Letzteren Geruch konnte ich erst zuordnen, seitdem mir Tarik einen Becher dieser würzigen Flüssigkeit vor die Nase gesetzt hatte. Ich hatte einen kleinen

Schluck gekostet und mir danach sofort geschworen nie wieder auch nur einen einzigen Tropfen anzurühren.

Plötzlich riss Nala eine Tür auf, stieß mich in die dahinterliegende Dunkelheit und zog die Tür hinter uns energisch zu. Eine kleine Lampe wurde entzündet, doch als das schwache Licht auf Nalas zornige Gesichtszüge fiel, wünschte ich mir glatt die Dunkelheit zurück.

»Bei den Göttern, wer hat dir denn in den Kopf gespuckt?«, fuhr sie mich an und drängte mich mit dem Rücken an die Wand der kleinen Kammer.

Mein Herzklopfen wurde so kräftig, dass meine Rippen anfingen zu schmerzen. »Wovon … wovon redest du?«, versuchte ich auszuweichen, doch ehe ich mir den Rest meiner Ausrede ausdenken konnte, griff Nala bereits nach meinem Tuch und riss es mir grob vom Kopf.

Ich spürte, wie sich mein langes Haar wie ein Wasserfall über meine Schultern ergoss, und sackte in mich zusammen. »Es … es tut mir … leid«, waren die einzigen Wörter, die ich vor Schreck herausbekam. Die Augenblicke danach fühlten sich an wie eine Ewigkeit. Nur das Geräusch der Wellen war zu hören, die kräftig gegen den Schiffsrumpf schlugen.

Die Fassungslosigkeit stand Nala währenddessen förmlich ins Gesicht geschrieben. »Verdammte Scheiße, Bell!«, zischte sie mir aufgebracht zu, woraufhin ich ihr geistesgegenwärtig meine Hand auf die Lippen presste. Es war schlimm genug, dass *sie* meine wahre Identität erraten hatte. Kaum auszumalen, was geschehen würde, wenn jemand anderes ebenfalls Wind davon bekäme – obwohl allein Nalas Wissen vermutlich schon ausreichte, um mir einen Gang über die Planke zu sichern …

Energisch packte sie mein Handgelenk und riss meine Finger von ihren Lippen. »Bist du wahnsinnig geworden? Was glaubst du, was die Kerle hier mit dir anstellen, wenn dich einer von ihnen enttarnt?«

»An Neo oder Kai verraten?«, mutmaßte ich. »Oder von Bord werfen?«

Ein ersticktes Lachen drang aus Nalas Kehle. »Das sind deine einzigen Bedenken? Bell, viele dieser Typen hier sind zwielichtige Verbrecher, die uns direkt aus den Verliesen des Königs übergeben wurden! Sie tun dir garantiert *viel schlimmere Dinge* an, als dich einfach nur zu verpetzen oder ins Meer zu werfen.«

»Gut, ich hab's verstanden«, gab ich kleinlaut zu und biss zähneknirschend meinen Kiefer zusammen. Nala hatte recht. Mir war gar nicht bewusst gewesen, dass ich mich auch aus solchen Gründen vor den anderen in Acht nehmen musste. Auf meiner Insel hätte niemals ein Mann seine Hand gegen eine Frau erhoben, aber ich sollte die Regeln und Gesetze meiner verschlafenen Heimat wohl besser nicht auf den gesamten Rest der Welt anwenden.

Ihr Seufzen kitzelte meine Nasenspitze. »In Ordnung, wo ist der echte Phil?«

Unbehaglich wich ich ihrem Blick aus, woraufhin sie anerkennend nickte. »Vermutlich nicht auf diesem Schiff, was? Respekt, Bell. Wenn du diese Tarnung so lange aufrechterhalten konntest, scheinst du dich gar nicht so dumm angestellt zu haben. Oder der Rest dieser Mannschaft ist einfach noch dämlicher, als ich gedacht habe. Was wir besser nicht hoffen sollten, denn dann sehe ich für das Gelingen dieser Mission schwarz. Nun gut, wie dem auch sei. Du kannst unmöglich bei den anderen Männern bleiben.«

»Sondern? Wo soll ich stattdessen hingehen?«, wagte ich zaghaft zu fragen. »Was hast du mit mir vor, Nala?«

»Pff, was denkst du denn?«

»Mich ... den Haien zum Fraß vorwerfen?«

»So ein Blödsinn! Erstens wollte ich dich von Anfang an dabeihaben und zweitens sollten wir Frauen zusammenhalten. Das sollten wir zwar grundsätzlich tun, aber auf diesem verdammten Schiff ist es besonders notwendig. Schließlich ist ja nicht so, als würden hier Dutzende von uns herumlaufen.«

Überrascht hob ich meine Augenbrauen. »Es gibt mehrere Frauen an Bord? Mir ist bisher noch keine einzige begegnet.«

»Früher gab es viele, jetzt sind es nur noch zwei.«

Ein ersticktes »Oh« war alles, was mir als Antwort einfiel. Seufzend ließ Nala von mir ab und verschränkte die Arme vor der Brust. »Hör zu, Bell, diese Reise hier ist kein Picknickausflug oder so. Sie ist verdammt gefährlich, geradezu mörderisch. Hier heuern ständig neue Mitglieder an, aber wie du sicherlich bemerkt hast, klafft unser Schiff dennoch vor gähnender Leere. Du hast ja gar keine Ahnung, auf was für ein Himmelfahrtskommando du dich eingelassen hast!«

»Doch, mittlerweile schon«, erwiderte ich kleinlaut. »Wir sind auf der Suche nach drei Artefakten, die wir unbedingt finden müssen, weil Narius sonst übermächtig wird und unsere Welt dem Meeresboden gleichmacht.«

Nala rang sich ein amüsiertes Schnaufen ab. »Na sieh an, immerhin scheinst du an Bord deine Lauscher aufgestellt zu haben. Aber nur weil du ungefähr weißt, was wir wollen, hast du noch immer nicht den leisesten Hauch einer Ahnung davon, *wie* gefährlich das alles ist. Hast du überhaupt schon mal einen Untoten gesehen? Oder ein Seeungeheuer? Oder eine Leiche?«

»Eine Leiche, ja.« Schlagartig tauchte das Gesicht des Fremden, den ich damals mit Leah und Flynn am Strand entdeckt hatte, wieder vor meinem inneren Auge auf. »Und Neo können wir doch sicherlich als Seeungeheuer durchgehen lassen, oder?«, versuchte ich die angespannte Stimmung etwas aufzulockern, was mir tatsächlich zu gelingen schien. Immerhin wirkte das Grinsen auf Nalas Lippen nun wesentlich entspannter als zuvor. »Vielleicht ist es doch gar nicht so schlecht, dich dabeizuhaben. Eine Verbündete kann ich gut gebrauchen.«

»Also bist du gar nicht mehr wütend auf mich?«

»Nein, nur ein bisschen. Allerdings sollten wir uns Gedanken darüber machen, wie wir Neo und Kai schonend beibringen, dass sie einen blinden Passagier an Bord haben.«

»Ist das denn wirklich nötig?« Mein Magen zog sich bei dem Gedanken an die bevorstehende Konfrontation zusammen. Wieso konnte ich nicht einfach so weitermachen wie bisher? Mein Plan hatte doch eigentlich ganz gut funktioniert.

»Bell, jetzt denk doch mal nach«, drängte Nala und fuhr sich fahrig durch die dunkelbraunen Locken, »ich habe dir doch vorhin erzählt, mit was für Gestalten du dir eine Kajüte teilst. So geht das nicht, du musst wenigstens zu uns in den Aufbau ziehen.«

»Den *Aufbau*?«, wiederholte ich stirnrunzelnd.

Nala entwich ein leises Seufzen, ehe sie mein Haartuch ausschüttelte und über ihr Handgelenk legte. »Die Seemannsbegriffe sind dir immer noch nicht bekannt, was? Der Aufbau ist das Stockwerk, das auf dem hinteren Teil des

Oberdecks sitzt. Die dortigen Zimmer werden nur von den wichtigsten Personen dieses Schiffes bewohnt, zum Beispiel vom Kapitän, Quartiermeister und Steuermann. Die Flure werden stets bewacht, es könnte sich also niemand unbemerkt in deine Kammer schleichen.«

Es fiel mir schwer, mich auf Nalas Worte zu konzentrieren, während ihre flinken Finger durch mein Haar strichen und es zu einem seitlichen Zopf flochten. Der Gedanke an ein Einzelzimmer war verlockend. Keine schnarchenden, grölenden oder betrunkenen Mitbewohner, keine herumliegenden Kleidungsstücke, die ich lieber nicht gesehen hätte … Je länger ich darüber nachdachte, desto mehr sehnte ich mich danach, das Angebot anzunehmen. Doch war ich bereit meine Identität zu enthüllen? Was, wenn Neo mich aus Wut ins Meer werfen oder aussetzen würde?

»Glaubst du, Neo wäre sehr zornig, wenn er wüsste, dass ich –«

»O ja!«, beantwortete Nala meine Frage, ehe ich überhaupt aussprechen konnte. »Er wäre rasend vor Wut und es würde mich nicht wundern, wenn er aus Frust etwas kaputt schlagen würde! Das hat er schon als Kind gern getan, wenn ihm etwas nicht in den Kram gepasst hatte. Irgendwie scheinen wir den Moment verpasst zu haben, um ihm diese kindische Angewohnheit auszutreiben.«

»Du kanntest Neo bereits im Kindesalter?« Ich versuchte meine Stimme möglichst ruhig klingen zu lassen, doch in Anbetracht der pulsierenden Neugierde in meinem Körper war ich mir nicht sicher, wie gut mir das gelang. Lächelnd zog Nala ein schmales Band aus ihrem Ärmel hervor und fixierte damit das Ende meiner Frisur. Während sie den geflochtenen Zopf meinen Hinterkopf hinaufführte, bemerkte ich, wie ihr Blick abschweifte.

»Wir sind zusammen erwachsen geworden.« Ihre Antwort war kurz, doch in den wenigen Worten schwangen viele Emotionen mit, die mir wesentlich mehr verrieten als diese bloße Information.

»Ihr scheint euch nahezustehen. Seid ihr Geschwister?«

Lachend befestigte sie den Zopf auf meinem Kopf und breitete das Tuch darüber aus. »Nein, das sind wir nicht. Aber seit unserem Kennenlernen vor gut zwölf Jahren gab es kaum einen Tag, den wir nicht zusammen verbracht haben. Die Zirkelmitglieder sagten über uns, wir seien wie Pech und Schwefel.« Als ich den Kopf neigte, zwinkerte mir Nala geheimnisvoll zu. »Ein verstecktes Talent von mir – ich kann eine Frage beantworten, aber gleichzeitig zehn neue aufwerfen.«

»Das stimmt«, pflichtete ich ihr lächelnd bei, doch zu meiner Enttäuschung hüllte sie sich in Schweigen.

Für eine Weile waren das leise Knarren des Schiffes und die Wellen, die von außen gegen den Korpus schlugen, die einzigen Geräusche um uns herum. Schließlich knotete Nala die Enden des Haartuches zusammen und trat einen Schritt von mir zurück. Trotz der spärlichen Beleuchtung konnte ich ein geheimnisvolles Funkeln in ihren Augen erkennen.

»Ich mag dich, Bell«, sagte sie leise. »Du bist mir schon seit dem Moment sympathisch, in dem du Neo mit Bier überschüttet hast.«

»Das hast du gesehen?«, fragte ich erstaunt. Zugegeben, damals hatte ich in meiner Wut nur Augen für Neo gehabt, aber jemand wie Nala wäre mir doch sicherlich aufgefallen ...

»Natürlich«, antwortete sie leichthin, »ich habe immer ein Auge auf ihn. Neo neigt dazu, Chaos und Probleme auf magische Art anzuziehen.«

»Aber wenn du mich gernhast, kannst du mir doch auch erzählen, was es mit diesem Zirkel auf sich hat, oder?«, versuchte ich ihr weitere Informationen zu entlocken, doch Nala lächelte nur verschwiegen.

»Netter Versuch, aber das kann ich leider nicht.« Erneut schweifte ihr Blick ab. Als sie wieder zu mir sah, wirkten ihre Augen plötzlich hart und verschlossen. »In der Vergangenheit sind einige Dinge ordentlich schiefgelaufen«, raunte sie und verschränkte erneut die Arme vor der Brust, als wollte sie sich vor irgendetwas schützen. »Ich kann nicht riskieren, dass der Plan gefährdet wird. Darum musst du mir erst beweisen, dass mich mein Gefühl nicht täuscht und ich dir wirklich vertrauen kann. Gedulde dich ein wenig, Bell. Wir –«

Ein Ruck ging durch das Schiff. Nala und ich stolperten, irgendwo ertönte ein lauter Knall. Ein Piepen durchfuhr meine Ohren und machte mich taub für die Dinge, die um mich herum geschahen. Verdutzt beobachtete, wie sich

Nala wieder auf die Füße rappelte und mir ihre Hand entgegenstreckte, doch ich fühlte mich zu benommen, um danach zu greifen. Erst als ich die Angst in ihren Augen sah, gelang es mir, die Taubheit abzuschütteln.

»Was ist passiert?« Meine eigene Stimme klang dumpf in meinen Ohren. Nala antwortete mir nicht, stattdessen packte sie mich an den Schultern und zog mich schwungvoll auf die Beine. Sie hielt mein Handgelenk fest, während wir die Kammer verließen und den schmalen Flur entlangrannten. Kaum ebbte das Piepen in meinen Ohren ab, wurde das Schiff erneut von einem heftigen Ruck ergriffen. Ich prallte mit meiner Schulter gegen die Wand und sog scharf die Luft ein.

»Nicht stehen bleiben!«, rief mir Nala zu und zog mich unverzüglich weiter den Korridor entlang. Unbeholfen stolperte ich hinter ihr her.

Nun, da dieses nervtötende Piepen aus meinem Kopf verschwunden war, drangen endlich wieder die Geräusche meiner Umgebung zu mir vor. Ich hörte Dutzende Stimmen wild durcheinanderrufen, vernahm ein lautes Knallen, das wie der Schuss einer Kanone klang. Als wir uns über die hin und her schaukelnde Strickleiter aufs erste Unterdeck vorgekämpft hatten, wurden meine Sinne schlagartig wach. Mein Herz hämmerte wie wild und das Adrenalin in meinen Adern ließ mich zur Höchstform auflaufen.

»Nala, was geht hier vor? Was war das für ein Knall? Gehen wir unter?«

»Keine Ahnung«, erwiderte sie gehetzt und stieß die Falltür über unseren Köpfen auf, die den Blick auf den wolkenlosen Himmel freigab. »Wir müssen sofort aufs Oberdeck und nachsehen. Es kann alles Mögliche sein, von hohem Wellengang über einen Wasserstrudel bis hin zu einem Gefecht mit einem anderen Schiff.«

»Ehrlich gesagt passt mir keine dieser möglichen Antworten«, presste ich hervor und hievte mich ebenfalls durch die Luke aufs Oberdeck. Flach blieb ich auf dem warmen Holzboden liegen und versuchte wieder zu Atem zu kommen, doch keinen Wimpernschlag später spürte ich, wie Nala erneut nach meinen Schultern griff und mich nach oben zog.

»Verdammt, was machst du denn da?«, herrschte sie mich an und rüttelte so lang an meinem Körper, bis ich mich schnaufend aufgerichtet hatte.

Eine riesige Welle schwappte aufs Deck und durchnässte meine Stiefel. Als ich auf das aufgepeitschte Meer hinausblickte, wäre ich am liebsten sofort wieder im Korpus des Schiffes verschwunden. »Wo kommen denn diese riesigen Wellen her?«, fragte ich, doch Nala zog mich nur stumm mit sich in Richtung Heck, auf welchem sich auch der Aufbau befand, von dem sie mir in der Kammer berichtet hatte.

Überall um uns herum eilten Männer über das Deck. Ihre Rufe wurden zeitweise vom Tosen der Wellen verschluckt, doch die vereinzelten Brocken, die ich aufschnappte, gefielen mir ganz und gar nicht. Erneut erklang das ohrenbetäubende Schallen der Kanonen. Ich zuckte erschrocken zusammen und klammerte mich noch mehr an Nalas rotem Jackenärmel fest.

»Ich hab dir doch gesagt, dass diese Schiffsfahrt kein Spaziergang wird!«, rief sie mir über den Lärm hinweg zu. »Aber keine Sorge, ich bringe dich an einen sicheren Ort. Wir müssen nur den Aufbau erreichen, dann liefere ich dich dort ab und kümmere mich um das Chaos hier.«

»Du?«, erwiderte ich besorgt. »Kannst du dich nicht mit mir verstecken?«

Lachend legte sie den Kopf in den Nacken, wobei ihr das Haar wild ums Gesicht peitschte. Ich konnte nicht fassen, wie ihr in dieser Situation nach Lachen zumute sein konnte.

»Nein, Bell, dann würde ich wohl den falschen Posten besetzen. Ich bin der Steuermann, schon vergessen? In Neos Abwesenheit ist es meine Aufgabe, diesen wilden Haufen hier zu koordinieren, während sich Kai um die Geschütze kümmert.«

»Neo ist nicht hier?«, fragte ich und sah mich sofort suchend um, doch ich konnte den Halbgott nirgendwo entdecken. War er überhaupt noch auf dem Schiff? Vielleicht war dies der Grund, weshalb ich ihm nicht mehr begegnet war. Frustriert ballte ich meine Hand zu einer Faust. Da wünschte ich mir *einmal* diesen aufgeblasenen Wichtigtuer an die Seite und dann blieb der Kerl einfach verschwunden!

»Keine Ahnung.« Trotz des Lärms war die Sorge in Nalas Stimme nur allzu präsent. »Komm, Bell, je schneller ich dich in Sicherheit bringe, desto eher kann ich –«

Was auch immer sie mir sagen wollte, wurde von einem ohrenbetäubenden Scheppern verschluckt. Aus aufgerissenen Augen starrte ich auf das schleimige, glitschige Etwas vor meinem Körper. Von der grünlichen Farbe und der weichen Konsistenz her erinnerte es mich an einen Frosch, allerdings war dieses wurmartige Ding so hoch, dass ich es nicht überblicken konnte. Es sah aus wie die überdimensionale Version eines Tentakels, jedoch konnte ich mir beim besten Willen nicht vorstellen, welches Wesen über solch riesige Gliedmaßen verfügen könnte.

»Nala, der Mast!«, zerriss ein lauter Schrei meine Trance. Blinzelnd wandte ich mich von dem Riesententakel ab und entdeckte einen Mann, der aufgebracht in Richtung Hauptmast deutete. Mir klappte die Kinnlade herunter.

»Bei den Göttern«, hauchte ich, doch mein Kopf wollte weder meinen Augen noch meiner Stimme trauen. Sprachlos starrte ich auf den zweiten Riesententakel, der sich wie ein Tau um den Mast gewunden hatte und daran zerrte. Ich konnte das Ächzen des schwarzen Holzes so deutlich hören, als würde ich direkt danebenstehen. Nicht mehr lang und dieses Monster würde den Mast zerbersten lassen, als wäre er ein Zahnstocher.

»Verfluchter Mist!«, hörte ich Nala neben mir schreien, ehe sie mich erneut an den Schultern griff und zu sich herumwirbelte. »Geh zum Aufbau und versteck dich dort!«, wies sie mich schroff an und hob meine Hand, um mir kurz darauf einen kühlen Gegenstand zwischen die Finger zu legen. »Dies sind die Schlüssel für die Eingangstür und für mein Zimmer. Vom Flur aus ist es die dritte Tür links. Du kommst erst wieder raus, wenn ich dich abhole, verstanden?«

Ohne auf meine Antwort zu warten, ließ sie von mir ab und stürmte auf den Hauptmast zu. Ich hörte, wie Nala den Männern einige Befehle zurief, doch mein Kopf war so voll, dass es mir nicht gelang, ihre Anweisungen zu verarbeiten. Wie versteinert blieb ich an Ort und Stelle stehen und betrachtete den riesigen Tentakel, der keinen Meter von meinem Körper entfernt auf dem Deck ruhte. Irgendwo in meinem Kopf vernahm ich eine leise Stimme, die mir riet Nalas Anweisung schnellstmöglich zu befolgen und das Weite zu suchen, doch meine Füße waren wie festgewachsen. Obwohl der Gedanke völlig irrsinnig war, fragte ich mich plötzlich, wie sich der Arm wohl unter meinen kribbelnden Fingerspitzen anfühlen würde. Wäre er kalt und glitschig wie ein Frosch? Oder eher etwas fester wie –?

Ein Ruck ging durch den Tentakel. Einen Wimpernschlag später hatte ich das Gefühl, von einem Baumstamm erschlagen zu werden. Beim Zusammenprall wurde der Sauerstoff aus meiner Lunge gepresst und ich flog durch die Luft, als wäre ich eine Feder im Wind. Dann knallte ich gegen eine harte Oberfläche. Ein ungesundes Knacken ertönte aus der Richtung meines Genicks und der fürchterlichste Schmerz, den ich jemals empfunden hatte, raste durch meine Wirbelsäule. Dann wurde mir schwarz vor Augen.

Kapitel 10

»Bell?«, drang eine dumpfe Stimme an mein Ohr. Sie klang so fern und leise, dass ich daran zweifelte, sie wirklich gehört zu haben. Mit aller Kraft versuchte ich meine müden Augen zu öffnen, doch meine Lider schienen so schwer wie Blei. Eine Taubheit hatte von mir Besitz ergriffen und sich wie eine Decke über meinen Körper und Geist ausgebreitet. Erst als ich ein festes Rütteln an meinen Schultern verspürte, gelang es mir, meine Lider einen kleinen Spalt weit zu öffnen. Helles Sonnenlicht traf auf meine Netzhaut. Nach mehrmaligem Blinzeln formte sich das verschwommene Gesicht vor meinen Augen zu Nala, die mich aus aufgerissenen Augen anstarrte.

»Beim Klabautermann, was war an meiner Anweisung nicht zu verstehen, Bell? Du wärst beinahe umgekommen!«

Ich wollte ihr antworten, doch mit meinem Augenlicht und Hörvermögen war leider auch mein Schmerzgefühl zurückgekehrt. Zischend stieß ich den Atem aus und griff an meinen pulsierenden Hinterkopf. Die Haut unter meiner Handfläche fühlte sich heiß und feucht an. Etwas Klebriges blieb an meinen Fingern haften. Als ich sie vor meine Augen führte, erblickte ich dickflüssiges Blut.

»Verdammt, wir müssen dich sofort verarzten!«

»Bei allem Respekt, Steuermann, aber zuerst sollten wir uns um den Riesenkraken kümmern, ehe er das ganze Schiff in seine Einzelteile zerlegt«, widersprach ein blonder Mann, den ich noch nie zuvor gesehen hatte. Er stand hinter Nala und hielt einen Säbel umklammert, dessen Klinge im Licht der Sonne silbern funkelte.

»Was schlägst du vor?«, erkundigte sich Nala und wandte ihr Gesicht in seine Richtung. Ich nutzte den kurzen Moment der Ablenkung, um mich auf dem Deck umzusehen. Zwar wusste ich nicht, wie lang ich bewusstlos gewesen war, doch während meiner Abwesenheit hatte sich einiges verändert. Überall auf dem Deck lagen Holzbalken und Splitter verstreut, die wohl von den Masten und der Reling abgebrochen waren. Männer mit Pfeilen und Bögen hatten sich auf dem Aufbau des Hecks positioniert und schossen auf den grünen Kopf des riesigen Ungeheuers, der neben uns aus dem Wasser ragte. Gleichzeitig erblickte ich einige Männer, die mit gezückten Schwertern und Säbeln auf die Krakenarme einschlugen, die sich noch immer über das Deck wandten. Soweit ich erkennen konnte, schienen die Masten größtenteils intakt zu sein, aber den knarzenden Geräuschen nach zu urteilen war es nur eine Frage der Zeit, ehe das Holz nachgeben würde.

»Ich will mehr Bogenschützen haben«, hörte ich Nala befehlen, »die Männer unter Deck sollen sich bereit machen. Falls es nicht genügend sind, soll Kai ein paar Pulverjungen abdrücken. Außerdem möchte ich endlich wissen, wo verdammt nochmal Neo steckt!«

»In Ordnung, wird erledigt!« Der Fremde nickte knapp und eilte über das Deck hinweg zu der Falltür in die unteren Ebenen des Schiffes.

»Und was kann ich tun?«, fragte ich heiser an Nala gewandt, die ruckartig zu mir herumfuhr.

»Wie bitte? *Du?*«

Hastig nickte ich, was sich jedoch schnell als blöde Idee herausstellte. Fluchend griff ich mir an den pochenden Hinterkopf und wartete kurz, bis sich mein Sichtfeld wieder ausgerichtet hatte.

Nala schnaufte ungläubig. »Mit dir haben wir echt einen Fang gemacht, was? Du solltest besser sehen, dass du in den Aufbau oder unter Deck kommst. Hier oben ist es viel zu gefährlich für dich.«

»Aber das ist es doch für euch auch!«, widersprach ich heftig.

Nala legte den Kopf schief und betrachtete mich für einen Moment. »Du meinst das wirklich ernst, was? Du willst wirklich helfen …«

»Na ja, also von *Wollen* kann nicht die Rede sein, aber ich würde mich unheimlich schlecht fühlen, wenn ich unter Deck warten und euch die ganze Arbeit überlassen würde.«

»Nun gut«, murmelte Nala nachdenklich, »es gibt da tatsächlich eine Kleinigkeit, die du für mich erledigen könntest.«

Erwartungsvoll lächelte ich zu ihr auf.

»Einen Riesenkraken besiegt man am besten, indem man ihn unter Kanonenbeschuss nimmt. Allerdings ist seine Haut unheimlich robust, auch wenn sie nicht den Eindruck erweckt. Bis zu einem bestimmten Grad kann sie sich sogar selbst regenerieren. Die einzigen Schwachpunkte des Ungeheuers sind seine ungeschützten Augen, allerdings ist dieses Mistvieh hier schlau und hält seine Glubscher unterhalb unserer Schusslinie. Uns bleib nichts anderes übrig, als es mit einem Gemisch aus verschiedenen Säuren zu überschütten, damit der Schutzfilm seiner Haut undurchlässig wird und unsere Kanonenkugeln mehr Schaden verursachen.«

»Verstanden … Wie kann ich dabei helfen?« Ich war genauso überrascht über meinen plötzlichen Mut wie Nala. Es musste an dem heftigen Aufprall meines Kopfes liegen. Anders konnte ich mir beim besten Willen nicht erklären, wieso ausgerechnet *ich* darum bat, beim Kampf gegen ein waschechtes Seeungeheuer zu helfen. Auf meiner Heimatinsel hatte schon eine kleine Spinne ausgereicht, um mich in Angst und Schrecken zu versetzten.

»Du wirst mir helfen diese Fässer dort hinten zum Hauptmast zu tragen«, erklärte Nala und deutete auf ein paar Holztonnen, die wenige Meter von uns entfernt über das Deck rollten. »Danach wirst du das Säuregemisch in kleine Eimer schöpfen und mir anreichen, damit ich am Mast hinaufklettern und den Inhalt von oben auf den Kraken schütten kann.«

Stutzig rümpfte ich die Nase. »Und das soll was bringen? Ein Eimerchen, das du ins Meer schüttest? Ist der Kraken nicht viel zu weit vom Schiff entfernt, um ihn auf diese Weise zu treffen?«

»Hast du mal über die Reling gesehen?«, entgegnete Nala und streckte mir die Hand entgegen, um mir aufzuhelfen.

Während ich sie ergriff, schüttelte ich den Kopf. »Der Krakenkopf klebt förmlich an unserem Schiff. Von hier aus sieht man nur einen kleinen Teil, aber glaub mir, vom Mast aus werde ich ihn treffen. Und sollte das Biest unser Schiff erneut zu sich herumziehen, wird es sich so weit neigen, dass der Mast über seinem Kopf schwebt. Aus dieser Position heraus treffe ich ihn bestimmt.«

Schulterzuckend nickte ich. »Du bist der Steuermann.«

»Ganz genau.« Ohne ein weiteres Wort drehte sich Nala um und rannte zu den Fässern hinüber. Ich eilte ihr nach, wobei ich mich jeden zweiten Schritt nach dem Kraken umdrehte.

Als wir die Fässer erreichten, schnappten wie uns jeweils eins. Schwer atmend trug ich meines zum Hauptmast und brach den Deckel auf. Als ich hineinsah, entdeckte ich einen kleinen eingehängten Eimer auf der Innenseite, der mit einer grünlich leuchtenden Flüssigkeit befüllt war.

»Pass auf, dass du nicht mit dem Zeug in Berührung kommst«, warnte Nala und hob den Eimer aus dem Fass heraus, »die Flüssigkeit klebt fürchterlich stark auf der Haut und stinkt, als hätte man sich hundert Jahre nicht gewaschen. Außerdem verursacht sie Verletzungen, die sich wie Verbrennungen anfühlen.«

Ehe ich etwas erwidern konnte, griff sie bereits nach dem Tauwerk des Mastes und kletterte geschickt an ihm hinauf. Staunend beobachtete ich sie dabei, als plötzlich ein weiterer Ruck unser Schiff erfasste und zur Seite drängte. Erschrocken schrie ich auf und stolperte, konnte mich im letzten Moment jedoch an der Reling festhalten. Atemlos blickte ich hinab auf das blaue Meer, das immer näher zu kommen schien. Nun konnte ich den riesigen Kopf des Kraken besser betrachten, gleichzeitig wünschte ich mir in diesem Moment nichts sehnlicher, als dieses furchteinflößende Ungeheuer aus den Augen zu verlieren.

»Kopf einziehen, Bell!«, hörte ich Nala rufen.

Ich wollte zu ihr aufsehen, doch da erblickte ich bereits die grüngelbliche Flüssigkeit, die aus ihrer Richtung hinabstürzte. Sie landete auf dem Kopf des Kraken und verlief langsam auf seinem kahlen Schädel. Der Anblick erinnerte mich daran, wie wir Kinder Großmutters Küchlein in Zuckerguss ertränkt hatten. Die Säure schien mindestens genauso klebrig zu sein. Das

Vieh riss seinen Kopf wild umher und stieß ein merkwürdiges Quietschen aus. Es war ein unbeschreiblich grässliches Geräusch, das nichts ähnelte, was ich schon einmal gehört hatte.

»Volltreffer!«, hörte ich Nala über mir jubeln.

Kurz drauf ertönten die Schüsse der Kanonen. Das Wesen ließ unser Schiff so ruckartig los, dass wir wie das Pendel einer Standuhr auf die gegenüberliegende Seite schwankten. Ich verlor den Halt und schlitterte einige Meter über das Deck, wobei ich mir Knie und Ellenbogen aufschrammte. Die Verletzungen brannten wie Feuer, doch ich durfte mir keine Verschnaufpause leisten. Hektisch sah ich mich um und versuchte das Chaos zu begreifen, das sich um mich herum ausgebreitet hatte. Mein Herzschlag hämmerte dumpf in meinen Ohren und wurde lediglich von den Schreien unserer Männer übertönt, als ein Krankenarm diese über Bord wischte. Erfüllt von Schrecken beobachtete ich, wie ein weiterer Tentakel auf den Hauptmast zuschnellte. Ich kannte mich nicht gut mit Schiffen aus und wenn ich ehrlich war, wusste ich fast *nichts* über die Seefahrt. Doch selbst einem Laien wie wir war klar, dass uns ein abgebrochener Mast in große Schwierigkeiten bringen würde.

»Nala!«, schrie ich aus Leibeskräften, während ich zu der Stelle aufsah, an der sie wenige Augenblicke zuvor in den Seilen gehangen hatte. Mir versagte der Atem. Nala kletterte nicht länger den Mast hoch – sie baumelte kopfüber über den hohen Wellen, gefangen im Griff des Seeungeheuers. Er hielt sie in einem Tentakel und schüttelte sie wie eine Rassel. Unter ihr bäumte sich der Ozean auf und drohte ihr Gesicht zu verschlingen.

»Schnapp dir einen Eimer, Bell!«, schrie sie mir über den Lärm der Wellen, Männer und Kanonen hinweg, doch meine Beine zitterten so stark, dass ich mich keinen Schritt bewegen konnte. Kopfschüttelnd klammerte ich mich an der Reling fest und sank auf die Knie. Ich würde Nala nicht retten können. Sie würde meinetwegen umkommen. Wo blieben Neo oder Kai?

»Komm schon, Bell, du schaffst das!«, versuchte sie mir Mut zu machen, doch ihre gebrüllten Worte verfehlten ihre Wirkung.

Tränen rannen mir über die Wangen und tropften auf den Kragen meines Hemdes, das eigentlich Phil gehörte. Zu wissen, dass er in Sicherheit bei meiner Familie war und nicht an Bord dieses Schiffes, war das einzig Tröstliche, das ich dieser Situation abgewinnen konnte.

Erneut riss der Riesenkrake das Schiff zu sich herum. Ich stolperte, doch dieses Mal blieb ich in der Takelage hängen. Während ich mich hektisch umsah, bemerkte ich, dass der Inhalt meines Fasses überall auf dem Deck verschüttet war. Es kostete mich jede Menge Kraft und noch einiges mehr an Mut, um mich bis zu Nalas Fass vorzukämpfen, das sich nicht weit von mir entfernt ebenfalls in Seilen verfangen hatte. Mit zitternden Fingern öffnete ich den Deckel, zog den Eimer hervor, so wie es Nala vorgemacht hatte, und setzte einen zaghaften Schritt auf eine Sprossenleiter, die den Mast hinaufführte. Meine Muskeln brannten an, als hätte ich sie in der Säure meines Eimers gebadet.

Mit größter Mühe gelang es mir, ein paar Stufen hinaufzuklettern, doch als ich den Wind unter meinen Füßen spürte, blieb ich sofort stehen und klammerte mich wimmernd fest.

»Das machst du sehr gut, Bell!«, vernahm ich Nalas Worte. Erneut versagte mir meine Stimme, weshalb ich nur hastig den Kopf schüttelte. Der Wind riss so stark an mir und meiner Kleidung, dass ich fürchtete jeden Moment ins Meer zu stürzen. Aus Angst kniff ich die Augen zusammen, obwohl ich natürlich wusste, dass mich dieses Verhalten auch nicht retten würde. Ob ein Riesenkrake Menschen fraß? Ausschließen konnte ich es nicht. Meine Gedanken wurden so finster, dass ich mich bei der Frage erwischte, welche Todesart wohl angenehmer war – ertrinken oder gefressen werden …

»Komm schon, Bell, nur noch ein paar Meter! Das Schiff neigt sich erneut zur Seite, du hast optimale Bedingungen!« Zögerlich öffnete ich meine Augen und blinzelte gen Horizont. Dort hinten, wo Meeresblau auf Himmelblau traf, wirkte es so viel ruhiger als hier. Ich konnte sogar einige Möwen erkennen, die friedlich ihre Runden drehten. Wieso könnten wir nicht dort sein? Die Vorstellung, dass eine Handvoll kreischender Möwen mein größtes Problem sein könnte, ließ mich glatt etwas neidisch werden. Frustriert verzog ich meine Lippen, ehe ich langsam den Kopf nach unten neigte. Kaum blickte ich auf das schief gelegte Deck und die reißenden Wellen des Meeres hinab, begann mein Sichtfeld zu verschwimmen. Sofort riss ich meinen Kopf wieder herum und kniff wimmernd die Augen zu. Sollte mich dieser verfluchte Krake doch fangen, fressen oder ertränken … Wenn dieses Vieh zu den normalen Gefahren auf hoher See gehörte, hätte ich es vermutlich eh nicht viel weiter geschafft als bis hier. Mein Herz donnerte so schnell in meiner Brust, dass mich die dunkle Vorahnung beschlich, es würde im nächsten Moment stolpern oder seinen Dienst quittieren. Der Geschmack von Galle trat auf meine Zunge. »Ich kann das nicht, Nala. Ich kann nicht!«

»Und nun?«, erwiderte sie hörbar gereizt. »Jetzt werden wir alle sterben, weil dir ein bisschen schwindelig ist? Reiß dich gefälligst zusammen, Bell! Du hast dir das Ganze selbst eingebrockt, als du dich heimlich auf unser Schiff geschlichen hast! Jetzt steh wenigstens zu deiner Entscheidung und hilf mir!«

»Na ja, freiwillig bin ich definitiv nicht an Bord gekommen«, widersprach ich leise. Mein Körper ertrank bereits in Stress und Adrenalin, da konnte ich Nalas Vorwürfe nicht auch noch gebrauchen.

»Verdammte Scheiße, das kann doch nicht dein Ernst sein!«, hörte ich sie erneut wettern. »Du kannst doch nicht –« Plötzlich wandelte sich ihre Stimme zu einem spitzen Schrei. Keinen Wimpernschlag später war sie gänzlich verstummt.

»Nala?« Obwohl ich es nicht für möglich gehalten hätte, stieg mein Adrenalinpegel weiter an. Panisch riss ich die Augen auf und sah mich um, doch von Nala fehlte jede Spur. Entweder der Krake hatte sie ins Meer geworfen oder …

Mir wurde so speiübel, dass ich würgen musste. *Verdammt.* Das hier war alles meine Schuld! Hätte ich mich einmal über meine dämlichen Ängste gestellt, hätte ich Nala retten können, vielleicht sogar das ganze Schiff …

Tränen verschleierten meine Sicht. Ich blinzelte auf den Eimer hinab, den ich noch immer fest in meiner linken Hand hielt. Mein Blick wanderte hinab auf den Kopf des Kraken, der nun direkt unter mir lag. Zitternd versuchte ich den Eimer anzuheben, um ihn einhändig über die Bestie zu schütten, doch meine brennenden Muskeln versagten. Schlaff fiel mein Arm wieder hinab. So würde ich es wohl nie schaffen, die Flüssigkeit auszukippen. Aber wenn ich den Eimer einfach fallen ließe, wäre die Wahrscheinlichkeit viel zu hoch danebenzutreffen.

Als ich im Augenwinkel wahrnahm, wie ein giftgrüner Tentakel unter mir durch die Wellen brach und auf mich zuschnellte, fasste ich einen halsbrecherischen Entschluss. So wie ich die Lage einschätzte, hatte ich sowieso keine andere Wahl: Entweder ich ließ mich von dem Vieh verspeisen oder ich unternahm einen letzten Versuch, die Säure doch noch über seinem Kopf auszuschütten. Vielleicht ermöglichte ich dadurch wenigstens den Kanonenschützen das Ungeheuer zu besiegen.

Ich atmete ein letztes Mal tief durch, dann öffnete ich meine Hand und ließ den Eimer auf gut Glück hinabstürzen. Mir blieb keine Zeit, um den Fall zu beobachten. Stattdessen hangelte ich mich eilig an den Tauen hinab, bis ich wieder Boden unter meinen Füßen spürte. Als ich einen kurzen Blick über meine Schulter wagte, stellte ich zufrieden fest, dass sich der Griff meines Eimers am Tentakel des Ungeheuers verhakt hatte. Die dickflüssige Substanz tropfte auf seinen Körper hinab und hinterließ verfärbte Stellen auf der glitschigen Haut, die aussahen wie schwere Verbrennungen. Nalas Plan schien aufzugehen. Und während die Kreatur wild mit meinem Eimer rang, fiel mir ein Stein der Erleichterung vom Herzen.

Durch neue Hoffnung beflügelt drehte ich mich um und rannte über das Oberdeck. Während ich auf die restlichen Fässer zuhielt, die sich glücklicherweise in einem großen Netz verfangen hatten und somit nicht mehr durch die Gegend rollten, nahm ich meine Umgebung so detailliert wahr wie selten zuvor. Das Pochen meines Herzens mischte sich mit dem Tosen der Wellen und dem Knallen der Kanonen und die Luft roch nicht länger wie eine frische Meeresbrise, sondern nach einem Gemisch aus Schießpulver und Ruß. Ich versuchte mich dennoch nicht von den zahlreichen Eindrücken ablenken zu lassen und hielt weiter auf die Fässer zu.

Kaum hatte ich sie erreicht, warf ich mich auf den Boden und robbte zwischen die wuchtigen Holztonnen, um mich vor den Tentakeln des Angreifers zu verstecken. Aus meinem Versteck heraus beobachtete ich, wie der Krake erneut einen Arm auf das Deck fallen ließ. Der Aufprall war so heftig, dass das schwarze Holz unter dem Tentakel zerbarst und ein Loch in den Boden riss. Anschließend schoss er in meine Richtung und wischte alles beiseite, was ihm unterdessen in die Quere kam. Als der Arm schließlich auf meine Fässer stieß, wandte die Bestie ihren Tentakel wie ein Schlangenkörper um die Tonnen und drückte sie zusammen. Ein zufriedenes Grinsen stahl sich auf meine Lippen. Mein Plan schien zu funktionieren, vielleicht war ich ja doch kampfbegabter, als ich gedacht hatte. Neo würde staunen, wenn er erfuhr, dass ausgerechnet ich –

Ehe ich den Gedanken beenden konnte, spürte ich plötzlich einen kräftigen Ruck an meinen Knöcheln. Meine Augen weiteten sich. »Nein!« Panisch riss ich an dem Netz, in dem sich meine Gelenke verheddert hatten, doch ich schaffte es nicht, mich zu befreien. Je fester sich der Tentakel um die Fässer schlang, die ja ebenfalls im Netz festhingen, desto enger zog sich die Schlaufe um meine Füße. Als ich sah, wie der Krake die Fässer abrupt in die Höhe riss, schrie ich erschrocken auf. Im nächsten Moment baumelte ich ebenfalls kopfüber in der Luft.

Unter mir erblickte ich den riesigen Kopf des Ungeheuers, der zwischen den Wellen emporragte. Angestrengt zappelte ich umher und versuchte meinen Oberkörper aufzurichten, um zu meinen Knöcheln aufsehen zu können. Als ich das verhedderte Netz erblickte, hätte ich mich am liebsten selbst geohrfeigt. Mein Plan war genial gewesen. *So* genial. Idiotensicher. Und trotzdem hatte ich es geschafft, mich in meiner eigenen Falle zu verknoten. Wie ein Fisch hing ich im Netz, als wäre ich zielgenau in mein eigenes Verderben geschwommen.

Über mir vernahm ich das Ächzen von Holz, hörte, wie die Fässer im Griff des Kraken zersplitterten. Holzreste rieselten auf mich herab. Als ich zur Spitze des Tentakels blickte und sah, dass das Netz ins Rutschen geriet, hielt ich vor Schreck den Atem an. Das Ungeheuer öffnete seinen Griff – und ich stürzte ins Bodenlose.

Das Meer kam so schnell auf mich zugerast, dass mir nicht einmal Zeit blieb, einen letzten Schrei auszustoßen. Ich schlug mit voller Wucht auf der Wasseroberfläche auf, der Sauerstoff wurde mir aus der Lunge gepresst.

Mein Körper brannte, als hätte ihn jemand wie einen Besen an der Wand ausgeklopft. Ich spürte, wie ich von den Wassermassen verschluckt wurde – und dann war es schlagartig still um mich herum. Die Schreie der Mannschaft waren verstummt, genauso wie das Knallen der Kanonen, das Geräusch von brechendem Holz, die tosenden Wellen. Unter Wasser konnte ich nur das dumpfe Schlagen meines Herzens hören, während mich das Netz und dessen Gewichte immer tiefer in Richtung Meeresboden zogen.

Panik durchflutete meine Adern. Mit aller Kraft strampelte ich mit den Beinen, versuchte sie irgendwie aus dem verhedderten Seil zu befreien, doch schließlich musste ich einsehen, dass ich es durch mein Gezappel nur noch schlimmer machte. Das Tau schnitt immer tiefer in meinen Knöchel und um mich herum wurde es zunehmend dunkler. Die Angst ermöglichte es mir zwar, meine Augen weit aufzureißen, doch das Salzwasser verursachte höllisch brennende Schmerzen. Wahrscheinlich hätte ich mir genauso gut Säure in die Augen kippen können, der Schmerz wäre derselbe gewesen. Vor Anspannung begannen meine Lippen zu zittern. Lang würde ich sie nicht mehr geschlossen halten können.

Meine Angst verschlang mich genauso erbarmungslos wie der Ozean. Ob irgendjemand gesehen hatte, wie ich ins Wasser gefallen war? Vermutlich nicht, schließlich hatten die Männer an Bord selbst unter der Zerstörungskraft des Ungeheuers gelitten. Mein Herz zog sich zusammen. War das der Tod, den die Götter für mich ausgesucht hatten? Einsam und allein in der Kälte des Ozeans?

Plötzlich tauchte ein Schatten in meinem Augenwinkel auf. Ich erschrak so sehr, dass ich beinahe meine Lippen geöffnet hätte, würden sie nicht von schlanken Fingern zugehalten werden. Als ich meinen Kopf drehte, starrte ich in meerblaue Augen. Mein Herz machte einen Sprung. Noch nie hatte ich mich so sehr über seinen Anblick gefreut wie in diesem Moment.

Eine schmale Klinge blitzte in Neos Hand auf. Im nächsten Augenblick durchtrennte sie bereits das Netz. Ohne Umschweife packte mich Neo an der Taille und zog mich nach oben. Als wir die Meeresoberfläche durchbrachen, schnappte ich hustend nach Luft. Sauerstoff strömte in meine brennenden

Lungenflügel und schärfte meine Sinne. Während ich japsend ein- und ausatmete, kam ich mir vor wie ein Kugelfisch, der sich vergebens aufzublasen versuchte. Suchend sah ich mich nach Neo um, dessen Hände ich noch immer an meiner Seite spürte. Als sich unsere Blicke trafen, war ich mir mit einem Mal nicht mehr sicher, wen ich mehr fürchten sollte: ihn oder das Seeungeheuer.

Seine Augen waren voller Zorn, die Lippen hatte er zu einer schmalen Linie verzogen. Verunsichert senkte ich mein Kinn. Dabei bemerkte ich eine Haarsträhne, die mir ins Gesicht gefallen war und nun an meiner nassen Stirn klebte. Abwesend strich ich sie hinter mein Ohr. *Moment mal* ... Langsam tastete ich über mein klitschnasses Haar. Mein Atem geriet ins Stocken; jetzt wusste ich, weshalb mich Neo ansah, als würde er mich am liebsten wieder unter Wasser tunken ...

»Ich ... ich kann das erklären«, stammelte ich verlegen und versuchte etwas Abstand zwischen uns zu bringen, doch kaum bewegte ich mich nach hinten, griff Neo sofort nach meinen Handgelenken und zog mich ruckartig an seinen festen Oberkörper. Als er seine Stirn zu mir hinabneigte, passte nur noch eine Fingerbreite zwischen unsere Köpfe.

»Bist du von allen guten Geistern verlassen, Bell?«

Ich schluckte trocken. »Ähm ... vielleicht?« Neos Blick war so intensiv, dass ich am liebsten wieder untergetaucht wäre. Durch die Reflexion der Sonne im Meer funkelten seine blauen Iriden noch heller als sonst. »Tut mir leid, Neo«, murmelte ich, während ich genauso hilflos in seinen Augen ertrank wie kurz zuvor im Ozean. Mein Blick erkundete die scharfen Konturen seines Gesichts, das rabenschwarze Haar, das an seiner Stirn klebte und ihm einen verwegenen Ausdruck verlieh. Neo war wunderschön. Und gleichzeitig konnte ich mir keinen Anblick vorstellen, der mich mehr in Angst und Schrecken versetzt hätte.

Ein ohrenbetäubender Knall ließ uns beide zusammenzucken. Unsere Blicke schnellten zum Schiffskörper, aus dem Dutzende Kanonenkugeln abgefeuert wurden. Einer der Schatten raste direkt auf uns zu, doch ehe ich auch nur meine Lippen öffnen konnte, riss Neo seinen Arm aus dem Wasser und streckte der Kugel seine bloße Handfläche entgegen. Er drehte seinen Oberkörper schützend vor mich, um mich vor dem Geschoss abzuschirmen, und verstärkte gleichzeitig den Griff um meine Taille.

Ungläubig beobachtete ich, wie eine hohe Wassersäule vor uns emporstieg. All das geschah so schnell, dass ich die vielen Eindrücke gar nicht richtig verarbeiten konnte. Bereits im nächsten Moment schlug die Kugel gegen den Schutzwall. Der Aufprall war so heftig, dass mir ein Schrei entwich. Instinktiv schlang ich meine Arme um Neos Schultern und meine Beine um seine Seite, um mehr Halt zu finden. Die Wassersäule zersplitterte wie Eis und unzählige Wassertropfen regneten auf uns herab, doch wenigstens schienen wir die Gefahr der Kugeln überstanden zu haben.

»Ist es vorbei?«, presste ich an Neos Hals gekauert hervor. Er rührte sich keinen Zentimeter. Atmete er überhaupt noch? Ich lehnte mich zurück, um in sein Gesicht sehen zu können. Die Verwunderung stand ihm förmlich in die Augen geschrieben, aber immerhin schien sein Zorn etwas abgeebbt zu sein. »Was?«, fragte ich atemlos und neigte den Kopf.

Langsam verzogen sich seine Lippen zu einem schiefen Grinsen. »Dafür, dass du mich angeblich nicht leiden kannst, bist du aber ganz schön auf Körperkontakt aus, Inselmädchen. Auf so eine Gelegenheit hast du wohl seit unserer ersten Begegnung gewartet, oder?«

Als hätte ich mich an einer heißen Kartoffel verbrannt, ließ ich von ihm ab. Empörung stieg in mir auf und trieb mir eine verdächtige Hitze ins Gesicht. »Pah, dass ich nicht lache!«, versuchte ich ihm wenig überzeugend entgegenzusetzen.

Neos Mundwinkel hoben sich noch mehr. »Kein Grund, rot zu werden, Bell. Wer kann dir das schon verübeln?«

Beleidigt zog ich einen Schmollmund. Wie schaffte er es nur, mich in einem Atemzug zu beleidigen und gleichzeitig so selbstverliebt zu klingen? Am liebsten hätte ich meine Arme vor der Brust verschränkt, um meiner Wut mehr Ausdruck zu verleihen.

»Wo hast du dich eigentlich rumgetrieben, hm?«, versuchte ich das Thema zu wechseln. »Ich dachte, du seist der Kapitän. Die gehen doch normalerweise zuletzt von Bord, oder? Denn während du nur mit Abwesenheit geglänzt hast, haben Nala und ich –« Mein Herz stolperte. »Nala! Der Krake hat sie ins Meer gezogen!«

Das spitzbübische Funkeln verschwand aus Neos Augen und sein Lächeln erblasste. »Was? Wann?«

»Ist schon eine Weile her, wir müssen sie sofort –«

»Und warum hast du ihr dann nicht geholfen?«, fuhr er mich vorwurfsvoll an.

Überrumpelt zuckte ich zusammen. »I … ich hab's ja versucht, aber zuerst musste ich den Kraken mit Säure übergießen. Immerhin war ich überhaupt in der Nähe und habe ihr Verschwinden bemerkt, ganz im Gegensatz zu einem Käpt'n, der seine Mannschaft im Stich gelassen hat!«

»Na, herzlichen Glückwunsch«, erwiderte er patzig und verdrehte seine Augen, »ihr beim Sterben zuzusehen ist ja auch *so* viel hilfreicher, als gar nicht anwesend zu sein. Außerdem habe ich euch nicht im Stich gelassen, ich habe nur –«

»Willst du nicht lieber deinen ach so perfekten halbgöttlichen Körper in Bewegung setzen, um sie zu retten? Das wäre sicherlich *hilfreicher*, als mir mit einer Standpauke zu kommen!«, fiel ich ihm ins Wort und deutete auf den Rumpf des Schiffes.

»Oh, sieh an, also gibst du jetzt hier die Befehle, ja?«

Ich hörte förmlich, wie mein Geduldsfaden riss. Das konnte unmöglich sein Ernst sein. Seine Freundin war vielleicht ertrunken oder gefressen worden, aber anstatt nach ihr zu suchen, hielt er mir lieber einen schlauen Vortrag? Mein Zorn ließ die Kälte des Meeres schlagartig erträglicher werden. »Was willst du eigentlich von mir?«, schrie ich ihm ins Gesicht. »Jetzt zieh schon los und rette Nala!«

»Was *ich* von dir will?«, blaffte er und schüttelte ungläubig den Kopf. »Du hast dich auf *mein* Schiff geschlichen, schon vergessen? Wenn es nach mir gegangen wäre, hätten wir uns nie wiedergesehen! Stattdessen habe ich dich jetzt auch noch am Rockzipfel hängen: ein naives Mädchen, das meint die Welt retten zu müssen, obwohl es nicht einmal auf sich selbst achtgeben kann! Wer bildest du dir überhaupt ein zu sein, Bell?«

Stille breitete sich zwischen uns aus. Mir fiel absolut nichts ein, das ich auf seine Worte erwidern konnte. Es war alles gesagt. Mit einem Mal kam ich mir furchtbar klein und dumm vor. Neo hatte recht, ich hatte hier nichts zu suchen. Hätte er mich nicht gerettet, wäre ich jetzt schon tot. Was hatte ich mir dabei gedacht, auch nur einen verdammten Fuß auf dieses Schiff zu setzen? Zu allem Übel bemerkte ich nun auch noch ein verdächtiges Brennen in meinen Augen, das definitiv nicht vom Salzwasser stammte. Ich hörte, wie Neo laut seufzte. Im nächsten Moment spürte ich seine Finger unter meinem Kinn. Sanft hob er es an, doch ich war noch immer zu beschämt, um ihm in die Augen zu sehen. »Nala ist nicht mehr im Wasser.«

Verwundert runzelte ich die Stirn. »Und das weißt du, weil es dir die Fische geflüstert haben?«

»Pff. Du scheinst immer noch nicht verstanden zu haben, um was es hier geht, stimmt's, kleine Bell? Ich bin ein *Halbgott*. Die Kraft des Meeres fließt durch meine Adern. Ich bin ein Teil des Ozeans und umgekehrt; da muss ich keine dämlichen Fische um Rat fragen.«

Obwohl mir immer noch schleierhaft war, was das alles mit Nalas Verbleib zu tun hatte, schluckte ich meine Frage hinunter. Wenn es stimmte, was sie mir vorhin über ihre Beziehung zu Neo erzählt hatte, würde er sie schon nicht ertrinken lassen. Mir blieb nichts anderes übrig, als darauf zu vertrauen, dass Nala irgendwo wohlbehalten auf uns warten würde.

»Wenn du schon von Anfang an gewusst hast, dass Nala nicht mehr im Wasser ist, hättest du doch gar nicht so einen Aufstand machen müssen«, bemerkte ich leise.

Erneut stieß Neo ein frustriertes Seufzen aus, als hätte ich das Offensichtliche immer noch nicht begriffen. »Ich musste das Meer erst mal nach ihr absuchen, Schlaukopf. Davor hätte ich doch gar nicht wissen können, ob sie ertrunken, gefressen oder auf sonst eine Art verreckt ist. Meine Gabe ist das Wasser, nicht das Hellsehen.«

Nun war es an mir, meine Augen zu verdrehen. Woher hätte ich denn das schon wieder wissen sollen? Mir war noch nicht einmal klar, weshalb seine Begabung ausgerechnet im Meer lag oder ob er auch außerhalb des Wassers ebenso über besondere Kräfte verfügte. Auf der Suche nach Ablenkung ließ ich meinen Blick über das aufgepeitschte Meer wandern. Plötzlich fiel mir etwas auf.

»Wo ist das Monster?«, fragte ich panisch und rückte instinktiv näher an Neo heran, was ich bereits im nächsten Moment wieder bereute.

Spöttisch hob er eine Augenbraue und blickte auf mich hinab. »Abgehauen. Die Kugeln haben es schwer verletzt, außerdem muss es bemerkt haben, dass ich in der Nähe bin. Vermutlich hatte es Angst vor mir und –«

Ein hysterisches Kichern glitt über meine Lippen, wodurch mir leider eine ordentliche Portion Meerwasser in den Mund gespült wurde. Über mein Husten hinweg konnte ich Neo seufzen hören. »Was ist denn nun schon wieder so lustig?«

»Der Krake hatte *Angst* vor dir? Hat er dir das gesagt oder das Meer? Oder doch dein göttliches Ego?«

»Sehr witzig, Bell. Dich hat etwas am Kopf getroffen, was? Oder liegt es an der frischen Seeluft?«

»Ich habe tatsächlich etwas gegen den Kopf bekommen, aber ich bin sicher, dass, sollte ich wirklich den Verstand verlieren, du der Grund dafür sein wirst.«

Ein leichtes Schmunzeln stahl sich auf seine Lippen. Langsam streckte er eine Hand nach mir aus, was mich instinktiv zurückfahren ließ. »Ich habe dir schon zweimal das Leben gerettet, Bell. Meinst du nicht, dass es langsam an der Zeit ist, mir zu vertrauen?«

Die Wärme in seiner Stimme ließ mich erschaudern. Ich wollte etwas erwidern, doch da spürte ich bereits seine Hand an meinem Hinterkopf. Ein stechender Schmerz durchfuhr meinen Körper und ließ mich nach Luft schnappen.

Sofort veränderte sich der Ausdruck auf Neos Gesicht. »Du bist verletzt«, stellte er besorgt fest. »Komm, die Wunde muss vielleicht genäht werden.«

»Nein danke, ich komme schon zurecht«, wiegelte ich kopfschüttelnd ab. »Tarik hat mir erzählt, dass euer Arzt in Wahrheit gar kein richtiger Mediziner ist und grundsätzlich Rum als Heilmittel verschreibt. Das kann ich nicht gebrauchen.«

»Und was *kannst* du gebrauchen, Bell?«, erwiderte er herausfordernd. »Möchtest du dich stattdessen in meine Obhut begeben?«

Kämpferisch funkelte ich ihn an. Auf meiner Insel hätte mir der raue Klang seiner Stimme vermutlich die Röte in die Wangen getrieben, aber hier, mitten im Nirgendwo, mitten im eiskalten endlosen Meer, würde ich mich nicht so leicht einschüchtern lassen. »Nun, ein paar Stunden Ruhe vor dir würden meine Kopfschmerzen sicher lindern.«

Neo schnaufte ungläubig, doch das Grinsen auf seinen Lippen verriet ihn. »Ganz schön frech, Inselmädchen. Die Seeluft scheint wohl ungeahnte Kräfte in dir zu entfesseln.«

»Vielleicht. Vielleicht bringst du aber auch einfach nur meine schlechtesten Eigenschaften zutage«, sprach ich endlich aus, was ich schon länger vermutete.

Grinsend griff Neo nach meiner Hand und schwamm Richtung Schiff. »Für sich selbst einzustehen kann niemals eine schlechte Eigenschaft sein, Bell.«

Seine Worte waren leise, doch sie berührten mich in einer Weise, die ich nicht für möglich gehalten hatte. War das die Lektion, die mir Leah vergeblich versucht hatte beizubringen? In der Hoffnung, den Gedanken dadurch loswerden zu können, schüttelte ich den Kopf. Nur weil Neo einmal etwas Vernünftiges gesagt hatte, das mich nicht gleich zur Weißglut trieb, entschuldigte das nicht sein sonstiges Verhalten. Sollte Nala ihr Leben doch in seine Hände legen – ich würde ihm nicht einmal Minos Holzschiffchen anvertrauen.

Kapitel 11

Erneut ließ ich meinen Blick durch das große lichtdurchflutete Zimmer wandern. Wie auch zuvor blieb er zuerst an dem einladenden Himmelbett kleben, das bestimmt eintausendmal gemütlicher war als meine harte Koje, ehe er zu dem prachtvollen Schreibtisch und schließlich zu der dunklen Kommode glitt, die neben dem mannshohen Spiegel stand. Um den Blickkontakt mit Neo zu vermeiden, der mir gegenüber auf einem Stuhl saß, schaute ich zu der weißen Zimmerdecke auf, gleichwohl es dort gar nichts zu sehen gab. Obwohl ich Neo nicht ansah, nahm ich seine Präsenz mit jeder Faser meines Körpers wahr. Seitdem er mich in sein Zimmer geleitet und mir gegenüber Platz genommen hatte, hatte sich seine Sitzposition nicht verändert. Bewegungslos saß er auf dem Holzstuhl, dessen Lehne er zu mir ausgerichtet hatte, als wäre sie sein Schild. Er hatte seine Arme darauf abgestützt und seine Knie so dicht an meine geschoben, dass sie einander leicht berührten. Schon seit einer ganzen Weile saßen wir so da, schwiegen uns an und versuchten das Gespräch zu vermeiden, das uns unweigerlich bevorstand.

Die Tür in meinem Rücken wurde knarzend aufgeschoben und Schritte hallten über den dunklen Holzboden.

»Ihr sitzt ja immer noch so verkrampft da«, hörte ich Nala sagen und stieß erleichtert meinen Atem aus.

Wenigstens war es nicht Kai, der mir einen weiteren Vortrag über mein schlechtes Benehmen halten wollte. Schon bei seiner ersten Standpauke hatte ich ihn kaum ernst nehmen können, denn hätte ich seinen Rat befolgt und wäre artig auf meiner Insel geblieben, wäre Phil im Kampf mit dem

Riesenkraken vielleicht umgekommen. Ich hatte alles richtig gemacht – auch wenn es sich zwischenzeitlich nicht danach angefühlt hatte.

Nala umkreiste uns und ließ sich auf der Bettkante hinter Neos Stuhl nieder. Sie hatte ihre durchnässte Kleidung gegen eine weiße Bluse, eine dunkle Lederhose und einen blutroten Mantel getauscht, dessen Saum mit goldenen Mustern bestickt war. Er passte hervorragend zu ihren braunen Haaren, die ihr lockig über die Schultern fielen. Im Vergleich zu ihr musste ich aussehen wie ein nasser Hund, schließlich klebte mir mein langes Haar noch immer genauso platt und feucht am Körper wie meine triefnasse Kleidung. Im Gegensatz zu ihr hatten mir die Männer keine Gelegenheit gegeben, mich umzuziehen oder wenigstens abzutrocknen.

Während Nala mich eingehend musterte, verzogen sich ihre Lippen zu einer schmalen Linie. Ohne Vorwarnung griff sie plötzlich nach einem Kissen und warf es Neo schwungvoll gegen den Hinterkopf. Wir zuckten beide zusammen.

»Und wofür war das jetzt?«, fragte er überrumpelt und drehte sich zu Nala um, die seinen Blick tadelnd erwiderte.

»Ich dachte, ich hätte dich wenigstens einigermaßen gut erzogen. Merkst du nicht, dass Bell friert?«

Neo fuhr zu mir herum und musterte mich, als würde er mich gerade zum ersten Mal sehen. »Wieso hast du nichts gesagt?«, fragte er und klang dabei ehrlich interessiert.

Schulterzuckend wich ich seinem Blick aus. »Ich dachte, ich wäre jetzt eure Gefangene oder so … in solchen Situationen stellt man wohl besser keine Ansprüche.« Ich blickte auf meine nassen Stiefelspitzen hinab und hörte, wie das Holz von Neos Stuhl knarzte. Wenig später spürte ich, wie er eine warme Decke über meinen zitternden Schultern ausbreitete und mich einwickelte wie eine Raupe in einen Kokon. Zaghaft blickte ich zu ihm auf.

Als er fertig war, trat er einen Schritt zurück und musterte mich kritisch. »Besser?«

Ich nickte zurückhaltend. Ungewollt fiel mein Blick auf seine dunklen Haarspitzen, an denen noch immer feine Wassertröpfchen glitzerten. Auch er hatte sich nach dem Angriff des Kraken nicht umgezogen und stand genauso nass vor mir, wie er aus dem Meer gestiegen war. Ob er die Kälte überhaupt wahrnahm? Mir selbst steckte sie noch immer tief in den Knochen.

»Du solltest dich ebenfalls umziehen, Neo«, sprach Nala meine Gedanken aus, »schließlich bist du nicht der Halbgott der Eiswüste, sondern der des Meeres.«

»Und währenddessen soll ich darauf vertrauen, dass du unseren Gast gut im Auge behältst?«, spottete er und setzte sich wieder auf seinen Platz. »Ihr zwei würdet in meiner Abwesenheit nur die nächste Dummheit aushecken, wobei sich Bell im Gegensatz zu dir sicherlich wieder in Gefahr begeben würde.«

»Glaubst du das wirklich?«, spottete Nala und legte sich kichernd ihre Hände auf den Bauch. »Immerhin war *sie* diejenige, die den Kraken überlistet und den Weg für unsere Kanonenkugeln geebnet hat. Das war ganz schön schlau von Bell – und furchtbar mutig!«

»Ja, und nicht sonderlich gut durchdacht«, vernahm ich plötzlich Kais Stimme hinter mir. Ich hatte gar nicht bemerkt, dass er zu uns gestoßen war. »Ohne Neos Hilfe wäre sie ertrunken. Das muss man sich mal auf der Zunge zergehen lassen: genial genug, um einen Riesenkraken auszutricksen, aber dennoch ausreichend tollpatschig, um im entscheidenden Moment in einem Fischernetz hängen zu bleiben. Sicherlich hat sie gezittert und gezappelt wie ein lächerlicher Hering, oder, Neo?«

Ich spürte, wie meine Wangen warm wurden. Bestimmt würde Neo seinem Freund beipflichten und eine gemeine Bemerkung über mein Ungeschick machen. Als ich ihm in die Augen sah, wirkte sein Gesicht jedoch alles andere als belustigt, eher verschlossen. Neugierig betrachtete ich ihn. Bisher hatte ich immer etwas in seiner Mimik entdeckt, das mir verriet, was in ihm vorging; sei es die blasse Falte zwischen seinen Augenbrauen, während er grübelte, oder das leichte Zucken seiner Mundwinkel, wenn ihn etwas amüsierte. Doch im Moment konnte ich absolut gar keinen Hinweis darauf entdecken, was in ihm vorging. Und je länger ich in seinen Augen suchte, desto mehr ertrank ich erneut darin.

»Ehrlich gesagt finde ich, dass sich Bell ganz wacker geschlagen hat.« Ich blinzelte einige Male. Waren diese Worte gerade wirklich über *Neos* Lippen getreten?

»Ist das dein Ernst?«, fragte Kai wenig begeistert, woraufhin Nala auflachte.

»Eifersüchtig, weil dein bester Freund nicht *deiner* Meinung ist?«, zog ihn sie auf, doch ich hatte kein Interesse daran, den Streit der beiden zu verfolgen. Meine Aufmerksamkeit galt einzig und allein Neo, dessen Augen so funkelten wie die Meeresoberfläche, wenn sich die warmen Sonnenstrahlen darauf brachen.

»Ich bin nicht eifersüchtig«, hörte ich Kai sagen, »aber ehrlich gesagt wundert es mich, dass *du* es scheinbar auch nicht bist, Nala.«

»Pff, wieso sollte ich eifersüchtig sein?«

»Weil Neo dich noch nie so angesehen hat, wie er unseren blinden Passagier gerade ansieht.«

Das Funkeln in Neos Augen erlosch genauso schlagartig wie sein Lächeln. Er wandte sich von mir ab und warf seinem Freund einen so finsteren Blick zu, dass ich trotz der wärmenden Bettdecke erschauderte. »Sehr witzig, Kai. Nenn mir einen Grund, weshalb ich Nala so ansehen sollte wie eine Fremde, die sich heimlich auf mein Schiff geschlichen hat und an mir klebt wie eine Seepocke?«

Hastig richtete ich meinen Blick wieder auf meine Stiefelspitzen und bemühte mich darum, meine Mimik entspannt zu halten, während seine Worte wie kleine Nadeln in mein Herz piksten. Ich verstand nicht, wie jemand so wechselhaft sein konnte wie Neo. Hasste er mich oder würden wir miteinander auskommen? Verärgert biss ich meine Zähne zusammen. Das sollte mich gar nicht interessieren. Wieso ließ ich überhaupt zu, dass mich seine Worte immer wieder verletzten? Die Worte eines Fremden, eines Mannes, der meinen Bruder entführen wollte. Neo und ich waren keine Freunde. Und je früher ich das verstand, desto weniger Macht würden seine Worte über mein Herz haben.

»Also, was habt ihr nun mit der *Seepocke* vor?«, fragte ich spitz, wobei ich Neos neuesten Spitznamen absichtlich betonte.

Sein linkes Augenlid zuckte dabei kaum merklich. »Wir können nicht mehr zu deiner Insel zurückkehren und dich gegen deinen Bruder eintauschen«, antwortete er so sachlich, als würde er über das Wetter sprechen. »Wo hast du dich denn bisher auf dem Schiff aufgehalten?«

»Sie hat in der Küche ausgeholfen und gute Arbeit geleistet«, antwortete Nala an meiner Stelle. »Sie könnte weiterhin dort arbeiten, bei Tarik ist sie in guten Händen. Ihren Schlafplatz sollten wir allerdings zu uns in den Aufbau verlegen. Die Nachricht über Bell wird sich wie ein Lauffeuer an Bord verbreiten und ihr wisst, mit was für Kerlen wir es hier teilweise zu tun haben.«

»Klingt nach einem guten Plan«, pflichtete Kai ihr bei. »Wenn Bell der Grund ist, weshalb das Essen aus der Kombüse mit einem Mal nicht mehr nach Mörtelmasse schmeckt, sollte sie unbedingt dortbleiben. Ein guter Draht in die Kombüse könnte sich als nützlich erweisen. Wie wäre es, wenn wir ihr einen Zettel mit unseren Lieblingsgerichten mitgeben?«

»Witzig, Kai«, brummte Neo desinteressiert und erhob sich erneut von seinem Stuhl. »Bell ist nicht deine persönliche Küchenkraft. Lern selbst zu kochen, wenn dir die Speisekarte nicht zusagt.«

»Entspannt euch, Jungs«, ging Nala dazwischen, ehe die Diskussion der Männer in einem Streit ausarten konnte. »Jetzt ist doch alles geklärt, oder? Bell bleibt an Bord und zieht zu uns in den Aufbau, arbeitet weiterhin in der Kombüse und wird nachmittags von mir unterrichtet.«

Überrascht blickte ich zu Nala hinüber, die mir verschwörerisch zuzwinkerte. Von einem Training war doch bisher gar nicht die Rede gewesen, oder?

Auch Neo runzelte die Stirn und drehte sich zu ihr um. »Was willst du ihr denn beibringen?«

Schulterzuckend hielt Nala seinem Blick stand. »Kämpfen, was sonst?«

Mein Herz geriet ins Stolpern. Kämpfen? Hatte ich das etwa richtig gehört?

»Kommt gar nicht infrage«, erwiderte Neo streng. Es missfiel mir, aber in dieser Angelegenheit musste ich dem Halbgott zustimmen. Fürs Erste hatte ich definitiv genug Abenteuerluft geschnuppert.

»Wieso nicht?«, fragte Nala herausfordernd. »Willst du, dass sie beim nächsten Angriff stirbt? Denn das wird sie, Neo, wenn wir sie nicht auf die Reise vorbereiten, auf die sie sich unwissentlich eingelassen hat. Bell hat

Talent! Nur scheinbar bin ich hier die Einzige, die das erkannt hat. Wir müssen –«

»Deine talentierte Bell kann nicht einmal für sich selbst sprechen«, fiel ihr Kai schroff ins Wort. »Hat sie in den letzten Minuten eigentlich überhaupt etwas gesagt?« Meine Wangen begannen zu glühen. Kais Frage war berechtigt, aber bisher hatte ich einfach nicht das Gefühl gehabt, etwas zur Diskussion beitragen zu können. Ich lugte zu Neo hinüber. Als ich seinen strengen Gesichtsausdruck sah, kamen mir plötzlich wieder die Worte in den Sinn, die er damals zu Nala gesagt hat, nachdem ich mich an Bord geschlichen hatte: *Sie hat es mir nicht angetan – das Einzige, das ich an ihr faszinierend finde, ist, dass sie trotz so viel Naivität und Blauäugigkeit überhaupt überlebensfähig ist.*

Frust stieg in mir auf und schob meine Schüchternheit beiseite. Ich wurde von einem Ehrgeiz ergriffen, von dem ich gar nicht gewusst hatte, dass ich ihn überhaupt in mir trug. In Neos Augen war ich nichts weiter als ein naives, sensibles Inselmädchen? Ich würde ihm beweisen, dass sich Stärke nicht in einem arroganten, abgehobenen Charakter äußerte, sondern in der inneren Einstellung.

»Ich werde kämpfen«, verkündete ich eine Spur zu laut. Alle Augenpaare im Zimmer richteten sich auf mich, doch davon durfte ich mich nicht beirren lassen. »Danke für dein Angebot, Nala. Ich freue mich schon auf unser Training.«

»Vergiss es!«, versuchte Neo zu widersprechen, doch Nalas erfreutes Quieken verschluckte seine Worte.

Begeistert klatschte sie in die Hände und kam auf mich zugeeilt, um mich wenige Wimpernschläge später fest in die Arme zu schließen. »Das ist die richtige Einstellung, Bell! Du wirst schon sehen, in ein paar Wochen wirst du stärker und schneller sein als Kai und Neo zusammen!«

»Sicherlich«, hörte ich Kai spotten, »und übermorgen zettelt sie eine Meuterei an und ernennt sich selbst zu Kapitän.«

»Wer weiß?«, erwiderte Nala und zwinkerte mir verschwörerisch zu. Ihr plötzlicher Elan verwunderte mich, aber gleichzeitig übertrug er sich auch auf meine Stimmung. Selbstsicher blickte ich zu Neo auf, dessen Ausdruck in seinen Augen unergründlich war. Schweigend betrachtete er mich, die Lippen fest verschlossen, die feine Denkfalte zwischen den Augenbrauen. Dann fuhr er sich langsam durch sein schwarzes Haar und kämmte es hinter seine Ohren. »Lasst ihr Bell und mich kurz allein?«

Sofort schnellte Nalas Gesicht in seine Richtung. »Wozu?«

»Private Angelegenheit«, erwiderte er knapp und wich ihrem Blick dabei geflissentlich aus, »es wird nicht allzu lange dauern. Ihr zwei könnt euch in der Zwischenzeit nützlich machen und Bells Sachen hochbringen.«

»Du lässt deine zwei ranghöchsten Offiziere Gepäck schleppen?«

Der empörte Klang in Kais Stimme entlockte mir ein Lächeln. Es schien nicht sonderlich oft vorzukommen, dass Neo ihm solche Aufgaben übertrug. Grinsend blickte der Halbgott zu seinem Kanonier hinüber und zwinkerte ihm zu. »Hast du Angst, dass Bells Gepäck zu schwer für dich sein könnte? Es ist schließlich lange her, dass *wir* zusammen trainiert haben.«

»Pah! Das schaffe ich doch mit links!«, erwiderte Kai, wobei seine Stimme vor Übermut strotzte. »Und rechts klemme ich mir noch Nala unter den Arm.«

Ich hörte, wie die Tür hinter mir geöffnet wurde. »Kommst du mit, Steuermann?«, rief Kai.

»Klingt so, als würdest du meine Hilfe gar nicht gebrauchen. Dann könnte ich doch genauso gut bei Neo und Bell bleiben, oder?«

Kai lachte. »Ich denke nicht, dass es hier nur ums Gepäck geht, Nala. Neos Wink mit dem Zaunpfahl hast du wohl verpasst, hm? Komm schon, die beiden werden auch ohne uns klarkommen.«

Für einen kurzen Moment, der mir allerdings vorkam wie eine Ewigkeit, sagte niemand etwas. Durch die Wände konnte ich das Rauschen des Meeres hören, das Tosen des Windes, doch abgesehen davon war es mucksmäuschenstill. Meine Augen verfolgten, wie Nala und Neo stumm miteinander diskutierten. Schließlich rollte sie mit ihren grünen Augen und trat einen Schritt von mir zurück. Ihr Blick haftete einen Moment zu lang an meinem Gesicht, ehe sie sich endgültig abwandte und zu Kai aufschloss. Hinter mir fiel die Tür ins Schloss und das Schweigen legte sich erneut über das Zimmer, allerdings nur, bis sich Neo kurz darauf leise räusperte.

»Du hast keine Ahnung, auf was du dich da eingelassen hast.« Ich schluckte trocken. *Diesen Eindruck habe ich auch, Neo. Obwohl ich es dir gegenüber niemals zugeben würde.*

Er ließ seine Aussage im Raum stehen und begann stattdessen an den Knöpfen seines dunklen Hemdes zu nesteln. Ohne Vorwarnung öffnete er den Verschluss und ließ das Kleidungsstück von seinen Schultern gleiten.

Ich erstarrte zu einer Eissäule – wo sollte ich nur hinsehen?! »Ähm ... was machst du da?« Kaum hatte diese Frage meinen Mund verlassen, wünschte ich, ich hätte einfach die Klappe gehalten. Meine Stimme hatte verdächtig schrill geklungen und wirkte in Kombination mit meinen glühenden Wangen bestimmt mehr als offensichtlich.

Schmunzelnd blickte Neo zu mir herüber. »Mir ist kalt.«

»Und deshalb ... ziehst du dich aus?«

»Ähm, ja ... um danach trockene Kleidung anzuziehen?«

Wenn meine Wangen zuvor geglüht hatten, standen sie nun lichterloh in Flammen. Peinlich berührt senkte ich den Kopf. »Natürlich.« *Das fängt ja gut an*. Vielleicht wäre es doch besser gewesen, wenn Nala bei uns geblieben wäre.

Plötzlich trat Neo direkt vor meinen Stuhl. Er hockte sich vor mich auf den Holzboden und stützte seine verschränkten Arme locker auf meinen Knien ab, während er mit geneigtem Kopf zu mir aufsah. Dadurch, dass ich mein Gesicht noch immer gesenkt hielt, traf mein Blick direkt auf den Ozean seiner Augen. »Wenn du magst, kann ich aber auch so bleiben. Für dich würde ich die Kälte glatt noch etwas länger ertragen.«

Seine Stimme klang so neckend, dass ich widerwillig schmunzeln musste. Neo war wirklich unmöglich. Flynn hätte so etwas niemals zu mir gesagt, aber in seiner Nähe hatte ich auch nie dieses sonderbare Kribbeln verspürt. »Tu dir keinen Zwang an«, antwortete ich leise, wodurch das Grinsen auf Neos Lippen noch breiter wurde.

»Sicher? Deine Körpersprache sagt mir aber etwas anderes.«

»Dann scheinst du sie nicht richtig zu interpretieren, Besserwisser. Außerdem interessierst du dich sonst auch nicht dafür, was ich will oder nicht.«

»Ach nein?« Neos Augen weiteten sich überrascht. »Wann habe ich dir denn unrecht getan, Inselmädchen? Meiner Erinnerung nach habe ich dir zweimal das Leben gerettet und dich vor der Planke verschont, obwohl du dich heimlich auf mein Schiff geschlichen und mich tagelang angelogen hast.«

»Nun, meine Gefühle haben dich herzlich wenig interessiert, als ich dich darum bat, Phil in Ruhe zu lassen«, erwiderte ich kühl. »Außerdem hältst du mich für ein dummes, naives Mädchen und hast Spaß daran, deine angebliche Überlegenheit vor deinen Freunden breitzutreten.«

Stirnrunzelnd betrachtete mich Neo, als würde er ernsthaft über meine Worte nachdenken. Während sein Blick in weite Ferne abschweifte, wanderte meiner auf seine entblößten Schlüsselbeine und von dort aus zu seinen Schultern. Seine Haut war so ebenmäßig wie die einer Marmorfigur, doch obwohl sie weich wirkte, spannte sie sich fest über seine Muskeln. Besonders der Anblick seiner Oberarme überrascht mich, denn unter seiner locker sitzenden Kleidung hatten sie bei weitem nicht so definiert gewirkt wie jetzt.

»Woher hast du die?«, fragte ich leise und deutete auf eine kleine Narbe auf seiner Schulter, die so verblasst war, dass ich sie erst auf den zweiten Blick bemerkt hatte.

Als Neo auf die Verletzung hinabsah, verdüsterte sich sein Ausdruck. »Ich habe mir mein Schicksal genauso wenig ausgesucht wie du dir deines«, murmelte er, doch ich war mir nicht sicher, ob er sich auf meine Frage bezog oder auf etwas anderes hinauswollte. »Ich habe damals am Strand nicht übertrieben, als ich dir sagte, dass du dich besser von mir fernhalten solltest. Aber jetzt bist du hier auf meinem Schiff, in meiner Obhut. Ich meine es nicht böse, Bell, aber ich bezweifle, dass du dich allein gegen die Gefahren auf dieser Reise behaupten kannst. Darum liegt es nun an mir, ein Auge auf dich zu haben – und das wird keinem von uns beiden guttun.«

»Aber wenn ich mit Nala trainiere –«

»Das Training mag deinen Untergang hinauszögern, aber wenn du Narius oder seinem Gefolge gegenüberstehst, wird dir ein bisschen Schwertgefuchtel nicht helfen«, fiel er mir leicht gereizt ins Wort. »Die Verantwortung für das Überleben dieser Mannschaft lastet auf meinen Schultern – und deines ab sofort auch.« Er drehte sein Gesicht für einen Moment zur Seite und fuhr sich durch sein feuchtes Haar. Als er wieder zu mir sah, wirkte sein Blick gehetzt.

Ich hatte bisher nicht darüber nachgedacht, aber als Kapitän lastete sicherlich ein enormer Druck auf Neo – ganz abgesehen davon, dass er auch noch einen Gott besiegen und diese magischen Artefakte finden musste. »Kannst du mir erklären, was du vorhast?«, bat ich leise, woraufhin er seinen Kopf schief legte und mich fragend betrachtete. »Nun ja«, fuhr ich fort, »ich weiß zwar ungefähr, was es mit dem Wettkampf und den Artefakten auf sich hat, aber ich habe noch nicht ganz verstanden, wieso ausgerechnet du diese Mannschaft anführen und die Artefakte finden musst. Wie kommt es, dass du göttliche Kräfte hast? Woher stammen sie, woher stammst du, Neo? Wer hat dich auf all das hier vorbereitet? Wie –?«

»Langsam, Bell, so viele Fragen auf einmal kann ich mir gar nicht merken!«, unterbrach mich Neo nun wieder schmunzelnd. »Was möchtest du zuerst wissen?«

»Ich kann dich alles fragen, was ich will?«, erwiderte ich verblüfft. Sofort schossen mir Dutzende weitere Gedanken durch den Kopf, die zwar alle etwas mit Neo zu tun hatten, mich aber wohl kaum weiterbringen würden. Wie nahe er und Nala sich wirklich standen zum Beispiel. Oder wo er lebte und wie lang man von dort aus bis zu meiner Insel brauchte. Oder –

»Fragen kannst du mich alles«, unterbrach er meine Gedanken und zuckte grinsend mit den Schultern, »aber wie ehrlich oder ausführlich ich dir antworten werde, bleibt abzuwarten.«

Enttäuscht ließ ich meine Schultern sinken. Seine Antwort verpasste meiner Neugierde einen ordentlichen Dämpfer. Trotzdem wollte ich mir die Gelegenheit nicht nehmen lassen, ihn nach Informationen auszuhorchen. Ich grübelte, mit welcher Frage ich wohl die größten Erfolgschancen hätte, aber irgendwie kehrten meine Gedanken immer wieder zu derselben Fragestellung zurück. Es dauerte einen Moment, ehe ich mich traute sie zu stellen: »Warum du, Neo?«

Das Grinsen seiner Lippen verblasste. Er schwieg mich so lang an, dass ich schon keine Antwort mehr erwartete und mir die nächste Frage überlegen wollte. Doch dann räusperte er sich leise und stand auf. Während er auf die dunkle Kommode zulief, konnte ich meinen Blick nicht von dem Spiel seiner Schultermuskeln abwenden, das unter seiner ebenmäßigen Haut stattfand. Ich hörte, wie er ein Schubfach öffnete. Als er sich wieder zu mir umdrehte, hielt er ein schwarzes Hemd in den Händen.

»Das ist eine gute Frage, die ich mir tatsächlich täglich selbst stelle.«

Seine Stimme klang verbittert. Schweigend beobachtete ich ihn dabei, wie er sich das Hemd überstreifte.

»Dem Zirkel *musste* ich beitreten, weil ich göttliche Fähigkeiten habe. Dieses Schiff *muss* ich führen, weil ich mein Leben lang auf eben diese Aufgabe vorbereitet worden bin. Und die Artefakte finden und Narius besiegen *muss* ich, weil es niemanden mehr gibt, der es sonst tun könnte.«

»Wieso nicht?«, fragte ich rasch, ehe er sich wieder in Schweigen hüllen konnte. »Was hat man davon, diese Artefakte zu besitzen?«

»Die Artefakte sind für normale Menschen wie dich praktisch bedeutungslos, aber uns Göttern, egal ob Halb- oder Vollblut, verleihen sie immense Kräfte. Wenn man in den Besitz des Spiegels des Gewissens, des Schwertes der Schande oder des Kompasses des Mutes gelangt, muss ein Gott oder Halbgott dieses Artefakt auf sich prägen, um stärkere Magie zu erlangen und das Artefakt für die andere Seite unbrauchbar zu machen. Da ich der einzige Halbgott bin, der noch übrig ist, muss ich so viele Artefakte wie möglich auf mich prägen, damit ich einen Vorteil gegenüber Narius erlangen kann. Sollte er schneller sein als wir und die Artefakte zuerst auf sich prägen, sind wir verloren. Aufgrund seiner reinen Göttlichkeit hat er sowieso stärkere Kräfte als ein Halbgott und da wir beide auf das gleiche Element zurückgreifen, wird er mir die Gewalt des Meeres einfach entziehen und sie allein benutzen. Kommst du so weit einigermaßen mit? Ich weiß, dass sich das alles beim ersten Mal ziemlich kompliziert anhört. Nala und ich mussten uns unser gesamtes Leben mit dem Mist auseinandersetzen, aber für jemanden wie dich, der erst vor gut einer Woche festgestellt hat, dass die Welt nicht nur aus einer einzigen verschlafenen Insel besteht, muss das ganz schön verwirrend sein.«

Ich legte meine Stirn in Falten. »Ich denke, ich habe es trotzdem verstanden: Es gibt drei Artefakte, die entweder dir oder Narius zusätzliche Kräfte verleihen können, und je nachdem, wer zuerst alle drei auf sich prägt, gewinnt.«

Lächelnd trat Neo wieder vor mich und ließ sich auf seinem Stuhl nieder. »Nicht ganz. Denn nachdem alle Artefakte geprägt worden sind, muss es mir noch gelingen, Narius erneut in die Verbannung zu zwingen. Dafür muss ich nicht unbedingt alle drei Artefakte besitzen, aber je mehr, desto besser. Doch selbst wenn ich alle besitzen sollte, besteht immer noch das Risiko, dass ich Narius trotz allem unterlegen bin und er mich umbringt.«

Mein Herzschlag beschleunigte sich. Die Lage schien wirklich verdammt ernst zu sein ... »Was ist mit den anderen Halbgöttern geschehen?«

Neos Züge verwandelten sich zu Stein. »Nächste Frage.«

»Aber warum –?«

»Nächste Frage, Bell, oder unser Gespräch ist beendet.«

Gekränkt schluckte ich meinen Stolz hinunter und zog eine Grimasse. »Gut, dann möchte ich eben wissen, wie man überhaupt zum Halbgott wird. Denn wenn die echten Götter in der Verbannung leben, können sie wohl kaum Kinder mit Menschen zeugen, oder?«

»Kluges Mädchen«, erwiderte Neo, dessen Gesichtszüge sich während meiner Frage wieder sichtlich entspannt hatten. »Früher wurden tatsächlich echte Halbgötter von den Menschen nominiert, aber über die letzten Generationen ist der göttliche Anteil in uns zu gering geworden. Darum geben die Götter alle fünfhundert Jahre einen kleinen Teil ihrer Fähigkeiten an fünfzig Ungeborene ab, die mit ihrer Geburt Zugriff auf ebendiese Kräfte erhalten, um sich anschließend im Sinne der Prophezeiung mit einem der Götter zu duellieren. Wie gesagt: Wenn die Menschen gewinnen, bleibt alles wie gehabt und die Götter werden in ihrer Verbannung dazu gezwungen, die Wünsche der Menschen, die sie ihnen über Gebete in den entsprechenden Tempeln mitteilen, in deren Sinne umzusetzen. Sollten jedoch die Götter gewinnen, erhalten sie das Recht, ihre Verbannung zu verlassen und nach ihrem Belieben in unser Weltgeschehen einzugreifen. Da den Göttern nachgesagt wird, dass sie nicht weniger rachsüchtig als überheblich sind, können wir uns denken, was ihr Sieg für Auswirkungen auf die Menschheit hat. Übrigens kann ein Halbgott nicht die Fähigkeiten aller Götter erhalten, sondern nur die der Gottheit, von der er ausgewählt wurde. Ich zum Beispiel wurde rein zufällig von Narius erwählt, weshalb meine Gabe im Meer liegt. Andere Halbgötter schöpfen ihre Kraft aus dem Tod, aus der Natur ... und so weiter. Wir sind den Göttern in manchen Angelegenheiten also ziemlich ähnlich.«

Obwohl Neos Worte finster klangen, zuckten meine Mundwinkel bei seiner letzten Bemerkung amüsiert nach oben. »Ah«, machte ich langgezogen, »darum bist du also so überheblich. Du hast diese Eigenschaft von den Göttern übertragen bekommen, richtig? O Mann, na, dann will ich mir gar nicht vorstellen, wie riesig Narius' Egoprobleme sein müssen, wenn er dir nur einen Bruchteil davon vermacht hat.«

Grinsend schüttelte Neo den Kopf und streckte seine Hand nach mir aus, um mir sanft gegen die Schulter zu stupsen. »Ich bin nicht überheblich, aber ich kenne meinen Wert – schließlich besitze ich sowohl einen Spiegel als auch ein Paar scharfer Augen.«

Seine Antwort klang so überzeugt, dass ich mir ein leises Lachen nicht länger verkneifen konnte. »Du bist echt unmöglich!«

»Hm, das habe ich komischerweise schon öfter zu hören bekommen«, erwiderte er grinsend.

Kopfschüttelnd versuchte ich mich wieder auf das Wesentliche zu konzentrieren, obwohl es mir wahnsinnig schwerfiel, meine Gedanken beim Anblick seines Lächelns in die richtige Richtung zu lenken. »Wie hast du gemerkt, dass du ein Halbgott bist? Und was ist dieser Zirkel, von dem du und Nala gesprochen habt?«

»Der Zirkel ist ein Geheimbund im Dienste des Königs. Auf dem Festland ranken sich viele Mythen um ihn, aber abgesehen von den eigenen Mitgliedern, der Königsfamilie und ein paar wenigen Vertrauten kennt niemand dessen wahre Identität. Er wurde nach der Verbannung der Götter gegründet, um das Wissen um die Artefakte und die Prophezeiung weiterzutragen. Die Mitglieder wollten verhindern, dass all das in Vergessenheit gerät und die nächsten Menschen, die sich der Prophezeiung stellen müssten, völlig ahnungslos sind. Fünfhundert Jahre sind eine lange Zeit und über die Generationen hinweg verblassten die Erzählungen über die Götter, bis in den Köpfen der Allgemeinheit nur noch abstruse Schauermärchen übrig blieben. Nur der Zirkel hielt weiter an den wahren Begebenheiten fest und schmiedete im Schatten des Palastes Pläne, wie man auch die nächsten Wettkämpfe gegen die Gottheiten gewinnen könnte. Sie zählten über Generationen hinweg die Jahre, bis es zur nächsten Prophezeiung kommen würde, bildeten Krieger und Giftmischer aus, studierten alte Erzählungen über die Götter und verfassten wertvolle Schriften über ihr gesammeltes Wissen. Alle fünfhundert Jahre, wenn die Götter uns Menschen herausforderten, war der Zirkel im Gegensatz zum Rest der Bevölkerung vorbereitet. Sie haben Methoden entwickelt, um uns Halbgötter frühestmöglich aufzuspüren und in den Zirkel zu holen, um ihnen dort das gesamte Wissen ihrer Vorfahren einzubläuen. Dadurch waren die Auserwählten stets vorbereitet und hatten das Ziel klar vor Augen. Durch die Nähe zur Krone sorgte der Zirkel außerdem dafür, dass es uns Halbgöttern während der Wettkämpfe an nichts fehlte. Die Könige vertrauten stets auf den Rat des Zirkels, verfassten Gesetze in dessen Sinne und belieferten ihn mit Nahrung, Kriegern und Ausrüstung. Die Vorbereitungen des Zirkels haben sich bisher immer als äußerst effektiv erwiesen, aber –« Neo verstummte.

Ich wartete geduldig, hoffte, dass er mit seiner Erzählung fortfahren würde. Doch seine Lippen blieben fest verschlossen. »Aber?«, fragte ich nach einer Weile vorsichtig, doch Neo schüttelte nur energisch den Kopf. »Egal. Hast du noch andere Fragen, Bell?«

Nachdenklich begann ich an meiner Unterlippe zu nagen. Ich könnte versuchen ihm meine Frage erneut zu stellen. Allerdings befürchtete ich, dass ich Neo dadurch ungewollt kränken könnte und er mir dann gar nichts mehr verraten würde. Wäre es das Risiko wert? Oder sollte ich die Gelegenheit doch lieber nutzen, um ihm andere Fragen zu stellen, die mich ebenfalls interessierten?

»Ist es eher Fluch oder Segen, ein Halbgott zu sein?«

Seine Antwort ließ keinen Wimpernschlag auf sich warten. »Definitiv ein Fluch.«

Zwar rang sich Neo ein Schmunzeln ab, um die Schärfe aus seinen Worten zu nehmen, doch der Ausdruck in seinen Augen blieb stumpf. Ich hatte fast den Eindruck, als würde ich durch Milchglas hindurchsehen.

»Das Einzige, was ich an meinem Dasein als Halbgott schätze, ist die Fähigkeit, unter Wasser zu atmen. Die Welt dort unten ist so schön, so ruhig. Wenn es nach mir ginge, würde ich untertauchen und nie wieder an die Oberfläche zurückkehren.«

Verblüfft öffnete ich die Lippen. Dass Neo ausgerechnet die *Stille* des Meeresgrundes schätzte, wollte auf den ersten Blick so gar nicht zu seinem selbstbewussten, exzentrischen Auftreten passen. Anderseits konnte ich natürlich nicht in seinen Kopf schauen – leider – und hatte keine Ahnung, was er unter seiner harten Schale verbarg – *ebenfalls leider.* Zugegebenermaßen benahm er sich ja gelegentlich weniger schlimm als an anderen Tagen und ich wüsste nur zu gern, in welcher Haut er sich wohler fühlte. Ob er das Meer wirklich nur wegen dessen Ruhe schätzte? Ich konnte mir gut vorstellen, dass seine Gründe tiefer lagen. Wenn das Schicksal unserer Welt auf meinen Schultern liegen würde und so viele Menschenleben von meinem Können abhingen, würde ich mich vermutlich auch nach der Einsamkeit des Meeresbodens sehnen.

»Wo warst du, als uns der Krake angegriffen hat? Und wieso konntest du ihm nicht befehlen uns in Ruhe zu lassen? Ich dachte, du würdest das Meer kontrollieren.«

»Riesenkraken sind nicht wirklich Geschöpfe unseres Meeres, sondern vielmehr Monster, die Narius in seiner Verbannung aus Langeweile erschaffen hat. Sie gehorchen nur ihm. Abgesehen davon begrenzt sich meine göttliche Magie eher auf das Meer als auf dessen Bewohner. Man könnte sagen, dass ich einen guten Draht zu Meereswesen habe, aber befehligen kann ich sie nicht. Diese Fähigkeit liegt eher im Aufgabenbereich der Halbgötter, die ihre Gaben von der Göttin der Fauna erhalten haben. Dafür kann ich aber jeden noch so kleinen Wassertropfen des Meeres lenken, wie es mir beliebt. Ich könnte beispielsweise eine Flut erzeugen oder Ländereien austrocknen, indem ich ihren Böden das Wasser entziehe. Genauso leicht könnte ich Riesenwellen erschaffen, Strudel kreieren, Wasser aus den Tiefen des Erdbodens aufsteigen lassen, Schiffe versenken – beinahe alles, was du dir in Verbindung mit Wasser vorstellen kannst. Allerdings gibt es einen gewaltigen Haken: Narius kann als echter Gott des Meeres größere Änderung seines Elementes spüren. Du kannst es dir vorstellen wie eine Fliege im Netz einer Spinne; wenn sie sich bewegt, weiß die Spinne sofort, wo sich ihre Beute befindet. Wenn ich meine Magie zu offensichtlich eingesetzt hätte, zum Beispiel, indem ich den Kraken in eine künstliche Strömung gedrängt hätte, um ihn davonzutreiben, hätte Narius sofort gewusst, wo wir uns aufhalten. Da wir uns aber in der Nähe eines Ortes befinden, wo wir das Versteck eines Artefaktes vermuten, hätte dieses Wissen fatale Folgen für uns gehabt.«

Eine Erinnerung glomm wie ein Glühwürmchen in meinen Gedanken auf und zog mich magisch an. Die anschließende Erkenntnis brach wie eine Sturmflut über mich herein. »Du hast ihn zu mir gelockt«, hauchte ich atemlos und mit einem beklemmenden Gefühl in meiner Brust.

Neo runzelte die Stirn. »Was meinst du? Ich –«

Ehe er aussprechen konnte, sprang ich von meinem Stuhl auf und griff nach seinen Schultern. »Du hast Narius zu meiner Insel gelockt, als du diese blöde Welle auf den Strand zurasen ließest, um meinen Bruder zu beeindrucken!« Tränen traten in meine Augen und verschleierten meine Sicht, während ich unaufhaltsam an Neos Schultern rüttelte. Die Panik schnürte meine Kehle zu und erschwerte mir das Atmen. Was, wenn dieser Narius schon auf unserer Insel wütete? Wenn er meine Familie in diesem Moment tötete, nur weil Neos Ego sich gegen meinen Bruder hatte behaupten müssen?

»Bell«, drang Neos Stimme leise an mein Ohr. »Bell, bitte beruhige dich! Deine Familie ist in Sicherheit.« Behutsam legte er seine Hände auf meine verkrampften Fäuste, die an seinen Schultern und seiner Kleidung zerrten. Die Berührung war erstaunlich sanft, aber dennoch konnte ich die Hitze spüren, die von seinen weichen Händen ausging. Sein Daumen zog kleine Kreise auf meinem Handrücken, während er sich von seinem Stuhl erhob und ihn mit dem Fuß beiseiteschob. Nun gab es nichts mehr, was unsere Körper voneinander trennte.

»Ich weiß selbst, dass das nicht mein hellster Moment war«, murmelte Neo leise an mein linkes Ohr.

Er war nun so nah an mich herangerückt, dass ich seinen Körper förmlich spüren konnte. Der Geruch nach Seeluft trat in meine Nase und ich fragte mich unwillkürlich, ob er von Neos Kleidung oder von ihm selbst stammte. Langsam lockerte ich meinen Griff und ließ zu, dass Neos schlanke Finger einen Weg zu meinen Handflächen fanden. Er verschränkte unsere Finger miteinander, hörte dabei nicht auf sanft über meinen Handrücken zu streicheln.

Mit verschleiertem Blick sah ich zu ihm auf. »Woher willst du das wissen?«, fragte ich, unsicher, ob ich die Antwort überhaupt hören wollte. Seit gut einer Woche befand ich mich nun schon auf dem Schiff – genug Zeit für Narius, meine Heimat auf den Meeresboden zu verlegen.

»Ich weiß es, weil ich ihn selbst weggelockt habe. Noch in derselben Nacht, in der wir abgelegt haben, bin ich stundenlang durch den Ozean geschwommen und habe an verschiedenen Stellen Wellen und Strudel erschaffen, um Narius auf die falsche Fährte zu locken. Er –«

»Aber woher willst du wissen, ob er nicht trotzdem über unsere Insel hergefallen ist?«, fiel ich ihm mit bebender Stimme ins Wort.

Geduldig hielt Neo meinen Blick fest. Wir waren uns so nahe, dass er seinen Kopf nur ein winziges Stückchen nach vorn neigen müsste, damit sich unsere Stirnen berühren könnten. Ein Knistern erfüllte die Luft um uns herum, ähnlich wie in einem Pulverfass, das kurz vor der Explosion stand.

Mein Blick landete unwillentlich auf Neos Lippen. Schnell sah ich wieder zu seinen Augen auf. Wieso konnte sich mein dummes Herz nicht entscheiden, ob ich ihn zärtlich berühren oder ihm doch lieber eine Ohrfeige verpassen wollte?

»Wenn wir bei dem Vergleich mit dem magischen Spinnenweben bleiben wollen, habe ich eines um deine Heimat gewebt. In der Zeit, in der ich deiner Insel nah genug war, um dieses Netz zu spüren, hat es nicht ein einziges Mal gezittert.« Ein Schmunzeln stahl sich auf seine Lippen. »So, wie es aussieht, wollen sich nicht einmal Fische in die Region deiner verschlafenen Insel begeben.«

Meine Zähne knirschten leise aufeinander. Ich hatte nicht genug Ahnung davon, wie seine göttliche Magie funktionierte, um einschätzen zu können, ob seine Erklärung logisch war. In meinen Ohren klang sie zwar glaubwürdig, aber ob es wirklich so war, würde ich wohl erst erfahren, wenn ich in meine Heimat zurückkehrte. *Wenn* ich jemals zurückkehrte.

»Versprichst du mir, dass du die Wahrheit sagst?«, wisperte ich. »Wir wissen beide, dass ich deine Aussage nicht überprüfen kann. Ich muss dir in dieser Angelegenheit vertrauen, Neo, aber das fällt mir alles andere als leicht.«

»Ich weiß«, erwiderte er genauso leise, »aber ich schwöre dir, dass ich die Wahrheit sage. Glaub mir, ich war wirklich gründlich. Schließlich dachte ich, dass ...« Seine Stimme verstummte abrupt und sein Blick richtete sich gen Boden.

»Was dachtest du?«, hakte ich vorsichtig nach. Dennoch dauerte es eine Weile, ehe er mir wieder in die Augen sehen konnte.

»Ich dachte, dass ich deinen Bruder an Bord hätte und du immer noch auf der Insel wärest. Nachdem ich dir Phil vermeidlich entrissen hatte, wollte ich nicht noch mehr Leid über dich und deine Familie bringen. Ich ... ich habe in meinem Leben oft genug verdrängt, dass meine Handlungen auch Auswirkungen auf meine Mitmenschen haben und dadurch eine Menge Leid verursachen. So viel, dass ich mich an manchen Tagen frage, ob Narius wirklich das größere Übel von uns beiden ist. Diesmal wollte ich es richtig machen, Bell. Ich wollte nicht, dass sich dein Name zu den vielen anderen gesellt, deren Schicksal ich auf dem Gewissen habe. Ich hatte Angst, dass dir etwas zustoßen könnte, wenn ich nicht da wäre, um auf dich achtzugeben.«

Erstaunt sah ich ihn an, doch Neo mied meinen Blick. Der Ton seiner Stimme hatte sich während seines Geständnisses so sehr verändert, dass ich kurzzeitig daran gezweifelt hatte, wirklich *seinen* Worten zu lauschen. Doch der traurige Schleier in seinen Augen passte gut zu dem, was er mir gestanden hatte. Er meinte es ehrlich: seine Worte, genauso wie den Schmerz und die

Reue, die sich dahinter verbargen. Ich wusste, dass die Bürde, die auf seinen jungen Schultern lastete, nicht als Ausrede für alle Fehler gelten durfte, die er sich in der Vergangenheit geleistet hatte. Dennoch tat er mir leid. Vermutlich hatte Leah recht damit, dass ich die Emotionen anderer aufsaugte wie ein Schwamm.

Das Poltern der Tür in meinem Rücken ließ mich so sehr aufschrecken, dass ich mit meiner Stirn gegen Neos Kinn stieß. Ruckartig fuhr ich herum und verstärkte unseren Händedruck.

»Stören wir?«, fragte Kai im schelmischsten Tonfall, den ich jemals gehört hatte. Hinter ihm tauchte Nala auf, deren Lächeln in dem Augenblick erstarb, als ihr Blick auf Neos und meine verschränkten Finger fiel.

»Du störst mich sowieso in neun von zehn Fällen«, erwiderte Neo trocken. Und obwohl ich es nicht für möglich gehalten hätte, wurde das Grinsen auf Kais Lippen noch breiter.

»So wirst du aber kein Sympathieträger, mein Freund. Eigentlich erstaunlich, dass unsere anständige Bell es so lange mit dir aushält, ohne dir an die Gurgel zu gehen.«

»Nun, ehrlich gesagt war ich gerade dabei«, erklärte ich, wobei ich geflissentlich ignorierte, dass diese Aussage nicht gänzlich der Wahrheit entsprach.

Neo stieß ein leises Schnaufen aus, das wenig überzeugt klang. Ehe er meine Ausrede auffliegen lassen konnte, drückte ich hastig seine Hand, um ihm zu signalisieren, dass er besser die Klappe halten sollte. Die Stimmung im Raum war so bedrückend, dass ich ihre Schwere auf meinem Brustkorb spürte. Ob sich etwas zwischen Nala und Kai zugetragen hatte und sie deshalb so verdrießlich schaute?

»Wo habt ihr Bells Sachen abgestellt?«, fragte Neo nach einigem Zögern.

»Im Flur«, erwiderte Kai schulterzuckend. »Das letzte Zimmer, das wir freigehabt hätten, ist etwas zu luftig geworden, nachdem der Krake ein Loch hineingerissen hat. Wenn wir verhindern wollen, dass sich Bell in der Nacht eine Lungenentzündung einfängt, sollten wir ihr wohl besser eine andere Unterkunft suchen.«

Seufzend ließ Neo meine Hand los. »Gut, dann lagern wir ihre Sachen erst mal bei mir, bis sich der Schiffszimmermann um den Schaden gekümmert hat. In der Zwischenzeit –«

»Kann Bell bei mir auf dem Sofa schlafen«, fiel Nala dem Halbgott ins Wort und stürmte auf mich zu, um nach meiner Hand zu greifen. Freundlich lächelte sie auf mich herab. »Komm mit, Bell, ich zeige dir mein Zimmer.«

»Eigentlich wollte ich ihr gerade anbieten, dass –«

»Vergiss es, Neo, sie schläft bei mir«, wurde er erneut von ihr unterbrochen. Nala schien meine großen Augen zu bemerken, denn sie hielt kurz inne und zwinkerte mir zu, ehe sie mich hinter sich aus dem Zimmer zog. »Glaub mir, Bell, bei mir wirst du wesentlich besser schlafen. Neo schnarcht nämlich.«

»Was?«, hörte ich seine überrumpelte Stimme über den schmalen Flur des Aufbaus klingen, doch Nala zog mich unbeirrt weiter. »Außerdem redet er im Schlaf! Man mag es kaum glauben, aber schlafend gibt er sogar noch wirreres Zeug von sich als im Wachzustand.«

»Mach ihn nicht noch unsympathischer, als er eh schon ist!«, rief Kai uns lachend nach, doch trotz der lockeren Stimmung konnte ich weder über Nalas noch über seine Bemerkungen lächeln. Ich hätte gern gewusst, ob Neo mir wirklich angeboten hätte bei ihm zu übernachten. Nicht dass ich es gewollt hätte, aber … aber irgendwie interessierte es mich. Vermutlich lag es an der Art, wie offen und ehrlich er meine Fragen beantwortet hatte … an dem Klang des Schmerzes, der zeitweise in seiner Stimme mitgeschwungen war. Obwohl ich mich vor Narius und seinen Schergen fürchtete, verspürte ich plötzlich das Verlangen, mehr über die Prophezeiung herauszufinden. Ich wollte genauestens wissen, was es mit den Göttern und dem Zirkel auf sich hatte; was vorgefallen war, das Neo zum einzigen Halbgott gemacht hatte, der diesen Wettkampf gewinnen konnte. Und auch wenn ich mir bei dem Gedanken ein wenig lächerlich vorkam, wollte ich mehr über Neo selbst erfahren. Besonders über den Neo, den er unter seiner Maske aus Arroganz und Überheblichkeit zu verbergen schien.

Vielleicht war dieses neuartige Gefühl, das sich unbemerkt wie ein Leuchtfeuer in meinem Inneren entzündet hatte, das, was Leah mir stets als Abenteuerlust beschrieben hatte. Mir blieb nur zu hoffen, dass es mich nicht den

Kopf kosten würde. Denn bereits jetzt kam es mir so vor, als würde ich nur noch knapp über der Oberfläche eines Ozeans aus Fragen und Geheimnissen dahintreiben – und meine Neugierde war das Gewicht, das mich unaufhaltsam in die Tiefe zog.

Kapitel 12

Jede Faser meines Körpers stand in Flammen. Der Wind riss an meiner Kleidung, zerzauste mir das lange Haar. Meine Handflächen waren wund von dem rauen Tau, an dem ich mich festklammerte, als hinge mein Leben davon ab. Ich versuchte auszublenden, dass ich in knapp zwanzig Metern Höhe über dem Deck am Hauptmast baumelte, und richtete meinen Blick stattdessen starr gen Himmel. Vor der blendenden Mittagssonne zeichnete sich der Schatten meines Zieles ab, doch obwohl ich ihm ein gutes Stück näher gekommen war als bei meinem letzten Versuch, schien es immer noch in unerreichbarer Entfernung zu liegen.

Das Krähennest, wie die Seeleute den Mastkorb nannten, war noch mindestens weitere fünfzehn Meter von mir entfernt, doch meine Kräfte schienen mit jedem Wimpernschlag zu schwinden. Frustriert biss ich meine Zähne zusammen und kämpfte mich weiter hinauf. Als ich meinen Arm nach einem Knoten ausstreckte, an dem ich eine kurze Verschnaufpause einlegen könnte, zitterten meine Muskeln wie Espenlaub. Zwar gelang es mir, den Knoten zu ergreifen, doch mir fehlte die nötige Kraft, um den Rest meines Körpers hinterherzuziehen. Der bittere Geschmack nach Niederlage breitete sich auf meiner Zunge auf. Mit jedem gescheiterten Versuch, diesen blöden Mastkorb zu erreichen, wurde er widerlicher.

»Komm schon, Bell, diesmal schaffst du es!«, drang Nalas Stimme vom Fuße des Mastes zu mir herauf.

Es wunderte mich, dass ich sie trotz des tosenden Windes und unruhigen Wellenganges hören konnte, doch neue Kraft konnte ich trotzdem nicht aus ihren Worten schöpfen. Dabei hatte es in den letzten zwei Wochen nicht einen einzigen Tag gegeben, an dem wir nicht zusammen trainiert hatten. Ihr motivierender Zuspruch hatte schon öfter bewirkt, dass ich doch noch ein letztes Fünkchen Durchhaltevermögen in meinem erschöpften Körper gefunden hatte. Im Gegensatz zum Schwerttraining, in dem ich mich bisher gar nicht so schlecht geschlagen hatte, schien das Klettern an der Masttakelage jedoch eine Fähigkeit zu sein, die mir auf ewig verwehrt bleiben würde. So sehr ich es auch wollte, meine Kraftreserven waren restlos aufgebraucht. Kaum hatte ich mir meine erneute Niederlage eingestanden, verschlechterten sich die Umstände um mich herum. Das Wackeln des Tauwerks, mit dem der Wind spielte, als sei es eine umherwehende Möwenfeder, wurde unerträglich. Ich versuchte meinen Blick auf mein Ziel zu richten, doch die Konturen des Mastkorbs begannen vor meinen Augen zu verschwimmen.

Nein, ich würde es auch dieses Mal nicht schaffen. Frustriert stieß ich einen Seufzer aus und nestelte an dem Seil herum, dass Nala mir wie immer um den Bauch geknotet hatte. Es war an einem Flaschenzug am Mastkorb befestigt und sollte verhindern, dass ich in die Tiefe stürzte und wie ein rohes Ei auf dem Deck zerschellte. Allerdings hatte ich herausgefunden, dass es sich genauso gut als eine Art Abkürzung anbot, wenn ich es aus eigener Kraft nicht mehr herunterschaffte.

»Sieh an, du bist mir ja ein ganz schönes Stück näher gekommen als bei deinem letzten Versuch!«, rief Arvid, der Ausguck der *Blutroten Lady,* freundlich zu mir herab.

Bisher hatte ich nicht allzu viel mit ihm zu tun gehabt, was daran lag, dass er arbeitsbedingt den ganzen Tag über im Krähennest hockte, aber die paar Gespräche, die wir geführt hatte, waren stets nett gewesen. Außerdem hatte er im Gegensatz zu den anderen Crewmitgliedern am gelassensten reagiert, nachdem Neo ihnen eröffnet hatte, dass ab sofort eine weitere Frau zur Mannschaft gehöre. Von ihm hatte ich anschließend weder einen lüsternen noch einen verachteten Blick geerntet und bisher hatte er sich stets respektvoll mir gegenüber verhalten. Arvid war ungefähr in Neos Alter, vielleicht zwei oder drei Jahre älter. Soweit ich verstanden hatte, hatte er vor knapp zwei Jahren angeheuert und war seitdem als *Falke* im Krähennest tätig, wie man in der Seemannssprache sagte. Er hatte mir versprochen, dass die Aussicht die Strapazen des Aufstiegs in Vergessenheit geraten lasse, aber wie es aussah, würde ich seine Aussage in naher Zukunft nicht überprüfen können.

»Bis nach oben hat es aber trotzdem nicht gereicht«, rief ich ihm zu und vergewisserte mich, dass das Seil um meinem Körper richtig verknotet war. Erneut blies mir der Wind mein Haar ins Gesicht, dessen Spitzen sich zu meinem Ärger im Tauwerk verhedderten. Ich stieß ein genervtes Schnaufen aus und kämmte mir die Strähnen grob aus dem Gesicht, ehe ich mich den verknoteten Enden widmete.

»Vielleicht ist es an der Zeit, dich von deiner Haarpracht zu verabschieden«, schlug Arvid vor, doch ich schüttelte heftig den Kopf. Meine Mutter würde mich umbringen, wenn ich eines Tages mit kurzen Haaren vor ihrer Tür stand. Neo würde wohl darüber spotten, aber ich hielt immer noch daran fest, dass ich eines Tages wieder heimkehrte ... Ehrlich gesagt klammerte ich mich an diese Hoffnung, als wäre sie mein letzter Strohhalm. Täte ich das nicht, würde ich wohl den ganzen Tag weinend unter Deck verbringen und darauf warten, dass uns Narius finden und töten würde. Auf der einen Seite war es natürlich richtig, dass mir Neo in den letzten Tagen so viel von den Göttern und der Prophezeiung erzählt hatte, aber auf der anderen Seite machte mir die ganze Sache auch eine Heidenangst.

»Hey, Bell, schau mal in Richtung Steuerbord!«, rief mir Arvid plötzlich zu.

Vorsichtig drehte ich mein Gesicht zur rechten Seite des Schiffsbugs. Was ich dort entdeckte, verschlug mir glatt die Sprache. »Ist das ... ist das Land?«

»Aye-aye. Eine Insel, die noch kleiner ist als deine Heimat. Erstaunlich, nicht wahr?«

»Sehr witzig, Arvid«, erwiderte ich leicht erbost. Es war offensichtlich, dass er vom Festland stammte – diese unausstehliche Arroganz schienen die Einheimischen dort mit der Muttermilch aufzusaugen. »Legen wir dort an?«

»In ungefähr zwei Stunden, ja. Aber möchtest du das überhaupt, Bell? Wer weiß, was für Monster sich dort verstecken.«

»Schlimmer als die Monster, die sich hier auf dem Schiff herumtreiben, können sie ja kaum sein.«

Arvids Gelächter übertönte das Kreischen der Möwen. »Damit könntest du sogar recht haben.« Ich beobachtete, wie sein Schatten wieder im Mastkorb verschwand. Kurze Zeit später erklang das ohrenbetäubende Läuten der Glocke, die oben im Krähennest hing. Als ich einen Blick hinab wagte, sah ich, wie die Luke der Unterdecks aufgestoßen wurde und einige Männer aufs Deck strömten, vermutlich Neos Offiziere, die den anstehenden Landgang planen sollten.

Ich zog noch einmal fest an meinem Sicherheitsseil, ehe ich meine Finger vom Tau löste und mich vom Mast abstieß. Der Wind fuhr unter meine Fußsohlen, während ich frei in der Luft baumelte. Erst als ich mir ganz sicher war, dass die Vorrichtung funktionierte und ich nicht wie ein Stein zu Boden fallen würde, erlaubte ich mir meinen angehaltenen Atem auszustoßen. Durch den Flaschenzug-Mechanismus seilte ich mich langsam ab und erreichte einige Zeit später das Oberdeck. Seufzend löste ich den Knoten meines Sicherheitsseiles und schaute zu Nala hinüber. Sie hatte ihre Hände in die Hüften gestemmt und blickte mich genauso tadelnd an wie meine Mutter, wenn ich vergessen hatte den Tisch zu decken. »Wer hat dir erlaubt dich einfach so abzuseilen?«

»Wir müssen uns doch aufs Anlegen und den Landgang vorbereiten, oder?«, antworte ich kleinlaut. »Darum hielt ich meine Übung für beendet ... Sag mal, ist das eigentlich die Insel, von der du mir erzählt hast?«

Nalas Augen weiteten sich. Sofort machte sie einen Schritt auf mich zu und presste ihre flache Hand auf meine Lippen. »Nicht hier, verdammt!«, zischte sie mir heiser ins Ohr. »Ich habe dir doch gesagt, dass wir vielleicht einen Maulwurf an Bord haben, der unsere Pläne an Narius weiterträgt. Wir dürfen nicht riskieren, dass er *hiervon* erfährt!«

Beschämt zog ich den Kopf ein. Nala hatte recht, das war unüberlegt und dumm von mir gewesen. »Tut mir leid, ich –«

»Ah, da sind ja meine Lieblingsseefahrerinnen!«, schallte Kais Stimme gut gelaunt über das Deck zu uns herüber.

Als wir uns gleichzeitig zu ihm umdrehten, fielen mir sofort der Säbel und der Revolver an seiner Hüfte auf. Vielleicht war Arvids Andeutung, dass sich Monster auf dieser Insel versteckten, doch nicht so weit hergeholt, wie ich angenommen hatte.

Ich wollte Kai gerade darauf ansprechen, als mein Blick über seine Schulter hinweg zur Tür des Aufbaus fiel. Wenn ich mich nicht schon zuvor vor dem anstehenden Landgang gefürchtete hätte, dann definitiv jetzt.

»Vermutet ihr, dass Narius bereits hier ist?«, fragte ich, unfähig meinen Blick von Neo zu lösen, der lässig im Türrahmen lehnte. Meine Augen wanderten von seinen schweren Stiefeln und der dunklen Lederhose hinauf zu dem cremefarbenen Hemd, das er ausnahmsweise bis zum Kragen zugeknöpft hatte. Des Weiteren trug er einen breiten Lederriemen quer über seinem Oberkörper, an dem mehre silberne Klingen aufblitzen. Die obere Partie seines Haares hatte er zu einem kleinen Zopf gebunden, die untere trug er offen. Dieser Aufzug, in Kombination mit seinen stechenden Augen und dem finsteren Ausdruck auf seinen feinen Zügen, wirkte ziemlich gefährlich. Gefährlich und ... attraktiv. Auch wenn ich das vor ihm natürlich niemals zugeben würde.

Plötzlich richteten sich seine ozeanblauen Augen direkt auf mein Gesicht. Nervös verlagerte ich mein Gewicht von einem Fuß auf den anderen. Ob Halbgötter auch Gedanken lesen konnten? Sein wissendes Schmunzeln ließ es mich zumindest vermuten ... Sofort spürte ich, wie mir Hitze in die Wangen stieg. Neos Grinsen wurde noch breiter, dann stieß er sich vom Rahmen ab und kam direkt auf mich zugelaufen.

»Wie ... wie kann ich mich nützlich machen?«, fragte ich hastig an Kai und Nala gewandt, die mich überrascht ansahen.

»Ähm, nun ja, du könntest zum Beispiel –« Ehe sie aussprechen konnte, trat Neo an uns heran.

»Was besprecht ihr? Ich dachte, wir hätten bereits alles geklärt.«

»Nun, Bell würde uns gern zur Hand gehen«, erklärte Kai und klopfte Neo geradezu väterlich auf die Schulter. »Nimmst du deinen kleinen Schützling mit an Land?«

Neos Lächeln erstarb. »Was soll der Schwachsinn? Bell bleibt hier, ich will keine Widerrede hören.«

»Sie hat sich in den letzten Wochen richtig gut entwickelt«, unternahm Nala einen Versuch, mich zu verteidigen, doch Neos finsterer Blick ließ sie augenblicklich verstummen. »Zwei Wochen machen sie nicht zu einer Kämpferin, Nala. Wir wurden unser ganzes Leben lang auf diese Aufgabe vorbereitet, während Bell rein zufällig hier hineingestolpert ist.«

»Mag sein, aber an den Schicksalen der anderen Halbgötter sieht man ja, dass uns alle Vorbereitung der Welt nichts nützt, wenn das Glück nicht auf unserer Seite steht.«

Nalas Worte entfachten eine wahre Sturmflut in Neos Augen. Er fuhr zu ihr herum und blickte so zornig auf sie hinunter, dass mir ein eisiger Schauer über den Rücken huschte. Dabei galt seine Wut ausnahmsweise gar nicht mir ...

»Bell bleibt hier – Ende der Diskussion.« Neo wandte sich von Nala ab und trat stattdessen mir gegenüber. Erleichtert stellte ich fest, dass sich seine Gesichtszüge wieder entspannten. »Geh in Nalas Zimmer und ruh dich etwas aus, Bell. Dein neues Können reicht zwar nicht, um gegen die Monster des Meeres zu bestehen, aber ich weiß, wie hart du in den letzten Wochen trainiert hast. Tarik und ich haben daher beschlossen dich von deinen Aufgaben an Bord zu entbinden, solange wir die Insel erkunden. Also genieß die Ruhe und versuch dich von Ärger und Problemen fernzuhalten, ja?«

Herausfordernd reckte ich ihm das Kinn entgegen. »Was soll das denn heißen, Käpt'n?«

»Bei dir weiß man ja nie so genau«, erwiderte er lächelnd und verschränkte die Arme vor der Brust, »schließlich ziehst du Ärger genauso magisch an wie ich das Meer. Pass einfach auf dich auf, in Ordnung?«

»Aye, aye«, gab ich zwinkernd zurück, woraufhin Kai in schallendes Gelächter ausbrach. »Sieh an! Unsere kleine Landratte mausert sich langsam zu einer waschechten Seemannsbraut!«

»Das war sie schon immer«, sagte Neo so sanftmütig, dass ich zu ihm aufsehen musste, um mich davon zu überzeugen, dass wirklich er derjenige war, der gesprochen hatte. Lächelnd fing er meinen Blick auf. »Wir mussten die Abenteurerin in ihrem Herzen nur ein wenig herauskitzeln.«

»Na, wenn ihr meint«, erwiderte ich schulterzuckend und versuchte mir nicht anmerken zu lassen, wie sehr mir seine Worte schmeichelten. Neos Blick hielt mich unterdessen fest in seinem Bann. Wie durch einen Strudel wurde ich in den Ozean seiner Augen gezogen, immer tiefer und tiefer, bis es mir nicht mehr möglich war, aus eigener Kraft wieder an die Oberfläche zu schwimmen. Zum Glück gelang es Nalas Räuspern, mich rechtzeitig vor dem Ertrinken zu bewahren. Hastig wandte ich meinen Blick ab und sah stattdessen zu ihr hinüber.

»Aber wenn du davon überzeugt bist, dass in Bells Herzen eine Abenteurerin schlummert, kann sie uns doch begleiten«, versuchte Nala ihn erneut umzustimmen, doch Neo warf ihr nur einen strafenden Seitenblick zu.

»Wie oft muss ich mich noch wiederholen? Bell bleibt hier – Ende der Diskussion!«

»Wieso bist du eigentlich so versessen darauf, sie den Gefahren dieser Insel auszusetzen?«, fragte Kai an Nala gewandt und legte seine Stirn in Falten. »Möchtest du etwa, dass sie von einem Krokodil verspeist oder von einem Untoten gebissen wird?«

Kaum hatte er ausgesprochen, rammte Nala ihm einen Ellenbogen in die Seite. »Spinnst du?«, fuhr sie ihn ungehalten an. »Bell und ich sind Freundinnen, wieso sollte ich ihr so etwas Abscheuliches wünschen? Ich möchte nur nicht länger dabei zusehen, wie ihr sie kleinhaltet! Bell ist mutig, schlau und extrem ehrgeizig. Ich bin mir sicher, dass sie eine großartige Unterstützung für uns wäre.«

Als ich sah, wie Kai erneut die Lippen öffnete, kam ich ihm rasch zuvor, ehe der Streit weiter eskalieren konnte. Die drei sollten ihre Energie lieber auf den bevorstehenden Landgang richten als auf mich. Wer wusste schon, welche Gefahren sie dort erwarteten? »Ich habe kein Problem damit, hier auf dem Schiff zu bleiben. Macht euch keine Gedanken und seht lieber zu, dass ihr unverletzt und mit einem der Artefakte in der Tasche zurückkehrt.«

»Pff, na, du stellst Ansprüche«, schnaufte Kai und fuhr sich fahrig durchs

Haar. »Du weißt, dass wir die letzten zwei Jahre erfolglos damit zugebracht haben, auch nur eines zu finden?«

»Bisher waren wir aber auch noch nie auf einer so heißen Spur«, erwiderte Neo und ließ seinen Blick in die Ferne schweifen. Die kühle Seeluft wehte ihm durch das pechschwarze Haar und zog leicht an seiner Kleidung. Als sich seine Augen wieder auf mein Gesicht legten, wirkten seine Züge angespannt. »Du solltest jetzt besser gehen, Bell. Schließ dich ein und öffne niemandem die Tür, bis wir wieder zurückgekehrt sind, verstanden?«

»Wieso nicht?«, fragte ich und runzelte die Stirn, doch anstatt mir zu antworten, griff er nur wortlos nach meiner Hand und zog mich mit sich über das Deck. Überrascht stolperte ich ihm hinterher. Als wir den Eingang des Aufbaus erreichten, öffnete Neo die Tür und schob mich in den schmalen Flur.

»Was ist los?«, fragte ich, während ich den Zweitschlüssel zu Nalas Kammer aus meiner Hosentasche fischte, den sie mir vor zwei Wochen anvertraut hatte. Als wir die Tür erreichten, deutete mir Neo sie zu öffnen. Während der Schlüssel leise im Schloss schabte, suchte ich fragend nach seinem Blick, doch der Halbgott schüttelte nur kaum merklich den Kopf. Als die Tür leise aufschwang, zog er mich sofort in das kleine Zimmer und drehte den Türknauf von innen zu. »Wir können uns nicht überall ungestört unterhalten«, raunte er leise und verschränkte erneut die Arme vor der Brust. »Ich bin mir sicher, dass wir einen Spitzel an Bord haben.«

»Hast du mittlerweile jemanden in Verdacht?«

»Nein, leider nicht, aber er muss aus meinem engeren Kreis stammen, vermutlich einer meiner Offiziere.«

»So einen Verdacht hat Nala mir gegenüber auch schon geäußert«, murmelte ich nachdenklich. »Meinst du, Narius weiß, dass wir hier sind?«

»Gut möglich.« Der raue Klang seiner Stimme ließ mich erschaudern. Sein ernster Blick, der mich förmlich durchbohrte, machte es nicht besser. »Pass bitte einfach auf dich auf, ja? Zwar gehe ich davon aus, dass es auf dem Schiff sicherer ist als auf dem Land, aber wer kann das schon mit Gewissheit sagen? Die Hinweise, die uns zu dieser Insel geführt haben, könnten gefälscht sein. Vielleicht ist es eine Falle, Bell.«

In meinem Magen bildete sich ein schwerer Stein. Zwar hatte Nalas Training der letzten Wochen durchaus dazu beigetragen, dass ich mich sicherer und stärker fühlte, aber ich wusste natürlich, dass Neo recht hatte: In zwei Wochen wurde man nicht zu einer Kriegerin. Sollte sich unter Deck wirklich ein Komplott zusammenbrauen, hätte ich keine Chance.

»Ich wollte dir keine Angst machen«, versuchte Neo mich zu beruhigen. »Ich möchte nur, dass du verstehst, wieso du dich besser einschließen solltest.«

Schüchtern blickte ich zu ihm auf. »Ich habe keine Angst.«

»Natürlich hast du das. Nala mag dir so einiges beigebracht haben, aber deine Mimik hast du nicht im Griff. Ich kann in deinem Gesicht noch immer genauso leicht lesen, wie ich es schon auf deiner Insel konnte.«

»Na ja, besonders rosig klingt deine Vorhersage ja auch nicht«, gab ich zu. Das Holz unter Neos Füßen knarzte leise, während er einen Schritt auf mich zumachte. Er stand nun so dicht vor mir, dass ich seinen typischen Geruch nach Meer, Wind und Salz wahrnahm. Ich versuchte mir einzureden, dass mein Herz nicht aufgrund der plötzlichen Nähe zwischen uns ins Rasen geriet, sondern wegen seiner finsteren Vermutungen, doch so ganz wollte es mir nicht gelingen. Aufmerksam beobachtete ich, wie er seine Finger an seinen Nacken legte und am Verschluss des dünnen Lederbändchens herumfriemelte, das er täglich um den Hals trug. Als er es abnahm, entdeckte ich zum ersten Mal den kleinen Anhänger, der normalerweise stets unter seiner Kleidung verborgen lag. »Hier«, sagte Neo und griff behutsam nach meiner Hand, um meine Finger zu öffnen und mir den kühlen Anhänger in die Handfläche zu legen. Neugierig betrachtete ich die winzige Glasphiole, die die Form einer Träne hatte. In ihr schwappte eine dunkelblaue Flüssigkeit herum.

»Das Wasser der Phiole habe ich mit Magie getränkt«, drang Neos tiefe Stimme an mein Ohr. »Ich kann spüren, wenn es versiegt. Solltest du in Gefahr geraten, musst du nur den Anhänger zerbrechen, um mich zu alarmieren.«

»D … Dankeschön«, hauchte ich atemlos und blickte abwechselnd zwischen Neo und dem Anhänger hin und her. Lächelnd schloss er meine Finger zu einer Faust.

»Dann bleibt uns wohl nichts anderes übrig, als uns gegenseitig die Daumen zu drücken. Bis nachher, Inselmädchen.«

»Bis nachher«, wiederholte ich seine Worte, während sich Neo bereits abwandte.

»Vergiss nicht, hinter mir abzuschließen«, hörte ich ihn noch sagen, ehe die Tür leise ins Schloss fiel.

Als mir auffiel, wie er mich schon wieder genannt hatte, war es bereits zu spät für einen Gegenhieb.

Staunend blickte ich auf den Kettenanhänger hinab. Obwohl sich meine Handflächen warm anfühlten, blieb das Glas der Phiole kühl. Ob es an dem verzauberten Wasser lag? Neugierig hob ich den Anhänger vor meine Augen und begutachtete ihn, doch abgesehen von seinem wunderschönen Aussehen konnte ich nichts feststellen, das auf irgendeine Form von Magie hindeutete. Behutsam legte ich das Lederbändchen um meinen Hals und verschloss es in meinem Nacken. Trotz des Gewichts der Phiole ließ sich die Kette angenehm tragen. Ich spürte, wie die Angst langsam aus meinem Körper wich. Zu wissen, dass ich Neo im Notfall zur Hilfe rufen konnte, gab mir ein Gefühl von Sicherheit, wie ich es schon sehr lang nicht mehr gespürt hatte.

Anschließend lief ich zu der breiten Récamiere hinüber, die wir zu meinem Schlafplatz umfunktioniert hatten, und ließ mich seufzend auf der weichen Matratze nieder. Sofort schweiften meine Gedanken zu Neo, Nala und Kai ab. Ich machte mir Sorgen, dass ihnen etwas auf der Insel zustoßen könnte, während ich an Bord auf ihre Rückkehr wartete. Gleichzeitig war ich mir aber auch durchaus bewusst, dass es nichts gab, das *ich* für sie tun konnte – abgesehen vom Daumendrücken vielleicht. Ob es sehr schwierig war, das Artefakt zu finden? Und wie sah der Notfallplan aus, falls Narius uns wirklich zuvorkommen würde?

Die Gedanken in meinem Kopf kreisten wie ein Strudel umher und bereiteten mir zunehmend Kopfschmerzen. Das unangenehme Ziehen, welches ich zuerst nur in meiner Stirn wahrnahm, breitete sich schnell in meinem gesamten Schädel aus und zog schließlich bis in meine Nasenspitze. Ich wusste, dass mir bei solchen Kopfschmerzen nur eines half: Schlaf. Aber wie sollte ich in dieser Situation auch nur ein Auge zubekommen? Wäre das in Anbetracht der stetigen Gefahr überhaupt sinnvoll?

Plötzlich fiel mir wieder ein, was Neo mir zum Abschied aufgetragen hatte. Ich sprang so hastig von der Récamiere auf, als stünde sie in Flammen, und hastete wieder auf die Tür zu. Während ich den Schlüssel im Schloss herumdrehte, wurden meine Hände kalt und schwitzig. »Ruhig atmen, Bell, es ist alles in Ordnung«, versuchte ich mir selbst Mut zu machen. »Sobald du abgeschlossen hast, kannst du ein kurzes Nickerchen einlegen und etwas entspannen. Bestimmt verschwinden diese lästigen Kopfschmerzen dann wieder.«

Als ich endlich das erlösende Klicken des Schlosses hörte, stieß ich erleichtert den Atem aus. Auf dem Rückweg zu meinem Schlafplatz musste ich beide Arme vor meinem Körper ausstrecken, weil mir mit einem Mal so schwindelig war, dass ich nicht einmal die Dielen des Fußbodens ordentlich erkennen konnte. Erschöpft und mit nasskalter Stirn ließ ich mich auf das Bett sinken. Meine Kraft reichte gerade noch aus, um mich in meine Decke zu mummeln und eine gemütliche Schlafposition auf der Seite einzunehmen, ehe mich die Müdigkeit übermannte und ich in einem unruhigen Schlaf sank.

Kapitel 13

Meine Träume waren ziemlich wirr. Von Quallen, die mich mit ihren giftigen Tentakeln strangulierten, über sprechende Delfine und Krabben, die mir mein Haar abschnitten, war alles darunter. Gedanklich war ich gerade dabei, mich mit einem Holzschild vor einer Möwe zu verteidigen, die pausenlos nach mir schnappte, als ich plötzlich aus meiner Traumwelt schreckte.

Blinzelnd versuchte ich die Orientierung wiederzuerlangen und legte mir eine flache Hand auf meine kalte Stirn. Zwar war die Möwe, die mir zuvor noch an den Kragen gewollt hatte, verschwunden, doch das Klopfen ihres Schnabels auf meinem imaginären Schild hallte noch immer laut und deutlich in meinen Ohren. Ich ließ meinen Blick durch das kleine Zimmer gleiten, über Nalas Bett, auf dessen ungemachte Laken goldene Sonnenstrahlen fielen, über den großen Kleiderschrank und über die Geige, die lieblos in der Ecke neben der Fensterfront lehnte.

Als ich durch das Glas hinausblickte, sah ich die Ankerkette, die unser Schiff einige Meter vor der Küste hielt. Die Wellen des Meeres bewegten sich ungewöhnlich ruhig und luden zu einer angenehmen Abkühlung ein. Dennoch wollte ich den Ozean die nächsten Tage lieber meiden, denn ich hatte keine Lust darauf herauszufinden, ob es die echten Meeresbewohner genauso auf mich abgesehen hatten wie die meiner Albträume.

Seufzend sah ich mich nach der Wasserflasche um, die ich mir heute Morgen aus der Kombüse geholt hatte. Vielleicht würde ich so endlich das Klopfen loswerden, das noch immer meinen Kopf malträtierte … Ich entdeckte sie schließlich auf dem kleinen Beistelltisch, dessen Beine unterschiedliche

Längen hatten. Nala hatte ihn provisorisch mit Büchern ausgeglichen, aber als ich nach meiner Flasche griff, geriet die Tischplatte dennoch gefährlich ins Wanken. Als ich die Öffnung an meinen Mund hob und kühle Wassertropfen auf meine Zunge trafen, begann sich mein pochendes Herz zu beruhigen – nur das lästige Klopfen schien einfach nicht verschwinden zu wollen.

»Bell? Bell, bist du wach?« Ich prustete das Wasser aus und warf die Flasche quer durch den Raum.

»Wer ist da?«, krächzte ich und fixierte die Tür. Diese männliche Stimme hatte ich noch nie zuvor gehört. Mit angehaltenem Atem beobachtete ich, wie der Türknauf bewegt wurde. Unter dem Türspalt konnte ich einen dunklen Schatten erkennen …

»Ich bin einer der Offiziere, die Kapitän Neo auf die Insel begleitet haben«, drang die Stimme gedämpft in den Raum. »Leider gab es einen tragischen Zwischenfall und der Käpt'n schickte mich, um nach dir zu sehen. Würdest du bitte die Tür öffnen, damit ich mich von deinem Zustand überzeugen kann?«

Sofort sprang ich auf, blieb dann aber doch auf halber Strecke zur Tür stehen. Eigentlich hatte Neo mich ja angewiesen die Tür um jeden Preis geschlossen zu halten. Aber was, wenn er wirklich in Gefahr schwebte?

»Mir geht es gut, keine Sorge«, erwiderte ich etwas heiser. Meine Kehle kratzte noch immer von dem verschluckten Wasser. »Was ist denn auf der Insel geschehen?«

»Unsere schlimmsten Befürchtungen haben sich leider bewahrheitet – Narius ist uns zuvorgekommen und hat uns aufgelauert. Neo wurde im Gefecht schwer verletzt, aber Nala konnte ihn und ein paar andere in Sicherheit bringen. Die restlichen Männer haben es leider nicht geschafft.«

Ergriffen schnappte ich nach Luft und legte mir eine Hand auf mein pochendes Herz. Neo war verletzt? Wohin hatte Nala ihn gebracht? Und was war mit dem Artefakt geschehen?

»Können wir ihnen helfen?«, fragte ich aufgebracht und zog eilig meinen Schlüssel hervor. Als ich ihn ins Schloss schob, geriet meine Hand ins Stocken. Ob Neo auf diese Weise testen wollte, ob ich seine Befehle missachtete?

Vielleicht stand er ebenfalls vor meiner Tür und wartete nur darauf, mir eine Standpauke zu halten. »Hat Neo dir eine Botschaft für mich mitgegeben?«, fragte ich misstrauisch.

»Was meinst du?«

»Irgendetwas, womit sich deine Vertrauenswürdigkeit prüfen ließe ... vielleicht ein Codewort?«

Die Antwort des Fremden ließ eine Weile auf sich warten. »Im Eifer des Gefechts blieb uns leider keine Zeit, um uns auf ein solches Erkennungsmerkmal zu verständigen. Doch er sagte mir, dass er dir vor seiner Abreise einen wertvollen Gegenstand gegeben habe, von dem nur er und du wissen würden.«

Sofort wanderten meine Finger an meinen Hals. Ich nahm das dünne Lederbändchen zwischen meine Fingerspitzen und zwirbelte daran, während ich in Gedanken abwägte, ob mir die Kette als Erkennungsmerkmal ausreichte. Doch egal wie lang ich die Worte des Fremden in meinem Kopf umherdrehte, er hatte recht: Niemand außer mir und Neo konnte wissen, dass er mir die Kette vor dem Landgang zugesteckt hatte. Nicht einmal Nala oder Kai hatten etwas davon mitbekommen. Es klang logisch, dass Neo im Eifer des Gefechts diese Kette als Erkennungsmerkmal nennen würde. »Was für ein Schmuckstück gab er mir denn?«

»Eine Kette«, erklang die Antwort keinen Wimpernschlag später.

»Und welche Form hat der Anhänger?«

»Er hat die Form einer Träne und beinhaltet verzaubertes Wasser.«

Erschrocken hielt ich den Atem an: Der Fremde hatte recht!

»Bell, ich weiß, dass du mir gegenüber misstrauisch bist, ganz so, wie es Neo von dir verlangt hat. Aber bitte vergiss nicht, dass es sich hierbei um einen Notfall handelt und jede Sekunde kostbar ist. Ich muss dich in einem Beiboot fortschaffen, ehe du von Narius' Schergen entdeckt wirst.«

Die Worte des Mannes ließen mich zögern. Stirnrunzelnd blickte ich auf den Schlüssel herab. »Du willst, dass ich zu dir in ein Beiboot steige? Aber ist das nicht viel zu gefährlich? Schließlich ist das Meer Narius' Element, er wird uns auf dem Wasser sicherlich noch schneller in die Finger kriegen als auf dem Land. Außerdem kann ich mich nicht in Sicherheit bringen, solange die anderen in Gefahr schweben. Nala –«

»O Verzeihung, aber wer sprach denn davon, die anderen im Stich zu lassen?«, fiel mir der Fremde harsch ins Wort. »Sie halten sich noch immer am Strand auf, ganz in der Nähe unseres Schiffes. Aber um zu ihnen zu gelangen, müssen wir das Beiboot verwenden. Am besten, wir brechen sofort auf, denn Neos Verletzungen sahen ziemlich schmerzhaft aus.«

Nachdenklich kaute ich auf meiner Unterlippe herum und ließ meine Finger über das kühle Metall des Schlüssels fahren. »Hat Neo dir aufgetragen mich zu holen? Ehrlicherweise hatte ich bisher nicht den Eindruck, dass er mich bei dieser Mission dabeihaben wollte ...«

Der Fremde räusperte sich kurz. Als er weitersprach, klang seine Stimme etwas rauer als zuvor. »Er sagte, dass er sich sicher sei, dass du diesen Auftrag übernehmen kannst. Nala hatte zuerst Einwände, weil sie sich um dein Wohlergehen sorgte, doch Neo behauptete felsenfest, dass du alle Fähigkeiten besitzen würdest, um der Truppe zur Hilfe zu eilen. Außerdem bist du ja nicht allein, sondern hast mich an deiner Seite.«

»Na, wenn das so ist«, murmelte ich leise und schloss meine Finger um den glatten Schlüssel. Während ich über meine Entscheidungsmöglichkeiten nachdachte, festigte sich mein Entschluss. Sollte der Fremde die Wahrheit sprechen, würde ich Neo und den anderen das Leben retten. Sollte er lügen, um mich aus meiner Kammer zu locker, würde er mir vermutlich etwas antun, aber wenn er diese Absicht wirklich verfolgte, würde ihn wohl auch die Tür zu Nalas Zimmer nicht von diesem Vorhaben abhalten können. Von daher blieb mir doch sowieso nur übrig ihm zu vertrauen, oder? Von der Kette hatte er ja schließlich auch gewusst. Ich atmete ein letztes Mal tief durch – dann drehte ich den Schlüssel um. Als ich hörte, wie das Schloss aufsprang, hielt ich vor Anspannung die Luft an. Mein Blick blieb starr auf den Türknauf gerichtet, der sich langsam in Bewegung setzte.

Als die Tür geöffnet wurde, wich ich ehrfürchtig zurück. Mein Herzschlag dröhnte mir so laut in den Ohren, als würde ich neben einer feuernden Kanone stehen. Ein Mann tauchte im Türrahmen auf und betrachtete mich genauso aufmerksam wie ich ihn. Er war so groß, dass er seinen Kopf einziehen musste, um zu mir ins Zimmer zu treten.

Mein Blick fiel sofort auf seine knochigen Finger, mit denen er den Türknauf festhielt. In Kombination mit seinem pechschwarzen Mantel wirkte die Haut des Mannes ungesund fahl. Ich konnte sogar blauen Äderchen erkennen, die durch seine Haut hindurchschienen wie durch dünnes Papier. Mein Blick wanderte seine Arme hinauf zu seinem langen Hals und dem kantigen Gesicht. Die Augen des Fremden erinnerten mich ein wenig an den starren Blick des Mannes, den ich damals gemeinsam mit Flynn und Leah am Strand entdeckt hatte.

»Siehst du, Bell, du brauchst keine Angst zu haben«, sagte er freundlich, doch ich konnte nicht verhindern, dass ich seine Aussage sofort infrage stellte.

Als er seine bläulichen Lippen zu einem Grinsen verzog, lief mir ein eisiger Schauer über den Rücken. »Wo ist das Beiboot?« Meine Stimme klang wie das Piepsen einer Maus.

»Komm mit, ich zeige es dir.« Mit einem starren Lächeln drehte sich der Mann um und deutete mir an ihm zu folgen.

Wir durchquerten den Flur und verließen schließlich den Aufbau. Kaum betrat ich das Deck, blies mir der Wind kräftig durchs Haar. Ich ließ meinen Blick schweifen, doch nirgendwo konnte ich jemanden entdecken. Die Wellen des Meeres bewegten sich immer noch erstaunlich gleichmäßig. Das Schiff lag in guter Sichtweite zur Insel vor Anker, doch durch die dichten Bäume hindurch konnte ich nichts vom Land erkennen. Noch nie in meinem Leben hatte ich so viele Pflanzen auf einem Haufen gesehen, schon gar nicht solche großblättrigen. »Was sind das für Bäume?«, fragte ich neugierig und deutete auf die Insel, doch mein Weggefährte drehte sich nicht einmal nach mir um.

»Palmen, Bananenbäume und Fensterblätter. Die typischen Pflanzen eines tropischen Urwaldes.«

»Aha«, machte ich und schloss zu ihm auf. Erst als ich meine Finger ineinander verflocht, bemerkte ich, dass meine Handflächen schwitzten. Ich lehnte mich etwas zur Seite, um am breiten Rücken des Mannes vorbeisehen zu können, doch viel erkennen konnte ich nicht. Nur, dass wir auf die Reling zuliefen. Als wir sie erreichten, bückte er sich und hob ein Tau auf, dessen Ende an der Reling befestigt war. »Hier«, sagte er schlicht und drückte mir das schwere Seil in die Hand. »Unten liegt das Beiboot vor Anker, wir müssen uns nur abseilen.«

Zögernd trat ich näher an die Reling heran und beugte mich hinüber. Tatsächlich konnte ich direkt unter mir ein kleines Boot entdecken, doch bei dessen Anblick regte sich ein ungutes Gefühl in meinem Bauch. Zum einen war es wesentlich kleiner als das Beiboot, das mich damals auf die *Blutrote Lady* gebracht hatte, und zum anderen passte das helle Holz gar nicht zur schwarzen Verkleidung des Hauptschiffes. Anstatt mich über die Reling zu schwingen, schloss ich meine Finger daher um das Holz und klammerte mich fest.

»Hab keine Angst, Bell, das schaffst du. Ich habe doch gesehen, wie gut du dich vorhin vom Mast abgeseilt hast.« Ich horchte auf. Der Fremde hatte mich beobachtet? Wieso war er mir dann vorhin nicht aufgefallen? Auf dem Deck hatte nur eine Handvoll Männer zugesehen, den hellblonden Haarschopf des Fremden hätte ich sicherlich bemerkt. Als ich in sein Gesicht sah, legte er beinahe schlangenartig den Kopf zur Seite.

»Ist etwas, Bell? Denk daran, Neo wartet dringend auf deine Unterstützung.«

»Neo, Nala, Kai und noch einige weitere Leute, richtig?«, hakte ich nach, wobei sich die blassen Augen des Fremden zunehmend verengten.

»Ganz genau, Bell. Sie alle warten nur auf dich, du solltest dich besser beeilen.«

Beeilen? Na, ganz sicher nicht, schließlich versuchte ich gerade, das genau Gegenteil zu bewirken und Zeit zu schinden. Der Kloß in meinem Bauch schwoll zu einem schweren Klumpen an. »Und der Plan ist, sie alle einzusammeln und aufs Schiff zu bringen?«

»Ja, natürlich!«, fuhr er mich so zornig an, dass ich instinktiv zusammenzuckte.

Ängstlich verstärkte ich den Griff meiner zitternden Finger an der Reling.

»Aber so viele Menschen passen doch niemals in diese kleine Jolle, wenn wir mit ihnen zurück aufs Schiff fliehen wollen, oder? Ich meine –«

»Was ist los mit dir, Bell?«, spuckte mir der Fremde zornig ins Gesicht. »Neo liegt verwundet am Strand und ist auf deine Hilfe angewiesen, aber du hast nichts Besseres zu tun, als komische Fragen zu stellen?« Der Hass in seiner Stimme ließ meine Knie butterweich werden. »Du verstehst nichts von der Welt, in die du hineingestolpert bist! Ihr Menschen seit so schwer von Begriff, dass ich mich frage, wie ihr so viele Jahre ohne die Hilfe der Götter überleben konntet.«

Mein Herz geriet ins Stocken. *Ihr* Menschen – *ihr,* nicht *wir.* Panik schnürte meine Kehle zu und machte es mir unmöglich, auch nur einen einzigen Ton über meine Lippen zu bringen.

Wieso hatte ich nicht auf Neo gehört? Wieso hatte ich diese verfluchte Tür geöffnet? Mein Mund wurde staubtrocken und nur mit größter Überwindung gelang es mir, eine Hand von der Reling zu lösen und sie auf meine linke Brust zu legen. Unter meiner Handfläche pulsierte mein Herz wie die Lava eines Vulkans, der kurz vor dem Ausbruch stand. Langsam ließ ich meine Finger über mein Schlüsselbein wandern und tastete nach dem dünnen Lederbändchen. Als ich es zu fassen bekam, zog ich es hastig hervor.

Der Fremde hatte mich währenddessen schweigend beobachtet, doch als sein Blick auf den Anhänger in meiner Hand fiel, weiteten sich seine Augen zu riesigen Kugeln. »Gib mir das!«, zischte er und stürzte noch im selben Atemzug auf mich zu.

Ich wollte den Anhänger lösen und auf den Boden werfen, doch ehe ich dazu kam, packten mich die knochigen Finger am Handgelenk und rissen es hoch. Mir entwich ein heller Schrei, der jedoch ein jähes Ende fand, als mir der Fremde seine zweite Hand plötzlich auf die Lippen presste. Sie fühlte sich eiskalt an – so kalt wie das Meer.

»Du hast keine Ahnung, worauf du dich eingelassen hast, Menschenmädchen!«, spuckte mir der Fremde ins Gesicht.

Wimmernd versuchte ich mich aus seinem Griff zu befreien, doch genauso gut hätte ich versuchen können auf einen Felsen einzuschlagen. Geistesgegenwärtig erinnerte ich mich wieder an Nalas Training. Mit aller Kraft rammte ich dem Kerl meine Stiefelspitze gegen das Schienbein. Er zischte schmerzvoll auf, doch sein Griff lockerte sich kein bisschen. Stattdessen bohrte er seine Fingerspitzen noch tiefer in meine Wange. Erneut schrie ich auf, doch meine Stimme wurde von seiner Hand gedämpft. Als seine spitzen Fingernägel über meine Haut schrammten, spürte ich mit einem Mal eine warme Flüssigkeit über meine Wange laufen. Die Kratzer auf meiner Haut brannten wie Feuer und als meine Tränen mit ihnen in Berührung kamen, hätte ich vor Schmerzen am liebsten geschrien. Ich riss meinen Kopf herum, trat wild um mich, schrie aus Leibeskräften nach Hilfe – doch es nutzte alles nichts.

»Dumme Göre!« Die Stimme des Mannes wandelte sich in ein schrilles Kreischen, das ganz sicher nicht aus der Kehle eines Menschen stammen konnte.

In meinen Ohren klang es mehrstimmig, so als würden mindestens drei Personen gleichzeitig mit mir sprechen. Selbst durch den Schleier meiner Tränen hindurch konnte ich sehen, wie die Haut meines Gegenübers immer bläulicher wurde. Sein Kopf gewann an Volumen und pustete sich auf wie die Segel der *Lady*, wenn der Wind in sie hineinblies. Er riss ihn grob zur Seite und gab seltsame Zischlaute von sich, die mir die Nackenhaare zu Berge stehen ließen. Ich traute meinen Augen nicht, als der Fremde seinen Kopf mit einem Mal so schwungvoll nach hinten in den Nacken riss, dass es aus meiner Perspektive so aussah, als wäre er geköpft worden – doch leider war dies nicht der Fall.

Langsam richtete er seinen Kopf wieder nach oben. Mein Brustkorb krampfte sich so stark zusammen, dass ich glaubte auf der Stelle ersticken zu müssen. Noch nie hatte ich etwas Grässlicheres gesehen als dieses Gesicht. Die senkrecht stehenden Augen, die dem Wesen auf der Stirn saßen, wirkten viel zu winzig im Vergleich zum Rest seines gigantischen Schädels. Seinen überdimensionalen Mund hatte es so weit aufgerissen, dass mein gesamter Kopf zwischen seine Kiefer gepasst hätte. Von dem einst weißblonden Haar war nur noch ein kleiner Flaum übrig geblieben, der auf der froschähnlichen Kopfhaut thronte. Anstatt Ohren ragten der Kreatur flossenartige Gebilde aus dem Kopf, die genauso schimmelblau waren wie der Rest seines Körpers. Aus schreckgeweiteten Augen blickte ich hinab auf die Hand, die immer noch auf meinen Lippen lag – oder besser gesagt auf das, was davon noch übrig war.

Die dünnen Knochen seiner ehemaligen Finger wuchsen auf das Doppelte ihrer ursprünglichen Länge an, die bleiche Haut verwandelte sich in grünliche Schwimmhäute. Der Geruch nach modriger Nässe stieg mir in die Nase und ließ Übelkeit in mir aufsteigen. Mein Herz schlug so schnell, dass ich befürchtete jeden Moment das Bewusstsein zu verlieren.

Welch ein Jammer, dass ich meiner Großmutter wohl niemals hiervon berichten konnte. Ich hätte ihr gern erzählt, dass die Zeichnungen in ihren alten Büchern nicht korrekt waren. Dass es den Malern höchstens im Ansatz gelungen war, die wahre Abscheulichkeit eines Gestaltwandlers – eines Untoten – einzufangen. Das Bild der Bestie vor meinen Augen stempelte sich wie ein Brandmal tief in mein Bewusstsein. Vermutlich hätte ich selbst meinem Urenkel noch bis ins kleinste Detail beschreiben können, wie abscheulich dieses Monster ausgesehen hatte. Doch während ich in die boshaften Augen schaute, deren Iriden genauso blass waren wie mein Haar, befürchtete ich, dass es dazu wohl niemals kommen würde. Eher landete ich im Magen der Bestie oder in den Fängen des Meeresgottes.

Während ich hilflos mit ansah, wie das geöffnete Maul mit den messerscharfen Zähnen auf meinen Hals zuschnellte, wünschte ich mir von ganzem Herzen, dass meine Familie den wahren Schrecken eines Untoten niemals am eigenen Leib erleben musste. Sollten sie lieber an den schlechten Zeichnungen aus Großmutters Büchern festhalten – die Wahrheit würde ihnen den Atem rauben.

Kapitel 14

Meine Lunge drohte zu explodieren. Ich schrie aus Leibeskräften, während die Spitzen der Fangzähne des Monsters meine Halsbeuge streiften. Zwar war ich noch nie in meinem Leben von einem Hai gebissen worden, aber ich würde meinen Kopf darauf verwetten, dass dessen Biss nicht schmerzhafter war. Mit aller Kraft versuchte ich mich loszureißen, doch die langen Finger des Monsters fixierten mich wie die Krallen eines Raubvogels. Verzweifelt rammte ich ihm mein Knie in den Bauch. Warf meinen Kopf hin und her. Riss wie ein wild gewordenes Tier an seiner Kleidung. Doch es half alles nichts: Die Zähne blieben an Ort und Stelle.

Es kam mir vor, als hätte ich den Schmerz mehrere Stunden ertragen, ehe der Gestaltwandler endlich seinen Kopf zurückzog und mich hämisch angrinste. Hellrotes Blut – mein Blut! – tropfte an seinen gelblichen Zähnen herab. Er fuhr sich mit seiner Zunge gewissenhaft über die Lippen, als wollte er sicherstellen, dass er ja keinen Tropfen meines Blutes verschenkte. Während ich ihn ansah und japsend um Atem rang, knickten meine Knie ein. Würde mich das Ungeheuer nicht nach wie vor an den Handgelenken fixieren, wäre ich wie ein nasser Sack zu Boden gegangen. Als ich versuchte meine Hände zu bewegen, stellte ich panisch fest, dass meine Finger vollkommen taub waren. Das leichte Kribbeln erinnerte mich daran, wie ich mir als Kind meine Fingerspitzen in der Werkbank meines Vaters eingeklemmt hatte. Allerdings konnte ich mich *nicht* daran erinnern, dass sich die Taubheit nach diesem Unfall in meinem gesamten Arm ausgebreitet hatte.

Nach und nach erschlafften all meine Gliedmaßen, selbst meine Lippen fühlten sich an wie betäubt. Fieberhaft versuchte ich mich an das Wissen aus Großmutters Büchern zu erinnern, doch das Innere meines Kopfes war von einem dichten Nebel umwölkt, der es mir unmöglich machte, auch nur einen sinnvollen Gedanken zu fassen. Meine Augenlider flatterten so heftig wie die Flügel eines Schmetterlings.

»Ein schönes Gefühl, wenn die Schmerzen nachlassen, nicht wahr, Bell?«, säuselte die Kreatur und bohrte ihre Fingernägel gleichzeitig tiefer in meine wunde Haut. »Hab keine Angst, Menschenmädchen. Du wirst keine Schmerzen verspüren, während ich dich zerlege wie ein totes Kalb – obwohl, so ganz versprechen kann ich dir das nicht.« Sein hässliches Gelächter hallte in meinen Ohren wider und überschattete das Geräusch meines schweren Atems. Mein Kopf wurde mit einem Mal so schwer, dass meine Nackenmuskulatur ihn nicht länger aufrecht halten konnte. Kraftlos ließ ich ihn nach hinten gleiten und blickte kopfüber auf das Meer hinaus. Der Wind trug den Geschmack nach Salz auf meine Lippen und blies mir das Haar um den Kopf. Irgendwo hörte ich ein paar Möwen schreien, doch ich war zu benebelt, um deren Position zu bestimmen. Ich starrte auf die sanften Wellen hinaus und stellte mir vor, wie die Strömung meine Überreste durchs Meer tragen würden, nachdem sich der Untote an mir sattgefressen hätte. Für einen Augenblick fragte ich mich, ob einige dieser Überreste meines Schicksals vielleicht zu meiner Heimatinsel zurücktreiben würden, doch dann fiel mir wieder ein, dass wir viel zu weit von meinem Zuhause entfernt waren. Selbst wenn es eine Strömung von hier bis dorthin gäbe, würden meine sterblichen Überreste auf dem Weg dorthin sicherlich von Fischen verspeist werden – vorausgesetzt, der Gestaltwandler ließe überhaupt etwas von mir übrig.

»Bell!«

Stirnrunzelnd kniff ich die Augen zusammen. Wo kam plötzlich diese Stimme her? Halluzinierte ich?

»Bell! Renn weg!«

Nur unter größter Anstrengung schaffte ich es, meinen Kopf ein wenig zur Seite zu drehen. Mein Blick fiel direkt auf den Strand der Insel, auf dem sich Palmen im Wind bogen und einige Möwen pausierten. Ich musste mehrmals blinzeln, ehe sich die kleinen Farbtupfer zwischen den Büschen und Bäumen in Menschen verwandelten. Endlich entdeckte ich Nala, die ununterbrochen nach mir rief und mit den Armen in der Luft herumfuchtelte. Hinter ihr erblickte ich plötzlich einen dunklen Schatten – *Neo*. Obwohl die Insel ein ganzes Stück entfernt lag, kam es mir so vor, als könnte ich spüren, wie sich seine Augen auf mein Gesicht hefteten. Für einen Augenblick stand er so bewegungslos da, dass ich ins Grübeln geriet, ob der dunkle Farbklecks auf dem Strand wirklich Neo war. Dann rannte er los.

Meine Augen verfolgten gerade noch, wie er dem Ufer der Insel immer näher kam, als mein linkes Handgelenk plötzlich losgelassen wurde. Ehe ich über die Reling rutschen konnte, packten mich die knochigen Finger am Hals und rissen meinen Kopf wieder nach vorn. Nach Luft ringend prallte ich gegen den glitschigen Körper des Gestaltwandlers. Er packte mich an der Hüfte und warf mich über seine Schulter, als wäre ich nur ein großer Fisch. Als er mit mir über die Reling sprang, hätte ich gern aufgeschrien, doch aus meiner Kehle drang nur ein ersticktes Keuchen. Im nächsten Moment schlugen bereits die kalten Wassermassen über meinem Kopf zusammen.

Das Meersalz löste ein heftiges Brennen in meinen Augen aus und sorgte dafür, dass ich sie immer wieder zusammenkniff. Nach einigen Versuchen gab ich es auf und hielt meine Augen gänzlich geschlossen, schließlich gab es abgesehen vom Wasser sowieso nichts zu sehen. Ich spürte, wie mich der Gestaltwandler an seinen Körper zog und seine Arme fest um meine Taille schlang. Plötzlich hatte ich das Gefühl, ich würde von der Strömung mitgerissen werden, so schnell rauschten wir durch das offene Meer.

Panisch riss ich die Augen auf. Das Wasser um uns herum hatte sich beinahe schwarz verfärbt, woraus ich schloss, dass wir ziemlich weit abgetaucht waren. Den Meeresboden konnte ich jedoch nicht erkennen, alles um mich herum wirkte gleichermaßen eintönig. Ich versuchte mich aus dem Griff meines Feindes zu winden und strampelte, so gut es ging, mit Armen und Beinen, doch meine Gegenwehr führte nur dazu, dass er seine Arme noch fester um meinen Brustkorb legte. Es fühlte sich an, als würde er meine letzten Sauerstoffreserven wie eine Zitrone auspressen.

In einem verzweifelten Versuch gelang es mir, einen Arm aus dem Griff des Scheusals zu befreien. Rasch presste ich mir eine flache Hand auf die Lippen, ehe ich vergebens nach Luft schnappen konnte. In meinem Kopf breitete sich ein fürchterlicher Druck aus. Ob der Untote überhaupt wusste, dass Menschen nicht so seetauglich waren wie er?

Obwohl mir wahnsinnig schwindlig war, erkannte ich plötzlich einen Schatten unter mir, der sich leicht von der restlichen Dunkelheit abzeichnete. Mit einem Mal wurde ich von zwei weiteren Händen an der Seite gepackt. Meine Richtung drehte sich und das Tempo wurde so rasant, dass ich mir vorkam wie eine Kanonenkugel. Keinen Wimpernschlag später durchbrachen wir die Meeresoberfläche und ich japste gierig nach Luft. Als ich spürte, wie ich wieder nach unten gerissen wurde, presste ich meine Lippen erneut fest aufeinander.

Kaum war ich wieder unter Wasser, tauchte mit einem Mal Neos Gesicht vor mir auf. Seine blauen Augen leuchteten wie kleine Glühwürmchen. Er versuchte mich zu befreien, doch immer dann, wenn er den Untoten angreifen wollte, hielt mich dieser wie ein Schild vor seinen Körper. Die Anspannung stand Neo förmlich ins Gesicht geschrieben. Ich fragte mich, wieso er nicht einfach seine göttlichen Fähigkeiten einsetzte, als ich mit einem Mal abrupt in die Tiefe gezogen wurde. Der Druck in meinem Kopf wurde so unerträglich, dass ich am liebsten aufgeschrien hätte. Krampfhaft presste ich meine Lippen zusammen, während das Wasser um uns herum immer dunkler und kälter wurde. Als ich Neo aus dem Blick verlor, schloss ich resigniert die Augen. Die Taubheit machte es mir unmöglich, auch nur einen kleinen Finger zu rühren. Allein würde ich mich nicht aus dem Griff meines Entführers befreien können. Ohne Neos Hilfe war ich verloren.

Gedanklich hatte ich mich bereits aufgegeben, hatte akzeptiert, dass ich nun wirklich sterben würde, nachdem mir Neo bereits so oft die Haut gerettet hatte. Diesmal würde es ihm nicht gelingen – diesmal würde ich ertrinken. Ich war es leid, meine letzte Kraft dafür aufzubringen, meine Lippen geschlossen zu halten. Doch gerade in dem Augenblick, als ich sie öffnen wollte, ließ mich das Monster plötzlich los. Überrascht riss ich die Augen auf und sah, dass Neo den Untoten am Hals gepackt hatte und würgte. Als sich unsere Blicke trafen, deutete er mir mit dem Kopf loszuschwimmen, doch ich fühlte mich so orientierungslos, so erschöpft, dass ich nicht einmal mehr wusste, wo oben und unten war. Während Neo seinen Würgegriff verstärkte, traten die Muskeln seiner Unterarme sichtbar hervor. Die Bewegungen seines Gegners verlangsamten sich, bis dessen Körper schließlich vollständig erschlaffte. Ein helles Leuchten schimmerte durch seinen Brustkorb hindurch und dehnte sich aus. Der Körper des Untoten gewann immer mehr an Volumen – dann zerplatzte er in unzählige Luftbläschen und verschwand. Ich traute meinen Augen nicht. Das Ungeheuer war wirklich auf einen Schlag verschwunden. Weg. Aufgelöst. Ehe ich überhaupt realisieren konnte, was sich gerade vor meinen Augen abgespielt hatte, schwamm Neo auf mich zu und legte seine Hände fest an meine Wangen. Sein Blick huschte besorgt über mein Gesicht, doch ich war viel zu erschöpft, um ihm etwas mitteilen zu können. Aus müden Augen beobachtete ich, wie er sein Gesicht langsam zu mir hinabbeugte. Ich spürte seine Stirn an meiner und versuchte mich nur auf seine wunderschönen Augen zu konzentrieren, die mir ein seltsames Gefühl von Ruhe schenkten. Diese Ruhe verschwand jedoch schlagartig, als er denn Abstand zwischen uns überbrückte und seine Lippen auf meine presste. Einfach so, ohne irgendeine Vorwarnung. Ich war derartig überrumpelt, dass ich ihn nur aus großen Augen anstarren konnte, während seine Lippen behutsam meinen Mund öffneten.

Zuerst schmeckte ich nur seine süßlichen Lippen, doch einen Augenblick später spürte ich auch den Sauerstoff, den er in meinen Mundraum pustete. Gierig presste ich unsere Münder fester aufeinander und sog so viel davon ein wie nur möglich. Meine Lungenflügel blähten sich auf, doch selbst als kein neuer Sauerstoff mehr in meinen Hals drang, konnten wir unsere Münder nicht voneinander lösen – und zugegebenermaßen versuchten wir das auch gar nicht. Denn weder ich noch Neo zogen unsere Lippen auch nur einen klitzekleinen Millimeter zurück. Eine trügerische Ruhe breitete sich in mir aus, die es mir erlaubte, meine Augenlider zu schließen und unseren Kuss zu genießen. Mein Kopf war mit einem Mal wie leergefegt. Neos Lippen schmeckten süßlicher als jede Speise, von der ich jemals gekostet hatte. Sie küssten mich so sanft, wie ich es ihm gar nicht zugetraut hätte. Gleichzeitig spürte ich aber auch das tiefe Verlangen, mit dem er meinen Körper an seinen presste. Mir war es recht. Mehr als das. Denn ich wollte ihn genauso festhalten und unsere Berührungen in vollen Zügen auskosten. Ich wollte es so sehr, dass es mir sogar gelang, meine Schüchternheit zu überwinden. Zögerlich schob ich meine Lippen zwischen seine. Wie von selbst vergruben sich meine Finger in seinem weichen Haar, umfassten seinen Hinterkopf, um ihn noch fester an mich zu ziehen. Unwillkürlich fragte mich, ob er das laute Pochen meines Herzens ebenfalls spüren konnte. Seinen Herzschlag hörte ich zwar nicht, aber dafür fühlte ich, wie auch er mein Gesicht fester umschloss und an sich heranzog. Durch den Kuss war ich so benebelt, dass ich für einen kurzen Moment sogar vergaß, dass ich um ein Haar ertrunken wäre. Dass wir eigentlich hier waren, um eines der Artefakte zu finden und dass Neo ein Halbgott war, der es sogar übers Herz brachte, Familien auseinanderzureißen. Dass *er* derjenige war, der mir beinahe meinen Bruder genommen hätte – und den ich dennoch küsste, als würde mein Leben davon abhängen.

Plötzlich ließ Neo so abrupt von mir ab, als hätte er sich an mir verbrannt. Ob er meine zweifelnden Gedanken gehört hatte? Als ich in sein Gesicht sah, wirkten seine Pupillen riesig. Hastig huschten sie über mein Gesicht, ehe sie auf meine eigenen Augen trafen und sie festhielten. Seine Lippen waren noch immer leicht geöffnet und verliehen ihm ein überraschtes Aussehen. Beinah erschien es mir so, als könnte er selbst nicht glauben, was gerade geschehen war. Ob er den Kuss bereute? Lag die plötzliche Anziehung zwischen uns nur darin begründet, dass ich beinahe gestorben wäre? Bei dem schmerzhaften Gedanken daran schluckte ich trocken, hielt seinem Blick jedoch weiterhin stand. Erst jetzt bemerkte ich das rasante Auf und Ab meines Brustkorbs. Ich atmete so schnell, als wäre ich gerade mehrere Runden um meine Heimatinsel gerannt ... *Moment!* Erschrocken riss ich die Augen auf und presste mir meine Hände auf den Mund.

»Keine Sorge, Bell, du ertrinkst nicht«, erklärte Neo mit frostiger Stimme.

»Du kannst temporär unter Wasser atmen, weil ich dir gerade einen kleinen Teil meiner Magie übertragen habe. Nichts anderes hatte dieser Kuss … diese … Berührung zu bedeuten.«

Ich starrte Neo an, als hätte er in einer fremden Sprache gesprochen. »So überträgst du also Magie?«, fragte ich verblüfft und tatsächlich vernahm ich meine Stimme trotz des Meeres laut und deutlich. Das Lächeln auf Neos Lippen wirkte künstlich, fast als müsste er sich dazu zwingen. »Konntest du die Magie denn nicht schmecken, Bell?«

Ich stutzte. Worauf wollte er hinaus? Hatten wir uns nun geküsst oder interpretierte ich zu viel in etwas hinein, das für Neo reine Routine gewesen war? Wie oft hatte er diese Form der Magieübertragung wohl schon angewandt? Ob er auch Nala –

»Wie dem auch sei, die Sache bleibt unter uns, klar?« Irritiert blinzelte ich zu ihm auf. Als Neo seine Hände von meinem Körper nahm und etwas Abstand zwischen uns brachte, erzitterte ich vor Kälte. Sein dunkles Haar schwebte wie eine Rauchschwade hinter seinem Kopf. »Wieso?«, fragte ich leise. »Gerade von *dir* hätte ich erwartet, dass du es jedem auf die Nase binden würdest.«

»Um damit anzugeben, dass ich deine Lippen berühren musste, um dir das Leben zu retten? Glaub mir, Bell, damit werde ich wohl kaum jemanden beeindrucken können.«

Seine Worte schnitten wie ein Säbel durch mein Herz und hinterließen einen ähnlichen Schmerz auf ihm wie die spitzen Fingernägel des Untoten. Dabei wusste ich ehrlich gesagt nicht einmal, was mich mehr verletzte: die Tatsache, dass er das, was zwischen uns geschehen war, verleugnete, oder der eisige Ton in seiner Stimme. Aus seinem Mund klang es so, als hätte es ihn enorme Überwindung gekostet, mir durch diese Geste das Leben zu retten …

Meine Hände begannen so sehr zu zittern, dass ich sie hinter meinem Rücken verstecken musste. Neos Worte hatten mich verletzt, obwohl ich mir so fest vorgenommen hatte ihnen diese Macht nicht zuteilwerden zu lassen. Ich würde nicht auch noch hinnehmen, dass er sah, welche Wirkung sie auf mich ausübten. In dem Versuch, die Situation runterzuspielen, redete ich mir ein, dass das Brennen meiner Augen vom Salzwasser stammte und nicht von den Tränen, die seine Worte hervorgerufen hatten.

»Komm, Bell, die anderen werden sich wundern, wieso wir so lange brauchen.«

Ohne sich auch nur ein einziges Mal nach mir umzudrehen oder gar zu fragen, ob denn alles in Ordnung sei, wandte sich Neo von mir ab und schwamm in Richtung Oberfläche. Da mir nichts anderes übrigblieb, folgte ich ihm, doch der Weg nach oben kam mir vor wie eine Ewigkeit. Zwar konnte ich atmen und musste mich nicht länger vor dem Ertrinken fürchten, doch die Kälte des Meeres machte mir zunehmend zu schaffen – das und das Gefühlschaos in meinem Herzen.

Wir durchquerten einen großen Schwarm voller bunter Fische, die ich noch nie in meinem Leben gesehen hatte. In der Tiefe des Meeres wirkten sie wie kleine Farbtupfer, die jemand auf eine dunkle Leinwand gemalt hatte. Obwohl mir mein Herz noch immer schwer in der Brust lag, heiterte mich ihr Anblick ein wenig auf. Doch als die Meeresoberfläche endlich in Reichweite gelangte, wäre ich trotzdem am liebsten unter Wasser geblieben. Zwar wünschte ich mir nichts sehnlicher, als endlich in warme Kleidung zu schlüpfen und mich mit einem Dutzend Decken in Nalas Zimmer einzuschließen, doch an die Oberfläche zu schwimmen bedeutete auch, dass ich in die triste Wirklichkeit zurückkehren musste. Sobald ich meinen Kopf über die Oberfläche streckte, würden meine Sorgen und Verpflichtungen wieder wie eine Sturmflut über mir zusammenbrechen. Und zu allem Übel musste ich mir nun auch noch eine Ausrede einfallen lassen, um zu erklären, wieso Neo und ich so lang unter Wasser geblieben waren. Denn wie ich Nala kannte, würde sie sich mit der kurzen Version nicht zufriedengeben.

Als ich die Oberfläche durchbrach, waren die lauten Schreie der Möwen das erste Geräusch, das ich vernahm. Der Wellengang des Meeres war immer noch erstaunlich ruhig, was es mir erleichterte, den Kopf über Wasser zu halten. Ich blickte mich suchend nach Neo um und entdeckte seinen schwarzen Haarschopf einige Meter von mir entfernt. Er schwamm auf den Strand zu, ohne auch nur einmal nach mir zu sehen. Mein Herz wurde so schwer, dass ich fürchtete gleich wieder unterzugehen. So traurig und allein hatte ich mich lang nicht mehr gefühlt, zumindest nicht, seitdem mein Vater unsere Familie verlassen hatte. Ob ich Neo nun genauso egal war wie ihm? Erschöpft presste ich meine bebenden Lippen aufeinander und schwamm ebenfalls auf das Ufer zu. Bei jeder Bewegung meiner Schulter spürte ich das Brennen des Bisses in meiner Halsbeuge so heftig, als würde jemand seinen Finger in die Wunde pressen. Ich versuchte die Schmerzen auszublenden, doch schon nach wenigen Schwimmzügen war ich am Ende meiner Kräfte. Mein Kopf verschwand in immer kürzeren Abständen unter Wasser, meine Augen brannten fürchterlich und mein angekratztes Ego war nicht stark genug, um über das verzehrende Brennen an meinem Hals hinwegzusehen. Zu meiner Enttäuschung und dem Schock, der mir noch immer tief in den Knochen saß, mischte sich zunehmend Frust über mich selbst. Wieso ließ ich zu, dass mich Neos Worte so sehr beschäftigten? Solange er mich genug mochte, um mich nicht über die Planke zu schicken, konnte es mir doch egal sein, wie er über mich dachte. Zumindest sollte es das ...

Der Strand war noch ein gutes Stück von mir entfernt, doch ich konnte nicht mehr. Meine Kräfte waren restlos aufgebraucht. Anstatt zu schwimmen, ließ ich mich darum rücklings wie ein Stück Holz durch die Wellen treiben und versuchte nicht daran zu denken, wie meine Halsbeuge wohl aussehen mochte. Eine Bisswunde in Kombination mit Meersalz war sicherlich keine gute Sache.

Plötzlich hörte ich, wie das Wasser um mich herum etwas lauter wurde, als würde sich jemand in meiner Nähe bewegen. Als ich meinen Kopf zur Seite drehte, tauchte Nalas Gesicht direkt vor meinen Augen auf.

»Alles gut bei dir, Bell?«

Ihre Stimme klang so aufrichtig besorgt, dass ich meine Tränen nicht länger zurückhalten konnte. Mitfühlend betrachtete sie mich, obwohl sie vermutlich nicht einmal ahnte, dass der Untote nicht der einzige Grund für meinen Zustand war. Sanft ergriff sie mich und schwamm mit mir zum Ufer hinüber.

Ich war Nala so dankbar, dass ich ihr am liebsten um den Hals gefallen wäre. Ihre Hilfe gab mir die Sicherheit, dass ich doch nicht ganz allein auf dieser verdammten Reise war – wenigstens auf sie konnte ich mich immer verlassen.

Als ich mit einem Mal Boden unter meinen Füßen spürte, stolperte ich unbeholfen durchs Wasser und ließ mich kraftlos in den Sand fallen. Farblich glich der Strand dem meiner Heimat, doch die Körnung des Sandes war etwas gröber. Ich genoss die Sonnenstrahlen auf meinem Rücken und die Wärme, die der Sand an meinen Bauch abgab. Erst jetzt hörte ich, wie laut meine Zähne aufeinanderschlugen. Eine Minute länger im Meer und ich hätte mich in einen Eisklotz verwandelt.

Nala ließ sich neben mir nieder und strich mir behutsam das Haar aus dem Gesicht, das mir auf der feuchten Stirn klebte. »Versuch etwas langsamer zu atmen, Bell«, hörte ich ihre leise Stimme, »du musst wieder zur Ruhe kommen.«

»S … sind hier noch mehr Untote?«, fragte ich zitternd und suchte nach ihrem Blick.

Lächelnd schüttelte sie den Kopf. »Nicht, dass ich wüsste, aber es würde mich nicht wundern, wenn sie bald hier aufschlagen würden.«

Seufzend schloss ich für einen kurzen Moment die Augen. Das war nicht ganz die Antwort, die ich mir erhofft hatte. »Das Artefakt habt ihr noch nicht gefunden, oder?«

»Nein, aber unsere Suche hatte auch noch gar nicht richtig begonnen. Wir haben ja erst vor Kurzem angelegt und angefangen uns umzusehen, wobei wir immerhin einige Runen entdeckt haben, die auf die Götter zurückzuführen sind. Wir müssen also ganz in der Nähe sein.«

Ein Schatten schob sich über mein Gesicht. Als ich aufsah, erblickte ich Kai, der neben Nala stand und besorgt auf mich herabsah. »Geht es dir gut, Bell? Oder wenigstens den Umständen entsprechend?«

Kraftlos nickte ich, wobei meine Wange unangenehm über den Sand kratzte.

»Kannst du sie tragen?«, hörte ich Nala flüstern.

Kai nickte und beugte sich sofort zu mir herab. »Natürlich. Eigentlich habe ich zwar gedacht, dass Neo das übernehmen würde, aber der scheint gerade etwas ... gereizt zu sein. Hatte er etwa Schwierigkeiten damit, dem Untoten den Garaus zu machen?«

Während mich Kai auf den Rücken drehte, mied ich seinen Blick. Anschließend schob er seine Arme unter meinen Körper und hob mich vorsichtig auf. »Ich weiß nicht«, murmelte ich zögernd, »alles ging so schnell, aber gleichzeitig kam es mir vor wie eine Ewigkeit. Am Ende hat sich der Untote einfach in Luft aufgelöst. Ist er überhaupt gestorben?«

»Klingt so«, antwortete mir Nala und griff nach meinen Händen, um sie Kai um den Hals zu legen. »Untote sind keine richtigen Lebewesen, sondern Narius' Kreationen. Sterben sie, werden sie wieder zu dem Element, in dem der Gott zu Hause ist. Wenn er nicht allzu weit entfernt ist, kann er sogar spüren, wenn einer seiner Schergen wieder in den Kreislauf des Meeres einkehrt.«

»Also weiß er spätestens jetzt, dass wir hier sind?« Mein Magen zog sich zusammen. Sollte unsere Mission scheitern, weil ich so naiv gewesen war einem Monster die Tür zu öffnen, würde ich mir das niemals verzeihen. Ich sah, wie Kai und Nala einen vielsagenden Blick tauschten, doch keiner von beiden sprach die Antwort auf meine Frage laut aus. Beschämt vergrub ich mein Gesicht an Kais Hals und kniff meine Augenlider so fest zusammen, dass es schmerzte. Doch zu weinen war in dieser Situation unangebracht. Ich sollte mir meine Tränen lieber für den Moment aufheben, in dem meine Familie durch mein Versagen getötet wurde. Vielleicht wäre es ja doch besser gewesen, wenn Phil auf das Schiff gestiegen wäre. Klar, er war nicht viel seetauglicher oder kampferprobter als ich, aber er hätte es verstanden, sich im Hintergrund zu halten und nicht noch mehr Probleme zu verursachen.

»Kommt ihr endlich? Uns läuft die Zeit davon!«

Die Ungeduld in Neos Stimme ließ mich zusammenzucken. Mit einem Mal kam ich mir schrecklich dumm und lächerlich vor. Unter Wasser hatte ich mir den Kopf darüber zerbrochen, welche Gefühle ich zu Neo hegte und wie er zu mir stand, während die Welt um uns herum einen weiteren Schritt in Richtung Untergang gerutscht war. Wenn Narius die Inseln und das

Festland unter dem Meer versenkte, würden mir meine dusseligen Gefühle auch nichts mehr nützen.

»Wir bringen Bell auf die *Lady* und kommen später nach«, hörte ich Nala erwidern, doch Neos Antwort ließ nicht lang auf sich warten. »Auf gar keinen Fall! Es ist mir egal, ob Bell allein aufs Schiff zurückkehrt, am Strand zurückbleibt oder uns durch den Urwald begleitet, aber ich werde ganz sicher nicht zulassen, dass sie noch mehr unserer kostbaren Zeit vertrödelt.«

»Hör nicht auf ihn, Bell«, raunte mir Kai ins Ohr, während Nala im Hintergrund lautstark mit dem Halbgott diskutierte, »er meint es nicht so. Im Grunde ist er nur wütend auf sich selbst, weil er dich nicht besser beschützen konnte. Er hätte mehr Wachen vor deinem Zimmer positionieren sollen, dann wären dir diese Strapazen erspart geblieben.«

Seine Worte sollten mich vermutlich trösten, doch das genaue Gegenteil war der Fall. Denn ich wusste, dass Neo recht hatte. Und auch, wenn ich es Nala und Kai hoch anrechnete, dass sie mich in Schutz nahmen, konnte ich die Wahrheit nicht verleugnen. Plötzlich blitzten die Gesichter meiner Familienmitglieder vor meinem inneren Auge auf und ließen mein Herz erbeben. Sie alle zählten auf mich, auch wenn sie es selbst nicht wussten. Es lag in meiner Verantwortung, sie vor Narius' Rache und der Prophezeiung zu beschützen – aber um dieses Ziel zu erreichen, müsste ich endlich stärker werden. Wenn mein Herz schon durch Neos bloße Worte zerbrach, war es eindeutig zu schwach für dieses Unterfangen.

Als ich meine Augen wieder aufschlug, loderte ein kräftiges Feuer in meinem Körper. Ich musste stark sein, komme, was wolle. Ich durfte nicht länger darauf hoffen, dass Neo im richtigen Moment bei mir sein würde, um mir das Leben zu retten. Stattdessen sollte ich endlich lernen mir selbst den Hintern zu retten, wenn es mal brenzlig wurde. Entschlossen schluckte ich meine Angst und den Schmerz hinunter, ehe ich Kai direkt in die Augen blickte. »Kannst du mich bitte runterlassen? Ich glaube, nein, ich weiß, dass ich es auch allein schaffe.«

Überrascht hob er seine Brauen. »Bist du dir sicher, Landratte?«

Entschlossen nickte ich. Zwar wirkte er nicht gänzlich überzeugt, doch Kai stellte mich ohne Widerworte auf meine eigenen Füße. Meine ersten Schritte im Sand waren noch etwas wacklig, aber schon bald schaffte ich es, halbwegs gleichmäßig auf Neo und die anderen Männer zuzulaufen, die am Eingang des Waldes auf uns warteten. Hinter mir hörte ich, wie Nala wiederholt nach mir rief, doch ich dachte nicht einmal daran, stehen zu bleiben. Stattdessen griff ich mir in den Nacken und raffte mein langes Haar zusammen, während ich weiterhin auf Neo zuhielt. Er stand mit verschränkten Armen neben einem der Männer, die ich aus der Kombüse kannte, und beobachtete mich aufmerksam. Als ich ihn erreichte, stellte ich mich direkt vor ihn und blickte in seine Augen. Ohne um seine Erlaubnis zu bitten, zog ich einen Dolch aus dem Ledergurt, den er noch immer um seinen Oberkörper trug. »Worauf warten wir? Ich dachte, du hättest es eilig.«

Ein ungläubiges Schnaufen glitt über seine Lippen. »Also *ich* warte darauf, dass du wieder in Schwierigkeiten gerätst und ich dich retten muss. Warum du schon wieder trödelst, ist mir ein Rätsel. Steck den Dolch lieber weg, Inselmädchen, ehe du dich noch verletzt.«

Unbeeindruckt hielt ich seinem Blick stand, während ich die Klinge langsam in meinen Nacken führte. Neos Augen weiteten sich, doch ehe er mich aufhalten konnte, schnitt ich bereits in den Zopf, den ich zuvor in meiner Hand zusammengerafft hatte. Zufrieden beobachtete ich, wie Neo vor Schreck die Kinnlade aufklappte. Ungläubig sah er dabei zu, wie meine abgeschnittenen Haarsträhnen zu Boden fielen. Mit jeder Strähne, die sich aus meinem Zopf löste, fühlte ich mich leichter. Es erschien mir, als würde ich mich nicht nur von meinem Haar, sondern auch von meinen Sorgen und Ängsten trennen. Eine zentnerschwere Last löste sich von meinen Schultern – im wahrsten Sinne des Wortes.

Als ich mir sicher war alle Strähnen erwischt zu haben, ließ ich den Dolch zufrieden sinken. Ich beugte mich vornüber und schüttelte mein Haar aus, dessen ungleich geschnittene Spitzen nur noch kurz über meine Schultern reichten. Grinsend steckte ich den Dolch wieder in Neos Gurt und klopfte ihm herausfordernd auf die Schulter.

»Kommst du, Käpt'n? Mir ist zu Ohren gekommen, dass es eine Prophezeiung zu verhindern gilt.«

Kapitel 15

»Na, Bell, bereust du deine große Klappe schon?«, neckte mich Kai und stupste mir sanft in die Seite. Er schlenderte neben mir her, als befänden wir uns auf einem gemütlichen Spaziergang und nicht auf der Suche nach einem Artefakt, das über das Schicksal unserer Welt entschied. Ich wünschte, ich könnte mir ein Stück seiner Gelassenheit abschneiden, denn mit jedem Schritt, den wir tiefer in den Urwald liefen, spannten sich meine Schultern mehr an. Ständig sah ich mich um und blickte durch das mannshohe Gestrüpp hindurch, das an den Seiten des schmalen Trampelpfades wucherte, doch bisher hatte ich nichts Verdächtiges entdeckt. Das laute Knacken des Unterholzes und das Geschrei der bunten Vögel über unseren Köpfen machte mich trotzdem nervös. Erneut blickte ich zu den Tieren auf, deren Körper dreimal so lang waren wie die einer Möwe. Sie waren übersät von prachtvollen Federn, die in allen erdenklichen Farben leuchteten. Nur ihre langen Hälse waren vollkommen nackt und erweckten auf den ersten Blick nicht den Anschein, dass sie in der Lage wären, die runden Köpfe mit den riesigen Schnäbeln aufrecht zu halten.

»Du sprichst wohl aus eigener Erfahrung, was?«, unternahm ich den halbherzigen Versuch, Kais Anmerkung zu kontern. Sein Lachen war so laut, dass im Busch neben uns ein Tier aufschreckte und davonrannte. Neo, der an der Spitze unserer Gruppe lief, fuhr sofort zu uns herum und funkelte seinen Freund zornig an.

Als Kai seinen Blick bemerkte, hob er abwehrend die Hände und verdrehte grinsend die Augen. »Was hast du bloß mit dem armen Kerl angestellt, Bell?«, fragte er mich glucksend.

Stirnrunzelnd blickte ich zu ihm auf. »*Ich?* Wie kommst du denn darauf?«

»Na ja, so angespannt kenne ich ihn gar nicht. Zwar weiß ich nicht, was insgeheim in seinem Kopf vorgeht, aber äußerlich betrachtet scheint es kaum etwas zu geben, dass Neo aus der Ruhe bringen könnte. Sein Dickschädel und seine Gleichgültigkeit haben den Zirkel schon während seiner Ausbildung beinahe in den Wahnsinn getrieben.«

Nachdenklich hielt ich inne. »Hm, jetzt, wo du es sagst ... ich kann mich auch nicht daran erinnern, dass er auf meiner Heimatinsel so ernst gewesen war. Damals hatte ich eher den Eindruck, dass ihn die Welt um ihn herum gar nicht interessiert, ja, geradezu *langweilt*. Vielleicht liegt es daran, dass uns Narius so dicht auf den Fersen ist?«

»Narius ist uns *immer* dicht auf den Fersen«, murmelte Kai ernst. »Der Bastard ist seit Neos Geburt eine ständige Gefahr für ihn. Mich wundert, dass unser lieber Halbgott nachts überhaupt ein Auge zubekommt.«

»Wie meinst du das ... *seit Neos Geburt*?«

»Hat er dir das nie erzählt?« Überrascht blickte Kai zu mir herab. »Ihr habt doch relativ viel Zeit miteinander verbracht, oder?«

»Na ja«, erwiderte ich ausweichend, »er hat mich des Öfteren beim Training beaufsichtigt oder mir ein paar Tipps gegeben. Manchmal hat er auch in der Kombüse vorbeigeschaut, aber ich glaube, das war nur ein Vorwand, um nach dem Essen zu sehen.« Geflissentlich ignorierte ich die leise Stimme in meinem Kopf, die mich daran erinnerte, dass meine Worte nicht ganz der Wahrheit entsprachen. Schließlich hatte mich Neo auch bei einem Rundgang durch das Schiff begleitet und mir dabei geholfen, das Vokabular auf hoher See zu lernen, mal ganz davon abgesehen, dass wir die meiste Zeit über ganz gut miteinander ausgekommen waren. Hastig schüttelte ich die Erinnerungen ab. Nach unserem Mehr-oder-weniger-Kuss und dem Vorfall mit dem Untoten würde er wohl nicht mehr vor der Kombüse auf mich warten, um sicherzustellen, dass es mir auf dem Schiff gut ging.

»Hm«, wiederholte Kai und schob sich die Ärmel seines Hemdes hoch, das durch die hohe Luftfeuchtigkeit durchnässt war. Er schwieg einen Moment und blickte starr auf den grasbewachsenen Boden unter unseren Füßen. Ich hielt unser Gespräch bereits für beendet, als ich doch noch ein leises Räuspern neben mir vernahm.

»Der Zirkel ist ein widerlicher Misthaufen«, knurrte Kai zornig. »Die Mitglieder mögen klug sein und die besten Absichten für die Menschheit hegen, aber die Halbgötter interessieren sie einen Dreck. Sie behandeln sie von Kindestagen an wie Vieh oder Ware, aber ganz sicher nicht wie Menschen.«

Verdutzt legte ich meinen Kopf schief und zog die Augenbrauen zusammen. »Aber ich dachte, dass die Halbgötter die einzigen Menschen wären, die in der Lage sind, die Götter zu besiegen. Müssten sie nicht *gerade vom Zirkel*, der einzigen Minderheit, die noch von der Prophezeiung weiß, wie Helden verehrt werden?«

»Tja, das wäre auf jeden Fall angemessen«, stimmte er mir grimmig zu, »aber der Zirkel hält *sich selbst* für die Rettung der Menschheit und denkt, dass die Auserwählten ohne seine Hilfe hoffnungslos aufgeschmissen wären. Neo hat nach seiner Aufnahme ziemlich schnell kapiert, dass er nur Mittel zum Zweck ist. Ich glaube, seine Gleichgültigkeit war eine Art Schild für ihn. Hätte er sich die Dinge, die während seiner Ausbildung vorgefallen sind, zu Herzen genommen, wäre er vermutlich durchgedreht. Der Zirkel versucht es zwar zu vertuschen, aber wer die Halbgötter erlebt hat und kennt, weiß, dass viele von ihnen an der harten Ausbildung und den unmenschlichen Bedingungen zerbrechen.«

Kais Erzählung brachte mich einen Moment lang aus der Fassung. Plötzlich fiel mir wieder ein, was mir Neo einst gesagt hatte, als ich ihm vorgeworfen hatte, er würde unschuldige Menschen in seine Schlacht hineinziehen. Er hatte geantwortet, dass *keiner* der Männer freiwillig an Bord war. *Keiner* – er eingeschlossen. Nachdenklich knabberte ich an meiner Unterlippe und versuchte mich daran zu erinnern, welche Bemerkungen er und Nala über den Zirkel fallen gelassen hatten. Doch dann keimte plötzlich eine ganz andere Frage in mir auf. »Sag mal, Kai, Neo *und* Nala sind im Zirkel ausgebildet worden, richtig?«

»Ja, wieso?

»Aber Nala ist doch gar keine Halbgöttin, oder?«

Lachend schüttelte er den Kopf. »Nein, ist sie nicht. Obwohl sie sich zugegebenermaßen manchmal so aufführt, als wäre sie eine.«

»Und was hatte sie dann im Zirkel zu suchen?«

»Die anderen haben dir wirklich noch nicht erklärt, was es mit dem Zirkel im Detail auf sich hat, oder? In Ordnung, da wir ja gerade sowieso nichts anderes tun können als reden und durch dieses nervige Gestrüpp stiefeln, will ich mal ein bisschen aus dem Nähkästchen plaudern. Also: Wie du vielleicht weißt, wurde Neo von den Göttern auserwählt, als er noch ein Ungeborenes im Bauch seiner Mutter war. Auf diese Weise erhielten achtundvierzig Menschen einen Teil der magischen Fähigkeiten einer Gottheit, aber –«

»Achtundvierzig?«, fragte ich dazwischen. »Ich dachte, es gäbe insgesamt fünfzig Auserwählte.«

»Ganz genau, so ist es auch. Denn neben den Halbgöttern gibt es noch zwei weitere Menschen, denen besondere Fähigkeiten zugeschrieben wurden – und Nala ist eine von ihnen. Im Gegensatz zu den Halbgöttern verfügen diese zwei Personen nicht direkt über göttliche Kräfte, weshalb man sie auch nicht als Halbgötter bezeichnet, sondern als sogenannte *Leser*. Trotzdem sind sie unheimlich wichtig für das Gelingen unserer Mission, denn ohne die Leser ist es uns nicht möglich, die Hinweise auf den Verbleib der Artefakte zu entschlüsseln.«

Neugierig horchte ich auf. »Diese Frage brennt mir schon seit einer ganzen Weile auf der Zunge: Woher wisst ihr überhaupt, wo ihr nach den Artefakten suchen müsst? Wieso geht ihr davon aus, dass ausgerechnet hier eines von ihnen versteckt liegt?«

»Nun, die Grundlage hat mal wieder der Zirkel erschaffen. Zu einem Wettkampf kommt es zwar nur alle fünfhundert Jahre, aber in den Generationen dazwischen sind die Zirkelmitglieder natürlich nicht untätig. Abseits des Wettkampfes arbeiten sie akribisch an alten Aufzeichnungen, bereisen in Vergessenheit geratene Tempel, spielen den Ablauf verhinderter Prophezeiungen durch und suchen darin Muster und Hinweise, die Rückschlüsse auf zukünftige Wettkämpfe geben könnten. Das ist alles furchtbar komplex und verworren, aber durch dieses Verfahren ist es ihnen möglich, den ungefähren Standort des ersten Artefakts zu bestimmen. Nur die höchsten Zirkelmitglieder selbst könnten dir diese Frage detailliert beantworten. Vor zwei Jahren erfolgte der offizielle Startschuss der Prophezeiung, also zwanzig Jahre, nachdem die ersten Auserwählten bestimmt worden waren. In der Zwischenzeit hat der Zirkel die Halbgötter trainiert, während die Götter sich ebenfalls auf den Wettkampf vorbereitet haben. Zum Zeitpunkt des Startschusses sind alle Artefakte versteckt und aktiviert worden, außerdem wurde Narius aus der Verbannung geholt und erhielt seine göttlichen Kräfte zurück, wenn auch nur gehemmt. Seitdem grasen wir den gesamten Ozean ab und hangeln uns von einem Hinweis zum nächsten. Manchmal stoßen wir dabei auf Schatzkarten, die in Form göttlicher Runen verfasst wurden und daher nur von den Lesern entschlüsselt werden können. Durch diesen Mechanismus wollen die Götter verhindern, dass ein Mensch, der nichts mit dem Wettkampf zu tun hat, aus Versehen eines der Artefakte entdeckt und womöglich verschleppt. Du siehst, in diesem Wettkampf gibt es so einige Haken und Falltüren. Nichts ist so, wie man es sich als Außenstehender vorstellt.«

»Klingt so, ja«, seufzte ich und nahm einen tiefen Atemzug der aufgeheizten Luft. Ich fühlte mich wie erschlagen von all den Informationen, die mir zum Teil nicht ganz einleuchteten. In meinem Kopf glich die Prophezeiung immer mehr einem Spiel, das wir früher gern in der Inselgemeinschaft gespielt hatten. Meine Großmutter hatte damals drei Gegenstände auf der Insel versteckt und kleine Zettel mit Rätseln verfasst, die sie später an Bäume klebte oder unter Steinen versteckte. Wir Kinder bekamen dann einen Tipp von ihr, wo sich der erste Zettel verbarg, und hatten einen Tag Zeit, um alle Rätsel zu lösen und die drei Gegenstände zu finden. Je länger ich darüber nachdachte, desto mehr Überschneidungen fielen mir auf – allerdings hatte mir die kindliche Variante wesentlich mehr Spaß gemacht. Ich wusste noch ganz genau, wie traurig ich damals gewesen war, als Mutter von unserem Spiel erfahren und es anschließend verboten hatte. Nur ihr Erklärungsgrund wollte mir heute nicht mehr einfallen. Ich könnte sie ja bei Gelegenheit einmal fragen – vorausgesetzt, ich würde die erwachsene Variante dieses Spiels genauso gut meistern. »Kai?«

»Hm?«

»Wenn es ursprünglich achtundvierzig Halbgötter und zwei Leser gab, wieso sind dann nur noch Neo und Nala übrig?«

Ich konnte sehen, wie sich sein Kiefer verhärtete. Kai senkte den Blick und wandte sein Gesicht etwas zur Seite, als wolle er den Ausdruck darauf verbergen. »Es … es gab einen verheerenden Zwischenfall«, nuschelte er so undeutlich, dass ich seine Worte kaum verstand. »Tut mir leid, Bell, aber der Einzige, der dir diese Geschichte erzählen sollte, ist Neo.«

Seine Antwort entfachte das Feuer meiner Neugierde. Ich beugte mich etwas vor und suchte nach Kais Blick, doch er wich mir permanent aus. Schließlich stieß er ein frustriertes Seufzen aus und blickte mir streng in die Augen. »Wirklich, Bell: Frag Neo! Ich kann dir dazu leider keine Auskunft geben.«

Zerknirscht wandte ich meinen Blick wieder nach vorn. Er landete prompt auf Neos Schultern. Durch die hohe Luftfeuchtigkeit klebte sein Hemd wie eine zweite Haut an seinem Rücken und ließ die Konturen seiner Muskeln durch den dünnen Stoff hindurchschimmern. Ich wusste, dass ich meinen Blick lieber auf das dunkle Dickicht richten sollte, um einen Angreifer rechtzeitig zu bemerken, doch Neo war so viel *interessanter.* Schlagartig wurden meine Wangen warm. Ich musste mir unbedingt abgewöhnen ihn andauernd so anzustarren. Wieso konnte ich nicht einfach wieder so über ihn denken, wie ich es auf meiner Insel getan hatte? Er hatte mir doch erst vor wenigen Stunden deutlich klargemacht, wie wir zueinander standen. Frustriert griff ich mir in den Nacken, um mein Haar in einen Zopf zu knoten. Es fühlte sich seltsam an, so wenig Haare in die Hand zu nehmen. Trotzdem war ich froh darüber, dass ich mich von einer großen Menge getrennt hatte – besonders jetzt, wo mir das feuchtwarme Klima den Schweiß auf die Stirn trieb.

»Deine neue Frisur steht dir, Bell«, schmeichelte Kai mir, wobei seine Stimme aufrichtig klang.

Lächelnd sah ich zu ihm auf. »Danke. Mir ist gerade noch etwas eingefallen, was ich dich schon länger einmal fragen wollte.«

»Nur zu!«

»Denkst du auch oft an deinen Bruder zurück?«

Verwundert zog er seine Augenbrauen zusammen. »Ich habe keinen Bruder … Wie kommst du darauf?«

Verblüfft sah ich ihn an. »Aber wie bist du dann an Neo und seine Mannschaft geraten? Ich dachte, dass man nur beitreten muss, wenn es mehr als einen Sohn in der Familie gibt.« Kaum hatte ich ausgesprochen, fiel mir plötzlich wieder ein, was Nala in Bezug auf die anderen Männer angedeutet hatte … Misstrauisch schielte ich zu Kai hinüber und musterte ihn von Kopf bis Fuß. Dabei wusste ich gar nicht, nach welchen Anzeichen ich überhaupt Ausschau halten sollte. Konnte man einem Verbrecher überhaupt ansehen, dass er einer war? Vermutlich nicht.

»Wieso schaust du mich so prüfend an?«, fragte er amüsiert.

Doch noch während ich nach einer Ausrede suchte, packte mich plötzlich jemand an der Schulter. Erschrocken zuckte ich zur Seite und hielt mich instinktiv an Kais Arm fest. Als Nala lachend neben mich trat, warf ich ihr einen beleidigten Blick zu.

»Sei nicht so schreckhaft, Bell«, kicherte sie. »Ich habe gerade euer Gespräch gehört und wollte dir gern an Kais Stelle antworten: Ja, er war *tatsächlich* so dämlich sich uns freiwillig anzuschließen.«

»Pff, sehr witzig. Du weißt doch, dass meine Eltern genauso unfähig waren wie deine eigenen, überraschen sollte dich meine Entscheidung daher nicht …«

Neugierig blickte ich zwischen den beiden hin und her. Es war das erste Mal, dass ich von Nalas Eltern hörte. Irgendwie hatte ich das Gefühl, dass beinahe niemand aus der Mannschaft gern an sein Leben vor der Prophezeiung zurückdachte. Tarik und ich schienen die einzigen Ausnahmen zu sein, die sogar Kraft aus ihrer Vergangenheit schöpften. Der Smutje hatte mir während des Kochens oft von seinen Eltern erzählt, die ein kleines Gasthaus auf dem Festland unterhielten. Dabei waren seine Lippen stets von einem seligen Lächeln umspielt gewesen – auf Nalas und Kais Gesichtern konnte ich hingegen nur Verbitterung erkennen.

»Kann mich nicht daran erinnern, dass dich deine Eltern wie eine Kuh verkauft haben«, presste Nala zwischen zusammengebissenen Zähnen hervor.

»Und *ich* kann mich nicht daran erinnern, dass dich deine Eltern beinahe verhungern ließen. In deinem Himmelbett im Schloss hattest du es bestimmt bequemer als ich auf dem nasskalten Kopfsteinpflaster.«

Ich runzelte die Stirn. Stritten sich die beiden gerade darüber, wer von ihnen die schlimmere Kindheit gehabt hatte? Abgesehen von den schweren Vorwürfen überraschte mich vor allem die Tatsache, dass Nala wohl in einem echten Schloss gelebt hatte. Sie hatte mir gegenüber nie etwas in diese Richtung erwähnt und ehrlich gesagt wirkte sie meist auch nicht wie jemand, der in einem feinen Adelshaus aufgewachsen war. Ob sie einen Adelstitel trug? Oder vielleicht sogar eine Prinzessin war? Ich wollte sie gerade fragen, als unsere Gruppe plötzlich anhielt.

»Nala, kommst du bitte mal?«, forderte Neo sie auf und nickte mit seinem Kopf zum Rand des kleinen Trampelpfades. Nala warf Kai einen scharfen Blick zu, ehe sie sich einen Weg zum Käpt'n bahnte.

Erwartungsvoll blickte ich zu Kai auf. »Wieso haben wir angehalten? Sind wir schon da?«

Während ich mich umsah, wurde mein Mund zunehmend trockener. Neben mir knackte etwas im Unterholz und ließ mich zusammenzucken. Was, wenn Narius bereits im Dickicht auf uns lauerte? Während ich angestrengt in den Urwald hineinlauschte, konnte ich mit einem Mal das leise Plätschern von Wasser hören. Das Quaken eines Frosches durchschnitt die heiße Luft und ließ mich erschaudern. Vielleicht war uns der Gott des Meeres bereits näher, als uns lieb war …

»Entspann dich, Bell«, raunte mir Kai leise zu. »Wir wissen nicht, ob der Untote, der dich angegriffen hat, von Narius auf dich angesetzt wurde oder nur zufällig in der Gegend war. Vielleicht war es nur eine hinterhältige Fügung des Schicksals, dass er ausgerechnet an *deine* Tür geklopft hat.«

Energisch schüttelte ich den Kopf. »Niemals. Er kannte meinen Namen, Kai. Außerdem wusste er etwas, das mir Neo zuvor nur unter vier Augen anvertraut hat.«

Schlagartig verdunkelte sich der Ausdruck auf Kais Gesicht. Er blickte sich rasch um, ehe er sich näher an mein Ohr beugte. »Davon hast du gar nichts erzählt! Weiß Neo davon?«

Erneut schüttelte ich den Kopf. »Nein. Ich … ich denke nicht, dass er im Moment mit mir sprechen möchte.«

Kais Blick wurde noch ernster. »Es spielt keine Rolle, wie ihr zwei gerade zueinander steht. Diese Information ist verdammt wichtig, Bell!«

»Wieso?«

»*Wieso?*«, wiederholte er ungläubig. »Wenn das stimmt, was du sagst, und wirklich nur ihr zwei davon wusstet, muss der Verräter uns näherstehen als bisher angenommen. Neo muss umgehend davon erfahren! Wäre es dir lieber, wenn ich das mit ihm kläre?«

Für einen Moment geriet ich ins Zögern. Grundsätzlich hatte ich kein Problem damit, Neo selbst davon in Kenntnis zu setzen, aber andererseits fürchtete ich mich ein wenig vor seiner Reaktion. »Ja, richte du es ihm bitte aus«, brachte ich schließlich knapp über die Lippen. Eigentlich wollte ich noch etwas hinzufügen, doch das laute Kreischen eines Vogels über meinen Kopf brachte mich aus der Fassung. Erschrocken zuckte ich gegen Kais Schulter.

»Im Ernst, Bell«, raunte dieser mir zu und griff nach meinem Handgelenk, »du musst dir abgewöhnen so schreckhaft zu sein. Eines Tages erleidest du noch einen Herzstillstand, weil neben dir ein Staubkorn zu Boden rieselt.«

Ich ließ seine Aussage unkommentiert. Stattdessen folgte ich ihm durch die Menge, bis wir Nala und Neo erreicht hatten. Als wir uns neben sie stellten, fiel mein Blick auf eine graue Backsteinmauer, die aus einem der umstehenden Büsche herausragte. »Wo kommt die denn her?«, fragte ich leise an Kai gewandt, »ich dachte, diese Insel sei unbewohnt?«

»Das ist sie heute auch«, raunte Neo.

Hastig sah ich zu ihm hinüber. Er hatte mir den Rücken zugekehrt und würdigte mich nicht eines Blickes. Es überraschte mich, dass sich der feine Halbgott überhaupt dazu durchgerungen hatte, auf meine Frage zu antworten. Langsam drehte er seinen Kopf und blickte mich über die Schulter hinweg an. »Früher gab es hier eine kleine Siedlung, ähnlich wie auf deiner Heimatinsel. Die Bewohner waren den Göttern sehr verbunden. Um sie zu ehren, errichteten sie eine gewaltige Tempelanlage, die mit ihren Gärten und Ruhestätten einen Großteil der Insel einnahm. Später ist dieser Tempel trotz seiner imposanten

Größe in Vergessenheit geraten, nachdem er durch Halbgötter einer anderen Generation beinahe vollständig zerstört worden war; zumindest ist das die Version, die sich der Zirkel zusammengereimt hat.«

Kaum hatte er ausgesprochen, löste sich Nala aus unserer Gruppe und kämpfte sich durch das Unterholz und Gestrüpp bis zur Mauer vor. Bis zu ihrer Hüfte verschwand sie fast vollständig hinter riesigen Blättern und hohen Gräsern. Während ich sie dabei beobachtete, wischte ich mir seufzend einige Haare aus dem Gesicht, die mir an der verschwitzten Stirn klebten. Das Klima hier würde mich noch umbringen. Die Hitze war nicht mein größtes Problem, schließlich war ich warme Temperaturen von zu Hause gewohnt, aber die hohe Feuchtigkeit in der Luft erschwerte mir das Atmen und machte mir zu schaffen. Genervt rieb ich mir über die Ärmel meiner Bluse, die feucht an meiner Haut klebten und unangenehm kratzten. Es kam mir so vor, als wäre ich stundenlang durch Nieselregen gelaufen. Ob die früheren Bewohner dieser Insel auch solche Schwierigkeiten mit dem Wetter gehabt hatten?

»Wir müssen noch etwas tiefer in den Urwald vordringen«, riss mich Nalas Stimme aus meinen Gedanken. »Es kann aber nicht mehr weit sein.«

»Woher weiß sie das?«, zischte ich Kai neugierig zu. Lächelnd verschränkte er die Arme vor der Brust. »Während sich die Halbgötter im Zirkel beinahe zu Tode trainieren, hocken die Leser gemütlich vor dem warmen Kaminfeuer und wälzen den ganzen Tag lang Bücher über den Aufbau bekannter Tempelanlagen. In besonders alten Bauwerken errichtete man früher mehrere Zwischenmauern, hinter die sich die Bewohner während eines Angriffes zurückziehen konnten. Nala hat gelernt, wie man die Mauern dieser Sicherheitsringe voneinander unterscheidet, um festzustellen, wo man sich gerade befindet. Sie kennt diese Tempelanlage wie ihre Westentasche.«

Meine Augen weiteten sich vor Erstaunen. Niemals hätte ich gedacht, dass sich Nala mehrere Stunden lang auf ein Buch oder einen Bauplan konzentrieren konnte. Wenn wir zusammen waren, schien sie mit ihren Gedanken überall gleichzeitig zu sein und vor Energie beinahe zu platzen. Vielleicht sollte ich sie bei Gelegenheit mal darauf ansprechen. Es würde mich wirklich interessieren zu erfahren, wie ihr Leben im Zirkel abgelaufen war.

»Lasst uns weitergehen«, wies Neo die Gruppe an, die sich daraufhin sofort wieder in Bewegung setzte.

Ich wartete, bis Nala wieder zu uns aufgeschlossen hatte, ehe ich ihnen folgte. Während Nala und ich schweigend nebeneinanderherliefen, spürte ich mit einem Mal ein fürchterliches Brennen an meiner Halsbeuge. Ich verzog mein Gesicht und legte behutsam eine Hand auf die Stelle meiner Bluse, unter der ich den Biss des Untoten vermutete. Trotz des Stoffes spürte ich ein starkes Pulsieren. Hoffentlich hatte sich die Wunde nicht bereits entzündet …

Nala schien meinen Gesichtsausdruck zu bemerken, denn plötzlich ergriff sie meine Hand. »Alles in Ordnung, Bell?«

»Ja, alles gut«, log ich ihr lächelnd ins Gesicht. »Meine Schulter ist nur etwas … verspannt. Vermutlich habe ich sie mir während meiner unfreiwilligen Begegnung mit dem Untoten verrenkt.«

Ein besorgter Ausdruck funkelte in ihren katzenartigen Augen auf. Ich beobachtete, wie ihr Blick langsam über meine Schulterpartie glitt, als wollte sie sich versichern, dass ich meine Schmerzen nicht herunterspielte. »Ich würde dir gern helfen, doch ich bin leider furchtbar ungeschickt darin, Verspannungen zu lösen. Im Gegensatz zu mir ist Neo aber durchaus in der Lage, solche Verletzungen zu kurieren.«

Meine Gesichtszüge entgleisten, woraufhin Nala vergnügt auflachte und mir in die Seite kniff. »Schon gut, ich hab's verstanden. Aber wenn es schlimmer wird, würde ich an deiner Stelle trotzdem zu ihm gehen und um Hilfe bitten.«

»Nein, danke«, erwiderte ich zerknirscht und rieb mir dabei behutsam über die juckende Wunde, »das Maß an Körperkontakt mit Neo ist erst mal voll.«

Sofort wurde Nala ernst. »Wie meinst du das?«

Verdammt. Der misstrauische Ton in ihrer Stimme ließ mich wünschen, ich hätte meine Klappe gehalten. Vielleicht sollte ich ihr doch die Wahrheit sagen und dabei Desinteresse vortäuschen, damit es nicht so unangenehm werden würde. Ich könnte versuchen Neos abgeklärten Eindruck zu imitieren, mit dem er mir nach dieser *Sache* begegnet war. Doch ich befürchtete, dass mir die verräterische Wärme meiner Wangen dabei einen Strich durch die Rechnung machen würden. »Ach, na ja, du weißt schon«, druckste ich herum, doch Nala beobachtete mich so eindringlich, dass mir etwas unwohl wurde.

»Nein, Bell, das weiß ich nicht.«

Bildete ich mir das nur ein oder klang ihre Stimme etwas verärgert? Ich schluckte trocken. »Nun, als mich der Gestaltwandler unter Wasser gezogen hat, musste Neo mir beim Atmen helfen.«

»Gut. Und weiter?« Ihr Blick war so durchdringlich, dass ich meinen hastig abwandte. Ob Nala in meinen Kopf sehen konnte? Oder machte es allein meine Mimik so offensichtlich, dass ich etwas verbarg? Unsicher presste ich meine Lippen zusammen. Ich erinnerte mich an Neos Bitte, die Sache für mich zu behalten, aber je länger ich darüber nachdachte, desto unsinniger erschien sie mir. *Er* war doch derjenige, der mich geküsst hatte. Außerdem hatte er dies nur getan, um mir das Leben zu retten, und Nala war meine Freundin, vor der ich keine Geheimnisse haben wollte. Zumal zwischen ihr und Neo genauso wenig lief wie zwischen ihm und mir. Eigentlich sollte ich mit meinem Geständnis also niemandem auf die Füße treten, oder?

»Bell, was ist passiert?«, drängte Nala nun hörbar ungeduldig.

Seufzend stieß ich meinen heißen Atem aus. »Na ja, ich habe eben irgendwann keine Luft mehr bekommen und Neo hat mich daraufhin –« Undeutlich gestikulierte ich in der Luft herum. Kein einziger Laut trat über meine Lippen, obwohl ich Nala nur zu gern erzählt hätte, wie fies er sich mir gegenüber benommen hatte. Schämte ich mich für den Kuss oder für die Gefühle, die mich währenddessen durchflutet hatten?

»Neo hat mich verzaubert« – oder wie man es auch nennen mochte –, »damit ich wieder atmen konnte.« Kaum waren die Worte ausgesprochen, wurde ich von einer Welle der Erleichterung erfasst. Zugegebenermaßen war ich ziemlich stolz auf meine Antwort, die zwar viel Raum für Interpretationen ließ, aber nicht als Lüge bezeichnet werden konnte. Abgesehen davon ging ich sowieso davon aus, dass Nala wusste, wie Neos Magie funktionierte und wie er sie übertrug. Ihr müsste also klar sein, was –

»Gut, aber was hat das mit Körperkontakt zu tun?«

Verwundert blinzelte ich zu ihr auf. Wieso wollte Nala unbedingt, dass ich es laut aussprach? Ihr müsste doch klar sein, was zwischen uns vorgefallen war. Seufzend rollte ich mit den Augen. Gut, dann musste ich eben meinen Mut zusammennehmen und meine Scham ausblenden. Es half ja nichts und meine Freundschaft zu Nala war mir wichtiger, als Neos Versprechen einzuhalten. »Du weißt schon, er hat, also, unsere Lippen …« *Na, großartig. So viel also zu deinem Mut, Bell!*

Ruckartig blieb Nala stehen. Sie schaute mich an, als hätte ich sie dazu gezwungen, den versalzenen Eintopf zu essen, den Tarik letzte Woche zubereitet hatte. Ihre Augenbrauen zogen sich so fest zusammen, dass ich zum ersten Mal kleine Fältchen auf ihrer makellosen Stirn entdeckte. »Er hat … *was?*«

Frustriert schüttelte ich den Kopf und setzte mich wieder in Bewegung. Langsam wurde mir diese Sache zu dumm. Nala wusste, wie Neos Magie funktionierte, und ich wusste, dass meine Andeutungen eindeutig genug gewesen waren. »Komm schon, Nala, die anderen sind uns ein ganzes Stück voraus.«

»Moment, er hat dich *geküsst*, um dir seine Magie zu übertragen?«

Seufzend nickte ich. »Ja, es war wohl unvermeidbar. Ansonsten wäre ich ertrunken.«

Endlich schien Nala ihre Mimik wieder in den Griff zu bekommen. Die Fältchen auf ihrer Stirn glätteten sich und ihre Lippen formten ein freudloses Lächeln. »Hat er dir erzählt, dass er so Magie überträgt?«

»Natürlich, so etwas könnte ich mir gar nicht ausdenken. Wollen wir jetzt bitte das Thema wechseln? Mir ist das alles irgendwie unangenehm, es hatte ja auch nichts zu bedeuten. Ich wollte dir nur die Wahrheit sagen, weil … na ja, weil wir Freundinnen sind und ich Geheimnisse nicht ausstehen kann.«

Nala nickte zustimmend und beschleunigte ihre Schritte. »Klar. Ich finde es gut, dass wir keine Geheimnisse voreinander haben. Außerdem ist der Kuss nun wirklich keine große Sache; ich weiß auch nicht, wieso mich das so sehr überrascht hat. Schließlich hat er dich ja ausschließlich deshalb geküsst, weil er dir das Leben retten wollte.«

Hellhörig geworden blickte ich in ihre Richtung. Ich zögerte einen kurzen Moment, ehe ich wagte meine Frage auszusprechen. »Ganz genau. Aber selbst wenn er es aus einem anderen Motiv heraus getan *hätte*, hätte es dich doch nicht gestört, oder, Nala? Ich meine, ihr zwei seid ja nicht –«

»Nein, natürlich nicht«, fiel sie mir mit einem schmalen Lächeln auf den Lippen ins Wort. »Wir sind wie Geschwister, nicht mehr und nicht weniger. Ich habe nur ein Auge auf seine Liebschaften, weil er in den letzten Jahren ziemlich viele solcher Geplänkel hatte und ich mich mittlerweile mehr um die Herzen der Mädchen sorge als um seines, weißt du?« Irritiert neigte ich den Kopf. Dieses Gespräch entwickelte sich in eine merkwürdige Richtung.

»Na ja, Neo lässt nichts anbrennen. Deshalb hat er sich auch zunächst nicht für deinen Namen interessiert, als ihr euch kennenlerntet. In den letzten Jahren hatte er so viele Bekanntschaften, dass er sich nicht mehr die Mühe macht, nach deren Namen zu fragen. Es lohnt sich nicht für ihn, sich diese Details zu merken, schließlich sind diese Verbindungen sowieso nicht von Dauer. Zum Glück muss ich mir dahingehend keine Sorgen um dich machen, Bell, denn du bist natürlich viel klüger als diese Dummchen, die sich ihm bei jedem Landgang an den Hals werfen. Du weißt ganz genau, wie anstrengend Neo ist und dass euch zu wenige Gemeinsamkeiten verbinden. Mal ganz davon abgesehen, dass du überhaupt nicht in sein Beuteschema passt. Er braucht jemanden, der ihm das Wasser reichen kann; eine Frau, die genauso mutig und unerschrocken ist wie er und bereit ist Risiken einzugehen, um ihre Ziele zu erreichen. Ein Mauerblümchen könnte da unmöglich mithalten und würde Neo schnell zu Tode langweilen.«

Ihre Worte ließen mich schlucken. Ich fühlte mich, als hätte mir jemand in die Magengrube getreten und dabei jeglichen Sauerstoff aus meinem Körper gepresst. Nalas Worte hatten sich wie die Krallen eines Untoten in mein Herz gebohrt. War dies das Bild, was sie von mir hatte? Ein langweiliges Mauerblümchen, das Neo und den anderen nicht das Wasser reichen konnte? Es war mir unerklärlich, weshalb sie mir plötzlich solche Gemeinheiten an den Kopf knallte. Verräterische Tränen brannten mir in den Augen, dabei wusste ich nicht einmal wieso. War es, weil mich ihre fiesen Worte verletzten, oder lag es daran, dass sich ein Fünkchen Wahrheit darin verbarg?

Lächelnd legte sie mir ihren Arm um die Schulter, als hätte die Unterhaltung zwischen uns nie stattgefunden. »Vergiss einfach, was unter Wasser vorgefallen ist. Denn es ist so, wie du gesagt hast: Es hat nichts zu bedeuten. Hätte ich jedes Mal eine Münze von Neo bekommen, wenn er seine Lippen auf die eines Mädchens gepresst hat, hätte ich mir davon längst eine eigene *Blutrote Lady* kaufen können. Es ist wirklich tragisch, dass er einen so hohen Frauenverschleiß hat ... Na ja, ich hoffe ja immer noch darauf, dass er eines Tages die Richtige finden wird. Bis dahin muss ich das Geschluchze seiner Verflossenen wohl weiterhin ertragen.«

Während meine Lippen noch immer zitterten und wir tiefer in den Wald vordrangen, geriet Nala mit einem Mal in Plauderlaune. Sie erzählte mir Anekdoten aus ihrem und Kais Leben, machte sich darüber lustig, dass Neo während seiner ersten Reitstunde vom Pferd gefallen war, und beschrieb mir die zahllosen Pflanzen und Tierarten, denen wir auf unserem Weg begegneten. Allerdings war es eine ziemlich einseitige Konversation, denn meine Kehle war so zugeschnürt, dass ich keinen Laut herausbekam. Mein anfängliches Entsetzen über Nalas Worte hatte sich mittlerweile in tiefe Traurigkeit verwandelt. Waren ihre Aussagen gemein und unbegründet gewesen oder war es doch so, wie alle behaupteten, und ich war einfach zu naiv, um die Geschehnisse um mich herum zu begreifen?

Mit einem Mal schämte ich mich richtig dafür, auch nur einen Gedanken daran verschwendet zu haben, wie die Dinge zwischen mir und Neo standen. Denn schlussendlich war es doch genau so, wie Nala sagte: Ich war das Mauerblümchen, das aus Versehen in ein Abenteuer gestolpert war, dem es nicht gewachsen war. Ich mochte mir eingeredet haben, dass es anders wäre und ich genauso gut eine stachelige Rose oder ein giftiges Veilchen sein könnte, wenn ich es denn sein wollte, doch im Grunde hatte dieses Denken alles nur noch schlimmer gemacht.

Nala hatte recht; gegen so starke und selbstbewusste Frauen wie sie hatte ich keine Chance. Da könnte ich noch so lang versuchen irgendwelche Schiffsmasten hinaufzuklettern oder Kämpfen zu lernen. Letzten Endes würde ich immer nur ich selbst bleiben – und ganz offensichtlich reichte das nicht aus. Nicht für Neo. Nicht für Nala. Für niemanden hier.

Kapitel 16

Als die Sonne über unseren Köpfen verschwand, kühlte sich die Luft um uns herum schlagartig ab. Fröstelnd schlang ich meine Arme um meinen bebenden Körper. Meine Kleidung fühlte sich noch immer klamm an. Als ich meinen Kopf in den Nacken legte, entdeckte ich kleine Lichtpunkte, die zwischen den großen Blättern der Baumkronen hindurchblitzten. Kaum zu glauben, dass wir den ganzen Nachmittag durch diesen verflixten Urwald gelaufen waren. So riesig hatte die Insel vom Schiff aus gar nicht ausgesehen. Ich hatte maßlos unterschätzt, wie beschwerlich der Weg durch das dichte Unterholz werden würde. Meine Fußsohlen brannten, als wäre ich die letzten Stunden barfuß über glühende Kohlen gelaufen.

Wenigstens hatte der rapide Temperaturverlust zur Folge, dass das Jucken meiner Verletzung etwas nachließ. Die vorangegangene Feuchtigkeit hatte dem Heilungsprozess sicherlich keinen Gefallen getan. Seufzend stieß ich meinen Atem aus und beobachtete die kleine Wolke, die über meine Lippen glitt. Während meine Augen sie verfolgten, bemerkte ich plötzlich, dass die anderen stehen geblieben waren. Seit meinem Gespräch mit Nala hatte ich mich absichtlich etwas fallen gelassen, um Abstand zwischen mich und die anderen zu bringen, doch jetzt bemühte ich mich so zügig wie möglich aufzuschließen. Vorhin war ich so mit meinen eigenen Gedanken beschäftigt gewesen, dass ich meine Einsamkeit einem Gespräch mit Nala oder Kai um jeden Preis vorgezogen hatte. Ab und zu hatte sich Neo zu mir umgedreht, vermutlich um festzustellen, ob ich noch da oder schon wieder auf seine Hilfe angewiesen war. Ansonsten hatte mich niemand eines Blickes gewürdigt.

Während ich an die Gruppe herantrat, richtete sich ein Paar stechend blauer Augen auf mein Gesicht. Neo runzelte die Stirn, fuhr aber unbeirrt mit seiner Rede fort. Ich konnte nur einzelne Wortbrocken aufschnappen, denn das plätschernde Wassergeräusch hatte Schritt für Schritt zugenommen und dröhnte mir nun so laut in den Ohren, als stünde ich neben einem Wasserfall.

Als ich zu einer Gruppe von Männern trat und mich unauffällig in ihrer Nähe postierte, schenkte mir niemand von ihnen Beachtung. Nur Neos Blick hielt weiter an meinem Gesicht fest, als würde er seine Worte ausschließlich an mich richten. »Gibt es sonst noch Fragen?«

Die Männer schüttelten ihre Köpfe, doch ich machte mir nicht einmal die Mühe, in ihre Verneinung einzusteigen.

»In Ordnung, dann bereitet das Nachtlager vor.«

Kaum hatte er ausgesprochen, setzte wirres Gemurmel ein. Die Männer unterhielten sich gedämpft miteinander und teilten sich in kleine Grüppchen auf. Einer nach dem anderen verließ den Kreis um Neo herum, bis schließlich nur noch drei Personen übrig blieben: Nala, seine Vertraute, Kai, sein Offizier und Freund, und ich, sein unfreiwilliges Anhängsel. Seufzend lief ich auf sie zu.

»Ach, sieh an«, begrüßte mich Kai lächelnd, »ich hab dich in den letzten Stunden gar nicht gesehen. Hatte schon Angst, wir hätten dich irgendwo zwischen den hohen Gräsern verloren.«

Um keine weiteren Fragen aufzuwerfen, schenkte ich ihm ein knappes Lächeln. »Keine Sorge, ich bin nur weit hinten gelaufen. Die Ruhe tat gut und ich hatte etwas Zeit nachzudenken.«

»Denken ist immer eine gute Sache«, hörte ich plötzlich Neo leise sagen. Als ich zu ihm aufblickte, entdeckte ich die leichte Denkfalte zwischen seinen Augenbrauen. Er hielt meinen Blick fest, ehe er hinzufügte: »Man sollte nur aufpassen, dass man nicht in unnötigen Grübeleien versinkt.«

»Oder in Tagträumen und Hirngespinsten«, fügte Nala zwinkernd hinzu.

Neo warf ihr einen irritierten Blick zu, doch ich wusste sofort, worauf sie hinauswollte. Hastig sah ich auf meine Stiefel, ehe sie die Röte bemerken konnte, die sich auf meine Wangen geschlichen hatte. Plötzlich tippte mich jemand an der Schulter an. Als ich aufsah, erblickte ich einen der Pulverjungen neben mir, denen ich manchmal Süßigkeiten aus der Kombüse zugesteckt hatte. Sein Lächeln wirkte aufrichtig, doch mir entging nicht, wie sein Blick nervös zwischen den anderen und mir umherflog. »Hier, Bell, das ist deins.« Er hob seine schmächtigen Arme an und streckte mir einen großen Stoffbeutel entgegen. Ich griff nach der Tasche und hätte sie vor Schreck beinahe wieder fallen lassen.

»Uff, was ist denn da drin?«, fragte ich atemlos und darum bemüht, dass mir die Griffe der Tasche nicht aus der Hand rutschten. Ohne ein Wort trat Neo näher an mich heran und griff nach einem der Henkel. Dabei fiel mein Blick ungewollt auf seine sehnigen Unterarme. Durch die Haut hindurch konnte ich das Spiel seiner Muskeln beobachten, während er seinen Arm anwinkelte und mir den Beutel abnahm.

»Komm«, wies er mich nur knapp an, ehe er sich zum Gehen wandte.

Der Pulverjunge und ich tauschten noch einen kurzen Blick, ehe ich ihm zunickte und zu Neo aufschloss.

»Ich dachte, Nala und du hätten auch Kraftübungen absolviert. Sehr erfolgreich warst du wohl nicht, hm?«, fuhr er fort.

»Haben wir. Aber meine Arme gleichen noch lange keinen Baumstämmen.«

»Meine auch nicht, oder? Und trotzdem reicht es, um diese Tasche zu tragen.«

»Ist gut, ich hab's verstanden«, murmelte ich geknickt und blickte beschämt auf meine Schuhspitzen hinab. Wieder eine Sache, in der ich nicht gut genug war und den Erwartungen der anderen nicht gerecht wurde.

»Das sollte kein Vorwurf sein, Bell«, hörte ich Neo sanft erwidern. »Ich wollte dich nur ein bisschen aufziehen, um wenigstens ein paar Wörter aus dir herauszukitzeln. Seitdem wir die erste Mauer passiert haben, bist du so still.«

»Hm«, erwiderte ich bloß und zog meine Arme fester um meinen schlotternden Köper. Ich konnte Neos abwartenden Blick auf mir spüren, doch zu meiner Erleichterung behielt er seine Gedanken für sich. Ob Nala ihm erzählt hatte, was sie mir an den Kopf geworfen hatte? Vermutlich nicht, wieso sollte sie auch? Als Neo unvermittelt stehen blieb, wäre ich um ein Haar in ihn hineingelaufen.

»Also gut, was ist los mit dir, Bell?«

Seine warme Stimme ließ mich erschaudern. »Wieso haben wir uns von der Gruppe entfernt?«, versuchte ich seiner Frage auszuweichen, als mein Blick zufällig auf den schweren Beutel fiel und einen dunklen Verdacht in mir aufstiegen ließ. »Lass mich raten: Du schließt mich von der Mannschaft aus und schenkst mir zum Abschied diese Tasche, in der sich Vorräte für die nächsten Tage befinden?«

Neos Augen weiteten sich. Schweigend stellte er den Beutel vor seinen Füßen ab und richtete sich wieder auf. Während er seine Arme vor der Brust verschränkte, verdunkelte sich seine Miene zusehends. »Kurz habe ich überlegt, ob du versuchst zu scherzen, aber du scheinst deine Frage ehrlich zu meinen. Was ist passiert, Bell?«

»Was passiert ist?«, wiederholte ich aufgebracht und warf unbeholfen die Arme in die Luft. »Ein Fremder ist in meine Heimat eingefallen und hat angedroht mir meinen Bruder zu stehlen. Um ihn zu retten, habe ich mich an Bord eines Schiffes geschlichen, obwohl ich mir nie etwas anderes gewünscht hatte, als mein ganzes Leben auf dieser himmlisch langweiligen Insel zu verbringen! Und wie sich herausstellte, bin ich für diese Reise völlig ungeeignet: Entweder ich halte euch auf oder ich bringe euch in Schwierigkeiten. Zugegeben, *ich* habe das schon vorher gewusst, aber nun kann man es beim besten Willen nicht mehr leugnen! Und zu allem Überfluss habe ich auch noch unsere Mission gefährdet und womöglich dafür gesorgt, dass Narius uns entdeckt. Weißt du, Neo, ehrlich gesagt ist noch viel mehr mit mir los, aber ich glaube, diesen zusätzlichen Sauerstoff kann ich mir sparen, oder?«

Ich hatte mich so in Rage geredet, dass sich die Kälte aus meinen Knochen verzogen hatte. Stattdessen war mir mit einem Mal so warm, als säße ich an Großmutters Kaminfeuer. Da Neo mich nur stumm ansah, packte ich kurzerhand einen Henkel des Beutels und hob ihn schwungvoll hoch. Meine Wut schien mir göttliche Kräfte zu verleihen, denn es gelang mir trotz meiner zitternden Knie, kehrtzumachen und tiefer in den Urwald hineinzulaufen. Für einen Moment hörte ich nur das laute Plätschern des Wassers, dann setzte das Geräusch von leisen Schritten ein.

Stur hielt ich meinen Blick nach vorn gerichtet. Selbst dann noch, als jemand meinen Beutel packte und mich dadurch zum Stehenbleiben zwang. Genervt rollte ich meine Augen. In den letzten Wochen hatte ich so viele verschiedene Emotionen und Gefühle durchleben müssen, dass mir ganz schwindlig war. Nein, das Leben auf hoher See war einfach nichts für mich. Wie hatte ich nur jemals denken können, dass es anders sei? Nala hatte vollkommen recht; und so langsam ging mir die eigene Geduld für meine Gefühlswechsel aus. Ich wollte nur noch weg. Weg von diesem verdammten Schiff, weg von diesem ganzen Debakel um die Götter, weg von dieser hirnrissigen Prophezeiung. Aber vor allem wollte ich weg von diesen ozeanblauen Augen, die mich an einem Tag anfunkelten wie die aufgehende Sonne und am nächsten wie die schwärzeste Nacht.

Ich war kurz davor, den blöden Beutel einfach loszulassen und weiterzugehen – schließlich hätten mir ein paar Nahrungsmittel sowieso nichts genützt –, als ich plötzlich herumgewirbelt wurde. Im nächsten Moment spürte ich einen festen Baumstamm in meinem Rücken, während mich Neo an den Schultern fixierte und dagegendrückte. Er beugte sich so dicht an mich heran, dass sich unsere Stirnen beinahe berührten. Trotz der Dunkelheit war das Lodern in seinen Augen nicht zu übersehen. Als er geräuschvoll seufzte, kitzelte sein warmer Atem sanft über meine Lippen. »Es tut mir leid, Bell. Wirklich!«

Ungläubig blinzelte ich. Was war denn nun schon wieder in ihn gefahren? Von seinen ständigen Stimmungswechseln wurde mir ganz schummrig vor Augen. Seine Gefühle schienen mindestens genauso wechselhaft zu sein wie meine. Entweder das oder er besaß einen freundlichen Doppelgänger, der immer dann einschritt, wenn sich das Original danebenbenahm. Erneut spürte ich sein Seufzen auf meinen Lippen. »Es tut mir leid, dass ich dich vorhin so angegangen bin. Es ist nicht deine Schuld, dass der Untote bei dir einmarschiert ist. Ich hätte von Anfang an vorsichtiger sein sollen. Das Biest muss uns bereits seit längerem verfolgt haben, sonst hätte es dich gewiss nicht so schnell gefunden. Und was da zwischen uns im Meer passiert ist, ist natürlich auch nicht deine Schuld.«

»Mehr als das, was unter Wasser *passiert* ist, stört mich ehrlich gesagt das, was dort *gesagt* wurde«, platzte es aus mir hervor. Erschrocken schnappte ich nach Luft.

Als Neos Blick kurz auf mein Gesicht herabzuckte, war ich mir sicher, dass meine Wangen erstrahlten wie rote Erdbeeren. Ich ballte meine Hände so fest zusammen, dass sie vor Anstrengung zitterten. Nun stand es also fest: Nachdem mir dieses peinliche Geständnis herausgerutscht war, müsste ich auf jeden Fall das Weite suchen.

Neo schwieg. Sein Blick wirkte nachdenklich, während er langsam mein Gesicht erkundete. »Ich hab's nicht so gemeint«, murmelte er, wobei seine Stimme beinahe traurig klang – was natürlich unmöglich war, schließlich gehörte sie dem Mann, der mich so kalt abgewiesen hatte. »Wirklich nicht, Bell.«

»Ach nein?«, murmelte ich vor mich hin, unfähig ihm dabei in die Augen zu sehen. Das Brennen meiner Wangen wurde fast so unerträglich wie das Jucken meiner Bisswunde. Wie hatte ich mich nur in eine so dämliche Situation manövrieren können?

»Möchtest du, dass ich es dir beweise?«, raunte Neo.

Die Neugierde, die seine Worte in mir auslösten, fühlte sich falsch an. Misstrauisch blickte ich zu ihm auf. Beweisen? Wie denn das?

Auf seinen Lippen zeichnete sich das typische Schmunzeln ab, das mich schon während unserer ersten Begegnung in den Bann gezogen hatte. Trotzdem erschloss sich mir nicht, was er mit seiner Bemerkung andeuten wollte. Er hatte doch nicht etwa vor –

»Wenn dir das, was unter Wasser *passiert* ist, eigentlich ganz gut gefallen hat, können wir es gern ohne meine blöden Bemerkungen wiederholen.«

Mir klappte die Kinnlade herunter. »Dir bekommt die frische Waldluft nicht besonders gut, oder, Neo?«

Auf seinem Gesicht breitete sich ein amüsiertes Strahlen aus. Es war so ansteckend, dass meine Mundwinkel ebenfalls zuckten, obwohl mir eigentlich ganz und gar nicht nach Lächeln zumute war.

»Du machst es mir aber auch wirklich nicht leicht, mich bei dir zu entschuldigen«, erwiderte er.

»Ich verstehe nicht, wieso dir überhaupt etwas daran liegt, dass ich dir verzeihe.«

»Wirklich nicht?«, fragte Neo interessiert. »Ich dachte, das wäre nach meinem Angebot gerade eben ziemlich offensichtlich.«

»Wieso? Weil du mir durch die Blume hindurch einen Kuss anbietest, den du jeder Frau schenken würdest?«

Erneut geriet ich in Stocken. *Mist, schon wieder verplappert.* Vielleicht war doch ich diejenige von uns beiden, der diese verdammte Waldluft nicht guttat. Am besten, ich nutzte Neos Schockstarre, um mir den Beutel zu schnappen und endlich das Weite zu suchen, ehe ich mich noch mehr blamierte.

»Wie kommst du darauf, dass ich jeder Frau einen Kuss schenken würde?«

Neos Stimme klang gekränkt und schaffte es, dass ich ein schlechtes Gewissen bekam. Nervös versuchte ich seinem vorwurfsvollen Blick auszuweichen, doch irgendwie blieb ich immer wieder an ihm hängen. Was sollte ich ihm nur antworten? Ich könnte unmöglich Nala in die Pfanne hauen, oder? »Nun, du ... erweckst den Anschein, dass es so ist?«

Neos linke Augenbraue wanderte in die Höhe. »Und das machst du woran fest? An meinem Aussehen? Meinen göttlichen Fähigkeiten? Oder haben dir das etwa die zahlreichen Frauen an Bord erzählt, die alle nur meinetwegen bei uns angeheuert haben?«

Seine Stimme triefte vor Sarkasmus, doch in seinen Augen konnte ich lesen, dass ihn meine Bemerkung wirklich gekränkt hatte. Als er sich etwas zurückzog, um den Abstand zwischen uns zu vergrößern, begann ich heftig zu frösteln. Sollte ich Nala doch verraten? Eigentlich war es nicht meine Art, andere Leute zu verpetzen oder vorzuführen, aber genauso wenig passte es zu mir, Leute vorschnell zu verurteilen oder auf ihr Äußeres zu reduzieren. Es nervte mich, dass ich Neo gekränkt hatte. Und eigentlich hatte es doch nichts mit Verpetzen zu tun, wenn ich ihm sagte, dass dieses Gerücht von Nala stammte, oder?

»Nun gut, dann will ich dich mal nicht länger belästigen.«

Mein Herz rutschte auf die Höhe meines Magens. Nein, *das* konnte ich nicht einfach so zwischen uns stehen lassen. »Nala hat es mir gesagt.« Der Satz kam mir so schnell über die Lippen, dass er sich wie ein einziges Wort anhörte. Kaum hatte ich das Geständnis ausgesprochen, bildete sich eine blasse Denkfalte zwischen Neos Augenbrauen.

»*Nala?* Schiebst du sie vor, um deinen eigenen Kragen zu retten, oder –?«

»Na, hör mal, so etwas würde ich nie tun!«, fiel ich ihm beleidigt ins Wort und verschränkte meinerseits die Arme vor der Brust. Sofort spürte ich ein kräftiges Ziehen in meiner Halsbeuge, doch ich versuchte den Schmerz, so gut es ging, beiseitezuschieben. »Sie mag vielleicht recht damit haben, dass ich ein langweiliges Mauerblümchen bin und weder ihr noch dir das Wasser reichen kann, aber ich lasse mir nicht auch noch andichten, dass ich eine Lügnerin bin.«

Neos Gesichtszüge entgleisten. »*Das* hat sie zu dir gesagt?!« Pikiert drehte ich meinen Kopf zur Seite und kniff meine Lippen zusammen. So ein Mist, jetzt hatte ich Nala doch irgendwie verpetzt …

»Weißt du was? Ich sage jetzt gar nichts mehr dazu. Und ich will auch nicht, dass du dich einmischst oder Nala von diesem Gespräch hier erzählst, verstanden? Ich möchte nicht noch mehr Ärger verursachen.«

»Du nicht«, hörte ich ihn zornig antworten, »aber bei Nala bin ich mir da nicht so sicher.« Frustriert fuhr er sich durchs Haar. »Ist irgendetwas zwischen euch vorgefallen? Ich dachte, ihr wärt Freundinnen.«

»Das dachte ich auch«, murmelte ich, wobei ich nicht verhindern konnte, dass meine Stimme bekümmert klang. »Jetzt, wo ich mich sowieso schon verplappert habe, kann ich dir ja auch meinen letzten Fehltritt beichten: Nala hat nicht aufgehört danach zu fragen und ich habe mir nichts weiter dabei gedacht, darum habe ich ihr –«

»Von unserem Kuss erzählt«, beendete Neo leise meinen Satz. Ich nickte knapp. »Tut mir leid. Ich wollte sie nicht belügen und dachte, dass sie sowieso ahnen würde, was zwischen uns passiert war. Schließlich weiß sie doch, wie du deine Magie überträgst, richtig?«

»Hm, ganz genau«, machte Neo knapp und senkte den Blick. »Das ist das Problem.«

Irritiert legte ich den Kopf schief, doch Neo tat es mit einer Handbewegung ab.

»Ach, nichts! Vergiss einfach, was Nala dir erzählt hat – damit meine ich sowohl die Behauptungen über dich als auch die über mich.«

»Stimmen sie denn?«, wagte ich zu fragen und schielte zu ihm hinüber.

Seufzend verdrehte Neo die Augen. »Nein. Natürlich nicht.«

»Sie sagte, dass du meinen Namen damals nicht erfahren wolltest, weil es dich nervt dir die vielen Namen deiner Liebschaften merken zu müssen.«

Wie ein Pfeil bohrte sich Neos Blick in meine Augen. Es war nicht zu übersehen, *wie* wütend er war. »Und wie habe ich es begründet, Bell?«, fragte er vorwurfsvoll.

Etwas kleinlaut zog ich den Kopf ein. »Dass es sicherer für mich sei, wenn du meinen Namen nicht kennen würdest. Aber wieso eigentlich?«

Neo mahlte seine Kiefer aufeinander. Er schien sich für seine Antwort Zeit nehmen zu wollen, denn es dauerte einen Moment, ehe er wieder zum Sprechen ansetzte. »Vor zwei Jahren ist mir ein gewaltiger Fehler unterlaufen. Es mag seltsam oder unsinnig klingen, aber seitdem … seitdem fürchte ich mich davor, andere Menschen aus Versehen in Gefahr zu bringen. Es ist ja nicht zu leugnen, dass ich als letzter lebender Halbgott praktisch eine riesige Zielscheibe auf dem Rücken trage. Ich möchte um jeden Preis verhindern, dass jemand anderes einen verirrten Pfeil aus Narius' Bogen abbekommt, der eigentlich für mich bestimmt war, verstehst du? Durch meine Leichtsinnigkeit habe ich bereits genug Elend über diese Welt gebracht. Nun liegt es an mir, den Schaden bestmöglich einzugrenzen …«

Neos Worte verstärkten die Kälte, die sich durch meine Knochen bohrte. Er klang aufrichtig und aus der Sturmflut seiner Augen schloss ich, dass er mir die Wahrheit sagte. Dennoch hätte ich nur zu gern gewusst, was sich damals zugetragen hatte. Ob er bereit wäre mit mir darüber zu reden?

»Was macht ihr denn da?« Nalas Stimme ließ mich erstarren. Hilflos blickte ich zu Neo auf, der daraufhin kaum merklich den Kopf schüttelte.

Als er anschließend zu Nala hinüberblickte, die einige Meter entfernt zwischen zwei breiten Baumstämmen aufgetaucht war, wirkte sein Blick unterkühlt. »Was gibt es?«

Sie neigte den Kopf, wobei ihr braunes Haar lockig über ihre Schultern fiel. »Nichts, es läuft alles nach Plan. Ich habe mich nur gewundert, wo ihr –«

»Dann verstehe ich nicht, wieso du deine Position verlassen hast.«

Verdutzt öffnete ich die Lippen. Es war das erste Mal, dass ich erlebte, dass Neo so streng mit Nala sprach. Mein verräterisches Herz begann bei der Feststellung, dass er sich offensichtlich auf meine Seite geschlagen hatte, heftig zu pochen. Gleichzeitig keimte das schlechte Gewissen in mir auf, weil Nala trotz allem meine Freundin war und ich mich nicht darüber freuen sollte, dass sie und Neo in einen Streit geraten waren. Schließlich waren sie durch eine jahrelange Freundschaft verbunden und ganz egal, was zwischen uns dreien vorgefallen war: Ich wollte nicht der Grund sein, weshalb sich die beiden stritten. Außerdem ging ich mittlerweile fest davon aus, dass die Sache zwischen mir und Nala nur ein großes Missverständnis war. Die ganze Situation musste auch für sie unheimlich belastend sein, vermutlich war sie nach den heutigen Strapazen nur etwas angespannt gewesen.

»Wie sieht denn der Plan aus?«, fragte ich leise an Neo gewandt, um das Blickduell der beiden zu entschärfen. Jedoch reagierte er anders, als ich erwartet hatte. Während er meine Tasche schulterte, griff er mit der freien Hand nach meiner. Sanft verflocht er unsere Finger und warf Nala noch einen warnenden Blick zu, ehe kehrtmachte und ohne eine Erklärung tiefer in den Wald hineinlief. Ich war so verblüfft, dass ich ihm widerstandslos folgte, während er uns einen Weg durch das Unterholz bahnte. »Komm, Bell. Wir müssen einen geeigneten Schlafplatz finden.«

»*Wir?*«, platzte ich schrill hervor. Aus Neos Mund hatte das irgendwie … intim geklungen. Schweigend liefen wir ein paar Minuten durchs Gestrüpp, ehe er schließlich vor einem hohen Felsen haltmachte, der trotz seiner Größe kaum aus den umherstehenden Bäumen und Büschen hervorstach.

»Hier ist es gut«, verkündete er zufrieden und ließ den Stoffbeutel auf den Boden fallen. »Durch den Felsen sind wir etwas windgeschützt. Nachts kann es in solchen Wäldern ganz schön kalt werden.« Er ließ meine Hand los und hockte sich neben den Beutel. Geschickt öffnete er den Verschluss, zog mehrere Decken hervor und breitete eine von ihnen auf dem Boden aus.

Nachdem er darauf Platz genommen hatte, klopfte er einladend neben sich auf den dicken Stoff. Zögerlich lief ich auf ihn zu und setzte mich zu ihm. Obwohl ich Nala keine Rechenschaft schuldete, fühlte ich mich nicht ganz wohl bei dem Gedanken, dass sie jeden Moment auftauchen und mich neben Neo entdecken könnte. Auf diese Weise ließe sich der Konflikt zwischen uns bestimmt nicht beilegen. Kaum hatte ich diesen Gedanken zu Ende gesponnen, raschelte es neben uns und Nala und Kai tauchten hinter den großen Blättern auf.

»Ihr habt es ja hier gemütlich!«, stellte Letzterer gut gelaunt fest und schulterte seine Stofftasche ab, um ein paar Schritte von uns entfernt ebenfalls sein Nachtlager aufzubauen. Mein Blick schnellte zu Nala hinüber, doch die starrte nur ausdruckslos auf den Waldboden unter ihren Füßen. Langsam begann auch sie ihre Tasche auszupacken.

»Die anderen befinden sich dicht in unserem Umkreis«, verkündete Kai zuversichtlich, »wenn irgendetwas passieren sollte, sind wir nah beisammen.«

»Gut«, erwiderte Neo, während er mir eine Decke reichte, »aber nichtsdestotrotz sollten wir eine Nachtwache einrichten. Wäre es für dich in Ordnung, wenn ich die erste Schicht übernehme und du mich bei Dämmerung ablöst?«

»Gute Idee, so machen wir es«, gähnte Kai zur Antwort.

Ich beobachte ihn dabei, wie er sich unter der Decke einmummelte und auf die Seite drehte, sodass er mit dem Rücken zu uns gerichtet auf dem Boden lag.

»Gute Nacht allerseits«, murmelte er noch.

Erneut huschten meine Augen zu Nala hinüber. Sie hatte sich ebenfalls zugedeckt und uns den Rücken gekehrt. Besorgt wanderte mein Blick wieder zu Neo, der sich rückwärts an den Felsen lehnte und in seine Decke einwickelte. Er schüttete langsam den Kopf, als würde er mir sagen wollen, dass ich mich nicht um Nala sorgen sollte. Doch genau das tat ich. Kai und Neo waren ihre Familie. Ich wollte mich in keiner Form in diese Konstellation drängen, immerhin hatte mir Nala stets beigestanden und mich sogar bei sich aufgenommen.

Seufzend mummelte ich mich in meine Decke. Unsere Freundschaft würde ich in dieser Nacht wohl nicht retten können, aber ich nahm mir fest vor am morgigen Tag daran zu arbeiten. Das Klügste, das ich nun tun könnte, wäre wohl eine ordentliche Portion Schlaf zu tanken. Meine pochende Halsbeuge würde es mir bestimmt danken.

Ich klammerte mich an die tröstliche Vorstellung, dass morgen alles besser werden würde, und schloss meine Augenlider, doch mein Körper wollte einfach nicht zur Ruhe kommen. Bei jedem noch so leisen Geräusch schreckte ich auf. Und wenn es mal eine Zeit lang ruhig blieb, begannen meine Knochen durch den harten Untergrund zu schmerzen und zwangen mich, mich von einer Seite zur anderen zu rollen. Als ich *endlich* eine halbwegs akzeptable Position gefunden hatte und so erschöpft war, dass mich selbst das laute Plätschern des Wassers nicht länger störte, fing ausgerechnet Kai an zu schnarchen. Frustriert brach ich meinen Schlafversuch ab und setzte mich gerade auf.

»Aus genau diesem Grund teile ich unsere Nachtwachen stets so ein, dass er wach ist, wenn ich schlafen möchte«, hörte ich Neo neben mir flüstern. Seufzend drehte ich ihm mein Gesicht zu und schürzte meine Lippen. Er grinste mir amüsiert entgegen. »Wenn die Dämmerung einsetzt, muss er aufhören zu schnarchen und Wache halten.«

»Toll«, murrte ich wenig überzeugt. »Ich möchte aber *jetzt* schlafen. Mir ist kalt, ich bin müde, und –«

»Gegen das Schnarchen bin ich zwar machtlos – es sei denn, wir ersticken ihn unter einer der Decken –, aber gegen Kälte kann ich Abhilfe schaffen.«

Stutzig beobachtete ich ihn dabei, wie er seine Arme ausbreitete und mit dem Kopf neben sich deutete. Zögerlich betrachtete ich ihn. Sollte ich es wirklich wagen? Nach all dem, was heute zwischen uns vorgefallen war?

»Das ist ein ganz persönliches limitiertes Angebot«, zog mich Neo leise auf. »Das biete ich auch nicht jeder Frau an – versprochen.«

Alarmiert fuhr ich zu Nala herum, doch die schien tief und fest zu schlafen.

»Wenn deine Entscheidung noch länger auf sich warten lässt, bin ich bis dahin erfroren«, scherzte Neo, woraufhin ich mich seufzend aufrappelte und näher an ihn heranrutschte. Er würde ja sowieso keine Ruhe geben und ein bisschen Wärme konnte mir wohl nicht schaden. Kaum hatte ich Platz genommen, legte Neo behutsam einen Arm samt Decke über meine Schulter und zog mich an seine Seite. Tatsächlich musste ich zugeben, dass diese Position nicht nur wesentlich wärmer, sondern auch deutlich gemütlicher war. Etwas schüchtern lehnte ich mich an ihn und ließ zu, dass sich mein Körper entspannte. An meinem Ohr konnte ich seinen gleichmäßigen Herzschlag spüren. Es war das beruhigendste Geräusch, das ich in den letzten Wochen gehört hatte.

»Hast du schon versucht die Glühwürmchen zu zählen?« Neos warmer Atem, der sanft über mein Ohr strich, löste ein starkes Prickeln in mir aus. Neugierig sah ich mich um und entdeckte einen schwachen Leuchtpunkt, der einige Meter entfernt um einen Baumstamm schwirrte. Langsam schüttelte ich den Kopf.

»Vielleicht hilft es dir ja beim Einschlafen«, mutmaßte er. Für einen Moment überlegte ich ihm zu gestehen, dass zumindest die Nähe seines Körpers ganz sicher *nicht* dazu beitragen würde. So einen großen Schwarm Glühwürmchen, den ich dafür zählen müsste, gab es vermutlich gar nicht.

Als eine kühle Brise aufzog, kauerte ich mich trotzdem schlotternd an Neos Seite zusammen. Diese Körperhaltung hatte jedoch zur Folge, dass die Haut rund um meine Verletzung herum spannte. Augenblicklich kehrte das Brennen zurück, das ich zuvor so gut ausgeblendet hatte. Ich versuchte es noch einmal damit, die schwachen Lichtpunkte zu zählen, doch je mehr ich mich anstrengte, desto stärker wurden die Schmerzen. Unwohl begann ich mich in Neos Umarmung zu winden.

»Was ist los?«, erklang prompt seine besorgte Stimme. Unsicher blickte ich zu ihm auf. »Versprich mir, dass du nicht wütend sein wirst, ja?«

Geräuschvoll stieß er die Luft aus und rollte mit den Augen. »Na, das fängt ja gut an.«

»Versprich es mir, Neo. Ansonsten behalte ich es für mich.«

»Gut, ich gebe mir Mühe. Also, was hast du wieder angestellt?«

Zögernd begann ich mit meinem Zeigefinger abstrakte Muster auf Neos Unterarm zu malen. »Na ja, also sagen wir mal, ich würde dich ganz hypothetisch fragen, ob … also …«, druckste ich herum, doch der Halbgott ließ nicht locker.

»Ja, und weiter …«

»Na ja, also wenn ich dich rein hypothetisch fragen würde, ob der Biss eines Untoten giftig oder gefährli –«

Neo fuhr so ruckartig auf, dass ich beinahe an seiner Seite heruntergerutscht wäre. »Wo?«, fragte er atemlos, während sein Blick bereits damit beschäftigt war, mich von Kopf bis Fuß zu mustern.

Seufzend griff ich nach dem Stoff meiner Bluse und zog an meinem Ärmel, bis meine Schulter im Ausschnitt auftauchte. Neos Augen weiteten sich. Er presste seine Lippen fest aufeinander, während er wortlos nach dem Stoffbeutel griff und darin nach etwas tastete.

»Denk dran«, erinnerte ich ihn leise, »dass du gerade versprochen hast nicht wütend –«

»Sag jetzt besser nichts, Bell«, presste er zwischen zusammengebissenen Zähnen hervor.

Ich schluckte betroffen und senkte den Blick. Vermutlich wäre es wirklich das Beste, wenn ich einfach meinen Mund halten würde und stattdessen dankbar dafür wäre, dass er mir noch nicht an die Gurgel gegangen war. Sein ernster Gesichtsausdruck ließ mich vermuten, dass er zumindest darüber nachgedacht hatte.

»Untote verfügen über zwei verschiedene Gifte«, erklärte er knapp, während er einen kleinen Tiegel aus dem Beutel fischte und den Schraubverschluss öffnete. »Das eine Gift ist unheilbar tödlich. Es verursacht kiemen- oder seepockenartige Auswüchse am Hals und hinter den Ohren, von denen du glücklicherweise keine hast.«

Seepockenartige Auswüchse? Etwa die Art von Auswüchsen, die ich damals am Hals des Unbekannten entdeckt hatte, der an unseren Strand gespült worden war? Schon allein bei dem Gedanken daran wurde mir übel. Hastig schob ich die Erinnerung wieder beiseite. In den letzten Wochen hatte ich kaum an dieses schreckliche Erlebnis zurückgedacht und wenn es nach mir ginge, würde das auch so bleiben.

Seufzend stieß ich den Atem aus. »Gut, und wie wirkt das zweite Gift?«

»Wie bei einem giftigen Stachelfisch; es lähmt das Opfer und macht es dadurch für einige Zeit bewegungsunfähig. Anschließend ist die Bisswunde meist mit starken Schmerzen verbunden, die mehrere Wochen anhalten können. Mit etwas Pech kann sich der Biss entzünden und dadurch ebenfalls zum Tode führen.«

Mein Herz machte einen aufgeregten Sprung. »Und … und wonach sieht mein Biss aus?«

Neo hob tadelnd seine Augenbrauen, während er eine dickflüssige Salbe aus dem Tiegel aufnahm. Als er seinen Zeigefinger behutsam auf meine Verletzung legte und sie mit der Salbe beschmierte, seufzte ich dankbar auf. Das Brennen ließ augenblicklich nach und auch das Spannungsgefühl verschwand beinahe vollständig.

»Du hattest mal wieder riesiges Glück, Sturkopf. Anderenfalls wärst du gar nicht in der Lage gewesen, auch nur halbwegs geradeaus zu laufen. Im fortgeschrittenen Stadium hätte das Gift auch zu Halluzinationen führen können. Pff, da soll mir noch mal jemand vorwerfen, *ich* sei leichtsinnig.«

Beinahe hätte ich mich an meiner Spucke verschluckt. »Was?«, krächzte ich. »Aber durch diese Salbe wird doch alles wieder gut, oder?«

Neo gluckste leise. »Hoffen wir es.«

Beleidigt kniff ich meine Augen zusammen und starrte ihn an. »Neo, das ist nicht lustig.«

»Ach, wirklich nicht? Zuvor hast du deine Verletzung aber auch nicht so ernst genommen. Wieso bist du eigentlich nicht gleich zu mir gekommen und hast mich um Hilfe gebeten?«

»Ich dachte, dass ich diesen Lebensretter-Anspruch bereits zu häufig an dich gestellt hätte.«

Neos Bewegung geriet ins Stocken. Ehe er damit fortfuhr, meine Wunde zu versorgen, blickte er mir noch einmal tief in die Augen. »Den kannst du gar nicht überbeanspruchen, Bell. Ich werde dich nicht im Stich lassen, niemals. Da kannst du mir noch so oft auf der Nase herumtanzen oder dich in Schwierigkeiten bringen. Wenn du das nächste Mal in Gefahr gerätst, schluckst du deinen Stolz gefälligst runter und nimmst meine Hilfe an, abgemacht?«

»Abgemacht«, antwortete ich gerührt.

Während sich Neo wieder meiner Bisswunde widmete, blickte ich zum wiederholten Mal zu den Glühwürmchen hinüber, von denen immer mehr aufleuchteten. Ihre ruhigen Flugbahnen und das monotone Plätschern in meinen Ohren führten dazu, dass meine Lider mit einem Mal so schwer wurden wie Blei. Hastig verbarg ich mein träges Gähnen hinter meiner Handfläche.

Neo befestigte unterdessen einen dünnen Verband an meiner Halsbeuge und zupfte meine Bluse zurecht. Während er sich wieder an die Felswand lehnte, zog er mich in seinen Armen behutsam mit sich. Schließlich gab ich es auf, ständig darüber zu grübeln, ob das hier eine gute Idee war, und kuschelte mich enger an seinen wärmenden Körper. Sollte mir Nala doch am nächsten Morgen den Kopf abreißen – im Moment würde ich alles dafür geben, um nicht länger frieren zu müssen. Außerdem musste ich mir eingestehen, dass es in Neos Armen äußerst gemütlich war. Zwischen ihm und der Decke fühlte ich mich zum ersten Mal seit Beginn meiner Reise geborgen und sicher. Solange ich hier liegen würde, mit meiner Wange auf seiner Schulter und meinen Armen um seinen Oberkörper, könnte mir nichts zustoßen.

Als ein kühler Nachtwind über mein Gesicht strich, schmiegte ich mich noch enger in meinen auserkorenen Schlafplatz. Keinen Wimpernschlag später spürte ich, wie sich Neos Arm fester um meine Schultern legte.

»Versuch etwas zu schlafen, Bell«, murmelte er mir sanft ins Ohr. »Morgen wird ein verdammt anstrengender Tag werden.«

Neugierig hob ich meinen Kopf und blickte in seine Augen. »Noch anstrengender als die letzten Wochen? Ich hatte gehofft, schlimmer könnte es nicht mehr werden.«

Lachend schüttelte er den Kopf. »Du hast meiner Rede vorhin überhaupt nicht zugehört, oder?«

Zerknirscht schüttelte ich den Kopf.

»Also gut, dann noch ein zweites Mal für unseren Ehrengast: Morgen werden wir in aller Frühe zum Tempel aufbrechen und nach dem Artefakt suchen. Allerdings gehen wir davon aus, dass wir nicht die Einzigen sein werden, die dort nach etwas Ausschau halten. Wir müssen mit *allem* rechnen, Inselmädchen.«

Ein fester Kloß bildete sich in meinem Hals und verstopfte ihn wie ein Korken einen Flaschenhals. Allein der Gedanken daran, schon wieder einem Untoten begegnen zu müssen, ließ mich trotz der Decke frösteln. Doch ehe meine Gedanken zu finster werden konnten, legte Neo seinen Kopf behutsam auf meinen. »Hab keine Angst, Bell, ich behalte dich im Auge.« Ein leises Schnaufen glitt über seine Lippen. »Vielleicht sollte ich dich während unseres Tempelbesuches an die Hand nehmen, so wie Mütter ihre Kinder beim Besuch des Wochenmarktes, damit diese nicht aus Neugier fortlaufen und verloren gehen können.«

Schmunzelnd legte ich meinen Kopf in den Nacken und blinzelte zu ihm auf. »Diese mütterliche Geste kommt dir wohl bekannt vor, was? Hat es in deinem Fall ausgereicht dich an die Hand zu nehmen oder musste dich deine Mutter zusätzlich irgendwo anbinden?«

Neos Grinsen wurde noch breiter. Er griff mit seiner freien Hand in mein Haar und zog behutsam an meinem kurzen Zopf, womit er es mir unmöglich machte, meinen Kopf wieder zu senken. Feixend blickte ich in seine Augen auf, die in diesem Moment heller zu strahlen schienen als die Sterne über unseren Köpfen. Sie erkundeten mein Gesicht, als wäre es die Karte eines fremden Landes. Plötzlich überbrückte Neo ohne Vorwarnung die Distanz zwischen uns und legte seine Lippen auf meine Stirn. Der Kuss war unheimlich sanft, beinahe flüchtig. Dennoch reichte er aus, um die Müdigkeit restlos aus meinem Körper zu vertreiben.

»Tu mir einfach einen Gefallen und versprich mir, dass du morgen auf meine Anweisungen hören wirst, ja?«, murmelte seine Stimme an meiner Stirn.

Ohne über seine Worte nachgedacht zu haben, nickte ich. Ich spürte, wie er seine Lippen an meiner Stirn zu einem Lächeln verzog.

»Gut. Dann solltest du jetzt wirklich versuchen etwas zu schlafen.«

Schlafen? Obwohl ich das Prickeln seiner Berührung noch immer spürte? Witzig. »Meinst du, dass Narius schon auf uns lauert?«

»Ich weiß es nicht«, murmelte er nachdenklich. »Es gibt ein ungeschriebenes Gesetz, das besagt, dass die Götter die Auserwählten erst durch eigene Hand töten dürfen, wenn alle Artefakte geborgen worden. Aber ob sich Narius daran halten wird, bleibt abzuwarten.«

»Bist du ihm denn schon einmal begegnet? Wie schätzt du ihn ein?«

»Ja, mehrmals sogar. Meist hat er sich jedoch im Hintergrund gehalten und seine Handlanger vorgeschickt. Ich denke, das Einzige, das ihn davon abhält, mich oder Nala zu töten, ist sein Ego. Die Götter haben damals verkündet, dass sie die Prophezeiung selbst dann erfüllen könnten, wenn sie uns Auserwählte *nicht* töten dürften, ehe die Artefakte gefunden wurden, weil wir angeblich so unfähig seien und bereits vorher selbstverschuldet sterben würden. Sollte er diese Regel brechen, würde das ganz schön an seinem Stolz nagen. Andererseits will er natürlich so schnell wie möglich gewinnen, um seinesgleichen wieder zu voller Macht zu verhelfen.«

»Wenn es drauf ankommt, wird er diese Regel sicher nicht beachten«, mutmaßte ich leise, während ich Neos unverkennbaren Duft einsog. »Wenn ich die Chance hätte, mein Volk aus der Verbannung zu befreien, würde selbst *ich* zu unmoralischen Maßnahmen greifen, um schnellstmöglich zu gewinnen. Was interessiert es mich, wenn mein Ego dabei in Mitleidenschaft gezogen wird?«

Glucksend strich mir Neo über den Kopf. »Sieh mal einer an. Ausgerechnet unser artiges Inselmädchen droht mit unmoralischen Mitteln, hm?«

»Wenn das Überleben meiner Mitmenschen auf dem Spiel stehen würde? Natürlich!«

»Ich denke, dass er sich abgesehen davon auch zurückhält, weil er seine Magie noch nicht im vollen Ausmaß nutzen kann. Zwar spürt er, was im Meer vor sich geht, aber ähnlich wie bei mir scheint sich seine Fähigkeit auf einen gewissen Radius zu begrenzen. Anders kann ich mir nicht erklären, wieso er uns nicht schon längst gefunden und mein Schiff zum Kentern gebracht hat.«

Nachdenklich runzelte ich die Stirn. Eigentlich wollte ich etwas erwidern, doch als ich meine Lippen öffnete, trat nur ein erschöpftes Gähnen hervor. Seufzend bettete ich meinen Kopf in Neos Halsbeuge und schloss meine schweren Lider. Die Decke wurde mir bis zum Kinn hochgezogen und ich spürte eine warme Hand an meinem Hinterkopf. Neos Daumen kreiste sanft über meine Kopfhaut und mein Haar. Die Berührung war so gleichmäßig, dass sie eine hypnotisierende Wirkung auf mich ausübte. Schweigend genoss ich die Wärme um mich herum und die leisen Geräusche des Waldes. Als eine Windböe aufzog, raschelten die Blätter der Baumkronen so laut, dass sie beinahe das Plätschern des Wassers übertönten. Doch in Neos Armen spürte ich fast nichts von der Kälte, die von der Luft durch die finstere Nacht getragen wurde.

Stattdessen begann ich mir vorzustellen, wie immer mehr Glühwürmchen vor meinen geschlossenen Lidern aufzogen und sanft durch die Gegend schwirrten. Schließlich wurden es so viele, dass ich sie unmöglich mehr zählen konnte. Und dann verschwanden sie so schlagartig, als hätte jemand das Licht ausgemacht.

Kapitel 17

Warme Sonnenstrahlen kitzelten meine Nase. Langsam schlug ich die Augen auf und blinzelte in das rötliche Licht. Etwas bewegte sich neben mir gleichmäßig auf und ab. Stück für Stück gelang es mir, den Schleier meines Tiefschlafes abzustreifen und den Kopf zu heben. Ich hielt mir gähnend eine Hand vor den Mund und streckte meine müden Glieder. Als ich die Augen wieder öffnete, blieb mir kurzzeitig die Luft weg.

Völlig gebannt starrte ich auf Neos Gesicht. Es war unverkennbar, dass er noch immer tief und fest schlief. Ich nutzte die Gelegenheit, um seine Züge genauer zu erkunden. Neben den markanten Wangenknochen fielen mir vor allem die pechschwarzen Wimpern auf, die einen starken Kontrast zu seiner blassen Haut bildeten. Allerdings konnte ich nicht genau benennen, ob ausgerechnet sie der Grund dafür waren, weshalb Neo im Schlaf so viel jünger wirkte als sonst. Jünger und vor allem friedlicher.

Ich ließ meinen Blick weiter über seinen Oberkörper schweifen, der sich so gleichmäßig auf und ab bewegte, dass ich eine Uhr danach stellen konnte. Eigentlich wollte ich mich etwas aufrichten, da ich noch immer wie ein Schluck Wasser an Neos Seite kauerte und ein leichtes Ziehen im Nacken bemerkte, doch als ich seinen Arm an meinen Schultern spürte, stockte ich in meiner Bewegung. Er hielt mich noch immer genauso fest umschlungen wie gestern Nacht, als ich endlich eingeschlafen war. Wenn ich mich bewegte, würde ich ihn vielleicht wecken, und das wollte ich um jeden Preis verhindern. Doch langsam wurde das Kribbeln meiner Glieder unerträglich. Vorsichtig drehte ich mich in seiner Umarmung und griff nach seinem Arm. Ich hielt ihn fest, während ich mich darunter hindurchwand. Tatsächlich gelang es mir, mich vollständig aufzusetzen und zu strecken, ohne den schlafenden Halbgott aufzuschrecken. Als ich meinen Blick umherwandern ließ, entdeckte ich Kai, der ebenfalls noch zu schlafen schien. Er lag mit dem Rücken zu mir und bewegte sich genauso gleichmäßig wie Neo. Rote Sonnenstrahlen tanzten über seinen Körper, doch er schien sich davon nicht stören zu lassen.

Meine Augen schweiften weiter über die hohen Gräser hinweg, bis sie schließlich auf Nala landeten. Auch sie lag noch immer unter ihrer Decke vergraben, doch im Gegensatz zu Kai hatte sie ihr Gesicht in meine Richtung gewandt. Nachdenklich betrachtete ich ihre hübschen Züge. Zwar waren ihre Augen ebenfalls fest geschlossen, doch ihre Lippen wurden von einem angespannten Ausdruck eingefasst, als würde sie über irgendetwas grübeln. Ob sie gesehen hatte, dass ich die Nacht in Neos Armen verbracht hatte? Ohne dass ich es wollte, regte sich erneut das schlechte Gewissen in mir.

Je länger ich Nala betrachtete, desto müder und abgeschlagener wirkte sie auf mich. Ich konnte mir nicht vorstellen, dass die dunklen Schatten unter ihren Augen lediglich von ihren langen Wimpern stammten. Hoffentlich hatte sie nicht die ganze Nacht über meinetwegen wach gelegen …

Gedankenverloren blickte ich wieder zu Neo hinüber, der immer noch tief und fest schlief. Hatte er nicht gesagt, dass wir zeitig aufbrechen wollten? Zögernd streckte ich meine Hand nach ihm aus und ließ sie über seinem rabenschwarzen Haar schweben. Sollte ich ihn einfach ansprechen? Oder anstupsen? Wie weckte man denn jemanden, der nicht der eigene Bruder war?

Unentschlossen legte ich meine Hand auf seinem Kopf ab. Das glatte Haar unter meiner Handfläche fühlte sich weich und seidig an – wie ein kostbarer Stoff, aus dem edle Kleidung gezaubert wurde. Vorsichtig durchkämmte ich es mit meinen Fingern und strich dabei ein paar Strähnen beiseite, die sich in sein Gesicht verirrt hatten. Schließlich drehte ich mein Gelenk und ließ meinen Handrücken an seinem Gesicht hinab bis auf seine Wange fahren. Ich wagte kaum zu atmen, als Neo plötzlich seinen Kopf neigte und fester gegen meine Hand lehnte. Seine Lider waren noch immer geschlossen, doch ich konnte ein leichtes Zucken unter ihnen erkennen. Langsam ließ ich meinen Daumen über seine weiche Haut kreisen, das Flattern seiner Lider wurde immer stärker. Schließlich klappten sie auf und offenbarten zwei wunderschöne Augen, die mir verschlafen entgegenblickten. »Guten Morgen«, murmelte ich lächelnd. Sein Blick traf direkt auf meinen. Träge hob er seine Mundwinkel.

»Guten Morgen, Bell. Seit wann gehörst du denn zu den Frühaufstehern, hm?«

»Du hast doch selbst gesagt, dass wir zeitig aufbrechen sollten«, erwiderte ich leise. »Allerdings scheine ich die Einzige zu sein, die sich an diese Vereinbarung gehalten hat. Kai und Nala schlafen genauso fest, wie du es noch vor einem Moment getan hast.«

Ruckartig fuhr Neo auf und blickte sich um. »Großartig. So viel also dazu, dass einer von uns stets Wache halten sollte.«

»Hast du ihm denn Bescheid gesagt?«, versuchte ich ihn zu ärgern. »Vielleicht bist du ja selbst eingeschlafen und hast ihn nicht zu seiner Schicht geweckt.«

Stirnrunzelnd betrachte er mich. »Hm, jetzt, wo du es sagst. Weißt du was, vergessen wir das einfach. Alle tragen ihre Köpfe noch auf den Hälsen, also scheint alles gut gegangen zu sein. Komm, wir wecken sie und schauen nach den anderen. Wenn ich mich nicht irre, haben die meisten von ihnen ihr Schlaflager direkt auf der anderen Seite des Felsens aufgeschlagen.«

Zustimmend nickte ich. Neo fuhr mir kurz durchs Haar, ehe er sich aufrappelte und ausgiebig streckte. Dabei rutschte sein Hemd etwas hoch und entblößte einen schmalen Streifen Haut. Sofort senkte ich meinen Blick und begann die Decken ordentlich zusammenzulegen und wieder in der Stofftasche zu verstauen. Neo weckte währenddessen Nala und Kai. Nachdem wir unsere Schlafplätze aufgeräumt hatten, machten wir uns auf den Weg zum Rest der Gruppe. Tatsächlich befanden sie sich näher bei uns, als ich angenommen hatte.

Kaum hatten wir den Felsen umrundet, entdeckte ich bereits die ersten Leute der Crew, die in einer kleinen Runde beisammensaßen und ein paar

Brote verspeisten. Sobald sie Neo erblickten, stellten sie ihr Frühstück ein und trommelten die anderen zusammen.

Als wir endlich bereit waren unseren Weg durch den tropischen Wald fortzuführen, lugte die Sonne noch immer nur knapp über dem Horizont hervor. Während wir uns einen Weg durch das Unterholz bahnten, ging ich zum ersten Mal an der Spitze der Gruppe. Neo lief neben mir her und auch wenn wir die meiste Zeit über schwiegen und Kais schlechten Witzen lauschten, die er Nala im Minutentakt um die Ohren schleuderte, fühlte ich eine Zufriedenheit in mir, die ich lange Zeit vermisst hatte. Obwohl Neo und ich uns nicht mehr in den Armen lagen, spürte ich seine Präsenz noch immer genauso deutlich, als würden wir uns berühren. Andauernd wehte mir sein unverkennbarer Geruch nach Meer und Wind in die Nase. Außerdem begleitete mich seit unserem Aufbruch ein seltsames Prickeln, dass sich zuerst nur in meinem Bauch eingenistet hatte, aber mittlerweile meinen gesamten Körper ausfüllte. Wenn ich zu Neo hinüberlinste, was zugegebenermaßen ziemlich oft der Fall war, fing er meinen Blick stets auf, als hätte er bereits vorher gewusst, dass ich ihn gleich ansehen würde. Meist folgte auf seinen funkelnden Blick ein verschwörerisches Grinsen oder Zwinkern, das mich jedes Mal aufs Neue erröten ließ. Am stärksten geriet mein Herz jedoch aus dem Takt, wenn sich unsere Finger wie durch Zufall streiften, obwohl der Weg eigentlich so breit war, dass drei Leute bequem nebeneinandergepasst hätten. Doch trotz alldem konnte ich nicht verhindern, dass meine Gedanken in regelmäßigen Abständen auch zu Nala abschweiften. Seit wir uns gestern Abend schlafen gelegt hatten, hatte sie noch immer kein Wort mit mir gewechselt. Das Einzige, das ich von ihrer Anwesenheit zu spüren bekam, war der finstere Blick, der sich wie ein Dolch in meinen Nacken bohrte. Ich hoffte immer noch inständig, dass sich der Graben zwischen uns zuschütten ließ. Doch mit jeder stillen Minute, die zwischen uns verstrich, schwand meine Hoffnung mehr.

»Seht mal!«, forderte Kai nach einer Ewigkeit und griff Neo an der Schulter. Ich folgte der Richtung seines ausgestreckten Fingers und kniff meine Augen zusammen, um im Gegenlicht der Sonne besser sehen zu können.

Stirnrunzelnd legte ich meinen Kopf schief und versuchte zu erkennen, worauf Kai hinauswollte. Doch abgesehen davon, dass der Boden vor uns matschiger wirkte, konnte ich nichts Ungewöhnliches feststellen.

»Wir sind da.« Neos Stimme klang hörbar angespannt und schlagartig hatte ich das Gefühl, die Luft um mich herum würde sich abkühlen. Eine leichte Gänsehaut überzog meine Arme und ließ mich frösteln. Als ich mich kurz zu den anderen Männern umdrehte, wirkten ihre Mienen wie in Stein gemeißelt. In den letzten Stunden hatte es keine Sekunde gegeben, in der nicht gesprochen worden war – nun war es totenstill.

»Wir haben das Moorgebiet erreicht«, raunte Neo, während sein Blick wachsam durch das Waldstück glitt. »Irgendwo hier muss sich der Eingang zum Tempel befinden. Haltet Ausschau nach Untoten, Sirenen oder sonstigen Kreaturen. Und, beim Klabautermann, versucht um jeden Preis auf dem Weg zu bleiben! Das Moor ist tückisch, euer erster Fehltritt wird auch euer letzter sein.«

»Wer oder was ist eine Sirene?«, zischte ich Kai unauffällig zu. Als er sich zu mir herabbeugte, wirkte seine Miene ungewohnt ernst. Nicht einmal der Anflug eines Lächelns war auf seinen Lippen zu erkennen. Der Kloß in meinem Hals schwoll noch mehr an.

»Sirenen sind Kreaturen, die Narius einst erschaffen hat, nachdem wir Menschen auf die Erde kamen. Er war neidisch, dass sich die anderen Götter an Land so leicht mit uns vergnügen konnten, während er im Meer nur von langweiligen Fischen umgeben war. Wie du weißt, konnte er zwar keine eigenen Menschen erschaffen, aber die anderen Gottheiten erlaubten ihm die Menschen, die im Gewässer umkamen, für seine Zwecke zu verwenden. Darum versteckte er sich eine Zeit lang in Seen und Flüssen, die in der Nähe von Dörfern und den ersten kleinen Städten lagen, und lauerte dort jungen Menschenfrauen auf. Die schönsten von ihnen lockte er zu sich ins Wasser, betörte sie mit seinem göttlichen Aussehen und seiner Magie. Die armen Mädchen hatten ja gar keine Ahnung, *wem* sie da in die Arme liefen. Narius verschleppte sie in seinem Palast im Meer, doch er musste schnell lernen, dass gefangene Menschen keine glücklichen Wesen sind. Denn egal, wie sehr er sich auch anstrengte, litten die entführten Mädchen so sehr unter seiner schlechten Betreuung, dass sie mit der Zeit eingingen. Ähnlich wie eine Blume, die ihrem sonnigen Platz entwurzelt wird und fortan im Schatten gedeihen soll. Leider, anders kann man das wirklich nicht ausdrücken, konnten sie unter Narius' Aufsicht nicht gänzlich sterben. Stattdessen wurden sie immer mehr entmenschlicht, bis sie den Meereslebewesen ähnlicher wurden als ihrem eigenen Volk. Irgendwann kam der Meeresgott dann aus Langeweile auf die Idee, die Mädchen noch mehr an seine anderen Geschöpfe anzupassen. Ihre Beine wurden mit einer Art Schwimmhaut ver –«

»Kai, das reicht«, unterbrach Neo seine Gruselgeschichte.

Aus riesigen Augen starrte ich ihn an. »Nein, erzähl weiter! Was ist mit den armen Frauen passiert?«

»Wenn wir dir die Details erklären, wirst du hier Wurzeln schlagen und dich keinen Meter mehr bewegen«, erklärte Neo, ehe Kai zu Wort kommen konnte. »Die etwas geschönte Kurzfassung ist, dass sie heute eine Fischflosse statt Beine tragen und über Mutationen verfügen, die ihren Betrachter bis in seine finstersten Albträume verfolgen.« Als ich Neos Finger an meinem Handgelenk fühlte, hätte ich mich am liebsten an ihm festgekrallt.

»Bleib dicht in meiner Nähe. Verstanden, Bell?«, raunte er mir zu.

Ich zwang mich zu einem Nicken. Mein Mund fühlte sich so trocken an, dass ich kein einziges Wort herausbekam. Dabei brannte mir eine Frage auf den Lippen, die ich nur zu gern gestellt hätte, aber vielleicht war es auch ganz gut, dass ich deren Antwort nie erfahren würde.

Neo setzte sich wieder in Bewegung. Während er den Waldabschnitt betrat, hielt er mein Handgelenk nach wie vor fest umschlossen. Ich folgte ihm und blickte angespannt zwischen den pechschwarzen, hageren Baumstämmen hindurch, die an einigen Stellen aus dem sumpfigen Untergrund wuchsen. Die Umgebung wirkte auf mich, als befänden wir uns plötzlich auf einer anderen Insel. Von den riesigen Bäumen und den vielen verschiedenen Gewächsen fehlte in diesem Abschnitt jede Spur. Stattdessen konnte ich überall dunkles Moos und rote Pilze entdecken, die ich noch nie zuvor gesehen hatte. Der Boden unter meinen Stiefeln schmatzte bei jedem Schritt und ein übler Gestank hing in der Luft. Er erinnerte mich an den Geruch eines verwesten Fisches, nur einhundertmal schlimmer und so penetrant, dass ich mein Gesicht verzog und mir die Nase zuhielt. Hoffentlich stammte der Gestank von dem abgestandenen Wasser oder dem modrigen Boden. Über andere mögliche Ursachen wollte ich gar nicht genauer nachdenken.

Geräuschvoll setzten wir unseren Weg durch das Moor fort. Immer wieder blieb mein staunender Blick dabei an den pechschwarzen Bäumen hängen, die ihre toten Äste wie dürre Finger in den Himmel reckten. Obwohl sie ja grundsätzlich nur Pflanzen waren – und tote noch dazu – genügte ihr Anblick, um mir einen eiskalten Schauer über den Rücken zu jagen. Plötzlich blieb Neo stehen und streckte seinen Arm zur Seite hin aus, um die anderen ebenfalls zum Stoppen zu bewegen. Gebannt hielt ich den Atem an und blickte mich um. Mit zusammengepressten Lippen hob Neo seinen Arm vor den Körper und deutete mit seinem Zeigefinger auf einen Hügel, der mit dornigen Pflanzen bewachsen war.

Langsam liefen wir weiter und hielten auf den Erdhügel zu. Je näher wir ihm kamen, desto besser konnte ich die alten Steinplatten erkennen, die zwischen der schlammigen Erde und den Dornen hervorragten. Obwohl ich versuchte so flach zu atmen wie nur möglich, hörte ich meinen Atem fast genauso laut wie meinen Herzschlag. Er pochte so stark in meiner Brust, dass es beinahe wehtat. Als plötzlich ein Frosch neben mir quakte, wäre mir um ein Haar ein Schrei entwichen. Hastig presste ich meine bebende Hand auf meine Lippen.

Wir waren nur noch wenige Schritte vom Hügel entfernt, als Neo erneut stehen blieb und wachsam über das Moorgebiet blickte. »Vorsicht, das Wasser wird hier etwas tiefer«, raunte er uns über seine Schulter hinweg zu und deutete auf den Boden vor seinen Schuhspitzen. »Lasst eure Füße nicht zu lange auf dem Grund stehen, sonst sackt ihr ein und bleibt stecken.«

Im ersten Moment wollte ich Neo fragen, ob er das Wasser nicht einfach verdrängen könnte, doch zum Glück fiel mir die Wirkungsweise seiner Magie wieder ein, bevor ich den Mund öffnete. Wenn ich die Lage richtig einschätzte, waren wir unserem Ziel verdammt nah. Natürlich konnten wir jetzt nicht riskieren, dass Narius uns fand, nur weil Neo uns vor nassen Strümpfen bewahren wollte. Denn würde er für diesen Zweck seine Magie einsetzen und das Wasser verdrängen, könnte Narius die Veränderung seines Elementes vielleicht spüren und uns entdeckten.

Kaum machte ich einen Schritt nach vorn, drang die Feuchtigkeit in meine Stiefelspitzen ein. Das Wasser war eisig kalt, obwohl es durch die Sonnenstrahlen eigentlich aufgeheizt sein müsste. Stirnrunzelnd watete ich hindurch und achtete dabei darauf, mit meinen Füßen nicht zu lang auf dem schlammigen Untergrund zu verharren. Als wir den Hügel endlich erreicht hatten, stieg meine Aufregung ins Unermessliche, denn aus der Nähe erkannte ich, dass es in Wahrheit gar kein Erdhügel war, aus dem einige Steinplatten hinausragten, sondern der steinerne Eingang eines alten Gebäudes, den jemand mit Erde überschüttet hatte. Vermutlich hatte man ihn dadurch tarnen wollen.

Aufgeregt blickte ich zu Neo hinüber, der gerade einen Säbel aus der Halterung seines Gürtels zog und damit die Dornenranken entzweite. Darunter kam ein schmaler Eingang ans Licht, der wie ein Tunnel in den Boden führte; zumindest vermutete ich das, denn das Innere des Tunnels war so schwarz wie die dunkelste Nacht und gab wenig Aufschluss über das, was sich darin verbarg. Erneut blickte ich zu Neo und beobachtete ihn dabei, wie er mit den Füßen nach vorn in den schmalen Tunnel kletterte. Als er meinen Blick bemerkte, war sein Körper bereits bis zum Hals in der Dunkelheit verschwunden.

»Mach es mir nach!«, flüsterte er mir zu, doch noch während er sprach, schüttelte ich bereits heftig mit dem Kopf.

»Ich bleibe hier«, presste ich heiser hervor, »bis hier hin und keinen Schritt weiter!«

»Du kannst nicht hierbleiben.«

Überrascht wandte ich mich zu Nala um, die ungeduldig mit ihrem Fuß auftrat. Es war das erste Mal seit unserer Auseinandersetzung, dass sie überhaupt mit mir sprach.

»Ich kann das nicht«, erwiderte ich panisch und verschränkte die Arme vor der Brust, »ihr müsst allein weitergehen. Ich bleibe einfach hier und –«

»Entweder du kriechst freiwillig hinein oder ich schiebe dich durch wie eine Kugel durchs Kanonenrohr!«

»Aber ich habe … *Angst!*«

»Natürlich hast du Angst, so wie du vor allem Angst hast, Bell! Der Ozean ist dir zu tief, die Nacht zu dunkel, der Regen zu kalt, aber so ist das verdammte Leben nun mal! Jetzt schwing dich da rein und rutsch durch, ehe wir entdeckt werden. Narius ist der einzige Grund, der dir gerade wirklich Angst machen sollte!«

Ich schluckte trocken. Nala hatte den Nagel auf den Kopf getroffen. Doch selbst als ich versuchte meine Beine auf das Loch zugehen zu lassen, blieben sie wie verwurzelt an Ort und Stelle stehen. Mit zitternder Unterlippe drehte ich mich zu Nala um und blickte sie hilfesuchend an, doch als sich unsere Blicke trafen, verzog sich ihr Gesicht nur zu einer wütenden Grimasse. Ohne ein Wort stürmte sie auf mich zu und hob mich hoch, als wäre ich bloß eine Stoffpuppe. Ich strampelte mit den Beinen, doch Nalas Griff lockerte sich kein bisschen. Ihre Miene wirkte mit einem Mal so ausdruckslos, dass mein Herz zu Eis erstarrte. Hatte sie vor mich in den Tunnel zu schieben oder wollte sie mich bei der Gelegenheit gleich im Moor ertränken?

»Du bringst dich und uns in riesige Gefahr«, zischte sie wütend. »Neo ist direkt vor dir, er wird schon aufpassen, dass dich nichts in der Dunkelheit angreift.«

»Kann ich nicht wenigstens mit dem Kopf nach vorn hineinklettern, damit ich sehen kann, was mich dort unten erwartet?«, fragte ich bibbernd, während mich Nala auf ihren Armen etwas neigte, sodass meine Füße bereits in den Eingang des Tunnels ragten.

»Nein. Du musst unbedingt mit den Füßen voran hineinrutschen, damit du dich im Notfall wieder hochziehen kannst. Wenn du kopfüber stecken bleiben solltest, muss dein Herz schwerer schlagen und dein Blut würde bald in deinen Kopf sickern, was nach wenigen Stunden zum Tod führen würde. Also streck die Beine aus und stell dich nicht so an!«

Mein pochendes Herz dröhnte mir in den Ohren. Langsam ließ mich Nala in den Tunnel hinabgleiten, der so eng war, dass ich meine Arme über meinen

Kopf heben musste, da meine Schultern sonst zu breit gewesen wären. Bei den Göttern, wie war Neo hier überhaupt durchgekommen?

»Sehr gut, Bell«, erklang Nalas Lob, als ich bis zu den Handgelenken im Tunnel steckte.

Ich spürte bereits jetzt nasskalten Schweiß an meinen Schläfen. Mein Herz schlug so heftig, dass ich Angst hatte, jeden Moment ohnmächtig zu werden. Wer würde mir dann helfen? Könnte mir überhaupt jemand helfen? Der Tunnel fühlte sich zu eng an, um meinen Brustkorb ausreichend mit Luft füllen zu können. Die Panik schnürte meine Kehle zu. Wimmernd versuchte ich an dem kalten Stein um mich herum Halt zu finden, um wieder hinausklettern zu können.

Doch kaum versuchte ich mich hochzudrücken, packte Nala mein Handgelenk und löste meinen Griff. »Du schaffst das, Bell, es ist nicht weit.«

»Aber es ist zu eng!«, flüsterte ich wie benebelt, während mir ein Schleier aus Tränen den Blick nahm. »Ich kann nicht mehr atmen!«

»Natürlich kannst du das«, erwiderte sie ruhig, »und wenn Neo da durchgepasst hat, schaffst du es auch! Du musst nur versuchen deine Füße irgendwie an den Stein zu pressen, um dich nach und nach hinabzuschieben. Mit den Händen kannst du dich zusätzlich nach unten drücken. Versuch es mal! Je schneller du unten bist, desto kürzer ist dein Leidensweg.«

Mit bebenden Händen tastete ich nach der kalten Felswand, um Nalas Anweisungen zu folgen. Mein eigener Atem war so laut, als wäre ich die letzten Stunden durchgängig gerannt. Trotzdem hatte ich das Gefühl, viel zu wenig Luft einzuatmen. Stattdessen zog nur ein modriger Geruch in meine Nase, doch ich konnte nicht sagen, ob er vom Moor stammte oder aus dem Tunnel. Dennoch gelang es mir wie durch ein Wunder, mich etwas tiefer in den Tunnel hineinzuschieben. Nalas Tipp funktionierte – blieb nur zu hoffen, dass ich nicht doch noch stecken bleiben würde. Während ich immer weiter hinabkrabbelte, wurde meine Kleidung an einigen Stellen von hervorstehenden Steinspitzen aufgerissen. Eine warme, klebrige Flüssigkeit breitete sich auf meinen schmerzenden Knien aus. Immerhin konnte ich meine verletzte Schulter einigermaßen belasten. Neos Heilmittel musste göttliche Kräfte besitzen. Ich wollte mir gar nicht ausmalen, wie fürchterlich schmerzhaft dieser Abstieg wäre, wenn die Bisswunde im Takt meines Herzschlages pulsierte.

Die Zeit im Tunnel fühlte sich an wie eine Ewigkeit, obwohl es vermutlich nur wenige Minuten waren. Meine Unterarme zitterten vor Anstrengung, während ich mich immer weiter hinabschob. Plötzlich spürte ich, wie sich der Platz um meine Beine herum vergrößerte. Nach zwei weiteren Zügen war es endlich geschafft und ich gelangte in eine unterirdische Höhle.

Staunend weitete ich die Augen, während ich mich in dem imposanten Gewölbe umsah, dessen Decke mir so hoch erschien wie ein Berg. Die Wände waren aus glattem Fels, der im Schein der unzähligen Fackeln wie Fischhaut schimmerte. Überall befanden sich riesige Statuen von Männern in altertümlichen Gewändern. Die in Stein geschlagenen Figuren hatten die Hände über ihre Köpfe gestreckt, sodass es den Anschein erweckte, sie würden die Decke des hohen Gewölbes aus eigener Kraft tragen. Wer auch immer diese Figuren erschaffen hatte, musste ein wahrer Meister auf seinem Gebiet gewesen sein. Die fließenden Gewänder wirkten filigran, ja, beinahe schon durchsichtig, obwohl sie wie der Rest der Figuren aus glattem Stein gefertigt waren.

Ich versuchte aufzustehen, um Nala und den anderen Platz zu machen, doch kaum stellte ich mich auf die Füße, sackten meine Beine zusammen wie flüssige Butter. Taumelnd stützte ich mich an der Steinwand ab, die sich unter meiner Handfläche kühl und feucht anfühlte. Schwer atmend versuchte ich mich aufrecht zu halten, während das Taubheitsgefühl in meinen Beinen langsam nachließ.

»Hey, Bell, bist du in Ordnung?« Ruckartig fuhr ich herum und blickte in die Augen des Halbgottes.

»Neo!« Ohne ihm auf seine Frage zu antworten, stieß ich mich von der Wand ab und fiel ihm um den Hals. Ich vergrub mein Gesicht an seiner Halsbeuge und klammerte mich zitternd an seinen breiten Schultern fest.

Einen Atemzug später legte er seine Arme ebenfalls um meinen Körper und zog mich in eine so feste Umarmung, dass nicht einmal ein Blatt Papier zwischen uns gepasst hätte. Beruhigend klopfte er mir auf den Rücken. »Na, siehst du! Der Abstieg war doch nur halb so schlimm, oder?«

Ich zog mein Gesicht zurück und legte meinen Kopf in den Nacken. Meine Augen verengten sich. »Das meinst du nicht ernst, oder?«

Neos Lippen formten sich zu einem breiten Grinsen. »Jetzt sieh dich doch mal an! Von nun an bist du nicht mehr nur eine unfreiwillige Seefahrerin, sondern auch eine notgedrungene Höhlenforscherin!«

»Na, großartig, das war ja schon immer mein Traum«, erwiderte ich trocken, doch ich fürchtete, dass mich das Schmunzeln auf meinen Lippen verriet. »Was kommt als Nächstes? Eine unbeabsichtigte Tiefseetaucherin? Eine versehentliche Schiffbrüchige?«, versuchte ich zu scherzen.

»Ein zwangsläufig als Moorleiche endendes Inselmädchen, wenn ihr zwei so weitermacht«, erklang Nalas ausdruckslose Stimme hinter meinem Rücken.

Sofort ließ ich Neo los und fuhr zu ihr herum. Im Gegensatz zu ihrem Tonfall wirkte der Ausdruck auf ihrem Gesicht zum Glück deutlich freundlicher. Hinter ihr sah ich, wie sich die anderen Mannschaftsmitglieder nach und nach aus dem Tunnel ins Gewölbe schoben. Ich entdeckte den Pulverjungen, der mir am Abend zuvor die Stofftasche übergeben hatte und sich gerade aus dem Tunnel schälte. Auch nachdem sein Körper vollständig aufgetaucht war, konnte ich meinen Blick nicht vom Eingang lösen. Stirnrunzelnd drehte ich meinen Kopf über meine Schulter. »Wo bleiben die anderen?«

»Oben«, antwortete Nala, obwohl meine Frage eindeutig an Neo gerichtet gewesen war. »Sie passen nicht durch den engen Tunnel hindurch, weshalb sie oben am Eingang Wache halten werden, während wir den Tempel unsicher machen.«

Ich hörte, wie Neo leise schnaufte. »Während *wir* den Tempel unsicher machen? Ich glaube, du verwechselst da etwas …«

Ruckartig fuhr ich zu ihm herum. »Die Fackeln! Irgendjemand muss kurz vor uns hier eingetroffen sein und die Fackeln entzündet haben! Wenn diese Tempelanlage seit etlichen Jahren leer steht, dürften sie doch gar nicht mehr brennen!«

»Schlaues Köpfchen.«

Es war mir unbegreiflich, wie Neo trotz meiner Bemerkung so locker wirken konnte. Mir selbst standen vor Anspannung die Haare zu Berge.

»Normalerweise hättest du natürlich recht, Bell, aber dieses Feuer ist göttliches Feuer. Es kann nur durch einen anderen Gott gelöscht werden, andernfalls brennt es bis in alle Ewigkeit. Wie gesagt, dieser Tempel war früher eine sehr wichtige Schnittstelle zwischen den Göttern und ihren menschlichen Anhängern, weshalb diese sich sehr bemüht hatten, die Menschen bestmöglich zu beeindrucken.«

Erleichtert seufzte ich auf. Wenigstens *eine* Sorge weniger. Erneut ließ ich meinen Blick durch die kolossale Halle wandern. »Und wie lautet unser Plan?«

»Wie schmeichelnd von dir, dass du davon ausgehst, dass wir in unserer weisen Voraussicht einen Plan erstellt haben.« Nalas Stimme triefte vor Sarkasmus, doch ich konnte nicht einmal meinen Mundwinkel heben. Dies war nicht die richtige Situation für solche Witze. Wir sollten lieber zusehen, dass wir dieses Artefakt fanden und so schnell wie möglich wieder verschwanden. Denn obwohl ich das Bauwerk mehr als beeindruckend fand, löste es ein merkwürdiges Gefühl in mir aus, das mir schwer auf den Magen drückte.

»Wir verlassen uns einfach auf mein Bauchgefühl«, antwortete Neo leichthin, wodurch er einen finsteren Blick von mir kassierte. Reichte es nicht schon, dass Nala die Situation unterschätzte? »Das meine ich ernst, Bell. Es mag komisch klingen, aber ich kann die Magie spüren, die durch diese kalten Wände fließt. Wenn wir in der Vergangenheit auf göttliche Runen oder andere Hinweise gestoßen sind, habe ich genau das Gleiche gespürt, nur dieses Mal ist es wesentlich stärker. Es kommt mir vor, als würden die Gaben der Götter direkt durch meine Adern strömen. Solch eine starke Form der Magie kann eigentlich nur eines der Artefakte ausströmen. Wie es aussieht, sind wir endlich fündig geworden.«

»Dann zeig uns mal den Weg, Halbgott der großen Gefühle«, meinte Nala süffisant.

Diesmal erntete sie gleich zwei unfreundliche Blicke. Schulterzuckend trat sie neben mich.

»Was denn? Die Lage ist schon beschissen genug, da muss ich doch nicht noch zusätzliche Trübsal blasen, oder?«

»Nein«, antwortete Neo knapp und deutete den anderen Männern ihm zu folgen, während er sich bereits abwandte und durch die riesige Halle schritt. »Größenwahn und Leichtsinn sind in dieser Situation aber genauso wenig angebracht.«

Schmunzelnd setzte auch ich mich in Bewegung und folgte ihm. Ernste Lage hin oder her, diese Vorlage war einfach zu gut gewesen, um sie unkommentiert verstreichen zu lassen. »Oh, und so etwas aus *deinem* Mund, Neo! Hat Narius dich in der vergangenen Nacht durch einen Doppelgänger ersetzt?«

Kichernd stupste mir Nala ihren Ellenbogen in die Seite, doch Neos Retourkutsche ließ nicht lang auf sich warten. »Ironie und Sarkasmus sind ebenfalls unangebracht, Bell. Wenn du so weitermachst, schicke ich dich durch den Tunnel direkt wieder zu Kai an die Oberfläche. Und eins kannst du mir glauben: Ein Aufstieg ist hundertmal schwieriger als ein Abstieg.«

Kapitel 18

Unsere Schritte hallten über den glatten Steinboden, dessen bläuliche Fliesen so poliert waren, dass sich unsere Körper darin spiegelten. Wenn das Licht der Fackeln im richtigen Winkel über den Boden tanzte, hatte ich das Gefühl, wir würden über fließendes Wasser laufen.

Wir gingen eine ganze Weile durch das beeindruckende Gemäuer, doch im Gegensatz zu unserem vorherigen Marsch durch den Regenwald spürte ich die Anstrengung kaum. Allerdings bezweifelte ich, dass es daran lag, dass sich meine Ausdauer und Kondition so drastisch verbessert hatte. Vielmehr lag es wohl an der angenehm kühlen Luft, die lautlos durch die Halle rauschte. Wenn ich die Augen schloss und mich auf dieses Gefühl konzentrierte, konnte ich mir beinahe vorstellen gerade am Strand meiner Heimat zu stehen. In den Sommermonaten hatte ich den Großteil meiner Zeit dort verbracht und es geliebt, wie mir die laue Meeresluft das Haar zerzauste. Während ich mich daran zurückerinnerte, wurde mein Herz mit jedem Schritt schwerer. Wie konnte es sein, dass sich diese Erinnerungen bereits so furchtbar fern anfühlten, obwohl ich doch erst einige Wochen auf dem Schiff gelebt hatte? Ohne zu zögern, würde ich einen Teil meiner Seele dafür geben, um jetzt einen Blick auf meine Familie werfen zu können. Ob sie meine Abreise mittlerweile verkraftet hatten? Rechneten sie überhaupt damit, dass ich irgendwann zurückkehrte? Vielleicht hielten sie mich ja auch schon längst für tot.

»Woran denkst du gerade?«, drang Nalas leise Stimme durch den Nebel meiner Gedanken. Sie lief schon seit einer ganzen Weile schweigend an meiner Seite, während Neo und ein paar der Männer einige Schritte vorausgeeilt waren, um den Weg zu sichern.

Blinzelnd blickte ich zu ihr auf. »Willst du das wirklich wissen? Ich dachte, du wärst immer noch wütend auf mich.«

Für einen Moment hätte ich schwören können, dass sich ein leichter Rotschimmer über ihre Wangen legte. Vielleicht war diese Tatsache aber auch nur dem warmen Licht der Fackeln geschuldet.

»Weißt du, Bell, ich bin wirklich grausig darin, mir irgendeine Form von Schuld einzugestehen. Noch schwerer fällt es mir, diese Schuld auch vor anderen zuzugeben und mich bei denen zu entschuldigen, die ich durch meine teils aufbrausende Art verletzt habe. Es klingt so furchtbar lahm und einfallslos, aber ich möchte mich wirklich bei dir dafür entschuldigen, dass ich gestern Abend so blöd zu dir war.«

Stumm blickte ich in ihre katzenartigen Augen. Heute Morgen hatten sie mich noch angesehen, als wollte sie mich bei der nächsten Gelegenheit um die Ecke bringen, doch nun konnte ich tatsächlich einen reuevollen Ausdruck in ihnen erkennen.

»Wieso warst du denn überhaupt so gemein zu mir, Nala? Ich dachte, wir wären Freundinnen. Deine Worte haben mich ehrlich gesagt ziemlich verletzt …« Eigentlich hatte ich gar nicht vorgehabt den letzten Satz überhaupt auszusprechen, denn er machte mich angreifbar. Zwar hatte meine Mutter meine Ehrlichkeit stets gelobt, doch manchmal wünschte ich, mein Herz würde an Ort und Stelle bleiben und keine gelegentlichen Ausflüge auf meine Zunge unternehmen.

Seufzend senkte Nala ihr Gesicht und blickte auf die schimmernden Marmorfliesen hinab. Sie presste ihre Lippen fest aufeinander, doch ich bildete mir ein zu erkennen, dass sie leicht bebten. »Es tut mir wirklich leid, Bell«, murmelte sie in einem so traurigen Tonfall, dass ich ihre Entschuldigung am liebsten sofort akzeptiert hätte. »In Bezug auf Neo habe ich dir wirklich die Wahrheit gesagt. Ich hege keine Besitzansprüche oder romantische Gefühle für ihn, aber dennoch … dennoch bedeutet er mir alles, verstehst du? Er ist der einzige Freund, den ich jemals hatte. Selbst meinen Eltern lag nichts an mir und sie waren heilfroh, als sie mich an den Zirkel verkaufen konnten. Sie haben nicht einmal versucht ihre Freude über meine Abreise zu verbergen. Neo hätte mir so etwas nie angetan. Er hatte immer ein offenes Ohr für mich und egal, durch welche Grausamkeiten uns der Zirkel getrieben hat, wie hielten zusammen. Er ist meine Familie, Bell. Ich kenne ihn besser als mich selbst. Und darum weiß ich, dass ihn das, was er gerade tut, früher oder später verletzen wird. Ihr werdet beide verletzt werden und weil du mir ebenso am Herzen liegst, möchte ich euch vor diesem Schmerz bewahren.«

»Von welchem Schmerz redest du, Nala?«, fragte ich verwundert. Es mochte sein, dass mich Neo schon des Öfteren zur Weißglut gebracht hatte, aber ich konnte mir nicht vorstellen, dass er mich absichtlich verletzen würde.

Erneut drang ein leiser Seufzer über Nalas Lippen, ehe sie wieder zu mir herüberblickte und den Kopf hob. »Es ist ... kompliziert. Neo hat dir noch immer nicht von dem Vorfall erzählt, der sich vor ein paar Jahren ereignet hat, oder?«

Stumm schüttelte ich den Kopf.

»Hm, das dachte ich mir ... aber weißt du, auch wenn ich es dir nur zu gern erzählen würde, damit du endlich verstehst, weshalb ich mir solche Sorgen um dich und ihn mache, kann ich es dir nicht einfach so verraten. Ich kann dich nur darum bitten, mir zu glauben, wenn ich dir sage, dass Neo nicht der Held ist, für den du ihn hältst.«

Spöttisch hob ich eine Augenbraue. »So? Sprichst du von dem Frauenheld, für den ich ihn halten sollte, oder was willst du mir damit sagen?«

»Na ja, da habe ich vielleicht etwas übertrieben. Aber die Aufmerksamkeit, die ihm Frauen schenken, nimmt er durchaus gern an!«

Nun war ich diejenige, der ein leises Seufzen über die Lippen glitt. Kopfschüttelnd fuhr ich mir durch mein Haar und kämmte es über meine Schultern. »Also wenn es das ist, was du hören willst: Neo und ich sind kein Paar, Nala! Ich bin schon zufrieden damit, dass wir in den letzten Stunden nicht aneinandergeraten sind. Weder du noch ich haben das Recht dazu, über seinen Kopf hinweg zu bestimmen. Ich kann nur für mich sprechen, wenn ich dir sage, dass es nie meine Intention war, mich zwischen euch zu drängen oder ihn dir gar wegzunehmen. Und ehrlich gesagt finde ich es ziemlich abstrus, dass wir uns scheinbar wegen etwas gestritten haben, das gar nicht real ist. Trotzdem werde ich mir in Zukunft nicht von dir verbieten lassen Zeit mit Neo zu verbringen. Sind die Fronten damit geklärt?«

Lächelnd nickte sie mir zu. Ehe ich realisieren konnte, was sie vorhatte, war sie mir auch schon um den Hals gefallen und zog mich in eine feste Umarmung. »Danke, Bell! Du hast recht, wegen solch einer Nichtigkeit hätten wir uns niemals streiten dürfen. Ich bin so froh, dass wir die Sache beilegen konnten. Danke!«

Überrumpelt erwiderte ich ihre Umarmung und klopfte ihr etwas unbeholfen auf die Schulter. Obwohl ich mich darüber freuen sollte, dass die Sache nun aus der Welt war, fühlte ich mich noch immer so angespannt wie vor unserer Aussprache. Ich konnte nicht glauben, dass Nala mir eine solche Szene gemacht hatte und nur einen Tag später alles wieder vergeben und vergessen sein sollte. In dem Versuch, meine finsteren Gedanken loszuwerden, schüttelte ich leicht den Kopf. Jeder hatte eine zweite Chance verdient. Ich sollte Nala nicht verurteilen, nur weil sie einmal einen schlechten Tag gehabt hatte. Stattdessen sollte ich mich glücklich schätzen, dass wir den Konflikt beiseiteschieben konnten. Schließlich war sie meine Freundin – und mir lag viel daran, dass diese Freundschaft auch in Zukunft bestehen würde.

»Täuschen mich meine müden Augen oder liegt ihr euch gerade wirklich in den Armen?«

Wir lösten uns voneinander und blickten gleichzeitig zu Neo hinüber, der mit schräggelegtem Kopf vor uns stand.

»Sehr witzig, Neo«, seufzte Nala. »Dein schlechter Humor führt mir noch einmal deutlich vor Augen, weshalb ich Bells Gesellschaft so schätze. Von all den Leuten an Bord ist sie die Einzige, mit der man sich auf Augenhöhe verständigen kann.«

Stirnrunzelnd verschränkte Neo die Arme. »Also habt ihr euch wieder vertragen, weil ihr in mir dasselbe Feindbild gefunden habt?«

»Nein«, antwortete ich direkt und machte einen Schritt auf ihn zu. Diese Unterhaltung fühlte sich falsch an – als würden die beiden ein Kräftemessen zwischen sich austragen, bei dem ich zwangsläufig zwischen die Fronten geraten würde. »Hast du dort vorn etwas entdeckt?«

»Ja, tatsächlich«, antwortete er, wobei sich sein Gesichtsausdruck sichtlich aufhellte. »Wir haben eine Wand gefunden, an deren oberem Ende sich ein großes Loch befindet. Ich kann die Magie dahinter förmlich brodeln spüren. Wir wollten nur mit dem Aufstieg warten, bis ihr zu uns aufgeschlossen habt, falls es doch eine Falle ist.«

»Gut, dann sollten wir uns das mal genauer ansehen«, mischte sich Nala ein, während sie grinsend an uns vorbeistolzierte. Unschlüssig blickte ich ihr nach und beobachtete, wie sie auf die Gruppe der anderen zulief, die sich ein ganzes Stück von uns entfernt an einer Wand versammelt hatten.

»Ist alles in Ordnung, Bell?«, drang Neos Stimme leise an mein Ohr. »Was hat sie gesagt?«

»Wir haben uns ausgesprochen.« Ich versuchte mir ein Lächeln abzuringen, doch das Rätsel um Nalas Verhalten ließ mir keine Ruhe. »Zumindest hoffe ich das.«

Seufzend streckte Neo seinen Arm nach mir aus und griff nach meiner Hand. Seine Haut fühlte sich trotz der kühlen Umgebung so warm an, als hätte er gerade ein Sonnenbad genossen. »Nala ist manchmal etwas hitzköpfig. Meistens meint sie es aber gar nicht so und schämt sich im Nachhinein für ihr aufbrausendes Verhalten. Vermutlich ist dies das Resultat der misslungenen Erziehung ihrer Eltern.«

»Was haben ihre Eltern denn getan?«, hakte ich nach, während wie gemeinsam auf die Gruppe der anderen zuliefen.

»Nun, sie haben Nala nicht die Beachtung geschenkt, die ein junges Mädchen gebraucht hätte. Dinge wie perfekte Schulleistungen sowie gutes Benehmen wurden einfach vorausgesetzt. Dementsprechend gab es nie ein Lob oder gar ein Zeichen von elterlichem Stolz. Erst als Nala ihre Wutausbrüche bekam und trotzig wurde, schenkten ihre Eltern ihr Beachtung. Natürlich nicht im positiven Sinne, aber Nala war das egal. Hauptsache, sie war nicht länger unsichtbar. Mit ihrem Trotz kam sie bei ihren Eltern und den Bediensteten ziemlich weit, weil diese irgendwann die Ausdauer verloren haben, ihrem Dickschädel etwas entgegenzusetzen. Stattdessen gaben sie ihrer Wut einfach nach. Dieses Verhaltensmuster ist Nala leider nie wieder losgeworden. Während unserer Ausbildung im Zirkel ist sie den Lehrern im gleichen Takt auf der Nase herumgetanzt wie zuvor ihren Eltern.«

»Und wie waren ihre Eltern sonst so? In welchen Verhältnissen ist Nala aufgewachsen?«

»Das fragst du deine wiedergewonnene Freundin am besten selbst«, antwortete er schmunzelnd.

Herausfordernd reckte ich das Kinn. »Gut, dann frage ich eben nach *deiner* Vergangenheit. Wie sind denn –?«

»Später, in Ordnung? Etwas Zerstreuung ist gut, aber ich denke, dass wir uns jetzt lieber wieder auf unsere Aufgabe konzentrieren sollten.«

Als ich meinen Blick erneut nach vorn richtete, waren wir nur noch wenige Schritte von den anderen Männern und der Wand entfernt, hinter der Neo etwas zu vermuten schien. Um ihm schweigend zuzustimmen, drückte ich zaghaft seine Hand. Ob Neo meine stille Antwort als solche verstand, wusste ich nicht. Jedoch spürte ich, wie auch er seinen Handgriff verstärkte.

Kaum erreichten wir die Gruppe, riss Nala das Wort an sich. »Die Wand ist zu glatt, um sie zu erklimmen.«

»Dann müssen wir wohl eine Räuberleiter bilden«, schlug einer der Männer vor. Als ich zu Neo aufsah, konnte ich sehen, wie seine Kiefermuskeln arbeiten.

»Unter dem Tempel fließt Wasser«, sagte er langsam. »Ich könnte versuchen es zu bändigen, um die Wand zum Einsturz zu bringen ... Allerdings riskieren wir dadurch, die Aufmerksamkeit von Narius auf uns ziehen, denn für dieses Unterfangen müsste ich einen großen Teil meiner göttlichen Magie aufwenden.«

Ein bedrückendes Schweigen legte sich über unsere Gruppe. Ich blickte erneut zu der Wand hinüber, die so glatt war, als hätte sie jemand wochenlang poliert. Klettern war also schon mal keine Option. Die Erfolgsaussichten einer Räuberleiter waren in meinen Augen allerdings verschwindend gering, denn die Wand war so hoch, dass wir selbst drei hochgewachsene Männer stapeln mussten, damit einer von ihnen das Loch in der Wand erreichen könnte. Nervös verlagerte ich mein Gewicht von einem Fuß auf den anderen. So langsam mischte sich die Verzweiflung in meinem Herzen mit Frustration. Es konnte doch nicht sein, dass ich einer wochenlangen Reise über See getrotzt hatte, um nun an einer dämlichen Wand zu scheitern!

»Was meinst du, Nala«, fragte Neo leise. »Sollen wir es riskieren?«

Seufzend verschränkte sie ihre Arme. »Haben wir eine Wahl?«

Der Ausdruck auf Neos Gesicht verfinsterte sich. »Vermutlich nicht.«

»Was sagt denn dein Bauchgefühl?«, fragte ich ihn leise. Stirnrunzelnd blickte er zu mir herab. »Wenn es dir sagt, dass sich hinter der Wand vielleicht wirklich eines der Artefakte verbergen könnte, sollten wir es riskieren. Vermutlich wird Narius früher oder später sowieso hier aufschlagen, schließlich ist es gut einen Tag her, seitdem mich der Untote entdeckt hat. Du konntest ihn zwar beseitigen, ehe er fliehen konnte, aber wenn du sagst, dass Narius sowieso mitbekommt, wenn eines seiner Geschöpfe stirbt, ist er sicherlich schon auf dem Weg zu uns. Wir sollten nicht länger warten.«

Ein Schmunzeln legte sich auf Neos Lippen. »Guter Einwand, Bell. Dann ist es wohl entschieden.«

Als er meine Hand losließ, spürte ich, wie die Aufregung in mir wuchs. Ich beobachtete, wie er auf die Wand zuging und sich ohne eine Erklärung davor niederließ. Er setzte sich in einen Schneidersitz, streckte den Rücken gerade durch und legte beide Handflächen auf den Steinboden. Verwundert blickte ich zu Nala hinüber. Sie nickte den anderen Männern zu, woraufhin sich diese kreisförmig um Neo herum positionierten. Sie standen mit dem Rücken zu ihm und blickten sich wachsam im Gewölbe um. Einige von ihnen legten ihre Hände sogar an die Griffe ihrer Säbel. Ich begann mich ebenfalls aufgeregt umzusehen. Hatte ich etwas verpasst?

Nala schien meine Verwunderung zu bemerken, denn als sich unsere Blicke trafen, hellte sich ihr Gesicht schlagartig auf und sie kam rasch auf mich zu.

»Keine Sorge, Bell«, raunte sie mir leise zu. »Das ist ganz normal. Neo muss eine große Masse von Wasser bändigen, um die Wand zu zerstören. Gleichzeitig muss er aber auch darauf achten, dass er das Wasser gut im Griff hat, schließlich ist dieses Gemäuer sehr alt und wir wollen es nicht aus Versehen zum Einsturz bringen, weil sich das Wasser einen eigenen Weg sucht. Erschwerend kommt noch hinzu, dass das Wasser tief im Untergrund unter dem Tempel fließt. Je weiter das Wasser von Neo entfernt ist, desto schwerer fällt es ihm, es zu bändigen. In solchen Situationen können Halbgötter sich in eine Art Meditation versetzen, die es ihnen erlaubt ihre göttlichen Kräfte für eine kurze Zeit zu verstärken. Allerdings ist dies nicht nur furchtbar kräftezehrend, sondern auch sehr gefährlich, denn es versetzt Neo in eine Art Trance, in der er nicht wahrnehmen kann, was um ihn herum geschieht. Narius könnte mit gezogenem Dreizack vor ihm stehen – er würde es nicht bemerken. Darum ist es wichtig, dass wir ihn während dieser Meditation so gut beschützen, wie es uns nur möglich ist. Er ist im wahrsten Sinne des Wortes darauf angewiesen, dass wir ihm den Rücken freihalten.«

Ich formte meine Lippen zu einem stummen *Oh* und nickte andächtig. Bisher war ich stets davon ausgegangen, dass es Neo keine Mühe bereitete, seine göttlichen Kräfte einzusetzen. Doch während ich ihn nun betrachtete, konnte ich sogar kleine Schweißperlen an seinem Haaransatz erkennen. Seine Augen waren so fest geschlossen, dass sich kleine Fältchen auf ihren Lidern bildeten. Während mein Blick über seine Hände glitt, stellte ich fest, dass sie leicht zitterten und sehniger wirkten als sonst. Was auch immer gerade in ihm vorging, es kostete ihn unheimlich viel Kraft.

Im Gewölbe um uns herum war es mucksmäuschenstill geworden und nichts erweckte einen verdächtigen Eindruck. Dennoch hatte ich das Gefühl, dass sich um uns herum etwas Gefährliches zusammenbraute. Ich konnte es nur nicht benennen und diese Tatsache machte mich so nervös, dass ich erneut anfing von einem Fuß auf den anderen zu wippen.

Als ich auf der Suche nach Ablenkung von meiner Anspannung zu Nala blickte, fing sie meinen Blick auf und legte sich warnend einen Zeigefinger auf die Lippen. Ich stieß einen leisen Seufzer aus und blickte mich erneut im Gewölbe um, doch noch immer wies augenscheinlich nichts darauf hin, dass wir bedroht wurden. Und dann hörte ich es: ein leises Rauschen, das schnell an Lautstärke gewann. Das Geräusch erinnerte mich an das Wasser, das bei zu viel Regen durch unsere Dachrinne rauschte. Plötzlich spürte ich ein so heftiges Beben unter meinen Füßen, dass ich erschrocken nach Luft schnappte und mich auf der Suche nach Halt auf die Knie sinken ließ. Die Steine um mich herum begannen bedrohlich zu knirschen und zu ächzen. Staub und kleine Gesteinsreste rieselten von der Decke auf uns herab.

Panisch blickte ich erst zu Nala, die sich ebenfalls sichtlich angespannt umsah, und dann zu Neo, dessen Augen nun weit aufgerissen waren. Seine Pupillen und Iriden waren verschwunden. Stattdessen schienen seine Augenhöhlen mit flüssigem Gold gefüllt zu sein, das im warmen Licht der Fackeln schimmerte. Seine vollen Lippen waren ein wenig geöffnet, allerdings blieb er stumm. Das Beben um uns herum wurde währenddessen immer stärker.

»Wenn er so weitermacht, stürzt hier gleich alles ein!«, rief einer der Männer aufgebracht und deutete an die Decke des Gewölbes. Ich folgte seinem Blick und wünschte mir augenblicklich, ich hätte es nicht getan.

Tiefe Risse brachen krachend in das dunkle Gestein und durchzogen es wie Blitze. Mein Herz klopfte so schnell, dass mein Sichtfeld unscharf wurde. Wie durch einen Schleier hindurch beobachtete ich, wie sich ein größerer Gesteinsklumpen aus der Decke löste und nur wenige Meter von uns entfernt krachend in den Boden einschlug. Die Fliesen zerbarsten unter seinem enormen Gewicht. Gebannt beobachtete ich, wie die Scherben kreuz und quer durch die Luft flogen.

Doch trotz meiner immensen inneren Panik fühlte ich mich bewegungsunfähig. Wie gelähmt. So als wäre mein Körper zu einer der Steinfiguren erstarrt. Dann verstummten die Geräusche um mich herum mit einem Mal. Sie wurden durch einen Piepton ersetzt, der alle anderen Töne verschluckte. Ich beobachtete, wie Nala auf ihren Knien zu Neo krabbelte und ihn fest an den Schultern packte. Ihre Lippen formten seinen Namen, während sie ihn mit weit aufgerissenen Augen schüttelte, doch für mich blieb ihre Stimme stumm. Die anderen Männer lösten ihre Formation um Neo herum auf und liefen wild durcheinander. Ich sah, wie manche von ihnen unter herabfallenden Trümmern begraben wurden. Einige rappelten sich wieder auf und rannten weiter – andere taten es nicht.

Genau so plötzlich, wie das Beben gekommen war, verschwand es wieder. Ich presste mir meine Hände fest auf die Ohren, um den nervigen Piepton loszuwerden, doch im Gegensatz zu der Erschütterung um uns herum schien er nicht so schnell fortzugehen. Als ich zu Neo sah, blieb mein Blick an ihm kleben wie eine Fliege am Marmeladenbrot. Seine Handflächen lagen nicht länger auf den Marmorfliesen, sondern schwebten einige Zentimeter darüber. Unter ihnen klafften zwei Löcher im Boden, aus denen zwei Wassersäulen emporstiegen. Langsam hob Neo seine Hände weiter an. Die Wassersäulen folgten ihnen, als wären sie Teil seines Körpers. Als er seine Arme vor den Körper gestreckt hielt, drehte er seine Handgelenke, sodass seine Handflächen in Richtung Wand zeigten. Sofort gehorchten die Wassersäulen seiner Geste und schossen auf die Steinwand zu.

Der Aufprall war ohrenbetäubend. Erschrocken zuckte ich zusammen. Als ich wieder aufblickte, hatten die Fontänen bereits zwei tiefe Löcher in das Mauerwerk gefressen. Es sah aus, als hätten wir die Wand mit Kanonenschüssen attackiert. Neo wiederholte sein Vorgehen, bis auch größere Gesteinsklumpen aus der Wand herausbrachen. Ich traute meinen Augen kaum, als ich durch sie hindurch in einen weiteren Raum blickte, dessen Wände lückenlos von dichten Blättern und Dornenranken bedeckt waren. Der Boden war aus hellblauem Marmor gefertigt, dessen Fliesen von feinen Goldadern durchzogen waren. In der Mitte des Raumes entdeckte ich eine Art Thron, der nur aus Glas zu bestehen schien. Seine Oberfläche funkelte so hell, dass es sich bei dem Material aber auch durchaus um einen durchsichtigen Kristall handeln könnte. Jedoch war es ein anderer, wesentlich kleinere Gegenstand, der mich nach Luft japsen ließ. An der Lehne des Thrones stand ein weiß gefasster Handspiegel, dessen Rahmen so filigran und künstlerisch war wie der eines Gemäldes. In den Griff waren kleine grüne Edelsteine eingearbeitet und glitzerten um die Wette, während der Rahmen mit Rosen aus Porzellan verziert war. Mein Herz geriet vor Aufregung ins Stolpern – denn obwohl ich noch nie einen solchen Gegenstand gesehen hatte, wusste selbst ich, wie die Magie, die von diesem Handspiegel ausging, zu deuten war: Wir hatten ein Artefakt gefunden.

Kapitel 19

»Nala, sieh nur!«, rief ich aufgebracht und deutete mit meinem Zeigefinger in das Innere des versteckten Raumes. Das Gefühl der Lähmung war mit einem Mal verschwunden, weshalb es mir keine Mühe bereitete, wie ein Grashüpfer aufzuspringen. Ich konnte förmlich spüren, wie mir die Euphorie durch die Adern schoss. Wir hatten ihn gefunden, wir hatten es tatsächlich geschafft! Jetzt musste Neo das Artefakt nur noch auf sich prägen und dann –

Ich japste nach Luft. *Neo!* In meiner Freude über unseren Fund hatte ich ihn völlig aus den Augen verloren. Mein Blick huschte über die vielen Gesteinsbrocken, die überall um uns herum verteilt lagen. Schließlich sah ich rabenschwarzes Haar hinter einem von ihnen aufblitzen. Unverzüglich eilte ich darauf zu und ließ mich neben Neos Körper auf den Boden fallen. Er lag auf der Seite, doch glücklicherweise hatte ihn der Brocken um Haaresbreite verfehlt. Dennoch wirkte der Halbgott alles andere als gesund. Seine Augen waren fest geschlossen, unter ihnen lagen tiefe Schatten.

»Neo?«, flüsterte ich und rüttelte behutsam an seiner Schulter. »Hey, wach gefälligst auf!« Als er auch nach mehreren Versuchen nicht auf meine Stimme reagierte, blickte ich auf und hielt nach Nala Ausschau. Mein Herzschlag nahm dasselbe Tempo an wie zuvor während des Bebens. Endlich entdeckte ich sie am Eingang des freigelegten Raumes. Sie stützte sich an der Wand ab und anhand ihres bebenden Körpers konnte ich darauf schließen, wie hektisch sie atmete. Ihre Haltung wirkte gekrümmt, doch ich konnte keine äußeren Verletzungen feststellen.

»Nala, komm schnell her!«, rief ich ihr zu, doch zu meiner Verwunderung schien meine Stimme gar nicht bei ihr anzukommen. Als hätte eine höhere Macht von ihrem Körper Besitz ergriffen, wankte sie auf unsicheren Schritten auf den gläsernen Thron zu. Kopfschüttelnd blickte ich wieder auf Neo hinab. Wenn Nala ihm nicht helfen würde, musste ich es eben weiter versuchen!

Glücklicherweise erinnerte mich noch daran, wie mir Flynn vor einigen Jahren erzählt hatte, dass seine Mutter Leah manchmal nur aus deren Tiefschlaf hatte wecken können, wenn sie ihr vorsichtig die Wange tätschelte. Vielleicht würde diese Methode ja auch bei Neo funktionieren? Zaghaft begann ich damit, ihn zu berühren. Die Haut unter meiner Handfläche fühlte sich besorgniserregend heiß an. Prüfend legte ich sie auf seine Stirn. Eindeutig Fieber. Tote konnten kein Fieber haben, oder?

Doch egal wie oft ich seine Wange tätschelte – Neo regte sich nicht. Fluchend griff ich erneut nach seinen Schultern und schüttelte ihn, doch so sehr ich es mir auch wünschte, Neos Lider blieben geschlossen. Ich war so konzentriert, dass ich das leise Schluchzen zunächst überhörte. Erst als meine Tränen auf Neos Brust hinabfielen und den Stoff seiner Kleidung tränkten, wurde mir bewusst, dass die Laute von mir stammten. Meine Unterlippe zitterte fast so sehr wie meine Hände. Wieso wachte er nicht auf?

Widerwillig riss ich meinen Blick von seinem blassen Gesicht los und schaute mich hilfesuchend um. Die anderen Männer standen nur reglos herum und wirkten genauso unbeholfen, wie ich mich fühlte. Sie sahen aus wie die Figuren eines Marionettentheaters, denen man die Seile abgeschnitten hatte. Mein Blick huschte über ihre geweiteten Augen. Ohne Neos Anweisungen waren sie wohl genauso aufgeschmissen wie ich. Ich reckte meinen Hals und hielt nach der einzigen Person Ausschau, der ich zutraute, dass sie uns wieder aus diesem Schlamassel befreien könnte. Schließlich entdeckte ich Nala vor dem gläsernen Thron. Sie war gerade dabei, ihre schlanken Finger nach dem Spiegel auszustrecken.

»Nala!«, rief ich so laut, dass selbst einige der Männer zusammenzuckten. Sie erstarrte in ihrer Bewegung und drehte ihren Kopf langsam in meine Richtung. Sofort deutete ich auf Neo hinab. »Nala, du musst ihm helfen! Neo braucht dich jetzt!«

»Ich weiß.«

Ihre dumpfe Stimme jagte mir einen eisigen Schauer über den Rücken. Sie klang wie meine Mutter, wenn diese nachts schlafwandelte. Was war nur plötzlich in sie gefahren? »Worauf wartest du dann noch?«, schrie ich sie aus Leibeskräften an. Diese ganze Situation wirkte so absonderlich, dass ich insgeheim darauf hoffte, jeden Moment aus diesem furchtbaren Albtraum erwachen zu dürfen.

Nala sah noch immer in meine Richtung, doch auf mich wirkte ihr Blick, als würde sie geradeaus durch mich hindurchsehen. Langsam wandte sie ihr Gesicht wieder dem Thron zu. Ich vernahm ein leises Murmeln, doch ihre Worte waren zu monoton, um sie zu verstehen. Nalas Welt schien nur noch aus dem zu bestehen, das sich in dem geheimen Raum befand. Ich war mir nicht einmal sicher, ob sie überhaupt mitbekommen hatte, was mit Neo geschehen war.

Als ich wieder auf ihn hinabblickte, konnte ich seine Umrisse nur verschwommen erkennen. Der Schleier meiner Tränen machte es mir unmöglich, ihn klar zu betrachten. Wimmernd kauerte ich mich über seinem Oberkörper zusammen. Er würde sterben. Ich konnte ihn nicht retten. Wieso musste ausgerechnet *ich* diejenige sein, auf die er angewiesen war? Nala – zumindest im klaren Zustand – oder auch Kai hätten sicherlich sofort gewusst, was zu tun wäre. Ich hingegen konnte mich nur heulend über seinem Körper beugen und ihn in meinen Tränen ertränken. Wieso hatte ich nie erfahren, wie man sich in solchen Notfällen verhielt? Wieso hatte ich nicht aus meinen Fehlern gelernt? Der Fremde an unserem Strand hätte vielleicht auch überlebt, wenn ich zu etwas anderem imstande gewesen wäre, als nur Händchen zu halten und zu weinen. Und nun würde Neo dasselbe Schicksal ereilen, weil ich seitdem rein gar nichts dazugelernt hatte.

Vor Wut wischte ich mir so grob über die Augen, dass ich schwarze Pünktchen in meinem Sichtfeld sah. Ich starrte auf Neo hinab, dessen Gesicht noch immer vollkommen reglos war. Doch als mein Blick auf sein Hemd fiel, machte ich eine merkwürdige Entdeckung: Die Stellen am Stoff, die meine Tränen dunkel gefärbt hatten, waren verschwunden. Als ich meine Hand darauflegte, fühlte sich das Hemd staubtrocken an. Meine Augen weiteten sich.

»Nala, kann Neo durch Wasser geheilt werden?« Ich erhielt keine Antwort. Hastig blickte ich auf und sah zu ihr hinüber, doch sie schien noch immer völlig in ihrer eigenen Welt zu stecken. Als ich zu den anderen Männern sah, räusperte sich ein blonder Kerl, dem ich bereits einige Male in der Kombüse begegnet war. »Ich ... ich weiß nicht, ob es auch bei Neo funktioniert, aber ich kannte mal eine Auserwählte mit der Gabe der Todesgöttin und die konnte tatsächlich neue Kraft daraus schöpfen, wenn sie ... nun ja ... eine Leiche berührte. Dabei war es egal, ob es sich nur um eine tote Ratte handelte oder um etwas Größeres.«

Mein Herz machte einen Sprung. Tatsächlich entdeckte ich nur wenige Schritte von mir entfernt eine Pfütze, die sich in einer Vertiefung gebildet hatte. Ohne weiter darüber nachzudenken, griff ich Neo unter den Armen, hob seinen Oberkörper etwas an und schleifte ihn in Richtung des Wassers. Obwohl mein Herzschlag immer noch laut in meinen Ohren pochte, spürte ich, wie sich eine sonderbare Ruhe über meinen Geist legte. Meine Hilflosigkeit war wie weggewischt. Ich wusste nun ganz genau, was ich zu tun hatte; als hätte der Puppenspieler meine Fäden wieder aufgegriffen und führte mich nun durch das Theaterstück.

Ich hörte das leise Plätschern des Wassers, als ich mit meinem Hacken in die Pfütze trat. Ungeachtet dessen watete ich tiefer hinein und zog Neo der Länge nach mit mir, bis sein Bauchnabel ungefähr auf Höhe des Wasserstandes war. Behutsam legte ich seinen Oberkörper ab und kniete mich hinter seinen Kopf. Das Wasser umspülte seine feinen Gesichtszüge und bildete eine hauchdünne Schicht über seinem Körper. Wie auch zuvor beugte ich mich leicht über sein Gesicht und blickte auf ihn hinab. Sein schwarzes Haar war zerzaust und schwamm in ruhigen Bewegungen um seinen Kopf herum. Aus meiner Perspektive wirkte es so, als hätte jemand ein Tintenglas unter seinem Kopf verschüttet. Sanft strich ich ihm die verirrten Strähnen aus der Stirn und beobachtete, wie das Wasser um uns herum weniger wurde.

Und tatsächlich – langsam kehrte die Farbe in sein Gesicht zurück. Seine Lippen färbten sich dunkler und seine bleiche Haut verwandelte sich in einen zarten Pfirsichton. Die Schatten unter seinen Augen nahmen immer weiter ab, bis sie schließlich gänzlich verschwunden waren. Neos Körper saugte die

Pfütze auf wie ein gigantischer Schwamm. Es dauerte gar nicht lang, bis sie beinahe vollständig verschwunden war. Vor Anspannung hielt ich die Luft an – doch Neo rührte sich nicht. Ich kniff meine Lider zusammen, um das Weinen zu unterdrücken, denn ich durfte keinesfalls zulassen, dass mein Geist wieder in Panik verfiel. Ich brauchte einen kühlen Kopf, um mir zu überlegen, wie ich noch mehr Wasser auftreiben könnte, um –

»Bist du meines Anblicks schon überdrüssig geworden?«

Ich erstarrte. Trotz des Tränenschleiers konnte ich erkennen, wie mir zwei ozeanfarbene Iriden entgegenblickten.

Spöttisch hob Neo einen Mundwinkel und setzte sich etwas mühsam auf. »Mit zusammengekniffenen Augen kannst du mich ja gar nicht anschmach –«

Ehe er ausreden konnte, warf ich ihm bereits meine Arme um den Hals. Ich klammerte mich so sehr an ihm fest, dass ich mich fragte, ob ich dadurch das Wasser wieder aus ihm herauspressen würde. »Du bist so ein Idiot!«, nuschelte ich vorwurfsvoll in seine Halsbeuge.

Lachend legte Neo eine Hand auf meinen Rücken, die andere auf meinen Hinterkopf. »Wieso denn nun schon wieder?«

»Weil ich dachte, du seist gestorben! Und weil du mich nie darauf vorbereitet hast, was ich tun sollte, wenn *du* mal verletzt werden würdest.«

»Gestorben? Was ist denn passiert?«

»Keine Ahnung«, erwiderte ich frustriert. Der Schock steckte mir noch immer tief in den Knochen. Obwohl Neo augenscheinlich nicht mehr in Lebensgefahr schwebte, drifteten meine Gedanken immer wieder zu den finsteren Szenarien ab, wie diese Situation hätte ausgehen können.

»Du hast diese … magische Meditation ausgeübt und hättest dabei um ein Haar den ganzen Tempel zerstört. Danach lagst du bewusstlos auf dem Boden und bist nicht mehr zu dir gekommen. Ich habe dich daraufhin in eine Pfütze gezogen und glücklicherweise bist du dadurch wieder aufgewacht.«

Neo schob mich ein Stückchen zurück und blickte mich aus großen Augen an. »Du hast recht«, sagte er langsam, »darüber haben wir noch nie gesprochen … Bist du allein auf die Idee gekommen, mich ins Wasser zu legen?«

Ich zuckte mit den Schultern. »Ich habe mich zufällig daran erinnert, dass du einst sagtest, du seist mit dem Meer verbunden. Mehr noch, dass ihr beide eine Einheit darstellen würdet. Als ich gesehen habe, dass meine Tränen auf dir versiegten, bin ich irgendwie auf die Idee gekommen, dass du vielleicht neue Kräfte daraus schöpfen könntest. Einer der Männer bestätigte mir, dass er einst eine Halbgöttin kannte, bei der diese Methode funktioniert hatte. Und da ich eh keine andere Wahl hatte, habe ich es einfach ausprobiert.«

»Kluges Mädchen.« Ein stolzer Ausdruck legte sich auf Neos Lippen. »Ja, es ist tatsächlich so, dass Wasser mich heilen kann. Es macht mich nicht unsterblich, meinen abgetrennten Kopf könnte es mir beispielsweise nicht wieder aufsetzen. Aber kleinere Verletzungen können durch den bloßen Kontakt mit Wasser durchaus geheilt werden. In diesem Fall habe ich mich wohl einfach zu stark verausgabt. Wenn ich zu viel meiner göttlichen Magie wirke, fängt sie an meinem Körper Wasser zu entziehen, was logischerweise ziemlich ungünstig ist.«

Unvermittelt schloss er die Augen und legte seine Stirn an meine. Ich erlaubte mir seine Geste für einen Moment zu genießen und schloss ebenfalls meine Lider. Das Rauschen meines Blutes verebbte und auch die Bewegungen meines Brustkorbes wurden langsam wieder regelmäßiger. Einzig mein Herz schien sich nicht beruhigen zu können, ganz im Gegenteil. Es schlug so kräftig, dass Neo es sicherlich ebenfalls hören konnte. Als ich tief die Luft einzog, stieg mir sein unverkennbarer Duft nach Meer, Wind und Sand in die Nase und ließ mich zufrieden lächeln. Wenn wir so eng beisammen waren und sein Duft meine Gedanken und Sinne vernebelte, hatte ich das Gefühl, wir würden uns schon seit Ewigkeiten kennen; als wäre er mein Fels in der stürmischen Brandung.

Sein Atem kitzelte sanft über meine Lippen. Ich öffnete meine Lider und blickte direkt in den Ozean seiner Augen. Das Licht der Fackeln brach sich in ihnen wie Sonnenstrahlen auf der Meeresoberfläche.

»Du versuchst dich wohl für die unzähligen Male zu revanchieren, in denen *ich* dir das Leben gerettet habe, was?«, raunte Neo leise.

Lächelnd erwiderte ich seinen Blick, behielt die Wörter auf meiner Zunge jedoch vorerst für mich. Stattdessen beobachtete ich, wie seine Augen mein Gesicht erkundeten, als wollten sie sich jedes noch so kleine Detail einprägen.

Als sie schließlich an meinen Lippen hängen blieben, neigte Neo leicht den Kopf und ich öffnete instinktiv meinen Mund. Doch neben der Vorfreude spürte ich auch, wie die Zweifel in meinen Kopf zurückkehrten. Interpretierte ich schon wieder zu viel in die Sache hinein oder hatte Neo wirklich vor mich zu … küssen? Würde er es im Nachhinein wieder bereuen? Hatte Nala vielleicht doch recht damit, dass ich nur eine von vielen Bekanntschaften für ihn war? Sollte ich mich besser zurückziehen?

Nervös beobachtete ich, wie er sich näher zu mir hinabbeugte und die Distanz zwischen unseren Mündern überbrückte. Mein Herz schlug mir bis zum Hals. Erst als seine Lippen meine beinah berührten, wagte ich es, meine Augen zu schließen. Mein Körper kribbelte vor Aufregung, als hätte ich in einem Busch an Brennnesseln gelegen. Ob unser Kuss genauso schmecken würde wie in den Tiefen des Meeres?

Ich war kurz davor, es herauszufinden, als plötzlich ein lauter Schrei durch das Gewölbe schallte. Abrupt fuhren Neo und ich auseinander. Er zog mich sofort fester an seinen Körper, als wollte er mich vor einer möglichen Gefahr abschirmen. Zitternd kauerte ich mich zusammen und versuchte zu erkennen, wer oder was diesen markerschütternden Schrei ausgelöst hatte. In dem Moment, in dem mein Blick auf Nala fiel, erstatte mein Herz zu Eis. Die Wärme, die Neos Berührungen zuvor in mir ausgelöst hatten, erlosch wie eine Fackel im Wind. Gebannt starte ich zu Nala hinüber, doch obwohl ich meinen Blick nicht von ihr lösen konnte, wollte mein Verstand nicht glauben, was meine Augen sahen.

Trotz der Entfernung konnte ich die Schweißperlen erkennen, die Nalas Gesicht überzogen. Sie hatte ihre Augen und ihren Mund so weit aufgerissen, dass ihr sonst so hübsches Antlitz aussah wie eine entstellte Fratze. In ihrer zitternden Hand hielt sie den weißen Griff des Spiegels umkrallt. Sie starrte in das Glas, als würde sie darin in das Gesicht der Todesgöttin blicken. Dann drehte sie ihren Kopf unvermittelt in unsere Richtung. Als sich unsere Blicke trafen, kroch ein eisiger Schauer über meinen Rücken. Wüsste ich es nicht besser, würde ich denken, dass ich nun ebenfalls in das Gesicht der Todesgöttin blickte.

Kapitel 20

»Was ist mit ihr?«, fragte ich mit bebender Stimme, während ich mich noch mehr zusammenkauerte. Nala sah aus, als wäre sie von einem Geist besessen. In ihrem Blick spiegelten sich Angst und Wahnsinn gleichermaßen. Ihr Schrei ließ mir die Haare zu Berge stehen und jagte erneut einen eisigen Schauer über meine Wirbelsäule.

»Du bleibst hier!«

Ehe ich zu Neo aufblicken konnte, hatte er mich bereits losgelassen. »Warte, was hast du vor?« Mit bebendem Herzen beobachtete ich, wie er auf Nala zustürmte. Kaum hatte er sie erreicht, packte er ihr Handgelenk und rüttelte daran, doch Nala hielt den Spiegel weiterhin so fest, als würde ihr Leben davon abhängen. Erst als er ihre Finger gewaltsam geöffnet hatte, ließ sie den Griff widerwillig los. Scheppernd fiel der Spiegel zu Boden. Nalas Körper sackte in sich zusammen.

Ohne darüber nachzudenken, sprang ich auf die Füße und rannte zu ihr hinüber. »Was ist passiert?«, rief ich Neo zu, während ich mich neben Nala auf den Boden kniete und zwei Finger an ihre Schläfe legte. Erleichtert stieß ich den Atem aus. »Ich kann ihren Puls spüren.«

Neo hockte sich seufzend neben uns. »Mach dir keine Sorgen, sie wird gleich wieder zu sich kommen. Die Magie der Artefakte ist nicht darauf ausgelegt, ihren Finder zu töten. Dennoch verstehe ich nicht, wieso sie dieses Ding überhaupt angefasst hat.«

»Bestimmt wollte sie es nur sichern, ehe Narius hier einfallen und es stehlen würde.«

»Kann ich mir nicht vorstellen. Der Zirkel hat uns stets eingetrichtert, dass die Artefakte mit magischen Schutzmechanismen belegt sind. Nala hätte wissen müssen, dass es gefährlich ist, eines von ihnen zu berühren. Sie hat Glück, dass dieser Raum nicht auch noch mit selbstauslösenden Speeren oder Pfeilschussanlagen ausgestattet ist.«

Nachdenklich blickte ich zu dem Spiegel hinüber, der immer noch auf dem Boden lag. Trotz des Aufpralls entdeckte ich nicht einen einzigen Sprung in seinem Glas. »Das ist wirklich eines der Artefakte, richtig?«, fragte ich leise. Neo nickte lächelnd. »Kannst du die Magie nicht spüren, die von ihm ausgeht?«

»Ich weiß nicht, ob es das Gefühl von Magie ist, aber eine seltsame Aura hat es schon.« Eigentlich war diese Beschreibung maßlos untertrieben. Der Spiegel hatte eine so starke Anziehungskraft, dass ich ihn am liebsten ebenfalls berührt hätte. Einzig die Erinnerung an Nalas irren Blick hielt mich davon ab herauszufinden, wie sich die roten Porzellanrosen wohl unter *meinen* Fingerspitzen anfühlen würde. Ich musste meinen Blick förmlich von ihm losreißen, um stattdessen wieder zu Nala zu sehen. »Hey, du bist wieder wach!« Ich konnte förmlich hören, wie der Stein von meinem Herzen abfiel und auf dem Grund zerschellte.

Nala schenkte mir ein müdes Lächeln, doch in ihren Augen stand noch immer die Angst.

»Was ist passiert, als du den Spiegel berührt hast?«, fragte Neo ruhig.

Augenblicklich verschwand das Lächeln von ihren Lippen. »Es ist der Spiegel des Gewissens«, murmelte sie. »Und die Prüfung ist tausendmal schlimmer, als ich es mir vorgestellt habe.«

Ratlos blickte ich zwischen den beiden umher. »Der Spiegel des –?«

»Gewissens.« Neos Stimme klang rau. »Sein Name ist Programm. Wer auch immer in ihn hineinsieht, wird mit der Erinnerung konfrontiert, in der er das schlechteste Gewissen seines Lebens empfunden hat. Einst war dieses Artefakt der Handspiegel der Naturgöttin, doch im Rahmen der Prophezeiung entschieden die Gottheiten, ihn in ein magisches Artefakt umzuwandeln. Die Lieblingsblumen der Göttin sind übrigens Rosen, darum die Verzierung. Zudem stehen ihre Schönheit und ihre Dornen sinnbildlich für den Schmerz, der den Betrachter des Spiegels ereilen wird. Denn wenn man hineinblickt, sieht man nicht nur die Erinnerung vor sich, sondern muss auch dem Schmerz seines damaligen Gewissens trotzen. Durch die Magie der Götter wird das seelische Leid verstärkt und in körperliche Torturen umgewandelt. Nur wer bereit ist sich seinem schlechten Gewissen zu stellen und es trotz der Schmerzen bereinigen kann, ist in den Augen der Götter würdig das Artefakt für sich zu beanspruchen. Denn wie du weißt, war das der Ursprungsgedanke der Prophezeiung: Die Welt soll von derjenigen Lebensform regiert werden, welche die höhere Moral besitzt. Und wer könnte schon ein guter Herrscher sein, wenn er sich nicht einmal seinem eigenen Gewissen stellen kann?«

Entsetzt verzog ich das Gesicht. Mein Bedürfnis, den Spiegel zu berühren, verschwand genauso plötzlich, wie es gekommen war. Vor meinen Augen tauchten mit einem Mal finsteren Erinnerungen auf, die ich eigentlich in den entlegensten Winkel meines Bewusstseins verbannt hatte. Es schüttelte mich, wenn ich auch nur eine einzige Sekunde daran dachte, wie ich die Hand des sterbenden Fremden gehalten hatte. Das schlechte Gewissen, ihn nicht retten zu können, würde mich wohl bis ans Ende meiner Tage verfolgen. Genauso wie die Erinnerung daran, als mein Vater –

»Zerbrich dir nicht den Kopf, Bell!«

Die Schemen meines Vaters lösten sich vor meinem inneren Auge in Rauch auf. Blinzelnd sah ich zu Nala, die sich langsam wieder aufrichtete.

»Du wirst diesen blöden Spiegel sowieso nicht berühren. Neo hingegen sollte schon mal anfangen sich warme Gedanken zu machen; die Prüfung zu bestehen wird ihn sämtliche Kräfte kosten.«

»Wie hat es sich angefühlt?«, fragte er vorsichtig, doch Nala schüttelte nur knapp den Kopf und strich sich das dunkle Haar über die Schultern. »Unbeschreiblich grausam.«

»Welche Erinnerung hat sie dir gezeigt?«

Ihre Gesichtszüge entgleisten. »Spinnst du?«, fuhr sie Neo an und verschränkte die Arme vor der Brust. »Das ist privat!«

Abwehrend hob er die Hände. »Alles gut, Nala! Ich dachte zwar, wir würden die dunkelsten Erinnerungen des jeweils anderen sowieso kennen, aber dann behalte es eben für dich.« Ungläubig starrte ich Neo hinterher, während er auf den Spiegel zulief und sich danach bückte.

»Also dann«, hörte ich ihn murmeln, ehe er nach dem Artefakt griff.

»Meinst du, dass das eine gute Idee ist?«, fragte ich angespannt, doch Neo schnaufte nur schwer.

»Habe ich eine Wahl? Ich bin nun mal der letzte Halbgott und somit der Einzige, der dieses Artefakt auf sich prägen kann.« Trotz der schwarzen Strähne, die ihm ins Gesicht fiel, konnte ich den Schmerz in seinen Augen erkennen. Ein mattes Lächeln breitete sich auf seinen Lippen aus. »Und so wie es aussieht, wird mir diese Tatsache gleich noch mal vor Augen geführt werden.«

Als seine Fingerspitzen den Griff des Handspiegels berührten, hielt ich vor Anspannung den Atem an. Zuerst passierte gar nichts, doch schon nach wenigen Augenblicken sah ich, wie Neo schmerzhaft das Gesicht verzog. Er presste seine Augenlider genauso fest zusammen wie seine Lippen. Seine Finger begannen zu zittern, doch er hielt den Spiegel verbissen fest. Beunruhigt blickte ich zu Nala hinüber. Ihr Blick schien ebenfalls an Neo zu kleben, während der Ausdruck ihrer Miene immer finsterer wurde.

»Verdammt«, brummte sie schlicht und schaute kurz zu mir herüber. »Das packt er nicht.«

»Er schlägt sich doch gut«, erwiderte ich, dabei konnte ich gar nicht einschätzen, ob meine Behauptung überhaupt stimmte.

Langsam schüttelte Nala den Kopf. »Ich weiß, welche Erinnerung ihm der Spiegel auftischen wird – das packt er nie und nimmer. Der Schmerz und das schlechte Gewissen sind immer noch viel zu präsent.«

Und Nala sollte recht behalten. Als ich wieder zu Neo sah, rannen ihm bereits Schweißperlen über Stirn und Schläfen, während er den Griff mit bebenden Fingern umklammerte. Besorgt streckte ich meine Hand nach ihm aus, doch Nala griff danach und zog sie zurück. »Das würde ihn nur ablenken.«

Keinen Wimpernschlag später stieß Neo ein frustriertes Zischen aus und warf den Handspiegel im hohen Bogen durch das verborgene Zimmer. »Verflucht!«

Seine Stimme klang so zornig, wie ich sie noch nie zuvor gehört hatte. Scheppernd prallte der Spiegel an einer Wand ab und fiel zu Boden.

»Soll ich es noch einmal versuchen?«, fragte Nala ruhig, doch Neo tat ihr Angebot mit einer raschen Handbewegung ab.

»Vergiss es! Ich brauche nur eine ruhige Minute, um wieder zu Kräften zu kommen. Danach werde ich es noch mal wagen.« Gereizt lief er durch den Raum und raufte sich das dunkle Haar.

Ich nutzte die Gelegenheit, um mich näher zu Nala zu beugen. »Was hätte es für einen Sinn, wenn du es noch mal probieren würdest? Ich dachte, das Artefakt lässt sich nur auf Halbgötter prägen?«

»Auf Halbgötter und Götter, ja«, flüsterte sie zurück, »aber der Schutzzauber, der auf dem Artefakt liegt, kann theoretisch von jedem gebrochen werden. Da die Schmerzen so brutal sind, stellen sich aber normalerweise nur Halbgötter dieser Aufgabe, denn sie sind grundsätzlich etwas härter im Nehmen als normale Menschen. Theoretisch könnten aber auch du oder ich die Prüfung des Spiegels bestehen und den Zauber lösen. Wenn uns das gelingen würde, könnte Neo das Artefakt einfach auf sich prägen, ohne sich noch einmal den Torturen der Prüfung aussetzen zu müssen.«

Überrascht nickte ich. Vielleicht sollte ich Neo später darum bitten, mir die Sache mit den Artefakten, den Göttern und den Prüfungen noch einmal genauer zu erklären. Irgendwie hatte ich das Gefühl, viele der Einzelheiten noch immer nicht ganz begriffen zu haben. Während ich beobachtete, wie Neo erneut nach dem Spiegel griff, wurde mir ganz übel. Diesmal verging weniger Zeit, ehe er den Spiegel frustriert gegen die Wand donnerte.

»Verdammt, das darf doch nicht wahr sein!«, fluchte er erneut und schlug kräftig gegen die Rückenlehne des Thrones.

»Beruhige dich, Neo, so kommen wir nicht weiter!«, versuchte Nala ihn zu besänftigen, doch die Flammen in Neos Augen begannen nur noch stärker zu lodern.

»Wir haben keine Zeit mehr, Narius und seine Schergen könnten jeden Moment hier aufkreuzen! Es kann doch nicht sein, dass wir nach jahrelanger Suche endlich dieses verfluchte Artefakt finden und es jetzt nicht verwenden können, weil ich mich immer noch von den Geistern der Vergangenheit heimsuchen lasse!«

Ein leiser Seufzer glitt über Nalas Lippen. »Die Vergangenheit wird dich immer heimsuchen, Neo. Du kannst ihr nicht entkommen. Niemals!«

»Besser hätte selbst ich das nicht sagen können.« Erschrocken zuckte ich zusammen. Noch ehe ich mich nach der fremden Stimme umsehen konnte, hatte Nala ihre Finger bereits fest um mein Handgelenk gekrallt. Sie drückte es so kräftig, dass ich Angst hatte, meine Knochen könnten unter ihrer Gewalt zerbrechen.

Langsam drehte ich mein Gesicht zu der eingerissenen Wand hin. Im darin klaffenden Loch entdeckte ich einen Mann, dessen Lippen ein selbstgefälliges Grinsen zierte. An den Beinen trug er eine enge dunkelblaue Hose, deren Muster mich an die Schuppen eines Fisches erinnerte. Sein von Muskeln strotzender Oberkörper war völlig unbekleidet und die trainierten Schultern so breit, dass er kaum Platz im Eingang fand. Als mein Blick auf seine pechschwarzen Augen traf, begannen meine Zähne zu klappern. In ihnen konnte ich nichts als unendliche Finsternis sehen. Sie waren schwarz wie die Nacht, genauso wie sein langes Haar, das ihm in feinen Strähnen über den Körper floss. Während er seinen Blick über unsere Gesichter wandern ließ, trat ein raubtierhafter Ausdruck in die Finsternis seiner Augen. An den Stellen, an denen bei uns Menschen Ohren saßen, entdeckte ich flossenartige Fortsätze, die aus seinem Kopf wuchsen. Feine Wasserperlen glänzten auf seiner bläulichen Haut und reflektierten den Schein der Fackeln. Als der Fremde seine Arme verschränkte, schienen die Oberarme den gleichen Umfang zu haben wie ein junger Baum. Zaghaft tastete ich nach Nalas Hand. Den Kerl ließ ich dabei nicht einen Wimpernschlag aus den Augen.

»Ist das … Narius?«, flüsterte ich mit belegter Stimme. Sofort richteten sich die dunklen Augen des Ungeheuers auf mich. Obwohl ich es nicht für möglich gehalten hätte, wurde das Grinsen auf seinen bläulichen Lippen noch breiter; allerdings wirkte es alles andere als freundlich.

»Ganz genau der bin ich, kleines Menschenmädchen«, donnerte seine tiefe Stimme durch den Raum. »Wie schön, dass ihr endlich eines der Artefakte gefunden habt! Gratulation! Ich hatte bereits Sorge, dass ich dir noch Jahrzehnte beim Scheitern zusehen müsste, Neo. Eigentlich gibt es für mich kaum etwas Amüsanteres, als dich dabei zu beobachten, wie du durch dein erbärmliches Leben stolperst und dich in einer Katastrophe nach der nächsten verstrickst, aber ich muss zugeben, dass ich etwas mit dir mitfiebere. Es ist niedlich anzusehen, wie ihr Menschlein versucht gegen das Übermächtige anzukämpfen und wie naiv ihr darauf hofft, dass sich am Ende alles zum Guten wenden wird. Allerdings kann ich natürlich nicht zulassen, dass es von hier an für dich und deine sterblichen Freunde bergauf geht. Darum fordere ich dich hiermit auf mir den Handspiegel zu übergeben!«

»Vergiss es«, zischte Neo und trat schützend vor mich und Nala. »Nur über meine Leiche!«

Schulterzuckend verdrehte Narius die pupillenlosen Augen. »Das würde sich zwar durchaus einrichten lassen, aber deinen Tod musst du nicht fürchten – zumindest *noch nicht*. Schließlich darf ich dich derzeit nicht selbst umbringen, weil noch nicht alle Artefakte geborgen wurden und dies gegen unsere selbstauferlegte Regel verstoßen würde. Und ich würde keinesfalls zulassen, dass dich jemand anderes ins Reich der Toten schickt! Das wäre eine Tragödie, schließlich warte ich schon seit Jahren darauf, deinen Kopf eigenhändig vom Rest deines nutzlosen Körpers abzutrennen und als Trophäe vor meinem Palast aufzuspießen! Nein, Neo, *du* musst den Tod derzeit nicht fürchten.« Sein Grinsen wurde so breit, dass zwei Reihen spitzer Zähne zum Vorschein kamen.

Als Narius seinen Arm ausstreckte und mit seinem langen Zeigefinger plötzlich auf mich deutete, verwandelte sich mein Herz in einen Bleiklumpen.

»Aber wie würde es dir gefallen, wenn ich mir stattdessen deine kleine Freundin vorknöpfe?«

ENDE von Band 1

Danksagung

Mein drittes Buch, meine dritte Danksagung – und noch immer empfinde ich dies als fast so schwierig wie das Verfassen eines Exposés.

Zuallererst möchte ich mich wieder bei meinem Verlag bedanken, insbesondere bei Pia. Ich bin so froh, dass du mir vorgeschlagen hast eine Dilogie aus Bells und Neos Geschichte zu machen! Im Nachhinein frage ich mich, wie ich überhaupt auf die Idee kommen konnte, dass sich mein Halbgott mit einem Einzelband zufriedengeben würde. Und vielen Dank ans *Formlabor,* das auch diesen Roman wieder so wunderschön eingekleidet hat!

Des Weiteren danke ich meiner fantastischen Lektorin Julia Feldbaum, die rund um die Uhr für mich und mein Manuskript da war (wir beide wissen, dass ich das nicht im übertragenden Sinne meine, sondern wortwörtlich). Vielen Dank für deine hilfreichen Anmerkungen und das tolle Lektorat!

Außerdem möchte ich mich noch einmal ganz herzlich bei Sara und Jessica bedanken, die »An Ocean Full of Secrets« vorab gelesen haben. Danke für eure Begeisterung, eure wundervollen Nachrichten, Anmerkungen und Mutmacher. Ich hoffe, dass ihr auch meine nächsten Geschichten begleiten werdet! <3

Wie immer gilt mein Dank auch meinen Freunden und meiner Familie, allen voran natürlich meinen Eltern, die mich auf meinem Weg als Autorin unterstützen und Verständnis dafür haben, wenn ich schweigend in Tagträumen versinke oder ununterbrochen vom Schreiben rede.

Mein Dank gilt auch meiner Hausärztin und ihrem wunderbaren Team, das während der Wartezeiten immer dafür gesorgt hat, dass ich einen gemütlichen Schreibplatz bekam. Ich habe noch nie so gern Arzttermine wahrgenommen wie bei Ihnen – vielen Dank!

Zum Schluss (hoffentlich habe ich niemanden vergessen, falls doch, tut es mir schrecklich leid!) möchte ich mich natürlich noch bei meinen LeserInnen bedanken. Ganz egal, ob ihr mich bereits seit meinem Debüt begleitet oder »An Ocean Full of Secrets« euer erster Roman von mir ist: DANKE! Danke für euer Vertrauen, für eure Rezensionen, Mails, DMs (auf Instagram findet ihr mich übrigens unter @frostzeilen) und Verlinkungen. Ich hoffe, dass ihr ein paar schöne Lesestunden hattet, und würde mich freuen, wenn wir uns im nächsten Buch wiedersehen.

Bis dahin alles Gute!
Hanna Frost

DIE MACHT DER GEFÜHLE
TAUCH EIN IN ROMANTISCH-FANTASTISCHE GESCHICHTEN.
I M P RE S S
#IMPRESSBOOKS
ALLES VON IMPRESS HIER:
IMPRESSBOOKS.DE

Impress

Die Macht der Gefühle

Wir produzieren nachhaltig
- Klimaneutrales Produkt
- Papiere aus nachhaltigen und kontrollierten Quellen
- Hergestellt in Europa

FSC
www.fsc.org
MIX
Papier aus verantwortungsvollen Quellen
FSC® C083411

Impress
Ein Imprint der Carlsen Verlag GmbH
September 2022

Lektorat: Julia Feldbaum
Umschlagbild: shutterstock.com: © vectortwins / © aleksm
Umschlaggestaltung: formlabor
ISBN 978-3-551-30486-5
www.impressbooks.de